novum pro

Für Roland
mein geschätzter Freund!
in dankbarer Verbundenheit.

Adrian F. Grando

Der Sohn des Vanillebarons

novum pro

Bibliografische Information
der Deutschen Nationalbibliothek:

Die Deutsche Nationalbibliothek
verzeichnet diese Publikation in
der Deutschen Nationalbibliografie.
Detaillierte bibliografische Daten
sind im Internet über
http://www.d-nb.de abrufbar.

Gedruckt in der Europäischen Union
auf umweltfreundlichem, chlor- und
säurefrei gebleichtem Papier.

Rathausgasse 73, A-7311 Neckenmarkt
office@novumverlag.com

ISBN 978-3-7116-0417-0
Lektorat: BA
Umschlagfotos: Yevhenii Tryfonov,
Mirecca | Dreamstime.com
Umschlaggestaltung, Layout & Satz:
novum Verlag

www.novumverlag.com

Druckprodukt mit finanziellem
Klimabeitrag
ClimatePartner.com/16547-2311-1001

für meine Frau Ursula

Inhaltsverzeichnis

Libertalia

Der Mythos rankt sich um drei faszinierende Persönlichkeiten, die das Schicksal von Madagaskar geprägt haben sollen: ein gebildeter Franzose namens Misson, der Dominikaner-Pater Caraccioli und der draufgängerische Kapitän Louis Gabriel aus Marseille. Der Ursprung dieser Geschichten führt nach Rom, wo Misson und Caraccioli sich 1690 begegneten und beschlossen, gemeinsam in die Karibik zu segeln, um Jagd auf Piraten zu machen. Für dieses riskante Abenteuer engagierten sie den kühnen Kapitän, der über Seeerfahrung und Unerschrockenheit verfügte.
Auf ihrer Reise kaperten sie Schiff um Schiff, machten auf den Komoren Halt, kämpften an der Küste Mosambiks und vergrößerten stetig ihre Mannschaft. Ihr Traum von einer Republik, in der Piraten frei und brüderlich leben könnten, führte sie zur Bucht von Diego Suarez im Norden von Madagaskar. Dort schufen sie einen versteckten Schlupfwinkel mit 40 Kanonen zur Sicherung der Einfahrt. Eine Stadt, eine Werft und ein Vorratslager entstanden und in wenigen Monaten beherbergte Libertalia, eine der ersten Demokratien der Neuzeit, 600 Piraten.
Dieses utopische Staatswesen endete allerdings bald im Chaos. Zwei Versionen des Untergangs existieren: Entweder griff die französische Flotte die Stadt an, als die meisten Piraten auf Kaperfahrt waren, oder die Ureinwohner metzelten alle Einwohner nieder und setzten Libertalia in Flammen.
Wie auch immer, die heimkehrenden Piraten bauten Libertalia nicht wieder auf, sie zogen weiter. Lediglich Kapitän Louis Gabriel überlebte auf der Insel Sainte Marie vor der Ostküste Madagaskars und verbreitete dort noch jahrelang Angst und Schrecken zur See. Ein von seiner begeisterten Gefolgschaft errichteter Gedenkstein erinnert an seine Beliebtheit und die heroische Piraten-Epoche.

Prolog I

1879–1918

Der Nachthimmel zeigte sich im Herbst 1879 in finsterem Schwarz, ohne Mond und Sterne. Einzig die abgedeckte Decksbeleuchtung beim Steuermann ließ die Konturen der Handelsfregatte rund ums Kartenhaus schemenhaft erkennen. Breitbeinig, die stampfenden Bewegungen des Schiffs ausgleichend, stand der 29-jährige erste Offizier, Luc Gabriel, auf dem Achterdeck und lauschte dem Meeresrauschen. Der Wind knarrte in den Masten und Spieren. Den Blick nach Südwesten gerichtet, beobachtete er das bedrohliche Wetterleuchten. Die Nase im stetig wehenden Nordostpassat, der die Segel füllte, spürte er die rasante Fahrt des Schiffs. Seine Stimmung war schlecht und Sorgenfalten zeigten sich auf seinem Gesicht. Nicht das Wetterleuchten oder die pechschwarze Nacht bereitete ihm Unruhe. Als Mitglied einer jahrhundertealten Seefahrerdynastie war er den harten Elementen der See gewachsen. Vielmehr machte ihn die Route, die sie auf dem Weg nach Durban durchkreuzen mussten, unruhig. Der Kapitän hatte entschieden, die Straße von Mosambik zu meiden und stattdessen der Ostseite von Madagaskar zu folgen. Luc konnte diese Entscheidung nicht nachvollziehen. Sainte Marie, die von Gerüchten und abenteuerlichen Schauermärchen umrankte Pirateninsel an der Ostseite von Madagaskar, war gefährlich. Von der Handelsgesellschaft, für die sie segelten, waren sie ausdrücklich davor gewarnt worden. Der Kapitän hatte den Kurs festgelegt, war in seine Kabine zurückgekehrt und hatte es dem ersten Offizier überlassen, eine sichere Durchfahrt zu gewährleisten. Luc hätte das Unwetter direkt durchsegeln wollen, auf einem für ihn weniger gefährlichen Weg. Aber Befehl war Befehl! Er konnte und wollte sich nicht widersetzen, nicht vor der Mannschaft. Seine Karriere und sein Ruf als ergebener Offizier hingen davon ab. Luc träumte davon, selbst Kapitän eines Handelsschiffs zu werden, und da war Befehlsverweigerung keine Option.

Seufzend begab sich Luc zu einer weiteren Runde an Deck. Das Achterdeck wurde zuerst abgeschritten, dann setzte er seinen Weg steuerbordseitig fort. Er überprüfte die Segelstellung, kommunizierte mittschiffs mit dem Matrosen im Topp und stellte so sicher, dass dieser weiterhin wachsam nach Schiffen Ausschau hielt und jegliche Entdeckungen sofort meldete. Schließlich erreichte er den Bug, wo er eine Weile verweilte. Trübsinnig und in Gedanken versunken, setzte Luc seinen Rundgang zurück zum Kartenhaus auf der backbordseitigen Route fort. Seine Stimmung und eine unheilvolle Vorahnung begleiteten ihn weiter. Am Kartenhaus angekommen, bestätigte er den vorgegebenen Kurs beim Steuermann und entschied sich, einen zusätzlichen Ausguck im Bug zu postieren, um mögliche Kontakte zu anderen Schiffen frühzeitig zu erkennen. Die Stunden seiner Wache verstrichen ohne nennenswerte Ereignisse. Der Wind blies weiterhin konstant und in nahezu gleichbleibender Stärke. Angesichts der undurchdringlichen Wolkendecke konnte Luc die genaue Position des Schiffs nicht feststellen. Er musste bis zum Morgengrauen warten, um eine Peilung mit der Küste Madagaskars vorzunehmen, doch dazu sollte es nicht kommen. Erste helle Schimmer am östlichen Horizont kündigten bereits den neuen Tag an.

Plötzlich riss ein Ausruf des im Toppmast sitzenden Ausgucks Luc aus seinen trübsinnigen Gedanken: „Schiff, Steuerbord voraus – keine Flagge, aber die Form lässt auf ein Kaperschiff schließen!“ Luc eilte zur Steuerbordseite und erblickte tatsächlich ein schnittiges Kaperschiff, das unter Vollzeug rasch auf sie zukam. Keine Flagge! Luc ahnte Schlimmes. Sofort ließ er den Kapitän durch den diensthabenden Fähnrich wecken und ordnete das Setzen zusätzlicher Segel an. Ein neuer Kurs wurde befohlen, um das Kreuzen mit dem anderen Schiff zu vermeiden und an Fahrt aufzunehmen. Durch das Fernrohr blickend, sah Luc jedoch nichts Beruhigendes: Eine grimmig bewaffnete Meute säumte die Reling des Kaperschiffs. Diese hatte die Kursänderung bemerkt und reagierte mit einem eigenen neuen Kurs. Unterdessen erschien der verschlafene Kapitän an Deck und Luc erläuterte ihm die prekäre Lage und die ergriffenen Maßnahmen, wobei er wenig Zuversicht ausstrahlte. War der Punkt gekommen, an dem sie sich dem Unvermeidlichen ergeben mussten? Das Kaperschiff änderte erneut den Kurs und verringerte die Distanz weiter. Ein neuer Kurs, vom Kapitän angeordnet, verhieß wenig Hoffnung auf eine Verhinderung des drohenden Zusammenstoßes beider Schiffe. Die Absicht des Kaperschiffs war offensichtlich und ein Kreuzen der Kurse erschien unumgänglich. Ein erneuter Ruf des Matrosen im Masttopp verschärfte die Situation dramatisch: „Piratenflagge soeben gehisst!" Luc konnte den bedrohlich flatternden, schwarzen Totenkopf auf rotviolettem Grund am Topp des Kaperschiffs erkennen. Selbst eine von ihm vorgeschlagene Änderung zu einem Zickzack-Kurs änderte nichts an der ausweglosen Lage, in der sich das Frachtschiff befand. Das Kaperschiff näherte sich gefährlich, die Rufe der blutrünstigen Piraten waren unüberhörbar. Schließlich ließ der Kapitän die Segel streichen und befahl, sich zu bewaffnen und dem bevorstehenden Entern der Piratenmeute entgegenzutreten. Nach wenigen Minuten kam das Kaperschiff längsseits. Enterhaken verkeilten sich knirschend in der Reling, Holzsplitter spritzten und beide Schiffe krachten hart zusammen. Luc stand bewaffnet mit Pistole und Säbel im Bug, während der Kapitän auf dem Achterdeck von zahlreichen Matrosen flankiert wurde. Unter lautem Kampfgebrüll enterten die Piraten das Handelsschiff und die Hölle brach los! Es entwickelte sich ein harter, heroischer, aber kurzer und ungleicher Kampf. Luc verteidigte den Bugbereich, solange es ging, doch die Übermacht der Piraten war erdrückend. Es war wie beim Kampf gegen die Hydra: Kaum erledigte man einen Piraten, tauchten bereits zwei neue auf. Zwischendurch blickte Luc zum Achterdeck, wo der Kapitän von Piraten umzingelt den Befehl zur Kapitulation gab.

Von grimmig grinsenden Piraten entwaffnet, wurden sie zusammengetrieben. Erst jetzt realisierte Luc den hohen Blutzoll. Von der ursprünglich 30-köpfigen Crew waren nur noch acht übrig, darunter der Kapitän und er selbst. Ein schmächtiger, glatzköpfiger Anführer erschien. Er gab einige Befehle und zwei Piraten begaben sich in Richtung der Kapitänskajüte, bevor er sich Luc und dem Kapitän zuwandte. Zu ihrer Überraschung sprach er sie auf Französisch mit holprigem Akzent an: „Nun, meine tapferen Herren Offiziere, darf ich mich vorstellen? Mein Name ist Tippu-Tin. Ich bin der Anführer der Piraten auf Sainte Marie."

Er machte eine Pause und ließ seine Worte auf die Besatzung des Handelsschiffs wirken. „Mit wem habe ich das Vergnügen?", fragte er spöttisch.

„Ich bin Francois Borel, der Kapitän, und das ist mein erster Offizier!", erwiderte der Kapitän mit heiserer Stimme und Schweißperlen im Gesicht.

Die Sonne ging gerade im Osten über dem Horizont auf und tauchte die Szenerie in ein goldgelbes Glühen. Auch Lucs Kopf fühlte sich heiß an vom Kampf und er beobachtete, wie zwei Piraten ein Seil mit Galgenknoten hervorholten und über den Baum des Großmasts warfen – die Absicht war glasklar, es schien, als hätte ihre letzte Stunde geschlagen. Doch so schnell wollte er sich nicht geschlagen geben. Was sollte er unternehmen? War das nun sein Ende? Jetzt galt es, einen kühlen Kopf zu bewahren, und er machte sich Gedanken, wie er ungeschoren aus dieser ausweglosen Situation herauskommen konnte. Aus zahlreichen Geschichten war ihm klar, dass die gesamte Mannschaft, zuerst der Kapitän, dann er und anschließend der Rest der Crew, aufgehängt würden. Schön der Rangordnung folgend. Piraten machten grundsätzlich keine Gefangenen; sie waren nur an der Ladung interessiert – Piraten eben.

„Was haben die Herren geladen, wenn ich fragen darf?"

Weder er noch der Kapitän machten Anstalten, zu antworten.

Der Piratenanführer trat ganz nah an den Kapitän heran, schaute ihm grimmig lächelnd ins Gesicht und wartete geduldig. Die Situation war aufs Äußerste angespannt.

„Haben die Herren meine Frage nicht verstanden?", schrie er sie plötzlich unbeherrscht an. „Nun, wir können auch selbst nachschauen. Für Sie habe ich leider keine Verwendung, wobei der kühne Versuch, uns zu entkommen, auf taktisches Segelhandwerk schließen lässt und meine Bewunderung verdient!“

Er ließ seinen fragenden Blick zu Luc wandern. Es schien, als hätte er gerne gewusst, wer verantwortlich war für das kurze, dennoch zähe Verfolgungsduell. Ein kurzes Nicken des Anführers genügte und schon packten drei Piraten den Kapitän, zwangen seinen Kopf durch die Schlinge und zogen ihn hoch. Luc zuckte zusammen und wollte seinem Vorgesetzten zu Hilfe kommen, wurde aber von eisenharten Griffen um die Oberarme gehindert. Zappelnd und um Luft ringend hing Borel am Galgen. Es war grauenhaft, das mitansehen zu müssen. Nach kurzem Kampf erschlaffte der Körper. Luc wusste, er würde der Nächste sein. Was sollte er unternehmen? Hatte er überhaupt noch eine Chance?

Die beiden Piraten, die zur Kapitänskajüte gerannt waren, kehrten mit einem Stapel Papier, wahrscheinlich den Frachtpapieren, zurück und überreichten sie dem Anführer. Er studierte sie kurz und eine große Zufriedenheit zeichnete sich auf seinen Gesichtszügen ab, erkennbar an einem breiten Grinsen. „Leute, hört zu“, rief er mit lauter Stimme aus, „wir haben offensichtlich einen wertvollen Fang gemacht!“ Lautes Gebrüll der Piraten folgte, sie klopften sich zufrieden auf die Schultern und schwenkten bedrohlich ihre Waffen. Lucs Gemütslage verschlechterte sich zusehends und er musterte die hoffnungslosen Gesichter seiner verbliebenen Matrosen. Was würde als Nächstes passieren? Alle Blicke waren gespannt auf den Piratenanführer gerichtet. Er schnüffelte weiter in den Unterlagen. Hoffte er, noch weitere Schätze zu finden?

Plötzlich erhellte sich sein Blick. Offensichtlich hatte er etwas Interessantes entdeckt. Was war es? Langsam schritt er zu Luc und schaute ihm direkt ins Gesicht: „Wie heißt du? Der Kapitän hat vergessen, deinen Namen zu erwähnen.“ „Ich heiße Luc, Luc Gabriel, und bin, wie gesagt, der erste Offizier!“, antwortete er mit Stolz in der Stimme. „Lass den Rest meiner Crew am Leben, begnüge dich mit der Hinrichtung der Offiziere!“, schloss Luc mit fester Stimme.

„Soso, Gabriel ist also dein Name, interessant, höchst interessant!“

Der Hauch eines Lächelns und Wissens umspielte sein von Falten zerfurchtes Gesicht. „Deine Opferbereitschaft ist äußerst nobel, aber auch dumm und für mich ohne Belang!“, schloss er mit einer wegwerfenden Handbewegung. Eine definitive Entscheidung schien gefallen zu sein und er wandte sich einem einheimisch aussehenden Piraten zu, auf dessen Stirn sich eine auffällige Narbe zeigte: „Sofolo, übernimm du das Kommando hier, richtet die Crew hin – und den hier“, er zeigte auf Luc, „nehmt gefangen und bringt ihn zu mir aufs Schiff. Die Fregatte erwarte ich umgehend im Hafen, damit die Ladung gelöscht werden kann!“

„Aye aye!“, bestätigte Sofolo den Befehl ohne die kleinste Regung im Gesicht.

Luc wurde daraufhin von zwei kräftigen Piraten an den Händen gefesselt, unsanft gepackt und aufs Kaperschiff gebracht. Ein letzter verzweifelter Blick zurück zu seiner verängstigt dreinschauenden Crew und schon wurden sie von einer johlenden, blutgeilen Piratenmeute unter irrem Geschrei, Säbel schwingend, massakriert. Luc verstand nicht, wie ihm geschah. Was sollte das nun? Schon bald jedoch sollte er vom Piratenanführer den Grund für die wundersame Rettung seines Lebens erfahren.

Zwei Jahre waren bereits seit seiner Gefangennahme vergangen. Oder sollte er ‚seit seiner Rettung‘ sagen? Luc Gabriel stand breitbeinig auf dem Achterdeck seines Schiffs. Er genoss die stetig wehende Brise und die wärmenden Sonnenstrahlen. Als Kapitän mit eigener Crew auf einer ehemaligen Handelsfregatte, bestückt mit schweren Kanonen, gehörte er nun zur erweiterten Piratenflotte des berüchtigten Tippu-Tin. Der Mann, der ihn nicht hinrichten, sondern gefangen nehmen lassen hatte, war DER Anführer – nicht nur der Piraten auf Sainte Marie, sondern auch der Sklavenhändler der Region. Luc verdankte ihm seine Rettung, basierend auf Tippu-Tins Annahme, dass er ein Nachkomme des berühmten Piraten Louis Gabriel sein müsse. Dieser Piratenvorfahre sollte im 17. Jahrhundert sein

Unwesen getrieben und den Grundstein des Piratennests auf Sainte Marie gelegt haben. Schauerlich! Luc wusste nichts von einem solchen Vorfahren. Das war aber der Grund dafür, dass Tippu-Tin ihn vor die Entscheidung seines Lebens gestellt hatte: Entweder konvertierte er zum Piraten und zeigte sich seiner vermeintlichen Vorfahrensgeschichte würdig oder Tippu-Tin würde seine Hinrichtung sofort veranlassen. Tippu-Tin hatte sich genüsslich in den Stuhl sinken lassen und geduldig auf Lucs Antwort gewartet.

Es war eine existenzielle Wahl gewesen. Luc wollte leben, das war klar, aber in Madagaskar und der Region Ostafrikas zu bleiben, fern der Heimat Frankreich, und ein Teil dieser mordenden Meute zu werden, war nicht gerade verlockend und nicht das, was sich Luc für seine Zukunft vorstellte. Schließlich träumte er von Frau und Familie. Ganz zu schweigen von den Konsequenzen, falls die Kolonialmächte Frankreich, Großbritannien oder Deutschland, die hier aktiv waren, das Piratennest vernichteten und alle gefangen nahmen oder hinrichteten. Somit hatte sich Luc für das Leben entschieden – über eine spätere Flucht konnte er sicherlich jederzeit nachdenken.

„Ich hoffe, du zeigst dich deiner Piratenvorfahren würdig, und vergiss nie, mein Arm reicht weit, sehr weit, und ich kann dir dein Leben jederzeit nehmen, solltest du dich als illoyal erweisen!“, sicherte der hämisch grinsende Tippu-Tin sich feierlich die Gefolgschaft Lucs zu. Überdies würden für ihn große Gewinne und Schätze anfallen. Tippu-Tin versprach, ihn zu einem reichen Mann zu machen.

Er war schon ein seltsamer Typ: arabischer Abstammung aus dem Sultanat Oman, grausam und gnadenlos auf der einen Seite, großherzig und verschwenderisch auf der anderen. Wahrscheinlich musste er beides sein, um diese Piratenmeute zu beherrschen und eine gewisse Ordnung aufrechtzuerhalten: Zuckerbrot und Peitsche! Gefolgschaft oder Tod! Luc verdankte diesem schauerlichen Mann nicht nur seine Rettung, basierend auf einem Mythos, sondern er genoss auch eine gewisse Gunst, die Tippu-Tin ihm entgegenbrachte. Andernfalls wäre er nicht so schnell zum Kapitän geworden und hätte Sofolo, der scheinbar die rechte Hand von Tippu-Tin war, übertroffen. Diese Gunst wollte er nicht fahrlässig verspielen. Deshalb stellte er vorerst seine Fähigkeiten voll und ganz in den Dienst des Piratenführers. Einzig die Eifersucht, die Missgunst und der offen zur Schau gestellte Hass Sofolos bedeuteten für Luc immer wieder eine Herausforderung. Er musste ihn im Auge behalten; ein Fehler von Luc und er würde von Sofolo bei Tippu-Tin gnadenlos angeschwärzt oder noch schlimmer denunziert. Aber Lucs Führungsstil, sein Ideenreichtum und seine Segelfähigkeiten erwiesen sich als große Vorteile. Kein Kapitän der Piratenflotte war ihm ebenbürtig und so hatte er sich Sofolos Wut bis jetzt vom Leibe halten können.

Eben, als sie sich querab zum Cap Est auf Südkurs befanden, hatten sie eine dieser für die Region berüchtigten Gewitterwolken passiert. Der Regen war in wahren Sturzfluten über dem Schiff niedergegangen. Die Decksbalken schimmerten in der auftauchenden gleißenden Sonne wie ein goldenes Vlies. Ein Geruch nach Frische, Meer und nassem Holz war zu vernehmen. Es schien, als würden sie das Piratennest doch noch wie vorgesehen kurz vor Sonnenuntergang erreichen, was Luc recht war. Er wollte der Crew Ruhe gönnen und erst am darauffolgenden Tag Bericht erstatten müssen. Einmal mehr befanden sie sich auf dem Rückweg von Sansibar, wo er die Sklaven abgeliefert hatte, zum Stützpunkt auf Sainte Marie. Einheimische Führer, ein berüchtigter war anscheinend mit Sofolo verwandt, rekrutierten jeweils ganze madagassische Völkerstämme und zwangen sie zur Sklaverei, um sie Tippu-Tin zu verkaufen. Dieser organisierte mit seiner Piratenherrschaft den Verkauf an den Sultan von Sansibar und weiter an den Sultan von Oman. Es war ein grausiges, menschenverachtendes Geschäft, bei dem viel, sehr viel Geld verdient wurde. Auch Luc bereicherte sich erheblich daran. Darum hasste er sich zuweilen und brachte sich zunehmend widerwillig ein. Es war langsam an der Zeit, sich eine mögliche Flucht auszudenken. Oder war es noch zu früh? Riskierte er, von den Piraten erneut geschnappt zu werden? Es gab kaum Gelegenheit zur Flucht. Wann und wo war der beste Zeitpunkt? An wen sollte er sich wenden? Solange er entweder Raubzüge auf See befehligte oder Sklaven nach Sansibar brachte, befanden sich immer loyale und von Tippu-Tin abhängige Leute um ihn herum. Auf dem Schiff, im Piratennest auf Sansibar oder Sainte Marie. Nie war er wirklich allein. Tippu-Tin achtete exakt darauf, Luc immer eingebunden im Piratennetz operierend zu wissen. Nur einmal, vor einem halben Jahr, hatte er das erste Mal das Gefühl gehabt, es gäbe eventuell doch eine Möglichkeit zur Flucht. Er war von Tippu-Tin zusammen mit den engsten Gefolgsleuten in die madagassische Hauptstadt Tanarivo mitgenommen worden. Dort hatten sie einen jungen Franzosen namens Henri Bouillier getroffen, ungefähr gleich alt wie er, der offensichtlich die finanziellen Belange der Piraten verwaltete. Dort hatte Luc zum ersten Mal erfahren, dass auch sein Vermögen, das bereits zu einer ansehnlichen Summe herangewachsen war, von diesem Treuhänder verwaltet wurde. Luc wurde den Eindruck nicht los, dass Bouillier die Verbindung zu Tippu-Tin nicht geheuer war. Bestimmt heiligte ein gutes Honorar die Dienste, die er für sie tätigte. Interessant war seine Reaktion gewesen, als er Luc gesehen und erfahren hatte, dass dieser Haudegen von Seemann neu zur Crew gehörte und sehr gute Arbeit leistete. Spätestens nach seiner Feststellung, dass Luc auch Franzose war, hatte er sein Interesse offen bekundet.

„Oh, auch Franzose, sehr schön. Ich würde mich freuen, mit Ihnen, Monsieur Luc, noch ein paar Worte über unsere Heimat auszutauschen." Er blickte zu Tippu-Tin, als müsste dieser die Einwilligung dazu geben, aber schon antwortete Luc selbst: „Welch gute Idee. Das würde auch mich sehr freuen, war ich doch bereits etliche Jahre der Heimat fern. Vielleicht könnten Sie mich auf den aktuellen Stand bringen." Ein Lächeln umspielte seine Gesichtszüge.

„Nun, diese Gelegenheit bestünde heute Abend im Hotel beim Abendessen, meine Herren!", beendete Tippu-Tin griesgrämig das Treffen, stand auf, reichte Bouillier die Hand und signalisierte seinen Leuten, ihm zu folgen. Leider ergab sich am Abend nicht, wie von Luc erhofft, eine Gelegenheit, unter vier Augen mit Bouillier zu sprechen, denn immer war eine dritte Person zugegen – von Tippu-Tin so gesteuert? Er wusste es nicht, wollte aber auch keinen Verdacht wecken. Schon gar nicht in Anwesenheit seines Erzrivalen Sofolo. Einzig, als sie sich zufällig auf dem Weg zur Toilette begegneten, eröffnete Bouillier kurz das Gespräch: „Ihr Vermögen ist schon ganz ordentlich angewachsen. Was wollen Sie eigentlich mit dem Haufen Geld anfangen?"

Er schaute misstrauisch den Gang rauf und runter, um sicherzustellen, dass sie von niemandem belauscht würden. Ohne auf Lucs Antwort zu warten, fuhr er fort: „Ich empfehle Ihnen, Land zu kaufen. Damit meine ich, das Geld so schnell wie möglich zu investieren. Ich weiß nämlich nicht, wie lange die französische Regierung noch wartet, bis sie Truppen in den Norden von Madagaskar entsendet. Und was dann mit uns passiert, wissen wir beide nicht, aber es scheint mir die beste Investition zu sein. Unsere Regierung will Madagaskar unbedingt als Kolonie in Besitz nehmen und dann sind Franzosen, die bereits Land besitzen, das Beste, was Frankreich passieren könnte. Sie verstehen?"

Luc nickte – ja, das schien ihm eine gute Idee zu sein. Es ergab sich, sollten tatsächlich einmal französische Truppen auftauchen, die Möglichkeit, sich aus den Fängen der Piraten zu befreien. Bouillier sprach hastig weiter, spürte er doch, dass er schnell zum Punkt kommen musste, um nicht doch noch Verdacht zu erwecken: „Es gibt im Nordosten Madagaskars sehr ertragreiches Land. Ein Kauf würde sich extrem lohnen. Wenn Sie einverstanden sind, leite ich alles Nötige in die Wege und erwerbe das Land. Als Aufwand würde ich 10 Prozent des Lands auf mich überschreiben, den Rest stellvertretend für Sie, Monsieur Luc. Wie ich es einschätze, haben Sie im Moment mehr als genug Geld für eine riesige Landfläche. Noch sind die Landpreise zwar sehr tief, jedoch besteht leider ein immenses Risiko. Wer weiß schon, was unsere Regierung morgen entscheidet, ganz zu schweigen von den Briten."

Das erschien Luc sehr einleuchtend und zum jetzigen Zeitpunkt der einzige Lichtblick, jemals diesem Piraten-Albtraum zu entkommen. Und so entschied er sich zu diesem risikoreichen Geschäft.

Die Sonne ging soeben hinter dem Festland von Madagaskar unter. Noch in Gedanken versunken, hörte er den Ausguck „Pointe Albrand in Sicht“ rufen und tatsächlich zeigte sich bereits die Nordspitze der Insel. Endlich zu Hause, welch Ironie! Sehr wahrscheinlich war er bereits Besitzer riesiger Ländereien jenseits der berüchtigten Piratenhochburg Sainte Marie. Luc konnte sich ein Schmunzeln nicht verkneifen.

Der erneute Ruf aus dem Toppmast ließ es jedoch schnell verschwinden. „Warnsignal hängt kopfüber!“, lautete die Nachricht.

Luc erstarrte! Merde, was war da los? Er brüllte umgehend Befehle: „Schiff klar machen zum Gefecht! Geschützpforten Steuerbords besetzen! Großsegel einholen, Steuermann, abfallen – bring uns näher heran, aber langsam!“

Was Luc mit seiner Crew während Tagen und Wochen drillmäßig eingeübt hatte, sollte sich jetzt einmal mehr auszahlen. Die Mannschaft reagierte sofort und routiniert, wie in zahlreichen Gefechten zuvor. Der erste Offizier überwachte die Vorbereitungen an Deck, zwei Fähnriche verschwanden umgehend im Unterdeck, um die Mannschaft zu mobilisieren und die Geschützpforten schnellstmöglich zu besetzen. Luc ergriff sein Fernglas. Noch konnte er kaum etwas vom Hafen erkennen, nur das Warnsignal, das tatsächlich kopfüber hing. Dieses sogenannte Warnsignal am nördlichsten Punkt der Insel war seine Idee gewesen. Es sollte als Frühwarnung für die heimkehrenden Piratenschiffe dienen. Die Flagge, oben weiß, unten schwarz, signalisierte: alles in Ordnung auf der Insel. Wenn sie kopfüber hing, wie jetzt, konnte das nur bedeuten, dass etwas Schlimmes passiert war.

„Schiff klar zum Gefecht, Luc!“, meldete der erste Offizier.

Er nickte unmerklich, immer noch konzentriert durch das Fernrohr spähend. Quälende Minuten vergingen, die Fregatte schlich langsam voran. Sie hatten jetzt den nördlichsten Punkt querab erreicht. Normalerweise befand sich dort eine Gruppe von Piraten, aber es war keine Menschenseele zu sehen. Lucs Kehle fühlte sich staubtrocken an, er musste schlucken. Seine Hände waren schweißnass, sein Hemd klebte feucht am Körper. War es tatsächlich so weit, das Ende des Piratenlebens? Im schwächer werdenden Licht konnte er schemenhaft ein fremdes Schiff am Hafenkai ausmachen. Es wirkte wie eines dieser neuartigen, mit Dampf betriebenen Schiffe. Eine kleine Rauchfahne stieg aus dem Schornstein, kein Licht brannte an Bord und Luc vermochte keine Aktivitäten an Deck wahrzunehmen. Das Einzige, was er erkennen konnte: Es musste ein Kriegsschiff sein, denn er sah schemenhaft große Kanonen auf dem Bug und am Achterdeck. Panzerkorvetten nannte man sie, wenn er sich recht erinnerte. Panik ergriff Luc. Er winkte seinen ersten Offizier heran und flüsterte ihm ins Ohr: „Sämtliche Befehle werden flüsternd erteilt und quittiert. Verständige sofort die Mannschaft, ich will keinen Laut mehr hören!"

Erneut wandte er sich dem unbekannten Kriegsschiff zu und sein Blick schwenkte mittschiffs, wo sich die Hauptaufbauten und die Kommandobrücke befanden. Auch dort erkannte er kein Licht. Er hob das Fernrohr weiter an bis zum Top und dann sah er, was er befürchtet hatte: Dort flatterte in der schwach blasenden Nachtbrise die Trikolore. Sofort ließ Luc das Schiff wenden. Wie von Geisterhand schwenkte die Fregatte leise herum, nur das Knarren der Rahen und Spieren war zu hören. „Neuer Kurs Nord-Nord-Ost liegt an!", meldete der Steuermann flüsternd. Nahezu geräuschlos wurden weitere Segel gesetzt und die Fregatte nahm erneut Fahrt auf, weg vom französischen Kriegsschiff. Lucs Hauptsorge war, dass man ihr Auftauchen bemerkt hatte. Im Moment deutete noch nichts darauf hin, denn weder auf dem Kriegsschiff noch an Land schienen Aktivitäten in Gang gesetzt worden zu sein. Hatten sie Glück im Unglück und die Franzosen wussten nichts von ihrer Existenz? Luc wirbelten die Gedanken durch den Kopf und sein Herz begann zu rasen.

Was sollte er nun tun?

„Lass von ‚Klar zum Gefecht' abtreten! Es gilt weiterhin absolute Stille und es wird kein Licht gemacht, verstanden?", herrschte er seinen ersten Offizier nervös an. Es galt nun, den Notfallplan, der von Luc für solche Situationen ausgearbeitet worden war, umzusetzen. Das bedeutete, sie segelten um die Nordspitze von Madagaskar, um zu der Insel Nosy Be im Nordwesten zu gelangen. Dort hatten sie auf Geheiß von Tippu-Tin hin ein kleines Notfallcamp errichtet. Leider war Luc in diesen zwei Jahren nie dort gewesen. Er wusste also nicht, was ihn dort erwartete, und ebenso wenig, ob auch dieser Ort bereits vom Militär besetzt worden war. Etwas viele Unsicherheiten, dachte er. Darum musste er umgehend weitere Handlungsoptionen erarbeiten. Aber welche?

Je länger Luc über seine Situation nachdachte, desto klarer wurde ihm, dass jetzt die ultimative, vom Himmel gesandte Gelegenheit zur Flucht gekommen war. Wann, wenn nicht jetzt? Das war die Chance, endlich! Es sei denn, der Piratenmeute inklusive Sofolo und Tippu-Tin war es gelungen, nach Nosy Be zu flüchten ... Nach einer Stunde Fahrt war sich Luc sicher, keine Verfolger auf den Fersen zu haben. Er hatte entschieden, was weiter geschehen sollte. So ließ er die gesamte Mannschaft antreten und informierte sie über das französische Kriegsschiff und die Tatsache, dass der Piratenstützpunkt verloren war. Sie befanden sich nun auf dem Weg zur Insel Nosy Be, wo er, Luc, die gesamte Crew mit dem Geld der letzten Sklavenfahrt zu entlohnen beabsichtigte, um anschließend eine gewisse Zeit abzuwarten. Vielleicht ergab sich die Möglichkeit, sich neu zu organisieren, oder sie fanden heraus, dass sie die einzigen Überlebenden von Tippu-Tins Piratenmannschaft waren und sich somit nicht mehr neuformieren konnten. Die Crew war nicht begeistert, verstand jedoch die Dramatik der Situation und akzeptierte Lucs Entscheidung. Schließlich freuten sich alle auf die in Aussicht gestellte Beute. Im Morgengrauen näherten sie sich der Insel Nosy Be von Norden kommend und steuerten in die Bucht von Mahazandry, wo sie vor Anker gingen. Luc wollte abwarten, ob sich an Land angesichts ihrer Anwesenheit etwas ereignete. In der Zwischenzeit ließ er antreten und händigte jedem seinen Anteil aus. Die Mehrheit wollte auf dem Schiff warten und hoffte, dass sich weitere Schiffe der Piratenflotte einfinden würden. Weder ein weiteres Schiff noch eine Person an Land war zu sehen – ideal. Luc entschied sich, mit ein paar Freiwilligen auf einem Beiboot überzusetzen, um die Lage zu klären. Dem ersten Offizier vertraute er an, dass er nicht mehr zurückkehren würde; es galt, dem Piratenleben den Rücken zu kehren. Er wusste, der Weg in die Hauptstadt Tananarivo war lang und beschwerlich, aber er führte ihn in eine neue Zukunft.

Endlich fühlte sich Luc wieder frei. Seine Flucht fünf Monate zuvor hatte ihn über mehrere Stationen und einen langen, entbehrlichen Weg in die Hauptstadt und zu Bouillier geführt, um mehr und vor allem Genaueres zu erfahren. Luc war zu ihm ins Büro gekommen, um einerseits die Reiseunterlagen, andererseits seine neuen persönlichen Identifikationspapiere abzuholen. Seit seiner Gefangenschaft verfügte er nicht mehr über eine offizielle Identität. Luc nahm die Papiere und Dokumente mit einem zufriedenen Lächeln entgegen.

„Ich bedanke mich herzlich für Ihre Unterstützung, Monsieur Bouillier. Ich weiß nicht, was ich ohne Sie gemacht hätte."

Nicht der Rede wert, gern geschehen. Ich bin sehr froh, dass Sie am Leben sind. Nach all dem, was ich gehört und gelesen hatte, dachte ich nicht mehr, Sie je wieder zu treffen. Ich war in großer Sorge und habe schon Überlegungen angestellt, was ich mit den erworbenen Ländereien machen sollte. Ich bin froh, dass wir auch das klären konnten. Wissen Sie schon, wann Sie zurückkehren werden?"

„Nein, das kann ich noch nicht sagen, aber wie versprochen bleiben wir in Kontakt. Ich will zuerst meine Familie wiedersehen und natürlich meine Heimat, aber ich muss eingestehen, Madagaskar hat es mir angetan. Ich werde zurückkehren, allein schon, um mein Land in Besitz zu nehmen und zu kultivieren. Ich habe gehört, dass der Vanilleanbau sehr vielversprechend ist."

Bouillier und Luc unterhielten sich noch eine Weile und tauschten Gedanken über die Zukunft, das politische Geschehen und ihr persönliches Verhältnis aus. Schließlich verabschiedete sich Luc. Das Schiff, auf dem Bouillier für ihn eine Kabine gebucht hatte und das ihn zurück nach Frankreich bringen würde, sollte am nächsten Nachmittag ablegen. Bouillier zufolge stritten Frankreich und Großbritannien um die Vorherrschaft in Madagaskar. Großbritannien hatte zwar im Norden Truppen stationiert, die Franzosen jedoch die Insel Sainte Marie in ihren Besitz gebracht. Der Piratenstützpunkt war vollständig vernichtet worden. Luc hatte großes Glück, dass er nicht da gewesen war. Von Tippu-Tin und Sofolo fehlte jede Spur. Frankreich konzentrierte seine Kräfte momentan um den einzigen und wichtigen Handelshafen Tamatave und die Hauptstadt. Noch war offen, wer sich durchsetzen würde. Taktisch befand sich Frankreich im Vorteil und die Ambitionen von Großbritannien waren unklar. Auch die Einheimischen um Königin Ranavalona II. galten als ein unberechenbares Element und nicht zu unterschätzen. Luc wollte mehr über das erworbene Land erfahren. Laut Bouillier erstreckt es sich im Dreieck der Städte Sambava und Antalaha, jeweils an der Küste gelegen, und Andapa im Vorgebirge. Sicher war er regelmäßig daran vorbeigesegelt. Angesichts dessen, dass Großbritannien den Norden besetzt hielt, hielt er es für unklug von Luc, das gekaufte Land jetzt zu besuchen. Geduld war angebracht. Nun, das kam Luc entgegen, denn er sehnte sich danach, endlich wieder nach Frankreich zurückzukehren und seine Liebsten zu sehen. Die Gedanken an eine eigene Familie ließen ihn nachdenklich werden – es wurde langsam Zeit, das spürte er. Die Jahre vergingen und er wurde nicht jünger. Zuversichtlich wandte sich Luc in Richtung Hotel. Welche Abenteuer und Herausforderungen mochte die Zukunft für ihn bereithalten? Wann würde er erneut einen Fuß auf madagassischen Boden setzen und endlich sein Land in Besitz nehmen können? Er wusste es nicht – noch nicht.

Luc hielt es nicht länger in seiner engen, stickigen Kabine aus. Ein Sehnen nach frischer Luft trieb ihn an Deck, wo er die wohltuende Brise des Sommermorgens des Jahres 1895 genoss. Der Himmel präsentierte sich fast wolkenlos, während die aufgehende Sonne ihre Strahlen wie flüssiges Gold auf die mit Tau benetzten Decksbalken ergoss. Vom zweiten Offizier erfuhr er, dass sie bald die Nordspitze Madagaskars erreichen, entlang der Küste gen Süden gleiten und die berüchtigte Pirateninsel Sainte Marie bei Sonnenaufgang passieren würden, bevor sie am späten Nachmittag im Hafen von Tamatave anlegten. Die Erinnerung an die Zeit auf Sainte Marie, wo er über zwei Jahre unfreiwillig verweilt hatte, als Gefangener des berüchtigten Sklavenhändlers und Piraten Tippu-Tin, weckte Nervosität in Luc. Allein auf dem Panoramadeck der ‚Salazie' stehend, lehnte er an der Reling und spürte trotz des spärlichen Morgendunstes die Nähe der Insel. Unzählige Male war er mit seinem umgebauten Frachtschiff ins Piratennest zurückgekehrt, um Bericht und Geld abzuliefern. Die zwei Jahre im Piratendienst erschienen ihm wie ein Albtraum, doch sie bildeten den Ursprung seines Reichtums und den Grund seiner jetzigen Rückkehr. Vor einem Jahr hatte er von seinem Treuhänder Bouillier die Nachricht erhalten, dass die Zeit günstig sei, zurückzukehren. Ein Vertrag zwischen Frankreich und Großbritannien ebnete den Weg, indem Madagaskar den Franzosen überlassen worden war. Luc hatte endlich die von Bouillier erworbenen Ländereien in Besitz nehmen können und Hals über Kopf Frau und Sohn verlassen, um sich seiner Vergangenheit zu stellen.

Er atmete die vertraute, tropisch angehauchte Luft ein und konnte es kaum glauben – ein neues Abenteuer stand bevor. Vater geworden und schon wieder dem vertrauten Familienleben entrissen, musste er den Tatsachen gegenübertreten. Schmunzelnd verließ er das Deck nach einem letzten Blick auf Sainte Marie. Es war Zeit, zu packen und sich für die kommende Herausforderung zu wappnen. Luc war überzeugt, dass es nicht leicht werden würde, aber er war glücklich, zurück zu sein. Jean Bouillier hörte ihm interessiert und geduldig zu. Über ein Jahr und einige Monate waren seit Lucs Rückkehr vergangen und es war höchste Zeit, mit dem Treuhänder weitere Schritte zu besprechen. Diverse kaum zu bewältigende Herausforderungen erforderten dringend Maßnahmen. Die erworbenen Ländereien präsentierten sich in einem erbärmlichen und verwilderten Zustand. Luc musste sich zunächst einen Überblick verschaffen, bevor er an die Umsetzung von Plänen, wie dem möglichen Anbau einer Vanilleplantage, denken konnte. Einheimische hatten kleine Siedlungen an verschiedenen Orten errichtet und versuchten sich in primitiver Landwirtschaft. Teile des Landes waren von britischen Besatzungstruppen für Lager, Gebäude und mehr genutzt worden. Zahlreiche befestigte und gut ausgebaute Straßen durchzogen die Ländereien. An einem von Luc bereits evaluierten Standort für ein Wohnhaus und Betriebsgebäude mit Arbeiterdorf hatten die Briten sogar einen langen Holzsteg ins Meer gebaut, um Militärmaterial nicht ausschließlich auf der Straße transportieren zu müssen. Nicht alles, was Luc auf seinem Land vorfand, war zum Nachteil, allerdings mussten die Einheimischen, die über das gesamte Gebiet verteilt lebten, mithilfe des Militärs vertrieben und zwangsumgesiedelt werden. Dies führte oft zu Handgreiflichkeiten und kleinen Scharmützeln, die den Unmut über die neuen Kolonialherren, insbesondere Luc, schürten. Androhungen von Gewalt und guerrillakriegsähnliche Auseinandersetzungen wurden offen ausgesprochen.

„Nun, ich darf Ihnen mitteilen, dass das Oberkommando der Armee endlich zu weiterer Unterstützung bereit ist. In den nächsten Wochen werden zusätzliche Truppenkontingente in den Norden gesandt", schloss ein erleichterter Bouillier seine Ausführungen.

„Das freut mich, zu hören, und ich danke Ihnen für Ihre Bemühungen. Was würde ich bloß ohne Sie machen?", antwortete Luc lächelnd.

„Des Weiteren darf ich Ihnen mitteilen, dass sich Henry Maître, der Franzose, von dem ich Ihnen schon einige Male erzählt habe, endlich zugesagt hat. Sie werden in ihm einen sehr fähigen Vorarbeiter erhalten. Er ist im Norden, nahe von Diego Suarez, aufgewachsen und somit orts- und darüber hinaus sprachkundig in verschiedenen Dialekten. Der größte Benefit jedoch ist seine langjährige Erfahrung im Vanilleanbau", führte Bouillier mit heiterem Gesicht weiter aus.

„Besten Dank, Monsieur Bouillier. Ich weiß das sehr zu schätzen. Wann kann ich ihn treffen?", wollte Luc wissen.

„Nun, er befindet sich ebenfalls in der Stadt. Sie können sich somit jederzeit verabreden. Soll ich ein Treffen arrangieren?"

„Ja, gerne, das wäre sehr nett. Danke!"

Bouillier machte sich eine Notiz und hob dann den Blick.

„Was ich noch wissen wollte, Monsieur Bouillier, haben Sie meine Budgetaufstellungen schon überprüfen können?"

„Natürlich. Das habe ich bereits erledigt und einige Korrekturen sowie Vorschläge hinzugefügt, aber alles befindet sich im finanziellen Rahmen und ist tragbar", erklärte er und klopfte lächelnd auf ein stattliches Bündel Papier zu seiner Rechten.

„Ausgezeichnet!", entfuhr es Luc, der hocherfreut reagierte.

„Wie steht es eigentlich um Ihre Familie? Wann werden Ihre Frau und Ihr Sohn Rémy nach Madagaskar umsiedeln?", erkundigte sich Bouillier interessiert.

„Tja, das ist ein trauriges Thema", Luc zeigte sich besorgt. „Meine Frau weigert sich standhaft und will nicht kommen, leider. Vielleicht ändert sie ihre Meinung, sobald das Lebensprojekt weiter vorangekommen ist. Schließlich will ich ihr eine angenehme Zukunft und ein sicheres Auskommen bescheren. So oder so, ich bleibe dran. Die Hoffnung stirbt zuletzt, nicht wahr, Monsieur Bouillier? Ich habe schon viele Hürden genommen und werde noch weitere überspringen müssen", versuchte Luc, sich Mut zu zusprechen. Er lächelte verlegen.

„Hoffen wir auf das Beste!", antwortete Bouillier leise.

Sie tauschten sich noch eine Weile weiter aus. Bouillier betonte erneut, wie wichtig es für Frankreich war, nach dem ersten Feldzug die Kolonialherrschaft auf Madagaskar weiter zu festigen und zu sichern. Dies war ihm durch seine hervorragenden Verbindungen bekannt, die bis ins Élysée in Paris reichten. Nachdem die Sicherung der Hauptstadt und des strategisch wichtigen Nordens abgeschlossen war, galt es nun, sich auf den Süden und vor allem auf das Hochland zu konzentrieren. Die Königin war schon vor über einem Jahr ins Exil geschickt worden und Railinaiarivony, nur sehr kurz als Premierminister im Amt, hatte ihr alsbald ins Exil folgen müssen. Er war im Juli in Algerien verstorben und somit war der Weg frei für den ersten französischen Generalgouverneur. Bouillier hatte gehört, dass für Brigadegeneral Joseph Gallieni gute Chancen auf den Posten bestanden, da er sich in Indochina durch seinen gnadenlosen und brutalen Kampf gegen chinesische Piraten besonders verdient gemacht hatte, denn die Region war nun wesentlich stabiler. Lucs Besitz im Norden und sein Engagement hob Bouillier als eminent wertvoll hervor. Die Regierung war gerne bereit, die Unterstützung auszubauen. Er hatte auch Gerüchte über einen bevorstehenden zweiten Feldzug vernommen. Vielleicht würde man jedoch die Ankunft des neuen Generalgouverneurs abwarten. Mit der Zusage Bouilliers, das Treffen mit Henry Maître umgehend zu arrangieren, und dem voluminösen Papierstapel unter dem Arm verließ ein zufriedener Luc Bouilliers Büro. Es gab viel zu tun und er musste sich möglichst zeitnah mit diesem Maître treffen, um alles Notwendige zu besprechen.

Die Sonne stand fast senkrecht über ihren Köpfen und brannte unbarmherzig auf Luc und seine Begleiter herab. Die hohe Luftfeuchtigkeit sorgte für ein Waschküchengefühl. Glücklicherweise wehte, wie meistens am Nachmittag, ein lauer Wind, der zwar warm war, aber durch den Luftzug etwas Kühle generierte. Endlich hatten sie die obere Kante der großen Böschung erreicht, indem sie auf allen vieren hinaufgekraxelt waren. Die Böschung erstreckte sich entlang der Küstenstraße. Von hier oben konnten sie einen beeindruckenden Blick über das Gabriel-Land werfen und somit wichtige Entscheidungen über anstehende Bautätigkeiten treffen. Luc trocknete mit einem gestreiften Taschentuch den Schweiß in seinem Gesicht, schob den breitkrempigen Hut in den Nacken und atmete geräuschvoll ein und aus. Sein beiges Leinenhemd klebte wie ein nasser Waschlappen an seinem Oberkörper. Seinen Begleitern erging es nicht anders. Henry Maître keuchte ähnlich schwer wie er. Einzig der einheimische Jüngling Faly zeigte kaum Müdigkeit, lächelte spitzbübisch und schaute erwartungsvoll zu den beiden herunter, bis auch sie endlich oben angekommen waren. Luc gönnte ihnen eine kurze Pause, ehe er diverse Pläne der Umgebung, seines Landes, aus der mitgetragenen Mappe herausnahm, sie auseinanderfaltete und auf dem steinigen Boden auszulegen versuchte. Faly sammelte bereits Steine zur Beschwerung, drohte doch die laue Brise, die Pläne durcheinanderzuwirbeln.

Faly war der Erste, der Atem zum Sprechen fand: „Master Luc, womit wollen Sie nun beginnen?“, wollte der noch nicht 20-jährige Junge in seinem unnachahmlichen, bruchstückhaften Französisch wissen.

„Nun, ich denke, wir besprechen zuerst die Anordnung der Gebäude anhand der bereits vorhandenen, durch die Briten erstellten Straßen. Danach schauen wir uns die Lage, die Größe und das Anlegen der geplanten Plantagen an. Zum Schluss sehen wir, welche Straßen und Wege zusätzlich erstellt werden müssen – wenn überhaupt. Ich habe mehrmals darauf hingewiesen, dass wir die Aufteilung möglichst ohne Neubau von Straßen hinbekommen sollten. Oder was meinen Sie, Henry?“, beendete Luc das Ausführen seiner Gedanken.

Gierig trank er aus der Wasserflasche, die ihm Faly hingestreckt hatte.

„Ich sehe das genauso wie Sie“, antwortete Henry keuchend.

Luc konnte sich ein Schmunzeln nicht verkneifen und fächelte sich mit seinem Hut Luft zu. Was sie nun gemeinsam entwickelten, diskutierten und schließlich entwarfen, sollte der Grundstein für ihre Zukunft sein. Der gesamte Erfolg hing entscheidend von einer sinnvollen Planung und deren Umsetzung ab. Daher gingen sie strategisch, umsichtig und detailliert vor, immer wieder korrigierend. Transportwege, die Unterbringung der Arbeiter, der Betrieb und der Unterhalt der Plantagen sowie das Privathaus, der Fahrzeugunterstand, das Betriebs- und das Ökonomiegebäude wurden lebhaft debattiert. Immer wieder mussten sie die ins Auge gefasste Aufteilung verwerfen, da sich die bestehenden Wege, Straßen und Distanzen nicht sinnvoll mit den zu erstellenden Gebäuden verbinden ließen. Schlussendlich, die Sonne neigte sich bereits dem Horizont zu, war Luc mit der ersonnenen Anordnung zufrieden. Müde, hungrig und durstig, die Wasserflaschen waren alle leer getrunken, falteten sie die mit Entscheidungen vollgekritzelten Pläne zusammen.

Die Böschung mehr herabrutschend als gehend, erreichten sie endlich den Kleinlaster und fuhren zurück. Bis spät in den Abend sortierte und vervollständigte Luc die Pläne, den Ablauf und die Planung.

Bei einem Glas französischen Wein ließ er die vergangenen Monate seit seiner Rückkehr Revue passieren. Der Vorschlag von Bouillier, Henry Maître als Vorarbeiter einzustellen, kam einer Offenbarung gleich und zeigte sich als voller Erfolg. Dank ihm verfügte Luc nun über beste Verbindungen zu den wichtigsten und entscheidenden Personen. Er kannte die hiesigen Gepflogenheiten, einheimischen Verhandlungstaktiken und konnte somit kosteneffizient und zeitgerecht vorgehen, um alles Notwendige umzusetzen. Ein wahrer Glücksfall, wie sich zeigen sollte, je länger sich Luc wieder in Madagaskar aufhielt. Auch der Umstand, dass er Faly, diesen jugendlichen Einheimischen, dabeihatte, erwies sich als Gewinn. Zuerst hatte sich in ihm alles gegen eine Anstellung gesträubt, aber die Versicherung von Maître, dass der Kerl Gold wert war, hatte ihn schließlich überzeugt und zu einer Einwilligung geführt. Und so war es auch. Der Junge entwickelte sich zu einem ergebenen und arbeitswilligen Arbeiter. Dank ihm war die Rekrutierung der Einheimischen als billige Arbeitskräfte noch einfacher geworden und auch die Arbeit von Maître erleichterte sich entscheidend. Einzig die Herkunft von Faly ließ bei Luc zum ersten Mal seit der Rückkehr die Alarmglocken läuten. Maître zufolge war Falys Vater Teil der ruchlosen Sklavenhändler gewesen, die auf der Insel Sainte Marie ihr Unwesen getrieben hatten. Luc entschied sich, nicht weiter darauf einzugehen, und mimte gegenüber Maître den Unwissenden, was diese Geschichten und Erzählungen anbelangte. Nichtsdestotrotz wollte er die Informationen nicht ignorieren, im Gegenteil. Er musste alle Augen und Ohren in dieser Sache offenhalten, denn er wollte nicht, dass ihn seine Vergangenheit einholte. Dessen ungeachtet zeigte sich das Schicksal einmal mehr ihm wohlgesonnen. Wie lange würde sein Glück andauern?

Ein zufriedener Luc saß auf der kleinen Veranda seines neu erbauten Herrschaftshauses. Obgleich müde vom Arbeitstag, zögerte er, sich zur Ruhe zu begeben. Die Ereignisse der vergangenen Wochen und Monate beschäftigten seinen Geist. Neue Herausforderungen zeigten sich: sintflutartige Regenfälle, die den Boden der Vanillestauden erodierten, und die zunehmend feindseligen Auseinandersetzungen der einheimischen Bevölkerung mit der Kolonialmacht Frankreich und deren Großgrundbesitzern, zu denen auch Luc gehörte. Trotz dieser Herausforderungen war er erfüllt von der Realisierung seines Lebensprojekts. Nach einem Jahr intensiver Bauarbeit waren alle Gebäudeteile fertiggestellt. Sein Privathaus, bescheiden konzipiert, aber groß genug für seine Frau, seinen Sohn Rémy und möglichen zukünftigen Nachwuchs, zeugte von seiner Vision. Das Überzeugen seiner Frau davon, mit ihm nach Madagaskar zu ziehen, erwies sich jedoch als ein schwieriges Unterfangen. Die Trennung belastete Luc sehr und er verstand nicht, dass sie sich weigerte, ihm zu folgen. Während Europa ihr Ziel schien, träumte er von einer gemeinsamen Zukunft in seinem Land. Die Hoffnung, dass sie mit dem abgeschlossenen Bauvorhaben und der bevorstehenden Ernte, die finanzielle Sicherheit versprach, ihre Meinung ändern könnte, hielt ihn aufrecht. Vor der Erschließung der Plantagen wurden Unterkünfte für die Arbeiter gebaut. Luc überließ diese Aufgabe den beeindruckend geschickten Einheimischen. Unter der strengen Aufsicht von Maître entstanden Hütten und die entdeckte Quelle wurde zu einer zentralen Wasserstelle ausgebaut. Die Anlage der ersten von drei geplanten Plantagen begann mit dem Glück, reife Vanillestauden von einer verlassenen Plantage im Norden übernehmen zu können. Luc setzte sich das Ziel, die Betriebsgebäude bis zur ersten Ernte zu vollenden. Die bevorstehende Vanilleproduktion war für ihn eine große Herausforderung, da ihm das nötige Wissen fehlte. Henry Maîtres Engagement erwies sich erneut als glückliche Fügung, zumal er bereits Erfahrungen gesammelt hatte, doch die schiere Größe der Plantagen stellte selbst ihn vor Herausforderungen. Als Luc erfuhr, dass es über hundert Vanillevarianten gab und er die passende auswählen musste, konnte er ein lautes Lachen nicht unterdrücken. „Über hundert? Wie bitte? Und wie soll ich wissen, welche geeignet ist?“ Maître lachte angesichts der Überforderung seines Patrons. „Nun, so schlimm ist es nicht, Master Luc. Theoretisch gibt es über hundert, aber hier auf Madagaskar haben wir nur die Bourbon-Vanille. Sie wurde vor Jahrzehnten von der Insel La Réunion eingeführt und gedeiht prächtig“, beruhigte er Luc. Eine viel größere Herausforderung betraf die Bestäubung, die von Hand vorgenommen werden musste, was mehr Erfahrung voraussetzte. Das würden sie aber sicherlich meistern, fügte Faly grinsend hinzu. Er erinnerte Luc daran, dass die Namen für die drei Plantagen immer noch fehlten. Im Großen und Ganzen waren sie gut gestartet. Die erste Ernte war ertragreich ausgefallen und die Pflanzen auf den beiden anderen Plantagen wuchsen und gediehen ebenfalls. Der französische Markt verlangte nach Vanillestangen, was den Verkauf vorerst sicherte. Luc gähnte. Es war Zeit, ins Bett zu gehen. Gedanken über die Namen der Plantagen konnte er sich morgen machen und die Furcht vor neuerlichen Angriffen seitens der Rebellen schob er beiseite.

Der nächste Morgen brach an. Luc nippte an seinem zweiten Kaffee und blickte auf den wolkenverhangenen Himmel. Zwei Regenfronten waren bereits vorbeigezogen und ein sanfter Wind spielte mit den zarten Blättern der Palmenzweige. In dieser friedlichen Atmosphäre wurde ihm ein Brief seiner Frau durch den Kurierdienst der französischen Armee überreicht. Mit erwartungsvoller Neugier öffnete er ihn, in der stillen Hoffnung, dass sie sich doch noch dazu entschließen würde, zu ihm nach Madagaskar auszuwandern. Bereits zur Jahrhundertwende hatte er einen Versuch unternommen, jedoch erfolglos. Weder seine Frau noch sein mittlerweile zwölfjähriger Sohn Rémy zeigten Interesse an seinem neuen abenteuerlichen Leben. Für sie gab es keinen Grund, Frankreich zu verlassen, und sie verstanden nicht, dass er sie damals so abrupt zurückgelassen hatte. Sein Brief war ein letzter verzweifelter Versuch gewesen, seine Frau und seinen Sohn zu überzeugen, zu ihm zu kommen. Er berichtete vom Abschluss der Bauvorhaben, insbesondere des Wohnhauses, von seinen Plantagen, die er nun alle nach französischen

Königen oder Kaisern benannt hatte, und natürlich von seinem geschäftlichen Erfolg. Die Übergriffe der Rebellen erwähnte er bewusst nicht, um ihnen keine Angst zu machen und die Wahrscheinlichkeit ihres Übersiedelns nicht weiter zu verringern. Leider enthielt auch dieser Brief enttäuschende Nachrichten. Luc legte die gelesenen Zeilen resigniert beiseite. Es gab nichts Neues: dieselben Vorwürfe und totales Unverständnis. Zusätzlich meinte er erstmals, tiefe Verbitterung zwischen den Zeilen zu spüren. Es war schade, aber auch verständlich. Die Abreise damals hatte er in wenigen Monaten und recht überstürzt umgesetzt. In Lucs Vorstellung war klar gewesen, dass Frau und Sohn nach kürzester Zeit folgen würden, spätestens, wenn er in Madagaskar eine neue Existenz aufgebaut hätte. Leider hatte sich das als Trugschluss erwiesen. Der Erfolg stellte sich ein, aber weder seine Frau noch sein Sohn wollten daran teilhaben. Ein Verlassen seines Großgrundbesitzes in Madagaskar kam für Luc nicht mehr in Frage. Hier gehörte er hin, hier fühlte er sich zu Hause. Wohl oder übel musste er sich eingestehen, dass er sein Leben allein verbringen würde.

Wie Bouillier richtig vorhergesagt hatte, war Joseph Gallieni zum Generalgouverneur ernannt worden. Kaum in Madagaskar eingetroffen, leitete er einen weiteren Feldzug ein. Mit eiserner Hand wurden die Einheimischen im Süden und im Hochland angegriffen, niedergemetzelt und gnadenlos unterworfen. Schaurige Geschichten und Gerüchte verbreiteten sich wie ein Lauffeuer. Der Widerstand brach schnell zusammen, da die Madagassen, aus zahlreichen Stämmen bestehend, untereinander zerstritten waren und keine konzentrierte Gegenwehr entfalten konnten. Die offiziellen Kampfhandlungen hatten vor kaum sechs Monaten im Sommer 1905 mit der totalen Kapitulation ihr Ende gefunden. Die Unterwerfung war vollständig und Madagaskar gehörte nun zu Frankreich. Trotzdem flammten hier und da immer wieder kleine Aufstände auf, die Luc zunehmend Kopfzerbrechen bereiteten, auch wenn sein Besitztum bisher verschont geblieben war. Insbesondere die französische Armee und deren Stützpunkte standen im Fokus der guerillaähnlichen Widerstandsgruppen. Wie lange würde er selbst wohl noch verschont bleiben? Es schien nur eine Frage der Zeit zu sein. Dennoch sollte es mehr als zehn Jahre dauern, bis die Ereignisse sich überstürzten und Luc von seiner Vergangenheit eingeholt wurde.

„Master Luc, es ist mir reichlich unangenehm, aber ich muss diese Frage jetzt stellen. Sie liegt mir schon seit Wochen auf der Zunge. Was ist wahr an den Gerüchten über Ihre Vergangenheit im Zusammenhang mit den Piraten von Sainte Marie, die überall kursieren?“ Ein sichtlich angespannter und nervöser Henry Maître saß Luc gegenüber und schaute ihm unentwegt in die Augen. Schweißperlen zeigten sich auf seiner zerfurchten Stirn, nervös trommelte er mit den Fingern seiner linken Hand auf den Salontisch. Maître hatte die dramatische Zuspitzung wesentlicher Faktoren, die die Geschäfte betrafen, nicht übersehen können – abgesehen von den Gerüchten und ganz zu schweigen von Lucs chronisch schlechtem Gemütszustand. Das war schon seit Monaten spürbar. Dass Maître endlich Klarheit verlangte, war nur logisch und menschlich nachvollziehbar, denn er hatte erst kürzlich seinen jungen Sohn Richard motivieren können, ebenfalls für Luc zu arbeiten. Somit verbanden sich sein Schicksal, sein Erfolg und sein Misserfolg mit Lucs Geschick und er konnte das Unbehagen fast körperlich spüren. Lucs Gesichtszüge verkrampften sich und er rang nach Atem. Im Grunde war er sehr froh, dass sich jetzt alles endlich klären ließ, und er machte sich Vorwürfe, dass er es nicht von sich aus schon viel früher angesprochen hatte. Ihm war klar gewesen, dass nach den turbulenten Ereignissen der letzten Monate früher oder später Fragen gestellt würden. Unbequeme Fragen. Fragen, die einer Erklärung bedurften. Dass sich all die negativen Entwicklungen so plötzlich kumulierten und auf ein grausames Ende zuliefen, machte die Situation nicht erträglicher, aber Luc hatte es kommen sehen, ja, gespürt und das schon seit Längerem. Angefangen hatte es mit übernatürlich zahlreichen und heftigen Sommergewittern im Jahr 1911. Diese hatten eine starke Bodenerosion in Gang gesetzt, derer sie nicht mehr Herr geworden waren. Zwei der drei Plantagen hatten deshalb komplett neu bepflanzt werden müssen. Zusätzlich hatte Luc festgestellt, dass die Qualität und die Effizienz der Bestäubung unzureichend zu sein schienen. Leider kannten weder er noch Maître die Gründe und waren sich unsicher, wie das Problem gelöst werden konnte. Niemand aus ihrem Umfeld wusste einen Rat oder hätte Abhilfe leisten können. Die Folge war ein Ernteausfall gigantischen Ausmaßes mit dementsprechend großem Einkommensverlust. Luc hatte sämtliche Rückstellungen für Neubepflanzungen und das Ausgleichen der Verluste aufwenden müssen. Im Jahre 1914 hatten sie endlich die Talsohle durchschritten. Die Plantagen gediehen wieder prächtig und sie dachten, sie hätten das Schlimmste überstanden. Dann brach der Erste Weltkrieg aus und die weltweite Nachfrage und Absatzmärkte brachen komplett ein. Dank Verbindungen von Bouillier bis in die höchsten Regierungskreise Frankreichs überstanden sie auch diese vier Kriegsjahre. Finanzielle Unterstützung und eine vertraglich vereinbarte Mindestabsatzmenge verhinderten die Katastrophe, sprich den Konkurs. Leider erholte sich die Weltwirtschaft danach nur langsam und Luc hatte sogar seine letzten Vermögenswerte zur Weiterführung des Geschäfts aufwenden müssen. Es blieb ihm nichts anderes übrig. Er wollte nicht aufgeben. Noch nicht. Als wäre das nicht schon tragisch genug gewesen, machten plötzlich Gerüchte die Runde, wonach Luc seinen Reichtum der Mitgliedschaft bei den Piraten von Sainte Marie zu verdanken hätte. Die hielten sich hartnäckig. Was sollte er tun? Sie saßen, wie so oft in den letzten Wochen, auf Lucs Veranda, um wichtige Entscheidungen und Vorgehensweisen für die nächsten Tage zu besprechen. Seit Tagen erwarteten sie nämlich einen Großangriff einheimischer Rebellen. Diesen entscheidenden Hinweis hatten sie von der französischen Armeespitze erhalten, die sich auf einen in den gegnerischen Reihen platzierten Spitzel berief. Einzig über den Zeitpunkt war nichts bekannt und das Warten zerrte an ihren Nerven. Das Verteidigungsdispositiv war aufgezogen und das Land von Luc glich einem Armeecamp.

„Die Gerüchte über meinen Reichtum stimmen“, begann Luc seufzend, die drängende Frage von Maître zu beantworten. „Ich diente zwei Jahre lang in Tippu-Tins Piratenbande und machte dank meines privilegierten Postens als wichtigster Kapitän einer umgebauten Handelsfregatte richtig viel Geld. Wie es dazu kam, erzähle ich Ihnen gerne ein anderes Mal. So oder so, es war äußerst abenteuerlich, doch bin ich keinesfalls stolz darauf. Ich habe hier und jetzt nur eine Bitte: Behalten Sie dieses Wissen für sich oder wir gehen gemeinsam unter, egal wie der Kampf gegen die Rebellen ausgeht. Sofolo, der mutmaßliche Rebellenanführer, kenne ich aus meiner Piratenzeit. Mit ihm habe ich noch eine Rechnung offen und ich freue mich, endlich Rache üben zu können!“, endete Luc.

Sein Blick war furchteinflößend, sodass Maître ihn erstaunt ob des Gefühlsausbruchs ansah.

Zwei Tage nach diesem klärenden Gespräch griffen die Rebellen im Morgengrauen an.

Schon vor Wochen hatten Luc, Maître und zwei Armeeoffiziere einen Plan zur Verteidigung des Gabriel-Landes ausgearbeitet. Allen war klar, dass der Angriff sehr wahrscheinlich im Morgengrauen erfolgen würde. Taktisch beurteilt konnten die Rebellen nicht von Westen, aus dem Hinterland, kommen, da sie in dem Fall zwei Armeecamps als Hindernis überwinden mussten. Und die Wahrscheinlichkeit, dass sie vom Meer kamen, war gleich null, weil sie über keine größeren Schiffe mit entsprechender Truppentransportkapazität verfügten. So blieb einzig der Norden übrig, zumal im Süden der Masoala-Urwald lag und der nicht überwunden werden konnte. Somit war klar, worauf sie ihre Verteidigung ausrichten mussten. Die beiden Offiziere entwarfen nun einige Angriffsszenarien. Einerseits zeigte sich so, wie sie es selbst angehen würden, und andererseits, was ihre Erfahrungen im Kampf mit den Einheimischen während der geführten Feldzüge sie lehrten. So kristallisierte sich eine klare Hauptstrategie heraus, mit diversen möglichen und im Kleinen abweichenden Varianten. Der Hauptstrom würde über die Küstenstraße geführt, und zwar so massiv, dass die Verteidiger glaubten, es gebe keine andere Front mehr. Damit ließe sich alle Kraft auf der Küstenstraße binden und mögliche

Umgehungsrouten würden dadurch vernachlässigt oder gar nicht mehr in Erwägung gezogen. Optionale Routen bestanden darin, die massive Straßensperre im Westen durch die Plantagen oder im Osten entlang des Meeres durch das Schilf, das von einigen schmalen Pfaden durchzogen war, zu umgehen. Oder sie würden mit einem kleinen Schiff ein bescheidenes Kontingent an Rebellen am großen Steg absetzen. So oder so, und da waren sich alle einig, sämtliche Umgehungsrouten mussten zusätzlich abgesichert werden. Eine hitzige Diskussion entbrannte über die Frage, ob sie die Angreifer auf der Straße mit allen Mitteln abwehren oder nach geraumer Zeit eine Scheinflucht inszenieren und die Rebellen ins Arbeiterdorf lassen sollten. Dort könnten sie den Hauptteil der Angreifer erwarten und gezielt und konzentriert eliminieren. Es handelte sich um eine gewagte Aktion und sie diskutierten lange über das Für und Wider dieser Taktik. Schließlich verwarfen sie die Variante, da Luc darauf bestand, den Kampf möglichst fernab der Gebäude und Häuser zu führen. Er wollte so wenig Kollateralschaden wie möglich zulassen. Es war anzunehmen, dass ohnehin einige Rebellen über die Umgehungsrouten ins Dorf vordringen könnten, und eine Konzentration der Rebellenkräfte wollten sie nicht. Damit war das Verteidigungsdispositiv geklärt und die beiden Offiziere begannen, die Truppenstärke entsprechend zu verteilen. Das stärkste Kontingent sollte die Straße sichern, das zweitgrößte im Dorf agieren, auch als Reserve dienend, jeweils unter dem Befehl der beiden Offiziere. Zwei etwas kleinere Verbände formierten sich in den Plantagen unter der Leitung von Maître und das andere am Meer wurde von Luc höchstpersönlich befehligt. Zusätzlich sollten Patrouillen und Späher vor Überraschungsangriffen schützen. Jetzt galt es, die Stellungen zu besetzen und auszubauen, um anschließend den Dienst antreten zu können und das lange Warten zu ertragen. Währenddessen nahm das geregelte Arbeitspensum auf Gabriel-Land seinen gewohnten Lauf.

Luc wurde durch das schrille Läuten des Armeetelefons, einer Standleitung von der Straßensperre der Armee zu seinem Haus, jäh aus dem Schlaf gerissen. Er hob den Hörer: „Ja, ich höre?“

„Master Luc, sie greifen an. Wie wir vermutet haben, bewegt sich ein großer Konvoi auf uns zu. Es wurde bereits ein Meldeläufer ins Arbeiterdorf geschickt, zwei andere sind zum Abwehrdispositiv am Meer und in die Plantagen geschickt worden", beendete der Nachrichtensoldat mit erregter Stimme seinen Bericht.

„Danke!", lautete die trockene Antwort von Luc.

Er hängte auf und glaubte, im Hintergrund schon Gewehrsalven zu vernehmen. Endlich, der Tag der Entscheidung war da. Erleichterung machte sich in ihm breit. Er atmete tief ein und zog rasch die Stiefel an. Die Kleidung hatte er in den letzten Nächten nicht ausgezogen. Er wollte stets bereit sein. Luc hasste Überraschungen, vor allem, wenn jemand nach seinem Leben trachtete. Eine anhaltende Nervosität und die ständige Erinnerung daran, dass heute sein Todestag sein konnte, weckten Erinnerungen an seine Piratenzeit. Dieses Gefühl kam ihm seltsam vertraut vor. Nachdem er seine Pistole und sein Messer überprüft und am Gürtel befestigt hatte, verließ er das Haus. Sein Ziel war es, sich zu der Gruppe am Meer zu gesellen, wie geplant. Er hatte eine Vorahnung, dass Sofolo die Gruppe am Meer anführte.

Die Anspannung stieg von Sekunde zu Sekunde. Dunkelheit beherrschte noch die Umgebung. Luc musste sein Tempo drosseln, um nicht zu stolpern. Ein Silberstreifen am östlichen Himmel deutete auf den beginnenden Morgen hin, während am Strand letzte Nebelschwaden vorüberzogen. Luc bog vom Pfad zum Strand links in einen noch schmaleren Pfad ab und näherte sich langsam und leise der Stellung der Armee. Vor einer 90-Grad-Biegung blieb er stehen und lauschte den ersten Gewehrsalven von der Straße her.

In Kauerstellung flüsterte er kaum hörbar das Passwort „Trikolore!" – keine Reaktion. Seine Anspannung wuchs. Er wiederholte es und hörte daraufhin ein Rascheln vor ihm.

„Sind ...sind Sie das, Master Luc?", stammelte Faly unsicher.

Plötzlich eröffnete ein Maschinengewehr das Feuer, gefolgt von zahlreichen Schreien. Detonationen und der Lärm von Petarden erfüllten die kühle Morgenluft. Tod und Verderben breiteten sich an der Straßensperre aus. Der Kampf hatte begonnen.

„Ja, ich bin es, Faly“, antwortete Luc leise. Er bog um die Ecke. „Ist hier alles ruhig?“, wollte er wissen. Aus dem Augenwinkel sah er, wie Faly nickte. Luc kroch weiter voran, an Faly vorbei, und konnte nun schemenhaft diverse Soldaten in Schussstellung mit aufgestellten Bajonetten erkennen. Der Lärm von der Straße intensivierte sich weiter. Der diensthabende Korporal drehte sich zu Luc um und legte den Zeigefinger an die Lippen, um anschließend mit dem Daumen in die entgegengesetzte Richtung zu weisen. Alle verharrten und lauschten angespannt ins dunkle Schilf. War da nicht ein Rascheln und Getrampel zu hören? Unsicher schauten sich Luc und der Korporal an. Da war dieses Geräusch wieder. Die Anspannung steigerte sich nochmals. Es wurde zunehmend schwierig, in dem Kampflärm von der Straße, der immer intensiver und lauter zu werden schien, etwas Genaueres auszumachen. So oder so, etwas oder jemand kam auf dem Pfad auf ihre Stellung zu. Es wurde zunehmend heller und Luc traute sich, aufzustehen, um über das Schilfgras hinwegzuspähen. Er zählte zehn Köpfe und duckte sich sofort wieder. Dem Korporal zeigte er mit zweimal fünf Fingern an, was auf dem Pfad vor ihnen los war. Dieser nickte verstehend. Die Gruppe der Rebellen bog auf die Gerade des Pfads, der direkt zu ihnen in den Hinterhalt führte.

Luc hatte bereits seine Pistole gezogen und wollte das Feuer eröffnen, als überraschend Schüsse zu ihrer Rechten losknatterten. Das musste am Strand sein, durchfuhr es Luc, und schon schrie der Korporal: „Feuer!“

Eine orchestrierte Salve entlud sich. Die Rebellen brachen zusammen oder wurden durch die Wucht der Treffer nach hinten geworfen. Zwei Soldaten erhoben sich sofort und rannten wild schreiend auf die letzten zwei verbleibenden Rebellen zu, um sie mit ihren Bajonetten gnadenlos niederzustechen.

„Dem Pfad folgen und herausfinden, ob noch mehr kommen!“, befahl der Korporal den beiden. „Ihr sichert diese Stelle. Wir machen keine Gefangenen. Alle anderen nachladen, haltet euch bereit", befahl er dem Rest der kleinen Gruppe mit aufgeregter und zittriger Stimme.

Zwei Soldaten durchsuchten die gefallenen Rebellen und stachen eventuell Verwundeten gezielt mit dem Bajonett ins Herz. Keine Gefangenen. Luc musste schlucken. Ihm wurde übel angesichts solcher Grausamkeit und er war für Sekunden wie gelähmt.

Mit zunehmendem Tageslicht wurde das Gemetzel auf dem Pfad vor ihnen deutlicher sichtbar. Das Schilfgras war rot gefärbt vom Blut der getroffenen Rebellen. Vom Strand her drang erneut der Lärm koordinierter Gewehrsalven zu ihnen durch, gefolgt von schmerzerfülltem Geschrei.

Plötzlich erstarb der Kampflärm und Luc konnte hören, wie jemand schrie: „Holt mir diesen wilden Kerl, er darf nicht entkommen!" Als hätte der Befehl ihm gegolten, sprang er schnell auf und rannte den Pfad zurück. Konnte es sein, dass ein Kerl durch die Reihen der Soldaten entkommen war? Keuchend und rasend schnell, die Pistole in der Hand, folgte er dem schmalen Pfad und bog in den breiteren Strandpfad ein.

Bumm!

Luc wurde brutal um die eigene Achse geworfen, die Pistole flog aus seiner Hand und er blieb benommen liegen. Was war geschehen? Er kniete sich stöhnend hin. Vor sich sah er einen dunkelgekleideten Kerl, der aufzustehen versuchte. Vom Aufprall noch benommen torkelte Luc auf ihn zu und stieß ihn erneut zu Boden. Der Kerl landete fluchend mit dem Gesicht im Dreck, drehte sich um und schaute zu Luc auf.

Sofolo!

Luc erkannte ihn anhand seiner Narbe auf der Stirn sofort wieder. Auch Sofolo erkannte Luc. Er erhob sich blitzschnell und sprang mit einem wilden Schrei auf ihn los. Geistesgegenwärtig machte Luc einen schnellen Schritt zur Seite, verspürte aber sofort einen stechenden Schmerz am rechten Oberarm. Sofort griff er mit seiner linken Hand danach und stellte eine tiefe Schnittwunde fest, aus der bereits Blut tropfte. Sofolo erhob sich langsam und grinste, dabei strich er das blutverschmierte

Messer an seiner schwarzen Hose ab. Zwischenzeitlich suchte Luc fieberhaft nach seiner Pistole, konnte sie aber nicht finden. Er konzentrierte sich also auf den nächsten Angriff Sofolos und zog sein eigenes Messer.

„Endlich stehen wir uns wieder gegenüber, du Verräter. Deine Zeit ist vorbei, stirb, du elender Hund!“, schrie Sofolo irre.

Erneut stürmte er auf Luc los. Dieser erstarrte. Das Messer nach oben haltend, wollte er sich gerade wegducken, als ein Schuss die Stille zerriss. Mit einem hasserfüllten Schmerzensschrei blieb Sofolo abrupt stehen, krümmte sich, fiel langsam wie ein gefällter Baum vornüber und blieb regungslos liegen. Aus einer Schusswunde am Rücken strömte Blut und färbte den Überzug rot.

Hinter Sofolo stand ein zitternder Faly, Lucs Pistole in der Hand haltend, mit weit aufgerissenen Augen zu Luc starrend. Langsam schritt Luc auf ihn zu, löste ihm die Pistole aus der verkrampften Hand und nahm ihn in die Arme: „Danke, Faly, du hast mir das Leben gerettet!“

Die folgenden Wochen und Monate gestalteten sich schwierig. Allen fiel es sehr schwer, sich wieder an einen geregelten Alltag zu gewöhnen. Zu lange hatte Gabriel-Land einem riesigen Militärcamp geglichen und das Warten auf den Rebellenangriff war nervenaufreibend gewesen. Der Angriff der Aufständischen fand, wie von den Offizieren als naheliegendes Szenario skizziert, statt. Wie am Strand und im Schilf konnte auch Maître in den Plantagen den Angriff abwehren. Die Reserveeinheit im Dorf musste nicht einmal eingreifen. Es entstand kein Schaden, weder am Privathaus noch an den Betriebsgebäuden. Der Triumph war total. Gleichwohl hatten drei Armeeangehörige den Tod gefunden, zahlreiche waren verwundet worden. Lucs Schnittwunde war nicht gravierend und heilte schnell. Dementsprechend war er äußerst glücklich und zufrieden. Wie der Anführer Sofolo zu Tode gekommen war, blieb Lucs und Falys Geheimnis. Alle gingen davon aus, dass Luc den tödlichen Schuss abgegeben hatte. So wurden keine weiteren Fragen gestellt und es konnten Aufräumarbeiten in Angriff genommen werden. Die

Armee entfernte alle Posten und das Soldatencamp. Einzig die Straßensperre sollte unbemannt stehen gelassen werden. Man wusste ja nicht, ob sie wieder gebraucht würde. Anfangs patrouillierte die Armee noch unregelmäßig durch Gabriel-Land, nach sechs Monaten stellte sie auf Geheiß von Luc auch das ein. Die Aufständischen hatten eine schmachvolle Niederlage einstecken müssen. Vorerst waren sie total geschwächt und es war fraglich, ob sie hier im Osten je wieder die Macht vergangener Tage entfalten konnten. Somit kehrte wieder so etwas wie Normalität ein und damit auch alte Probleme. Nach wie vor war die Bodenerosion ein Riesenthema, gefolgt von der unvollkommenen Bestäubung von Hand, die eine größere Ernte verunmöglichte. Zwar erholte sich der europäische Markt langsam, aber selbst zwei Jahre nach dem Ende des Ersten Weltkriegs war Luc bewusst, dass er nur expandieren konnte, wenn er diese zwei Probleme in den Griff bekam. Der Zugang zum weltweiten Markt würde das Überleben seines Unternehmens für die Zukunft sichern. Wie konnte das gelingen? Luc wusste es nicht, doch eine gewisse Vorstellung kristallisierte sich immer deutlicher heraus. Noch war die Zeit nicht reif genug und es bedurfte der Hilfe von außen.

Wieder einmal saßen sie auf der Veranda von Lucs Haus und diskutierten zum x-ten Mal die Technik der Bestäubung. Den ganzen Morgen waren Luc, Maître und Faly mit dem Aufräumen in den Plantagen und dem Ausbessern der Wurzelstöcke der Vanillestauden beschäftigt gewesen und erst kurz vor dem Mittagessen fertig geworden.

„Master Luc, so kann es nicht weitergehen. Wir müssen endlich eine Lösung finden. Mit einer verbesserten Bestäubungstechnik könnten wir viel mehr Früchte erzielen, sprich eine massiv größere Ernte“, begann ein frustrierter Maître die Diskussion. „Wir benötigen Hilfe. Wir sind mit unserem Latein am Ende. Unterstützung ist dringend nötig“, endete er lakonisch.

„D'accord, woran habt ihr gedacht? Irgendwelche neuen Erkenntnisse oder Ideen?“, antwortete Luc mit unüberhörbarer Frustration in seiner Stimme.

Maître schaute erst zu Faly, dieser nickte und schien, ihm Mut machen zu wollen, dann zu Luc.

Händereibend sprudelte es nun aus ihm heraus: „Nun, Faly und ich sind der Ansicht, dass Ihr Sohn eine Lösung sein könnte. Sie haben erzählt, dass er im Agrarsektor studiert hat und jetzt als Kaufmann weltweit tätig ist. Er scheint in einer stabilen Situation zu leben, auch privat. Bitte korrigieren Sie mich, wenn ich etwas Falsches sage, aber als offenbar glücklich verheirateter Familienvater mit Kind scheint er sehr tüchtig und erfolgreich zu sein. Eventuell erklärt er sich bereit, sich Ihren Betrieb anzusehen und uns zu helfen. Und ..."

Luc wollte lauthals protestieren, als Maître seine rechte Hand hob und ihn zu warten bat, bis er seine Ausführungen beendet hatte.

„Und, Master Luc, ich bitte Sie inständig. Es ist an der Zeit, sich wenigstens mit Ihrem Sohn zu versöhnen oder zumindest einen ersten Schritt auf ihn zuzugehen. Jetzt, wo Ihre Frau nicht mehr lebt, besteht vielleicht die Chance, dass Ihr Sohn empfänglicher ist. Sie müssen an die Zukunft denken, über sich hinaus. An die nächste Generation, an Ihr Erbe. Wer wird das Ganze hier mal weiterführen? Haben Sie schon daran gedacht? Sie haben auch eine Verantwortung für uns, für Madagaskar. Wir werden nicht jünger, Master Luc, und die neue Generation steht bereit. Mein Sohn Richard, Faly und viele weitere im Arbeiterdorf vertrauen und zählen auf Sie. Sie haben das alles hier gestartet."

Maître machte eine ausladende Bewegung mit den Armen.

„Master Luc, ich bitte Sie inständig, probieren Sie es. Schreiben Sie Ihrem Sohn einen Brief, bitten Sie um Entschuldigung, erklären Sie unsere schwierige Situation schonungslos und bitten Sie ihn um Hilfe!" Maître hatte geendet und schaute hilfesuchend zu Faly.

Dieser nickte stumm und schaute Luc flehentlich an. Es schien, als hätten die beiden schon eingehend die soeben vorgestellte Option erörtert.

Luc wurde es schwer, sehr schwer ums Herz. Er atmete tief ein und ein Seufzer der Verzweiflung entwich ihm. Tief in seinem Herzen spürte Luc, dass Maître vollkommen Recht hatte. Es war höchste Zeit, sich mit seinem Sohn, den er ja gar nicht kannte, zu versöhnen. Vielleicht geschah ja noch ein Wunder.

„Ich danke euch beiden. Ihr seht das richtig. Ich werde ihm einen Brief schreiben!“

Prolog II

1918–1936

„Was zum Teufel denkt sich dieser Kerl eigentlich? Für wen hält er sich?“

Rémy warf den verdammten Brief verächtlich auf den Tisch, ballte die Fäuste und erhob sich, um sich ein wenig zu bewegen, um Luft zu schnappen. Es war unerträglich. Dieses verdammte Schriftstück seines Vaters hatte er nun schon zum x-ten Mal durchgelesen und jedes Mal war seine Wut aufs Neue hochgekocht. Er konnte es einfach nicht fassen. Rémy atmete tief ein und aus. Er versuchte, sich zu beruhigen, während er erneut den Esstisch umrundete, der mitten in der Küche stand.

„Rémy, bitte, reg dich etwas ab, sprich leiser, du weckst noch die Kleine mit deinem Theater“, schaltete sich Sabine, seine Frau, ein. „Und mal ganz ehrlich, ändern kannst du an dieser Situation nichts. Je schneller du das akzeptierst, desto früher können wir nüchtern darüber sprechen!“

„Nüchtern darüber sprechen! Du hast leicht reden. Es ist ja nicht dein Vater. Du hast keine Ahnung, wie es war, so aufzuwachsen. Und jetzt, ausgerechnet nach dem Tod von Mutter, meldet er sich plötzlich. Jahrelang wollte er nichts von uns wissen. Sein Lebensprojekt auf Madagaskar war ihm wichtiger. Er dachte nur an sich und seinen verdammten Besitz. Ich kann ihn nicht ausstehen, ich hasse ihn!“

Rémy setzte sich wieder hin und vergrub sein Gesicht in den Händen. Das konnte doch einfach nicht wahr sein.

„Versündige dich nicht, Rémy! Wie kannst du ihn hassen? Du kennst ihn ja gar nicht!“, versuchte Sabine, ihren Mann zu besänftigen. „Vielleicht brauchte es den Tod deiner Mutter, damit er einen neuen Anlauf wagte. Sie war nicht mehr bereit, sich zu versöhnen. Ihr Hass hat sie förmlich aufgefressen, das hast du selbst gesagt. Also hör auf und lass die Vergangenheit ruhen.

Du kannst sie nicht mehr ändern, aber du kannst dich mit ihr versöhnen, und das öffnet vielleicht den Weg zu deinem Vater. Sieh doch, er hat im Brief geschrieben, dass er so manches bereut. Er reicht dir die Hand. Sei nicht so stur!"

Sabine legte ihre Hände auf Rémys Schultern, küsste ihn sanft auf den Nacken und verließ die Küche. Sie wusste, dass es jetzt Zeit war, ihren Mann allein zu lassen, damit er seine Gedanken sortieren konnte.

Rémy verweilte einen Augenblick länger in seiner nachdenklichen Position. Er spürte, dass seine Frau Sabine nicht bloß versucht hatte, ihn zu beruhigen, sondern ihm eine ehrliche Perspektive aufzeigte. Dennoch weigerte er sich, den ersten Schritt zur Versöhnung zu gehen. Die Verletzungen der Vergangenheit lasteten schwer auf ihm und der Durst nach Rache pochte tief in seiner Seele. Seine Kindheit ohne Vater war von Missverständnissen, Wut und dem Gefühl des Verlassen seins geprägt gewesen. Als sein Vater die Familie zurückgelassen hatte, war Rémy kaum sechs Jahre alt gewesen. Er fühlte sich urplötzlich zurückversetzt. Die Gründe hinter den elterlichen Streitereien und der plötzlichen Trennung blieben ihm verschlossen. Er zog sich zurück, durchlebte einsame Momente und litt unter den Gerüchten im Dorf. Die finanzielle Unterstützung seines Vaters sicherte zumindest einen gewissen Lebensstandard für die Familie, doch die emotionale Kluft blieb bestehen. Die Briefe seines Vaters, die er später entdeckte, gewährten Einblicke in das Leben in Madagaskar und die Sehnsucht nach einer vereinten Familie. Seine Mutter weigerte sich hartnäckig, dem Angebot zu folgen. Als Rémy älter wurde, entwickelte er Interesse an der Geschichte seines Vaters. Die Briefe zeichneten ein Bild von Wohlstand, Plantagen und der Bedeutung, die er der Kolonie Madagaskar beimaß, doch die genauen Umstände seines Reichtums blieben im Dunkeln. Jede Nachfrage bei seiner Mutter führte zu explosiven Reaktionen. Eine einzige Andeutung seiner Mutter über die Seefahrervergangenheit seines Vaters weckte Rémys Neugier. Der Gedanke an Madagaskar wurde zu einer Faszination, begleitet von der Frage, wie es wäre, dieses ferne Land zu erkunden. Trotz allem blieb die Wahrheit über die Vergangenheit seines Vaters ein undurchdringliches Rätsel. Rémy konnte nicht begreifen, dass seine Mutter trotz aller Vorzeichen seinen Vater geheiratet hatte. Sie hätte doch wissen müssen, dass er irgendwann dem Bedürfnis der Übersiedlung nach Madagaskar nachgeben und sie vor der Entscheidung stehen würde, mitzugehen oder nicht. In seinen Augen trug sie an dieser Situation genauso viel, wenn nicht sogar mehr Schuld. Als Rémy sie darauf ansprach, erklärte seine Mutter, dass sie schlicht und ergreifend schrecklich verliebt gewesen sei und niemals mit einer solchen Wendung gerechnet hätte. Spätestens mit seiner Geburt sei ihr klar geworden, dass eine Auswanderung unmöglich war. Sein Vater habe keinerlei Verständnis für diese veränderte Situation gezeigt; es habe für ihn keine andere Möglichkeit gegeben. Seitdem machte sie ihm ständig Vorwürfe des puren Egoismus. Trotz allem entwickelte Rémy mit der Zeit ein zwiespältiges Verständnis. Einerseits interessierte ihn das Schicksal seines Vaters zunehmend, je älter er wurde. Andererseits konnte er nicht nachvollziehen, dass er sie zurückließ. Kurz vor Rémys 20. Geburtstag erhielten sie erneut einen Brief. Diesmal bat sein Vater sie inständig darum, nach Madagaskar zu kommen. Er behauptete, alles für ihre Ankunft vorbereitet zu haben und äußerst erfolgreich im Vanillegeschäft zu sein. Wieder entbrannte ein heftiger Streit. Dieses Mal äußerte Rémy erstmals den Wunsch, vor Beginn seines Agrarstudiums seinen Vater auf Madagaskar zu besuchen, doch seine Mutter war alles andere als begeistert und reagierte panisch bis hysterisch. Sie behauptete, dass sie keinerlei finanzielle Mittel für eine solche Reise hätten. Rémy ließ sich nicht entmutigen. Er würde seinem Vater schreiben und um finanzielle Unterstützung bitten. Die beiden einigten sich darauf, jeweils einen Brief zu schreiben und abzusenden. Rémy war zufrieden, erwartete die Antwort sehnsüchtig und war gespannt auf die Reaktion seines Vaters. Das Warten wurde zu einer unerträglich langen Qual. Wochen und Monate vergingen, ohne dass etwas geschah. Kein Brief, keine Reaktion. Rémy war verzweifelt und konnte nicht verstehen, dass sein Vater nicht antwortete. Nach fast einem Jahr ohne jede Rückmeldung teilte er seinen Unmut schließlich seiner Mutter mit. Seine Mutter bedauerte die Situation und betonte, dass dies dem wahren Charakter seines Vaters entspreche – ein Egoist ohne echtes Interesse an ihnen. Rémy fühlte sich verraten und bitter enttäuscht. Für ihn war sein Vater gestorben, denn er hatte keine Antwort auf seine Anfrage zur Reiseunterstützung von ihm erhalten. Auch der spätere Tod seiner Mutter während des Kriegs schien beim Vater kein Interesse zu wecken. In der Zwischenzeit hatte Rémy sein Studium abgeschlossen und arbeitete erfolgreich für eine weltweit tätige Handelsgesellschaft. Er hatte Sabine geheiratet, eine Deutsche, deren Familie vor dem Krieg hatte fliehen müssen. Gemeinsam hatten sie eine gesunde Tochter und ihr Leben war von Glück und Zufriedenheit erfüllt.

Jahrelang hatte Rémy nichts mehr von seinem Vater gehört, bis gestern überraschend ein Brief aus Madagaskar eingetroffen war. In diesem beschrieb sein Vater erstmals detailliert die ernste und tragische Situation auf der Insel. Er berichtete von massiven Regengüssen und Stürmen, die Bodenerosion verursachten, sowie von der mangelhaften Bestäubung der Vanillepflanzen, die zu erheblichen Ernteeinbußen führte. Die Instandsetzung der Sturmschäden sei zwar zeitaufwändig, aber die geringere Ernte beeinträchtige die Einnahmen erheblich. Trotz steigender Nachfrage seit Kriegsende überlege er, weitere Plantagen anzulegen, was höhere Kosten mit sich bringe. In dieser Zwickmühle bat er nun seinen Sohn um Hilfe, da er sein Studium erfolgreich abgeschlossen habe und sein Wissen gewinnbringend einsetzen könne. Er äußerte den Wunsch, endlich seinen Sohn kennenzulernen, und hoffte auf eine Möglichkeit zur Versöhnung nach dem Tod seiner Frau. Rémy stand vor der schwerwiegenden Entscheidung, ob er seinem Vater nach all den Jahren eine Chance geben und in Madagaskar helfen sollte.

Die Vergangenheit lastete schwer auf ihm, doch die Aussicht auf eine Versöhnung bewegte sein Herz. Rémys innere Zerrissenheit quälte ihn in den Tagen und Wochen nach dem Hilfegesuch seines Vaters. Die Vorstellung, nach Madagaskar zu reisen und sich den dortigen Herausforderungen zu stellen, weckte Neugier und den Wunsch nach Aussöhnung. Stets tauchte aber der lang genährte Hass auf seinen Vater auf, begleitet von Gefühlen des Versagens, wenn er dem Hilferuf nachgab. Der Entschluss zur Reise wurde immer wieder verworfen, da Nachgeben für ihn Schwäche bedeutete – eine Unannehmlichkeit, die er sich nicht eingestehen wollte. Seine innere Unruhe und der schlechte Schlaf beeinträchtigten nicht nur ihn, sondern auch seine junge Familie. Es war an der Zeit, das Dilemma zu lösen. Während eines sonntäglichen Spaziergangs vertraute er Sabine seine Seelennot an, entschuldigte sich und gestand, dass er keinen klaren Weg finden konnte.

„Es tut mir leid, Sabine. Die letzten Wochen waren sicher schwierig für dich. Ich weiß nicht mehr weiter“, gestand Rémy mit einem bedrückten Blick ein.

Sabine hielt inne und antwortete einfühlsam: „Rémy, merkst du nicht, dass du ein Gefangener dieses Hasses bist? Lass ihn los, werde frei und befreie uns aus diesem Dilemma. Es ist so einfach. Willst du das? Ich rate es dir von Herzen. Für dich, für uns, für deinen Vater. Die nächsten Wochen möchte ich nicht weiterhin so behandelt werden.“

Rémy errötete und senkte den Blick.

Sabine trat auf ihn zu, hob sein Kinn und küsste ihn zärtlich auf die Lippen.

„Sabine, bitte verzeih mir“, stammelte Rémy, „es tut mir leid.“

„Ich vergebe dir. Und Rémy, lass uns noch ein Kind machen, bevor du abreist.“

Rémys Herzschlag verlangsamte sich, während er Sabines Worte und die Zärtlichkeit ihres Kusses aufnahm. Die Aussicht auf inneren Frieden und die Liebe seiner Frau gaben ihm einen Funken Hoffnung und eine klare Perspektive inmitten seines emotionalen Dilemmas. Im August enthüllte sich Sabines erneute Schwangerschaft mit einem voraussichtlichen Geburtstermin im April oder Mai des Jahres 1920. Rémy befand sich bereits in den Vorbereitungen für seine Abreise im September. Nach dem befreienden Gespräch mit Sabine fühlte er sich von jeglichem

Hass befreit. Freudige Gefühle und Neugier dominierten nun. Die Reise musste sorgfältig geplant werden und sie entschieden gemeinsam, Rémys Vater uninformiert zu lassen, um die Begegnung authentisch zu gestalten.

Am heutigen Morgen präsentierte sich das Wetter wechselhaft, mal regnerisch, dann wieder strahlender Sonnenschein. Rémy wurde mit zunehmender Nähe zu Madagaskar unruhiger. Zu Beginn der Reise hatte er sich noch in die Unterlagen der firmeninternen Abteilung für Auslandreisen vertieft, aber einen Tag vor der Ankunft kannte er alles auswendig. Auf dem Hauptdeck suchte er Bewegung und beschäftigte sich mit den Besonderheiten Madagaskars, von der Vanilleproduktion bis zu historischen Aspekten wie Piraterie und Sklavenhandel. Während das Landungsmanöver im Hafen begann, dachte Rémy über die nächsten Schritte nach. Eine Fahrt in die Hauptstadt, das Einchecken in dem neuen Hotel George V, eine Erkundung der Stadt und vor allem ein Besuch bei dem einflussreichen Treuhänder Monsieur Bouillier standen auf dem Programm. Dieser hatte sicherlich hilfreiche Hinweise zu Rémys Vater. Er wusste zu diesem Zeitpunkt noch nicht, dass Bouillier dessen langjähriger Treuhänder war.

„Die Herren Bouillier erwarten Sie jetzt. Bitte durch diese Tür", sagte die Sekretärin. Sie ließ Rémy eintreten. Die Tür schloss sich hinter ihm und er fand sich in einem mondänen Raum mit weißer Stuckdecke und getäfelten Wänden wieder, ausgestattet mit schweren Büromöbeln und zahlreichen Bildern.

Vor Rémy standen zwei nahezu identische Versionen derselben Person, wobei die eine halb so alt wirkte wie die andere: Vater und Sohn, dachte Rémy. Das Alter des Sohns schätzte er in etwa auf sein eigenes. Als er die ihm entgegengestreckten Hände schüttelte, bemerkte er den erstaunten Ausdruck in ihren Augen. Vielleicht hatten sie bereits von seinem Vater gehört oder kannten ihn sogar. Unabhängig davon schienen sie überrascht von seinem Besuch und seinem Namen zu sein.

„Bitte setzen Sie sich, Monsieur", eröffnete der Ältere das Gespräch. Er nahm hinter dem Bürotisch Platz, nachdem er sich vergewissert hatte, dass Rémy saß. Der Jüngere lehnte sich rechts von Rémy lässig an den Bürotisch und lauschte aufmerksam.

„Entschuldigen Sie die Wartezeit. Wir waren nicht vorbereitet. Was verschafft uns die Ehre Ihres Besuchs?“, sagte der Ältere, sichtlich um Fassung bemüht.

„Ich entschuldige mich für den unangemeldeten Besuch und danke Ihnen für den Empfang. Sie wurden mir wärmstens empfohlen und ich hoffe, Sie können mir weiterhelfen. Ich möchte mehr über meinen Vater, Luc, erfahren“, erklärte Rémy.

Er bemerkte das Zucken im Gesicht von Monsieur Bouillier, dem Älteren. Die beiden Männer sahen sich an, dann zu Rémy.

„Sie sind der Sohn von Luc Gabriel, dem Besitzer der Vanilleplantage, habe ich das richtig verstanden?“, fragte der Ältere.

„Ja, genau, das bin ich. Kennen Sie meinen Vater? Können Sie mir weiterhelfen?“, hakte Rémy nach.

„Nun ja, was soll ich sagen“, der Ältere brach abrupt ab und rang nach Luft.

Rémy blieb unruhig sitzen, schaute erst den älteren, dann den jüngeren Bouillier an: „Was soll das? Sind meine Fragen so schwierig zu beantworten?“

Der Jüngere fasste sich schneller wieder: „Nein, nein, überhaupt nicht. Wir sind auf jeden Fall bereit, alle Ihre Fragen zu beantworten. Würden Sie bitte Ihre Identität durch Vorweisen des Passes bestätigen?“, sagte er und schaute den Älteren an, der nickte und sein Einverständnis gab.

Rémy fand das Ganze albern, griff aber in die Tasche, kramte den Pass hervor und übergab ihn dem Jüngeren. Beide überprüften nacheinander den Pass und tauschten erneut Blicke aus. Der Jüngere gab ihn Rémy zurück und schien den Älteren zum Antworten aufzufordern.

„Monsieur, bitte entschuldigen Sie unser Verhalten. Bestimmt kommt Ihnen das seltsam vor, aber wir haben unsere Gründe. Lassen Sie mich das alles erklären. Ich gehe davon aus, dass Sie Zeit haben“, sagte der Ältere.

Rémy lachte laut: „Ich bin gestern von Marseille hier angekommen. Ich habe nicht vor, ohne eine Information über den

Verbleib meines Vaters wieder zu gehen. Also schießen Sie endlich los, darum bin ich hergekommen!"

„Hmmm ... wo soll ich bloß beginnen?" Der Ältere blickte zum Jüngeren und begann zu erzählen: „Das ist mein Sohn, Bertrand. Ich kenne Ihren Vater seit seiner ersten Ankunft hier in der Hauptstadt von Madagaskar. Seit seinen Landkäufen im letzten Jahrhundert durfte ich ihm beratend zur Seite stehen. All seine Geschäfte wurden zunächst von mir und werden jetzt von uns beiden abgewickelt und betreut. Inzwischen sind wir Freunde geworden. Ich habe nahezu alle Informationen über Ihren Vater. Seine Existenz wurde mir bekannt, als er damals aufgrund meines Briefs zurückkehrte. Ich bin auch über seine Betrübnis informiert, die daher rührte, dass weder seine Frau, sprich Ihre Mutter, noch Sie jemals Interesse an seinem Leben zeigten. Ich hoffe, Sie können jetzt unsere Überraschung und Überforderung nachvollziehen, Sie plötzlich vor uns zu sehen. Wir wussten nichts davon. Ihr Vater hat uns nicht informiert. Dennoch sind wir bereit, alle Ihre Fragen zu beantworten, soweit es uns erlaubt ist und seine Privatsphäre nicht beeinträchtigt wird. Ich bin sicher, dass es Dinge gibt, die Ihr Vater Ihnen persönlich mitteilen möchte", schloss er, sich erleichtert in den bequemen Bürosessel zurücklehnend und Rémy anblickend.

„Sie sind also der Treuhänder", sagte Rémy, der das Gehörte erst einmal sacken lassen musste. So oder so, er war am richtigen Ort. Ein Seufzer entrang sich seiner Brust.

„Wieso hat Ihr Vater uns nicht über Ihre Reise informiert?", wollte der Jüngere wissen.

„Ganz einfach: weil er nichts von meiner Reise weiß. Um ehrlich zu sein, meine Herren, es ist meine Absicht, ihn mit meinem Besuch zu überraschen. Ja, Sie haben richtig gehört: Ich möchte nach über zwanzig Jahren unangekündigt bei meinem Vater auftauchen und sehen, wie er reagiert. Bestimmt wissen Sie, dass er mir vor etwa einem halben Jahr einen Brief geschrieben und um Hilfe gebeten, um nicht zu sagen, mich angefleht hat."

Das Nicken der beiden Bouilliers bestätigte Rémys Annahme.

„Ich bin hierhergekommen, um alles, was er im Brief erzählt hat, zu überprüfen. Ich möchte endlich wissen, wer mein Vater ist. Ist er wirklich dieses egoistische Arschloch, von dem meine Mutter mir ein Leben lang erzählt hat, oder …", Rémy machte eine Pause, um Luft zu holen, „oder liegt ihm ernsthaft daran, sich mit mir zu versöhnen, und möchte er meine Unterstützung tatsächlich?"

„Wie lange planen Sie, in Madagaskar zu verweilen?", fragte der Jüngere.

„Nun, lange genug, um alle notwendigen Informationen über die Geschäfte zu erhalten, einschließlich Ihrer persönlichen Einschätzung und Bewertung. Und schließlich möchte ich ihn treffen und hören, was er zu sagen hat und was er von mir erwartet. Dabei geht es auch um meine Zukunft. Spätestens zu Weihnachten möchte ich jedoch wieder zu Hause bei meiner Frau und meiner Tochter sein."

„Das verstehen wir sehr gut, Monsieur und wir versichern Ihnen, Sie bestmöglich zu unterstützen", sagte der Ältere. „Habe ich Sie richtig verstanden, dass Sie zuerst alle notwendigen Informationen und Auskünfte erhalten möchten, bevor Sie Ihren Vater treffen oder besuchen werden?"

„Genau, so ist es. Ich möchte eine möglichst objektive Sicht auf die Sachlage erhalten, um ein abschließendes Urteil über die Möglichkeit eines Engagements fällen zu können. Je besser ich Bescheid weiß, desto leichter wird mir die Entscheidung fallen. Wie Sie vielleicht wissen, habe ich Agrarwissenschaft studiert und weiß daher einiges über Anbau. Auch habe ich mich eingehend mit dem Bepflanzen von Vanille beschäftigt. Einzig in die Handbestäubungstechnik, von meinem Vater als ineffizient erkannt, konnte ich mich noch nicht einarbeiten."

„In welchem Hotel sind Sie abgestiegen?"

„Ich logiere im brandneuen George V. Warum fragen Sie?"

„Sehr nette Leute, nicht wahr? Ich meine das junge Hotelier-Ehepaar, die Cléments."

„Ich habe gestern ihre Bekanntschaft gemacht. Leider hatte ich in dieser kurzen Zeit noch nicht das Vergnügen, eingehender zu plaudern."

„Monsieur, lassen Sie mich Ihnen einen Vorschlag machen: Wie fänden Sie ein gemeinsames Abendessen im Hotelrestaurant, um genügend Zeit für die Besprechung zu haben? Uns würde dadurch die Möglichkeit gegeben, bis dahin ausreichend Material zusammenzustellen. Übrigens, die Küche ist ausgezeichnet. Wäre heute Abend um 19 Uhr passend?", wollte der Jüngere wissen.

„Eine gute Idee, sehr gerne, einverstanden!"

„Unsere Sekretärin wird die Tischreservierung vornehmen."

„Perfekt, danke!", Rémy erhob sich.

Der Südwestpassatwind blies stetig und füllte das Großsegel des Daubootes. Der Himmel war klar, wenige Wolken zogen vorüber. Rémy hatte sich auf Anraten der Bouilliers entschieden, den Weg in den Norden auf einem traditionellen Segelboot der Region zu absolvieren. Das sei zwar etwas langsam, aber er könne dadurch das Leben auf Madagaskar kennenlernen und ein Gefühl für die Insel und deren Bewohner entwickeln. Er würde an der berühmten Insel Sainte Marie entlangsegeln, die eng mit der Vergangenheit seines Vaters verbunden war. Mehr Informationen und Details wollten sie nicht preisgeben. Das sei die Aufgabe seines Vaters. Einmal mehr beschlichen Rémy seltsame Vorahnungen, hatte er doch Hinweise gelesen, dass diese Insel mit der Piraterie in Verbindung gebracht wurde. Konnte es sein, dass sein Vater ein Geheimnis verbarg? Die unmittelbare Zukunft sollte Licht ins Dunkel bringen. Dafür war Rémy hierhergekommen.

Der Abend mit den Messieurs Bouillier verlief in einer angenehm entspannten Atmosphäre. Das ausgezeichnete Essen und die reizenden Cléments, die zugleich professionelle Hotelbesitzer waren, trugen dazu bei, dass Rémy sich wohlfühlte. Während des Abends wurde er förmlich mit einem Wasserfall an Informationen über seinen Vater konfrontiert. Zwar gab es hier und da noch Lücken, die von seinem Vater gefüllt werden sollten, dennoch erfuhr Rémy Details, die vielleicht nicht einmal seiner Mutter bekannt waren. Die Freundschaft zwischen dem Älteren der Bouilliers und seinem Vater hatte bereits in deren ledigen Jahren begonnen und sich vertieft, als sein Vater zurückgekehrt war, um die Ländereien in Besitz zu nehmen, die Bouillier in seinem Auftrag erworben hatte. Die erzählten Geschichten stimmten weitgehend mit den Briefen seines Vaters überein. Rémy erhielt Einblicke in seinen Erfolg, aber auch in Rückschläge, Probleme und aktuelle Herausforderungen. Sein Bild von der Situation seines Vaters wurde immer stimmiger und kongruenter. Lediglich der Grund für seinen Reichtum wurde nicht erläutert und die kriegerischen Auseinandersetzungen mit den Einheimischen waren Rémy völlig neu. Über diese existenzbedrohenden Herausforderungen hatte sein Vater in den Briefen nie ein Wort verloren. Wenn sie davon gewusst hätten, wären sie wohl umso weniger zu ihm gegangen. Rémy überlegte kurz, wie er wohl in der Situation seines Vaters gehandelt hätte. Diese Unsicherheit begann, sich langsam in Verständnis zu wandeln. Besonders als der jüngere Bouillier von Lucs Lebensprojekt, den Chancen, zukünftigen Herausforderungen und dem enormen Entwicklungspotenzial berichtete, erwachte in Rémy ein Gefühl von Verständnis und Sympathie.

Die Idee, unter falschem Namen als französischer Investor für das Vanillegeschäft zu reisen, war sein eigener Einfall. Anfangs zögerten die Bouilliers, sich an diesem Täuschungsmanöver zu beteiligen, doch Rémys hartnäckiges Insistieren, dass es um seine Familie gehe, brach den Widerstand. Sie kamen überein, den Wunsch zu unterstützen und ihn auf seiner Reise zu begleiten. Um seine Identität zu wahren, sollten sie einen lokalen Vertrauensmann namens Henry Maître beauftragen, den langjährigen Vorarbeiter seines Vaters. Er war bestens vernetzt und mit einer Einheimischen verheiratet, was ihn zu einem verlässlichen Begleiter machte. Die Eltern hätten einen erwachsenen Sohn namens Richard, der ebenfalls bei Vater Luc angestellt war. Dieser wisse zwar von der Existenz eines Sohns in Frankreich, aber ganz gewiss käme niemand auf die Idee, dass Rémy ihn in Madagaskar besuchen würde. Er müsse äußerst vorsichtig vorgehen, könne aber dadurch alles Erdenkliche direkt in Erfahrung bringen. Der Besuch bei Vater Luc wäre dann in wenigen

Tagen vorgesehen. Ein erneutes Treffen würde sie sehr freuen, denn sie hatten großes Interesse daran, aus erster Hand zu erfahren, wie das Wiedersehen gelaufen war. So wünschten sie Rémy alles Gute, beglichen die Rechnung und verließen das Restaurant zu später Stunde.

Die Sonne war hinter dem Horizont verschwunden und der Wind fast zum Erliegen gekommen. Das Dauboot dümpelte zur Mole, legte an und wurde von zahlreichen Helfern festgebunden. Rémy nahm seine Reisetasche und ging von Bord. Auf der Mole stand nur ein Mann, der nicht einheimisch aussah. Das musste sein Kontaktmann sein: Henry Maître.

„Sie sind Monsieur Maître, richtig? Die Messieurs Bouillier haben schon viel von Ihnen erzählt."

„Der bin ich, richtig. Hoffentlich nur Gutes. Sie sind demnach Monsieur Testard. Willkommen in Sambava!"

„Danke!" Sie gaben sich die Hände. Maître nahm Rémys Tasche und führte ihn zu einem Kleinlaster. „Das Abendessen wartet auf uns. Bestimmt haben Sie Hunger." Maître ließ den Wagen an und schon fuhren sie los. So nah war er seinem Vater noch nie gewesen. Rémy war gespannt, was noch auf ihn zukommen würde.

„Das Essen war ausgezeichnet, besten Dank", sagte Rémy. Er trocknete seine Lippen mit der Serviette und blickte in die Runde. Seit seiner Ankunft im Hause Maître fühlte er sich unbehaglich, musste er doch diesen scheinbar ehrenwerten Leuten eine dicke Lügengeschichte auftischen. Das missfiel ihm sehr und er verfluchte sich innerlich, so eine hinterlistige Komödie zu spielen. Dennoch: Der Zweck heiligte die Mittel, oder? Er wollte seinen Vater unbedingt treffen und konfrontieren – ganz gleich, was sich daraus ergab. Am Tisch saßen Henry Maître und seine hübsche Ehefrau Nekena, eine Madagassin aus dem Stamm der Merina, ihr Sohn Richard, den Rémy ein paar Jahre jünger, als sich selber, schätzte, und ihm gegenüber die äußerst attraktive junge Schönheit Malala – auch eine Einheimische, die offenbar mit Maîtres Ehefrau verwandt war und umständehalber bei ihnen wohnte. Rémy musste sich höllisch konzentrieren, sie nicht ständig anzuschauen. Er war von ihrem Anblick hingerissen. Die Gespräche drehten sich natürlich um ihn und sein Interesse an Lucs Plantagen. Glücklicherweise hatte sich Rémy während der Schiffsreise eine bescheidene Biografie zusammengereimt, die nur unwesentlich von seiner tatsächlichen abwich. So würde er sich hoffentlich nicht in Widersprüche verstricken. Im Großen und Ganzen spielte er den geheimnisumwitterten Unbekannten, der darauf brannte, den Patron bald kennenzulernen, um sein finanzielles Engagement zu erläutern. Rémy legte dar, dass er bereits von den Bouilliers eingehend mit aktuellen Daten über die Geschäfte versorgt worden sei. Daher wolle er von den Maîtres mehr persönliche Informationen über den Patron erhalten. Bestimmt hätten sie einiges zu erzählen, zumal Henry schon seit Jahren für Luc arbeite. Henry Maître gab bereitwillig Auskunft auf jede Frage, die Rémy stellte. Natürlich zeichnete er ein überaus positives Bild, das wusste Rémy, aber es war trotzdem unterhaltsam, zu hören, wie sie seinen ihm unbekannten Vater erlebten und beschrieben. Rémys schlechtes Gewissen wurde stetig größer. Und immer wieder musste er diese Schönheit anschauen – oder starrte er bereits? Er fühlte sich zunehmend unbehaglich und war froh, als Henry Maître auf die Pläne des bevorstehenden Tages zu sprechen kam. Da sie am kommenden Morgen in den Plantagen viel zu tun hätten, würden sich die beiden Damen um ihn kümmern und ihn etwas herumführen. Nach dem Mittagessen könnten sie dann zusammen den Patron Luc besuchen und hätten ausreichend Zeit, über das Geschäft zu reden.

Rémy zeigte sich einverstanden, denn er nahm an, dass am Morgen ausgiebig über ihn gesprochen würde und sie sicher keine Plantagenarbeiten zu erledigen hatten. Innerlich schmunzelte er: wie raffiniert. Es störte ihn nicht; er war zufrieden, denn Zeit mit dieser Schönheit Malala zu verbringen, war sicher reizvoll.

Alle zeigten sich zufrieden und erhoben sich vom Tisch. Die Maîtres wünschten ihm eine gute Nacht und forderten Malala auf, ihm den Gästetrakt zu zeigen. Rémy war verunsichert, fing sich aber rasch wieder und folgte ihr. Sie verließen das Haus, überquerten eine kleine Wiese und steuerten auf einen unter Palmen stehenden Bungalow zu. Vor der linken Tür blieb sie stehen, öffnete, trat beiseite und bedeutete Rémy, einzutreten. Sie bewohne das Zimmer zur Rechten, erklärte sie mit einem Lächeln. Falls er etwas benötige, dürfe er ohne Zögern klopfen. Mit einem Nicken drehte sie sich um und verschwand im anderen Zimmer. Rémy betrat das Gästezimmer und war froh, endlich zu Bett gehen zu können. Er war sehr müde von der Reise, dem Gespräch und der Begegnung mit den Maîtres – zu schläfrig, um nervös zu sein, angesichts der Tatsache, dass er am nächsten Tag seinen Vater treffen würde.

Rémy schlief tief und fest. Ein Klopfen an der Tür ließ ihn aufschrecken.

„Monsieur Jacques, sind Sie wach? Das Frühstück ist bereit. Wir erwarten Sie." Rémy erkannte Malalas Stimme und rief schlaftrunken: „Ja, danke, ich komme." Daraufhin vernahm er leise Schritte, die sich entfernten. Einen Moment lang war Rémy verwirrt. Er brauchte einen Augenblick, um richtig wach zu werden und zu realisieren, wo er war und warum sie ihn mit Jacques angesprochen hatte. Richtig, er war im Norden von Madagaskar und spielte eine Scharade, um inkognito an seinen Vater heranzukommen.

Heute war der Tag. Der Tag der Entscheidung. Er spürte unmittelbar, wie sich Beklommenheit breitmachte. Jetzt würde sich zeigen, wie ernst es seinem Vater war.

Das Frühstück war bescheiden, dafür sehr schmackhaft. Zusammen mit Maîtres Ehefrau Nekena und Malala genoss er Kaffee und verschiedene exotische Früchte. Sie besprachen ihr morgendliches Programm und den Besuch des lokalen Markts. Nekena wollte Besorgungen für das Mittagessen machen und für die Zubereitung früher zurückkehren. Währenddessen könne er und Malala einen ausgedehnten Rundgang machen. Rémy schien es, als hätten die Damen das schon vorgängig besprochen, denn Malala schaute ihn direkt an und schenkte ihm ein Lächeln. Seine Angespanntheit steigerte sich weiter. Er wurde den Eindruck nicht los, dass Malala, er schätzte sie als ungefähr gleich alt ein, Gefallen an ihm gefunden hatte. Aufs Neue musste er sich eingestehen, dass sie sehr schön war. Er rief sich innerlich zur Ordnung: Rémy, reiß dich zusammen. Konzentrier dich. Du hast hier einen Auftrag und überhaupt bist du verheiratet!

Der Besuch auf dem Markt war eine besondere Erfahrung und er genoss die exotische Atmosphäre: Alles war neu und ganz anders als in Frankreich. Immer wieder blieb er stehen, schaute sich um, atmete die ungewöhnlichsten Gerüche ein und probierte alles, was ihm Malala darbot. So schlenderten sie von Stand zu Stand. Nachdem Nekena alles Nötige besorgt hatte, verabschiedete sie sich und meinte, die jungen Leute sollten sich jetzt etwas amüsieren. Dabei erfuhr Rémy, dass Malala ein Jahr jünger war als er und bei den Maîtres wohnte, weil sie von ihrem Verlobten dauernd misshandelt worden war. Sie habe deswegen die Verlobung aufgelöst und sei danach geflüchtet. Zum Glück hätten ihre Tante Nekena und Henry sie aufgenommen. Jetzt suche sie Arbeit und damit verbunden eine neue Bleibe. Henry habe versprochen, mit Patron Luc darüber zu reden, leider sei er noch nicht dazu gekommen. Sie sei aber sicher, dass es gelingen würde, da sie schon Erfahrung auf anderen Plantagen gesammelt hätte. Auf Rémys Frage, wo und als was sie gearbeitet hatte, verriet sie ihm, dass sie bei Verwandten ihres Verlobten im Norden als ausgebildete Vanilleschnüfflerin tätig gewesen sei.

„Aha", lautete Rémys lapidarer Kommentar. Er gab dadurch indirekt zu, dass er keine Ahnung hatte, was eine Vanilleschnüfflerin war. Malala lachte herzhaft und schlug vor, langsam zurückzukehren. So machten sie sich auf den Rückweg und Rémy hatte das Gefühl, dass sie sich schon ziemlich vertraut waren. Er fühlte sich sehr wohl in Malalas Gegenwart. Es schien, als ginge es ihr genauso. Je näher sie dem Anwesen der Maîtres kamen, desto mehr wurde Rémy bewusst, dass er sich nun allmählich auf die bevorstehende Konfrontation mit seinem Vater vorbereiten sollte. Unabhängig davon gewann Madagaskar immer mehr seine Sympathie. Die Anspannung vom Morgen kehrte dennoch zurück.

Das Mittagessen verlief in beinahe vertrauter Atmosphäre. Henry Maître versicherte Rémy, dass der Patron sich auf das Treffen freue und sie auf dem Weg dorthin die Gelegenheit hätten, die Plantagen zu besichtigen. Dadurch könne er sich bereits im Vorfeld ein Bild machen. Das stimmte Rémy positiv und er bekräftigte seine Vorfreude auf das Treffen. Zum Bedauern von Nekena hatte er wenig Appetit und war erleichtert, als sie gegen 13 Uhr endlich mit dem Kleinlaster aufbrachen. Schnell ließen sie Sambava in südlicher Richtung hinter sich. Auf der schlecht asphaltierten Straße konnten sie nur langsam vorankommen, was Rémy die Möglichkeit gab, die Umgebung genauer zu betrachten. Zur Linken genoss er den malerischen Blick auf das Meer, mal verdeckt durch Schilfgras, mal durch verschiedene Baum- und Palmenhaine. Die Straße führte teils nah am Meer entlang, bog dann wieder ins Landesinnere ab und durchquerte kleine Böschungen, um später erneut der Küste näher zu kommen. Mit zunehmender Nähe zu den Plantagen und dem Anwesen stieg Rémys Nervosität. Nachdem sie die Brücke über einen kleinen Fluss passiert hatten, erklärte Henry, dass sie sich bereits auf Gabriel-Land befanden und die Plantagen nach einer Kurve auf der rechten Seite sichtbar sein würden. In Schrittgeschwindigkeit setzten sie die Fahrt fort, um die Kurve zu umfahren, und schon bot sich Rémy ein beeindruckender Anblick. Die Plantagen erstreckten sich endlos in die Höhe, auf sanft ansteigenden Hügeln. So fuhren sie minutenlang weiter. Henry erläuterte, wo eine Plantage endete und die nächste begann. Rémy war beeindruckt und konnte seinen Blick nicht von den unzähligen Vanillestauden abwenden. Mehrmals äußerte er sein Erstaunen über die schiere Größe und betonte, dass die Bewirtschaftung sicherlich viel, sehr viel Arbeit erforderte. Dies wurde von Henry und Richard mit einem Lachen bestätigt.

Plötzlich bog Henry von der Hauptstraße links in einen kleinen Feldweg ein, der zum Meer zu führen schien. Nachdem sie einen dichten Palmenhain passiert hatten, erblickte Rémy in der Ferne ein imposantes Haus mit einer weitläufigen Veranda.

„Wir sind da“, verkündete Henry freudig.

Er steuerte den Kleinlaster auf den Kiesplatz vor dem Haus. In diesem Moment öffnete sich die Verandatür und ein älterer Mann trat heraus, freundlich winkend. Rémy erkannte sofort, dass dies sein Vater sein musste. Ungeahnt spürte er, wie die Wut wieder in ihm hochstieg, jene Wut, die ihn nach dem Lesen des Briefs durchströmt hatte. Sein Herzschlag stockte. Seine Handflächen wurden schlagartig nass, das Leinenhemd klebte am Oberkörper, und unsicher, ob ihn seine wankenden Knie tragen würden, fragte er sich, was nun geschehen würde, als der Kleinlaster schließlich vor dem Haus zum Stillstand kam. Rémy rang nach Atem, stieg aus, erstarrte neben dem Wagen und blickte auf seinen Vater. Die Wut in ihm wuchs.

„Bonjour und herzlich willkommen!" Sein Vater blieb auf halbem Weg stehen und schaute verblüfft auf Rémy. Er wankte.

„Mon Dieu, Rémy, bist du das?", stammelte er unsicher und Halt suchend den Blick in Richtung der Maîtres wendend. „Was geht hier vor sich?"

Endlich löste sich Rémys Starrheit. Mit geballten Fäusten ging er zügig auf seinen Vater zu und rief mit lauter Stimme: „Ich kann dir sagen, was los ist. Ich bin gekommen, um meinen ruchlosen Vater zu sehen!"

Er holte aus und traf ihn mit seiner linken Faust kräftig in den Magen. Sein Vater krümmte sich vor Schmerz. Sofort schlug Rémy erneut zu, diesmal mit seiner Rechten, und traf das Kinn. Schmerzverzerrt schrie sein Vater auf, taumelte rückwärts und fiel zu Boden. Rémy wollte nachsetzen, noch einen Treffer landen, wurde jedoch von Richard von hinten gepackt, während sich Henry schützend vor Vater Luc stellte.

„Monsieur, was soll das? Bitte beruhigen Sie sich", rief er und fixierte ihn.

Rémy entwand sich dem Griff, trat auf Henry zu und schrie atemlos: „Sie haben keine Ahnung. Gehen Sie zur Seite, ich bin noch nicht fertig mit ihm." Er wollte um Henry herum, erneut auf seinen Vater losgehen, doch Henry versperrte ihm den Weg und stieß ihn grob zurück.

„Genug!“, sagte Vater Luc laut. Er erhob sich, klopfte den Staub von seinen Kleidern und rieb sich das Kinn.

„Nein, ist es eben nicht, du egoistischer Mistkerl. Es hat erst angefangen. Was hast du dir eigentlich gedacht mit deinem Brief? In all den Jahren hast du dich nicht für mich interessiert, nicht einmal meinen Brief beantwortet. Und jetzt, wo es dir und deinem Vanilleprojekt schlecht geht, kommst du angekrochen und bettelst um Hilfe. Wie jämmerlich!“, entgegnete Rémy angewidert.

„Ich kann deine Wut sehr gut verstehen, doch sag: Wessen Brief habe ich nicht ...?“

„Nein, kannst du nicht. Unmöglich kannst du nachvollziehen, was ich durchgemacht habe“, schrie Rémy verzweifelt. Er ballte die Fäuste und versuchte erneut, an Henry vorbeizukommen. Inzwischen hatte sich Richard neben Henry gestellt und beide drängten ihn zurück.

„Nochmals, deine Wut ist ganz normal, aber lass uns vernünftig miteinander reden, bitte“, versuchte es Vater Luc erneut und schaute Rémy an.

„Vernünftig, sagst du. Jetzt auf einmal willst du vernünftig sein? Dass ich nicht lache!“ Rémy begann hin und her zu gehen.

„Rémy, du hast vorhin etwas von einem unbeantworteten Brief geschrien, ich habe keine Ahnung ...“

„Mein Brief! Mein Brief, den du nicht beantwortet hast“, sagte er verzweifelt.

„Dein Brief?“ Verblüfft schaute er zu Rémy. „Es tut mir leid, aber ich habe von dir noch nie einen Brief erhalten. Das zum Thema Interesse am anderen bekunden.“

„Was heißt das? Du hast keinen Brief von mir erhalten? Willst du mich jetzt verarschen, oder was?“

„Nein, Rémy, nein, will ich nicht. Ich sage es noch einmal: Ich habe keinen Brief von dir erhalten. Somit kann ich auch keinen beantwortet haben, so einfach.“

Plötzlich herrschte Stille und sie schauten sich an. Rémy war verunsichert und überlegte fieberhaft, was das zu bedeuten hatte. Kein Brief! Bestürzung überkam ihn und er ging zu Boden schauend umher.

Vater Luc fand als Erster die Stimme wieder: „Kommt, wir setzen uns und besprechen alles." Mit einer einladenden Handbewegung deutete er zur Terrasse und ging voran. Sodann blickte er zurück: „Kommst du auch, Rémy?"

Immer noch verunsichert nickte Rémy und ging zögerlich auf das Haus zu. Auf einmal realisierte er, dass sich ein Mann in schwarzer Butler-Bekleidung mit weißen Handschuhen auf der Terrasse befand und ihn anstarrte. Wie lange stand er wohl schon da? Was hatte er alles mitbekommen?

Vater Luc deutete auf eine bequeme Sitzgruppe in der einen Ecke der Terrasse: „Bitte, setzt euch."

Zum Mann in der schwarzen Bekleidung sagte er: „Mavo, bitte, bring uns Champagner. Wir haben was zu feiern. Der verlorene Sohn ist zurückgekehrt."

„Jawohl, Master Luc, sofort." Er verneigte sich, blickte nochmals interessiert zu Rémy und verschwand durch die Haupttür.

Die Maîtres waren immer noch überrumpelt von der Verwandlung ihrer neuen Bekanntschaft Jacques Testard zu Rémy Gabriel, blickten interessiert auf die beiden und warteten gespannt darauf, was weiter geschehen würde.

„Du hast also unsere letzten beiden Briefe nicht erhalten, richtig?", wollte Rémy wissen.

„Ich verstehe nicht, wovon du jetzt redest. Erst wolltest du wissen, weshalb ich deinen Brief nicht beantwortet habe. Nun sprichst du von zwei Briefen."

„Mutter und ich haben dir vor ungefähr zehn Jahren auf deinen Brief geantwortet. Erinnerst du dich denn nicht? Ich stand kurz vor meinem Studium, als du uns abermals gebeten hast, hierher zu kommen."

„Natürlich erinnere ich mich daran. Es war bitter für mich, da ihr einmal mehr abgelehnt habt."

„Aber im Kuvert waren doch zwei Briefe, oder nicht? Der von Mutter und meiner."

Vater Luc sah Rémy erstaunt an: „Nein, da war nur dieser eine Brief von Mutter." Rémy konnte es nicht fassen. Sein Brief war nicht im Kuvert gewesen. Er war konsterniert. In diesem Moment betrat der Butler die Veranda. In der einen Hand hielt er den Champagnerkübel mit der geöffneten Flasche. Ihm folgte eine einheimische Frau, ebenfalls in Bedienstetenkleidung, gefüllte Champagnerkelche auf einem Tablett tragend.

„Besten Dank. Es gibt bestimmt noch etwas geräucherten Fisch. Serviert den auch", sagte Vater Luc.

Wieder zu Rémy gewandt, fuhr er fort: „Also, mein lieber Sohn, halten wir fest: Ich weiß nichts von einem Brief von dir. Im Kuvert befand sich nur der von Mutter. Ich versichere dir, das Kuvert war, soweit ich mich erinnern kann, unversehrt. Somit ist auch nichts entwendet worden oder verlorengegangen. Lasst uns anstoßen. Ich bin immer noch total überrascht von deinem Besuch, aber sehr, sehr erfreut." Er rieb sich abermals das Kinn und lächelte in die Runde.

Alle blickten Rémy an und warteten gespannt auf seine Reaktion. Ihm wurde flau im Magen, denn plötzlich durchfuhr ihn die Gewissheit, dass er aufs Schmählichste betrogen und angelogen worden war.

„Das lässt nur eine Erklärung zu: Mutter hat meinen Brief anders als versprochen nicht mitgeschickt. Somit habe ich vergeblich auf eine Antwort gewartet."

Diese Erkenntnis brachte Rémy zum Schweigen und der erste Schluck Champagner blieb ihm im Hals stecken. Er würgte, neigte den Kopf zur Seite und hielt sich die Hand vor den Mund. Ein unangenehmes Gefühl durchzog ihn. All die aufgestaute Wut, sein blinder Hass und die Flüche über das Fehlen einer Reaktion auf seinen Brief basierten also auf diesem Betrug und waren deshalb völlig haltlos und absolut nicht gerechtfertigt. Welche Schande! Er kam sich schmutzig vor. Was hatte er nicht alles über seinen Vater gesagt, gedacht und ihm unterstellt? Traurig schaute er zu ihm.

„Da muss es sich um einen Inhalt mit großer Tragweite gehandelt haben, wenn Mutter den Brief verhindert hat."

„Vor meinem Studium plante ich, dich zu besuchen. Da wir kein Geld für die Reise hatten, schrieb ich den Brief und bat dich um finanzielle Unterstützung. Ich war bitter enttäuscht, bis heute. Zu Unrecht, es tut mir leid, hätte ich das gewusst, ich …" Rémy senkte den Blick.

„Wow, das freut mich jetzt doppelt: dass du damals schon kommen wolltest und dass du es jetzt endlich geschafft hast. Rémy, sei herzlich willkommen! Ich bin so froh, dass du hier bist."

Er stand auf, kniete sich vor Rémy hin, breitete die Arme aus und umarmte ihn. Mit einer Stimme, die von Tränen erdrückt war, sagte er: „Schön, dass du da bist, du kannst dir nicht vorstellen, wie glücklich mich das macht!"

Rémy erwiderte die Umarmung, konnte seine Tränen auch nicht mehr zurückhalten und sagte mit zittriger Stimme: „Vater, bitte vergib mir!"

Nun gab es kein Halten mehr. Die beiden verharrten minutenlang in der Umarmung. Auch die Maîtres waren tief berührt, verdrückten ebenfalls die eine oder andere Träne und zeigten ihre Freude darüber, Vater und Sohn vereint zu sehen. Rémy wurde dem Butler-Ehepaar Mavo und Kira vorgestellt, als der Fisch gebracht wurde. Auch die beiden zeigten sich erfreut und strahlten mit Vater Luc um die Wette. Kira sprach erleichtert davon, dass diesem Haus nun endlich Heil widerfahren sei, und lächelte Rémy an. Vater Luc wollte nun alles über seinen Sohn wissen und stellte Frage um Frage. Die Dunkelheit brach herein und sie zogen sich zum Abendessen in den Salon zurück. Eine weitere Champagnerflasche wurde entkorkt, das Essen war köstlich und die Zeit verging wie im Flug. Rémy war überwältigt von der Freude und dem Wohlwollen, die ihm entgegengebracht wurden. Schließlich einigten sie sich darauf, dass er im Haus seines Vaters, im einzigen Gästezimmer, übernachten würde. Kira versicherte, dass sie das Zimmer bereits hergerichtet habe. Die Maîtres könnten seine Sachen am nächsten Tag auf dem Weg zur Arbeit mitbringen. Es gab viel auszutauschen und zu berichten. Vater Luc versprach Rémy, ihn in den kommenden Tagen umfassend über sein Land zu informieren. Anschließend sollten Probleme und mögliche Verbesserungen diskutiert und umgesetzt werden. Zu später Stunde verabschiedeten sich die Maîtres. Rémy signalisierte, dass er müde war und ins Bett gehen wollte.

Ein überaus glücklicher Vater Luc umarmte ihn nochmals herzlich und flüsterte: „Ich bin so dankbar und glücklich, dass du hergekommen bist. Jetzt wird alles gut!"

Rémy wurde von Mavo zum Gästezimmer geführt: „Master Rémy, schön, dass Sie hier sind. Ich habe Ihren Vater schon lange nicht mehr so freudestrahlend gesehen. Schlafen Sie gut!"

Rémy sank müde und zufrieden auf das Bett und schlief sofort ein.

Die folgenden Tage gestalteten sich lang, arbeitsintensiv und herausfordernd. Rémy wurde in alle Probleme und Herausforderungen genauestens eingeweiht. Leider konnte auch er nicht sofort eine Lösung bieten, versicherte jedoch, dass er sich Gedanken machen würde und überzeugt sei, dass sich eine Idee ergebe. So oder so bestätigte er das riesige Potenzial des Landes. Einzig die Probleme im Zusammenhang mit der Handbefruchtung mussten in absehbarer Zeit gelöst werden. Daher interessierte er sich besonders dafür und wollte wissen, wie sie umgesetzt wurde. Vater Luc erklärte ihm, dass es üblich war, die Membranen, die Pollen und Stempel trennten, zu quetschen und somit eine Befruchtung herbeizuführen. Leider funktionierte dies nicht bei jeder Pflanze, was zu Ernteausfällen führte. Rémy zeigte sich überrascht über die rudimentäre Technik und belehrte ihn über die seit mehreren Jahren erprobte Handbestäubung von Orchideen per Stachel. Damit könnten sie viel präziser und genauer arbeiten und die Bestäubung jeder Blüte wäre möglich, ja sogar gewährleistet. Das sollte doch auch bei der Vanille möglich sein. Vater Luc hörte aufmerksam zu und verlangte unmittelbar in Anwesenheit der Maîtres und der Arbeiter eine genaue Demonstration. Rémy zeigte anhand einiger Pflanzen, wie das Beschriebene vor sich gehen sollte. Mit einem Kaktusstachel bog er die Membranen zurück und konnte durch sanften Druck von Daumen und Zeigefinger die Pollen auf die Spitze der Narbe drücken. Die Befruchtung war abgeschlossen. Alle zeigten sich beeindruckt. Leider konnte er den Erfolg nicht garantieren, aber er empfahl, diese Technik ab sofort anzuwenden. Der Erfolg würde sich bald einstellen. Von Vorteil sei es, diese filigrane Arbeit den Frauen zu überlassen, denn mit ihren zarten Fingern wären sie sicherlich erfolgreicher als Männer. Alle lachten. Vater Luc versprach, die Technik umzusetzen, und beauftragte Richard mit der Instruktion. Henry Maître sollte umgehend mit der Rekrutierung von Bestäuberinnen beginnen. Rémy zeigte sich erfreut über das Vertrauen seines Vaters. Gleichzeitig erzählte er ihm von Malala und schlug vor, sie als Arbeiterin anzustellen. Vater Luc war einverstanden und schon am nächsten Tag nahmen die Maîtres Malala mit zur Arbeit. Sie zeigte sich überglücklich und bedankte sich herzlich für diese Möglichkeit. Natürlich freute sich auch Rémy, da er sie nun regelmäßiger sehen konnte.

Sie tauschten Gedanken über die Zukunft aus und Vater Luc äußerte mehrfach den Wunsch, dass Rémy dauerhaft zu ihm nach Madagaskar kam. Dieser machte jedoch deutlich, dass eine solche Entscheidung derzeit nicht in Betracht kam. Seine Familie stand an erster Stelle, zumal seine Frau mit dem zweiten Kind schwanger war. Zudem schätzte er seine aktuelle Arbeitsstelle sehr und wollte sie nicht überstürzt aufgeben. Bei seiner Reise war es ihm vor allem darum gegangen, die Ernsthaftigkeit der Aussöhnung mit seinem Vater zu überprüfen. Über eine eventuelle Unterstützung des Lebensprojekts wollte er erst nach seiner Rückkehr mit seiner Frau sprechen. Vater Luc betonte, dass er keinesfalls Druck auf seinen Sohn ausüben wollte.

Die Wochen verstrichen und die Beziehung zwischen Vater und Sohn normalisierte sich zusehends. Das gegenseitige Verständnis vertiefte sich und sie fanden immer mehr zueinander. Rémy erhielt einen umfassenden Einblick in die Geschäfte und empfahl seinem Vater, mit der Expansion zu warten, bis die neue Handbestäubungstechnik erfolgreich implementiert war. Dies würde zwar Zeit in Anspruch nehmen, aber er könnte in ein paar Jahren erneut vorbeischauen.

Der Tag der Rückreise rückte näher. Rémy plante, mit einem Dauboot von Sambava nach Tamatave zu fahren, zwei Tage in der Hauptstadt zu verweilen und dann den Herren Bouilliers Bericht zu erstatten. Vater Luc übergab ihm Dokumente für die Treuhänder. Das monatlich verkehrende Schiff sollte ihn dann nach Marseille zurückbringen. Aufgrund des frühen Ablegens des Daubootes bot Henry Maître an, dass Rémy die letzte Nacht vor der Abreise bei ihnen verbringen konnte. Dieses Angebot nahm er dankend an.

Der Abschied von seinem Vater fiel ihm schwer. Sie versprachen sich regelmäßige Briefe, um sich über den Fortschritt der neuen Handbestäubung auszutauschen. Vater Luc wollte zudem Bericht über den Gesundheitszustand des bevorstehenden Familienzuwachses und den Ausgang der Diskussion mit seiner Frau erhalten. Er bedankte sich erneut für den Besuch, die Aussöhnung und die wundervolle Zeit. Beim Abschied umarmten sie sich herzlich.

Spät in der Nacht, bei angenehmer Wärme, lag Rémy nur in seiner Pyjamahose auf dem Bett. Schlaf war ihm fremd, denn die vergangenen Wochen seit seiner Abreise aus der Heimat spukten noch immer in seinem Kopf herum. Er war glücklich über den Verlauf der Ereignisse. Es hätte auch anders kommen können. Die neuen Freundschaften, insbesondere mit Malala, empfand er als unschätzbar wertvoll. Die Zusammenarbeit seines Vaters mit diesen Menschen ließ ihn positiv in die Zukunft blicken. Schließlich döste er doch ein.

Eine Bewegung riss ihn plötzlich aus dem Schlaf. Seine Augen öffneten sich und er entdeckte jemanden am Bett stehend. Bevor er etwas sagen konnte, beugte sich die Person rasch über ihn, legte sanft die Hand auf seinen Mund und flüsterte leise: „Schscht, ich bin es, Malala." Ihre Hand löste sich, sie richtete sich auf und stand neben dem Bett.

„Malala, was machst du hier?", entfuhr es Rémy, der zu ihr aufblickte. Der Mondschein erhellte das Zimmer und er konnte ihre zarte Gestalt erkennen. In einem leichten, weißen Nachthemd sah sie bezaubernd aus und ihre schokoladenbraune Haut bildete einen faszinierenden Kontrast. Ihr Lächeln verlieh dem Moment einen geheimnisvollen Hauch. Langsam streifte sie die dünnen Träger des Nachthemds von ihren Schultern und es fiel lautlos zu Boden. Malala stand nun nackt vor ihm.

„Malala!“ Seine Stimme versagte. Mein Gott, sie ist so schön! Er wollte sich gerade aufrichten. Doch Malala war schneller. Sie stieg rasch aufs Bett, kniete sich über ihn, lächelte immer noch und beugte sich an sein Ohr. Dabei drückten ihre Brüste sanft gegen seinen Oberkörper und Rémy spürte sofort eine Reaktion in seinen Lenden.

„Master Rémy“, hauchte sie, „ich möchte mich bei Ihnen bedanken. Sie haben sich für mich eingesetzt, das war sehr nett. Ich sage danke – auf meine Art.“

Sie gab ihm einen zarten Kuss auf die Wange. Rémy atmete langsam tief ein und aus, ein wohliges Gefühl breitete sich in ihm aus. Offensichtlich spürte auch Malala seine Erregung. Langsam und immer wieder zärtlich küsste sie seinen Oberkörper hinunter, bis sie ihm die Hose abstreifen konnte. Rémys steifer Penis zeigte sich federnd. Sie nahm ihn sanft in die Hand, stieg wieder hoch, spreizte die Beine etwas weiter und führte ihn langsam ein. Beiden stockte der Atem. Sie beugte sich nach vorne, ergriff seine Hände und führte sie zu ihren Brüsten. Mit seinen Händen an ihren Brüsten bewegte sie sich langsam und rhythmisch. Rémy spürte, wie ihre Brüste mit jeder Bewegung anschwollen. Er bearbeitete ihre Brustwarzen durch sanften Druck und sie quittierte es mit leichtem Stöhnen. Lust und Begierde wogen hin und her, steigerten sich immer weiter. Beide schnappten nach Luft, keuchten, und ihre Bewegungen wurden schneller und fordernder. Rémy genoss das wohltuende Gefühl, das sich einstellte, als Malala sich intensiver bewegte und seinen erigierten Zustand massierte. Schließlich erreichten sie fast gleichzeitig ihren Höhepunkt. Rémy konnte einen unterdrückten Schrei nicht zurückhalten und nahm die sich aufbäumende Malala in die Arme. Gemeinsam erlebten sie den erfüllenden Moment. Nachdem beide ihre Leidenschaft ausgekostet hatten, lag Malala erschöpft auf seiner Brust und küsste ihn zärtlich am Hals. Rémy wollte etwas sagen, als sie sich plötzlich von ihm löste, aus dem Bett stieg, das Nachthemd vom Boden aufhob und beinahe lautlos das Zimmer verließ. Verblüfft blieb er zurück.

Rémy genoss den milden Abend auf der Veranda seines neuen Zuhauses mit einer kubanischen Zigarre und einem Glas Bordeaux. Die Bediensteten waren für den Abend entlassen, denn er sehnte sich nach ein wenig Alleinsein. Das Anwesen seines kürzlich verstorbenen Vaters hatte sich für ihn zu einer Heimat entwickelt. Erschöpft vom intensiven Arbeitstag freute er sich dennoch inbrünstig auf die bevorstehende Ankunft seiner Familie in Madagaskar. Trotz des Schmerzes über den Verlust seines Vaters und der Tatsache, dass dieser seine Familie nicht mehr kennenlernen würde, überwog die Freude ob der bevorstehenden Wiedervereinigung.

Der intensive Tag, der geprägt gewesen war von Arbeit und Vorfreude, fand seinen Ausklang auf der Veranda. Nächste Woche würde endlich seine Familie eintreffen, ein lang ersehntes Ereignis. Die Auseinandersetzungen und Ungewissheiten über ihre Zukunft gehörten endlich der Vergangenheit an. Was für Rémy mit der ersten Reise zur Versöhnung mit seinem Vater begonnen hatte, fand nun mit dem Umzug seiner eigenen Familie nach Madagaskar einen glücklichen Abschluss. Er trank einen weiteren Schluck Bordeaux und zog genüsslich an seiner Zigarre. Die laue Meeresbrise umwehte die Veranda und das Grammofon, ein besonderes Geschenk für seine Frau Sabine, spielte leise klassische Musik von Rachmaninow. Jahre waren vergangen seit Rémys erster Reise. In dieser Zeit hatten er und sein Vater zahlreiche Briefe ausgetauscht. Im Frühjahr 1920 war der Familie ein Sohn namens Eric geschenkt worden. Rémy hatte seine Frau Sabine in die Geschichte der Versöhnung mit seinem Vater eingeweiht und von dessen Leben, dem Lebensprojekt und der wunderschönen Insel Madagaskar, von deren Potenzial und den Chancen erzählt, die die Zukunft bot. Die Erinnerungen holten ihn ein und die damalige Zeit zeigte sich vor seinem inneren Auge.

Obwohl Sabine nicht grundsätzlich abgeneigt war, erschien es ihr zunächst klüger, in Frankreich zu bleiben und abzuwarten. Das war für Rémy in Ordnung, denn er wollte sich noch intensiver mit dem Vanilleanbau auseinandersetzen. Der Erfolg der neuen Technik der Handbestäubung, von seinem Vater in Briefen beschrieben, motivierte ihn im Jahr 1925 zu einer zweiten Reise. Die ursprünglich geplante Expansion wurde diskutiert, aber angesichts der unsicheren Weltwirtschaft entschied man, noch abzuwarten. Rémys Befürchtungen bewahrheiteten sich mit dem Schwarzen Donnerstag im Oktober 1929 und die weltweiten Auswirkungen trübten auch die Absatzmärkte für Vanille. Dass sie mit dem Ausbau der Plantagen gewartet hatten, erwies sich als sehr sinnvoll. In den frühen dreißiger Jahren zeichneten sich zwar wirtschaftlich schwierige Zeiten ab, aber politische Veränderungen in Europa ließen Rémy auf bessere Aussichten hoffen. Die Situation für seine Familie stabilisierte sich und die Diskussion über eine mögliche Übersiedlung nach Madagaskar gewann erneut an Fahrt. Besonders die Machtergreifung der Nazis in Deutschland im Jahr 1933 und die sich abzeichnende Unterdrückung der Juden verstärkten den Entschluss, den nächsten Schritt zu wagen. Im Jahr 1934 zog Rémy zu seinem Vater nach Madagaskar, um alles vorzubereiten, damit die Familie kurz darauf nachreisen konnte. Die Plantagenerweiterung verlief äußerst erfolgreich und trotz einiger unvermeidbarer Herausforderungen gab er im Herbst des folgenden Jahres grünes Licht für die Ankunft der Familie. Kurz vor deren Abreise im Herbst 1936 schrieb Rémy den letzten Brief und übermittelte die traurige Nachricht vom Ableben seines Vaters. Die Geschäfte florierten und auf Anraten der Bouilliers hatte er eine eigene Handelsfirma gegründet. Inzwischen war er zum größten Vanilleproduzenten und Exporteur von Madagaskar aufgestiegen und wurde respektvoll Vanillebaron genannt. Noch gab es viel zu tun, denn Rémy hatte Großes vor. Ein neues Haus für seine Familie sollte entstehen, zwei weitere Plantagen waren in Planung. Ein zufriedenes Lächeln umspielte seine Lippen, als er seine Zigarre zu Ende rauchte, das leere Weinglas abstellte und müde, aber glücklich ins Bett ging. Die Vorfreude auf das Wiedersehen mit seiner Familie erfüllte ihn mit Glückseligkeit.

Kapitel 1

Der Herbstmorgen des Abschieds im Jahr 1936 begann in Marseille mit strahlendem Sonnenschein und klarem Himmel. Bereits seit geraumer Zeit war der 16-jährige Eric wach. Sein Zimmer war leergeräumt und in seinem gestreiften Pyjama stand er am Fenster und blickte zum tiefblauen Himmel empor. Endlich war der Tag der Abreise gekommen. Seine Gefühle waren noch nicht vollständig greifbar. Sollte er traurig sein, weil der Abschied bevorstand, oder sich auf die kommende Reise freuen? Spielte das überhaupt eine Rolle? Vielleicht sollte er das Unbekannte auf sich zukommen lassen, so wie er es in seinem jungen Leben schon oft getan hatte. Das Fenster öffnend, ließ er die frische, etwas kühle Herbstluft hineinströmen, begleitet vom Geräusch der Straße. Sehnsüchtig schweifte sein Blick über die regennassen Dächer von Marseille, während er darüber nachdachte, wie ihm dieser vertraute Anblick im fernen Madagaskar fehlen würde. Sein Zimmer, die Wohnung, die Nachbarschaft, all das, was ihm vertraut war, musste er heute für immer verlassen. Es gab keine Wahl, niemand hatte ihn nach seiner Meinung gefragt. Dies war eine Entscheidung seines Vaters, ohne Rücksicht auf seine Wünsche oder Bedenken. Eric schüttelte den Kopf und flüsterte leise vor sich hin: „Ich verstehe es nicht." Ein tiefer Seufzer begleitete seine Worte, während er die frische Luft in sich aufnahm. Widerstand erschien zwecklos, wenn nicht sogar töricht. Gleichzeitig spürte er eine seltsame magische Anziehungskraft des noch unbekannten Lebens, das vor ihm lag. Die wenigen Informationen aus den raren Briefen seines Vaters und dessen Erzählungen faszinierten ihn auf eine Weise, die er noch nicht ganz einordnen konnte, aber das würde sich sicherlich mit der Zeit klären. Auch die Vorfreude auf die bevorstehende Schiffsreise weckte in Eric neue, unbeschreibliche Gefühle – eine Sehnsucht nach dem Unbekannten, das er auf eine vertraute Weise kannte: die Lust nach Abenteuern. So oft hatte er von den weiten

Ozeanen geträumt, von der Möglichkeit, in ferne Länder vorzustoßen. So oft hatte er sich vorgestellt, gemeinsam mit seinem Vater die zahlreichen Gefahren zu überwinden, die überall auf sie warteten. Erics Vater pflegte dann herzhaft zu lachen und auszurufen: „Eric, du bist ein wahrhaftiger Gabriel!“ Daraufhin bat Eric ihn stets, einige Anekdoten aus der Vergangenheit zu erzählen. Alles, was Eric wusste, war, dass die Gabriels scheinbar einer bedeutenden Seefahrerdynastie entstammten. Alle Vorfahren, außer Erics Vater, waren zur See gefahren und Gerüchte besagten sogar, dass der eine oder andere unter Piraten gedient hatte. Nun musste Eric nicht mehr nur davon träumen; der Tag der Abreise war endlich gekommen. Ursprünglich hatte es andere Pläne gegeben, doch ein überraschender Brief im Herbst 1918 von dem als verschollen geglaubten Luc Gabriel hatte alles geändert und die Dinge ins Rollen gebracht. In diesem Brief hatte sein Großvater um Hilfe und Unterstützung für die riesigen Plantagen gebeten, die irgendwann im letzten Jahrhundert unter mysteriösen Umständen erworben worden waren. Zunächst war Erics Vater empört gewesen, dass sein Vater sich nach so langer Zeit meldete und Unterstützung suchte – über 20 Jahre später und ausgerechnet dann, als er offenbar Hilfe benötigte. Schließlich hatte er seine Frau und seinen Sohn im Sommer 1895 überstürzt verlassen, angeblich, um die junge Kolonialherrschaft Frankreichs über Madagaskar zu unterstützen. Jahre zuvor, 1883, waren zusätzliche Truppen nach Madagaskar geschickt worden, um der madagassischen Monarchie ein Ende zu setzen. Luc hatte seinen Besitz antreten und sichern wollen. Ein dringender Brief seines Treuhänders Bouillier hatte ihn dazu aufgefordert, zurückzukommen. Trotz wiederholter Versuche, seine Frau und seinen Sohn nach Madagaskar zu holen, hatten sie sich geweigert, und so blieb es bei regelmäßigen Unterstützungszahlungen. Nach einer Weile ließ Rémys Zorn nach und er empfand Mitleid für seinen Vater. Der Brief hatte tiefgreifende Sorgen offenbart.

Eric hatte jedes Wort seiner Erzählungen neugierig aufgenommen und wusste darum genau, was geschehen war. Er konnte seinen Vater gut verstehen. Im Sommer 1919 entschloss sich Rémy zu seiner ersten Reise. Seine Frau zeigte sich tapfer, obwohl die Angst, dass er vielleicht nicht zurückkehrte, da sie mit ihm schwanger war, stets präsent war. Nach einigen Monaten kehrte Erics Vater zurück und erzählte seiner Frau von der Aussöhnung mit seinem Vater. Gleichzeitig schwärmte er von den weitläufigen Ländereien und dem großen Besitz. Als Agronom und Kaufmann erkannte er das enorme Potenzial und die anbautechnischen Möglichkeiten, insbesondere im Bereich Vanille. Die Plantagen waren noch in einem mangelhaften Zustand und es fehlte nicht nur Erics Vater, sondern auch seinem Großvater an Know-how. Dennoch erwog sein Vater ernsthaft weitere Reisen. Erics Erinnerungen an den Tag, an dem sein Vater von einer weiteren, bereits dritten Geschäftsreise gesprochen und berichtet hatte, dass er für längere Zeit wegbleiben würde, waren lebhaft. Er war begeistert, aber zugleich fiel es ihm schwer, seinen Vater gehen zu lassen. Natürlich wollte er wissen, wohin die Reise gehen würde. Sein Vater war bekannt dafür, Geschenke von seinen Reisen mitzubringen und spannende Geschichten zu erzählen.

„Madagaskar, neben Afrika", lautete die knappe Antwort. Eric schaute hilflos zuerst seine Mutter und dann seine Schwester an. „Wo genau liegt das?", erkundigte er sich.

Sein Vater lächelte wissend, holte eine alte, leicht zerknitterte Weltkarte hervor, strich sie auf dem Küchentisch glatt und deutete auf die große Insel rechts von Afrika. „Aha!", war Erics knapper Kommentar.

„Erinnerst du dich nicht mehr?", schaltete sich seine Schwester vorwurfsvoll ein. „Vater war vor Jahren schon mal dort, aber wahrscheinlich warst du noch zu klein!" Eric verzog das Gesicht in Richtung seiner Schwester. Er verfolgte aufmerksam den Zeigefinger seines Vaters, der von Ostafrika Richtung Norden wies, einen breiten Fluss entlang, zum Mittelmeer und weiter nach Marseille. Die beeindruckende Distanz machte Eric nachdenklich und er bereitete sich darauf vor, seinen Vater diesmal noch länger zu vermissen. Ein Nachteil, den er auf sich nehmen würde. Er blickte erneut zu seiner Mutter und seiner Schwester. Das gezwungene Lächeln, das sie zeigten, wirkte maskenhaft und verriet, dass auch sie nicht sonderlich begeistert waren. Alle litten unter der Abwesenheit des Vaters.

„Wie lange wirst du weg sein? Wann kommst du wieder?", entfuhr es Eric.

„Nun, diesmal werden es bestimmt Monate, wenn nicht Jahre sein, und …", sein Vater brach ab und wandte sich an die Mutter.

„Ich weiß nicht, ob ich je zurückkomme!", beendete er zögerlich und wandte den Blick ab.

Verstört und entsetzt schaute Eric zwischen seinem Vater und seiner Mutter hin und her. „Du kommst vielleicht nicht mehr zurück? Was soll das heißen?" Tränen drängten sich ihm auf und Panik machte sich breit.

„Na, na, na, Eric, keine Angst!", sein Vater streckte die Arme aus und zog ihn zu sich. „Ich hoffe, ihr folgt mir, sodass ich nicht zurückkehren muss. Ich plane, in Madagaskar zusammen mit meinem Vater das Geschäft weiter auszubauen und zu etablieren. Wenn alles erfolgreich verläuft, könnt ihr zu mir kommen. Ich habe das schon seit Längerem geplant. Deine Mutter weiß davon. Wir hatten Meinungsverschiedenheiten und Streitereien, aber ich habe schon alles vorbereitet und organisiert. Den Rest werdet ihr auch ohne mich schaffen!"

Das war nun schon ein Jahr her. Krächzende Raben flogen über das benachbarte Dach und rissen Eric aus seinen Gedanken. Er wandte sich langsam um und betrachtete sein leeres Zimmer. Kein Möbelstück erinnerte mehr an die vergangenen Tage. Nur eine Matratze lag am Boden und ein offener Koffer wartete darauf, mit seinem Pyjama gefüllt zu werden. Vor einer Woche waren alle Möbel von einer Umzugsfirma abgeholt und für die Reise nach Madagaskar vorbereitet worden. Wahrscheinlich befanden sie sich bereits im Bauch des Schiffs, das sie endlich zu seinem Vater bringen würde. Eine stille Freude breitete sich langsam in Eric aus. Sein neues Leben wartete auf ihn – voller Abenteuer, Neuheiten und Ungewissheiten. Die quälend lange Zeit des Wartens und Bangens um seinen Vater und den geschäftlichen

Erfolg hatte vor gut vier Monaten ein Ende gefunden, als der langersehnte Brief eingetroffen war. Sein Vater hatte versprochen, regelmäßig ausführliche Briefe zu schreiben. Zwar waren sie nicht so zahlreich wie erhofft und unregelmäßig, meistens gegen Ende eines Monats eingetroffen, doch das war in Anbetracht der Ferne völlig normal. Die Post von Madagaskar nach Frankreich benötigte ihre Zeit und es gab nur eine monatliche Schiffsverbindung. Die Briefe waren Fenster in die Welt seines Vaters, durch die sie zeitverschoben Einblicke in sein Leben und die Umsetzung seiner Pläne erhielten. Als Eric nachmittags von der Schule nach Hause kam, spürte er eine Anspannung bei seiner Mutter und seiner älteren Schwester. Etwas lag in der Luft und er konnte es förmlich riechen.

„Ist ein Brief von Vater gekommen?“, platzte es aus ihm heraus, seine Augen leuchtend vor Aufregung.

„Ja, endlich!“, antwortete seine Mutter zufrieden und lächelte. „Wir können nachreisen. Vater will, dass wir kommen!“, prustete die Schwester vergnügt wie ein zufriedenes Schweinchen.

Eric schnappte sich den Brief aus Mutters Hand und las ihn aufgeregt durch. Fast alles war erfolgreich verlaufen. Sein Vater beschrieb in kurzen Worten, dass die Vanilleplantagen endlich Ernte einbrachten, die Umsätze einen durchschlagenden Erfolg bedeuteten und er die Firma Gabriel Vanille Société du Commerce gegründet hatte. Ein neues Haus sollte bald in unmittelbarer Nähe der Plantagen für sie entstehen. Zum Abschluss teilte er mit, dass sein Vater im Alter von 85 Jahren verstorben war. Die Traurigkeit darüber, dass seine Familie ihn nicht mehr kennenlernen konnte, lastete schwer auf Rémy. Nun stand die Regelung der Erbschaft und der Finanzen an, ein geschäftlicher Durchbruch, der einen Umzug der Familie nach sich zog. Die Planung sah noch Monate bis zum definitiven Abschied vor. Nach ihrer Ankunft würden sie vorübergehend in einem Hotel in der Hauptstadt übernachten und dann im alten Haus seines Vaters wohnen, bis das neue Zuhause fertiggestellt war. Schon bei seinem ersten Besuch in der Hauptstadt hatte er die Familie des Hotelbesitzers kennengelernt – eine nette Familie mit Kindern im gleichen Alter wie seine eigenen. Es war noch einiges zu tun, um sich auf die bevorstehende Reise vorzubereiten. Dann folgten erste Anweisungen für Mutter bezüglich der Formalitäten und der Organisation der Reise. Eric konnte seine Freude nicht zurückhalten. Sein Gesicht strahlte und er begann, zu johlen. Seine Schwester stimmte ein und gemeinsam tanzten sie wie Derwische um den Küchentisch, bis Mutter mit erhobenen Armen dem wilden Treiben ein Ende bereitete.

Seither war nichts mehr so wie zuvor. Eric sah plötzlich alles mit anderen Augen. Die Tage in Marseille waren gezählt, das Zusammensein mit Freunden und Schulkameraden war nur noch von kurzer Dauer. Sogar die beunruhigenden Geschehnisse in Deutschland konnten sie hinter sich lassen. Eric erinnerte sich an die Diskussionen seiner Mutter mit den Nachbarn und die hitzigen Auseinandersetzungen über Politik und Krieg mit ihren Brüdern, die ab und an zu Besuch kamen. Ein wehmütiger Blick über die Dächer, ein seufzendes Abschiednehmen. „Eric, bist du schon wach? Bitte beeil dich, wir werden doch bei Chopards zum Frühstück erwartet!“, rief seine Mutter vom Flur her. Schnell wusch und kleidete er sich. Bei Chopards, ihren langjährigen Nachbarn, sollten sie ein letztes großes Frühstück vor ihrer Abreise genießen. Die Stimmung war gedrückt, verständlicherweise angesichts des bevorstehenden endgültigen Abschieds. Dennoch genossen sie alle die letzten gemeinsamen Stunden und mit gespielter Fröhlichkeit konnten sie die Tränen bis zum Au revoir zurückhalten. Eric umarmte seinen Freund Frederic herzlich und verdrückte eine Träne. Sie versprachen einander, regelmäßig zu schreiben, und Eric war sich sicher, dass ihm Frederic fehlen würde.

Mutters jüngerer Bruder war angekommen. Er besaß einen Wagen und hatte freundlicherweise angeboten, sie zum Hafen zu chauffieren. Der Hafen von Marseille! Eric schloss die Augen und versank in Erinnerungen. Er und Frederic hatten viele Stunden dort verbracht, auf ihrem Heimweg von der Schule, indem sie einen kleinen Umweg gemacht hatten. Seitdem sein Vater nach Madagaskar aufgebrochen war, waren seine Besuche am Hafen zahlreicher geworden. Immer hatte ihn das bunte Treiben fasziniert. Mit Stolz erzählte er oft, dass er eines Tages Kapitän einer dieser Ozeanriesen werden wollte. Stundenlang hatte er auf einer Bank an der Rue St. Honoré oberhalb des Hafens gesessen und den grandiosen Blick über die gesamte Anlage genossen. Besonders beeindruckt war er von der im Jahr 1905 erbauten großen Schwebefähre gewesen, die 50 Meter hoch und 239 Meter lang war und eine Seite der Einfahrt mit der anderen verband. In seinen Träumen sah er sich an Bord eines dieser mächtigen Passagierschiffe Marseille hinter sich lassen, um in die große weite Welt zu fahren – am liebsten nach Madagaskar zu seinem Vater. Dabei hoffte er, dass kein Unglück wie das der Fregatte Sartin im Jahr 1780 eintreten würde, die Ein- und Ausfahrt über Wochen versperrte und die Ausfahrt sabotierte. Eric begann, jedes Schiff mit Namen aufzuschreiben und zu kategorisieren. Bei der Hafenbetreibergesellschaft holte er sich detaillierte Informationen über die Größe und die Verwendung der verschiedenen Schiffe. Er erkundigte sich, woher sie kamen, wohin sie fuhren, was sie transportierten und welche Fernziele die einzelnen Schiffe anliefen. Dabei erfuhr er, dass die Porthos, ein Schiff der Reederei Messageries Maritimes, regelmäßig zwischen Marseille und Madagaskar verkehrte. Die Porthos wurde von zwei Dreifachexpansionsdampfmaschinen mit einer Leistung von 9000 Pferdestärken angetrieben und ihre Höchstgeschwindigkeit betrug 17 Knoten, etwa 30 Kilometer pro Stunde. Jeden ersten Montag im Monat verließ die Porthos den Hafen und nach drei Wochen kehrte sie zurück. Ihre Route führte sie durch das Mittelmeer, den Suezkanal und das Rote Meer entlang der Ostküste Afrikas in Richtung Tamatave – den Hafen, der die Verbindung zur Hauptstadt Antananarivo sicherstellte. Andere Schiffe machten bei französischen Kolonien an der Westküste fest und steuerten exotische Häfen wie Algier, Dakar, Abidjan, Libreville, Alexandria, Djibouti und Daressalam an.

Endlich sollten sich Erics Träume erfüllen. Das abrupte Abbremsen des Wagens riss ihn aus seinen Gedanken. Es war elf Uhr, die Sonne strahlte von einem fast wolkenlosen Himmel.

Sie waren am Passagierterminal angekommen und stiegen aus. Erics Onkel gab jedem stumm sein Gepäckstück, murmelte mit Tränen in den Augen ein trauriges Adieu und fuhr nochmals zurückblickend davon. Eric drängte zum Pier und mahnte die anderen zwei zur Eile, denn er konnte und wollte nicht länger warten. Er wollte sie endlich aus der Nähe sehen. Möwen zogen große Kreise über ihren Köpfen, die Menschenmenge lichtete sich und endlich konnte er einen ersten Blick erhaschen. Dort lag sie, fest vertäut, majestätisch und formvollendet schön – mit ihrem mächtigen, schwarzen Rumpf und den riesigen Schornsteinen, aus denen bereits Rauch emporstieg: die Porthos – sein Schiff!

Eric strahlte über das ganze Gesicht. Er winkte seiner Mutter und seiner Schwester zu, die lächelnd hinter ihm das Fallreep hinaufstiegen. Die Reise in ihre neue, abenteuerliche Zukunft konnte beginnen.

Eric war bereit!

Kapitel 2

Der Himmel zeigte sich wolkenverhangen. An Deck war es trotzdem angenehm warm. Eric stand steuerbords an der Reling, reckte die Nase in den Wind und sog die salzige Luft genussvoll ein. Welche Abenteuer würden diese Schiffsreise mit sich bringen? Er wusste es nicht – noch nicht. Alles war ungewohnt, nahezu unwirklich. Seine erste Aufregung war einem unbändigen Entdeckungshunger gewichen. Die erste Nacht an Bord war gut verlaufen, obwohl ihn das leise Brummen der beiden Schiffsmotoren lange gestört hatte. Schließlich hatte ihn die Müdigkeit der vielen neuen Eindrücke doch noch übermannt und er war endlich eingeschlafen.

Was für ein ereignisreicher Tag!

Schon kurz nachdem sie Marseille verlassen hatten, nahm das Schiff Kurs Richtung Süden, an Korsika und Sardinien vorbei. Er hatte das Ablegemanöver mit größter Bewunderung verfolgt. Es ging vonstatten, wie er es bei seinen zahlreichen Besuchen am Hafen schon oft von Land aus beobachtet hatte. Langsam setzte sich der große Ozeandampfer in Bewegung, als lange Momente des Motorenstartens vergangen waren und die zwei riesigen Schornsteine immer dichter werdenden schwarzen Rauch in den Himmel stießen. Ein kleiner Schlepper mit einem Lotsen an Bord wurde für kurze Zeit aufgrund der Untiefen rund um die kleinen Inseln If und Frioul vor dem Hafen benötigt.

Seine Mutter und seine Schwester waren zügig unter Deck gegangen und hatten ihre Kabinen in Beschlag genommen, die Koffer auszupacken begonnen und sich für die gut zehn Tage dauernde Reise gemütlich eingerichtet. Das war nichts für Eric und er war froh, dass ihn seine Mutter für eine erste Erkundungstour ziehen ließ. Bereits der Weg von den Kabinen ans Deck erwies sich als ein Labyrinth von Gängen und Korridoren, sodass er sich binnen kurzer Zeit mehrmals verirrte. Eric merkte jedoch bald, dass die zahlreichen kleinen Orientierungstafeln tatsächlich halfen und nicht nur der Dekoration dienten. So fand er sich schnell sehr gut zurecht. Am ersten Abend war er schon fähig, seine Mutter und seine Schwester ohne Umwege in den üppig ausgestatteten Panoramadeck-Salon zum Essen zu führen. Ihr Vater hatte keine Kosten gescheut und die ganze Familie in der luxuriösen ersten Klasse, die Platz für 112 Gäste bot, unterbringen lassen, während in der zweiten Klasse 96 und in der dritten Klasse 90 Gäste Platz fanden. Schließlich konnten im Zwischendeck noch 390 bis maximal 1000 Gäste beherbergt werden. Im Brief hatte er erwähnt, dass sie sich an diesen feudalen Stil gewöhnen müssten. Sie gehörten jetzt nicht mehr zur Arbeiterklasse und die Reise in der pompösen ersten Klasse bereitete sie ein wenig auf ihr neues Leben in Madagaskar vor. Sehr gewöhnungsbedürftig, nach ihrem einfachen Lebensstil in ihrer Wohnung in Marseille, wie Eric nüchtern feststellte.

Die Gänge waren in gebrochenem Weiß gestrichen. Die überaus imposante Beleuchtung schimmerte in Goldgelb, einem Sonnenuntergang gleich. Alle Böden waren mit teuren Teppichen ausgestattet, die den Hall jedes Schritts schluckten. Angestellte in schicken Uniformen liefen emsig umher, als wären sie vor etwas auf der Flucht, um den Gästen jeden noch so ausgefallenen Wunsch zu erfüllen. Eric musste innerlich grinsen bei der Vorstellung, dass einige Gäste sogar eigene Bedienstete mitreisen ließen – nur, um die verwöhnten Vierbeiner auf dem Hundedeck regelmäßig Gassi führen zu lassen. Seltsam! Auch hatte er bemerkt, dass es ihm zwar erlaubt war, nahezu alle Bereiche des Schiffs zu betreten, Gäste aus den unteren Decks jedoch die erste Klasse nicht betreten durften. Es herrschte ein strikt einzuhaltender Klassenunterschied. Eric bedauerte dies, denn er hatte festgestellt, dass es in den unteren Decks viele Kinder gab. Hier hingegen hatte er nur einen Jungen gesehen, einmal, wie er mit einem Mann, wahrscheinlich seinem Vater, das Schiff inspizierte, und das andere Mal am Abend beim Essen. Sicher ergab sich bald eine Gelegenheit, sich kennenzulernen und Freundschaft zu schließen. Er hatte ja noch Zeit. Die erste Anlegestelle auf ihrer Reise war Alexandria und bis dorthin dauerte es noch ein Weilchen. Er wusste noch nicht, wohin der unbekannte Junge reiste.

„Helmut! Helmut! Komm sofort wieder herunter! Was fällt dir ein?“, hörte er eine erregte, sirenenhafte Frauenstimme.

Eric drehte sich hastig um, sah den besagten Jungen von der Brüstung, die zum Kapitänsdeck führte, heruntersteigen und musste schmunzeln, denn er hatte auch schon darüber nachgedacht, wie er wohl zur Brücke gelangen konnte. Der Junge schien etwas jünger zu sein als er selbst und war tadellos gekleidet. Fast zu tadellos. Eric kam sich in seinen weiten, ausgebeulten Hosen etwas deplatziert vor. Die Kleidung der Familie passte nicht zur ersten Klasse. Das war ein Punkt, den sein Vater leider nicht berücksichtigt hatte. Eric lauschte der Standpauke, die der Junge zu hören bekam. Er vernahm, dass sie Deutsche waren. Kleinlaut murmelte der Junge eine Entschuldigung, die seiner Mutter zu genügen schien. Mit einem sehr strengen, nahezu furchteinflößenden Blick trippelte sie in ihren eleganten Stiefeln davon. Mit hochrotem Kopf starrte der arme Junge irritiert hinter ihr her. Er wusste offenbar nicht recht, wie ihm geschehen war.

„Hey, du heißt Helmut, oder?“, schaltete sich Eric mit einem breiten Grinsen ein. Mit einem Seitenblick vergewisserte er sich, dass dessen Mutter nichts mitbekam. „Wolltest du zur Brücke?“

Helmuts Gesicht hellte sich sofort auf und er kam zögernd auf ihn zu.

„Ja, ich heiße Helmut, wie du sicher unschwer feststellen konntest. Meine Mutter hat es ja lautstark herausposaunt! Und wie heißt du?“

„Eric! Mein Name ist Eric Gabriel und ich komme aus Marseille. Und du?“

„Mein Name ist Helmut Bönisch. Wir kommen aus Lübeck.“

Eric verzog sein Gesicht und signalisierte damit, dass er nicht wusste, wo das war.

„Das liegt im Norden des Deutschen Reichs. Ich bin mit meiner Mutter hier, die du ja schon kennengelernt hast, meinem Vater und meinen Schwestern!“, erklärte Helmut etwas wichtigtuerisch.

„Soso“, war Erics Kommentar. Er fragte sich, warum Helmut seine Herkunft so betonte.

„Du sprichst ziemlich gut Deutsch. Wie kommt das?“, wollte Helmut wissen.

Eric freute sich über das Kompliment. Er lächelte, denn er fand, dass seine deutsche Aussprache mächtig gelitten hatte. Er erklärte Helmut, dass seine Mutter Deutsche war und er dadurch zum Leidwesen ihres Vaters als Kleinkind nur Deutsch gesprochen hatte. Seit dem Eintritt in die Schule war das nur noch zu Hause mit Mutter möglich gewesen. Fortan hatte er vorwiegend Französisch gesprochen und sein Wortschatz hatte sehr darunter gelitten. Helmut hörte interessiert zu, korrigierte oder half Eric geduldig beim Suchen des richtigen deutschen Worts. Ab und zu mussten sie über eine ulkige Formulierung von Eric herzhaft lachen. Leider war Helmut der französischen Sprache nicht mächtig und sie einigten sich, es weiterhin bei Deutsch zu belassen.

„Wohin führt denn eure Reise?“, wollte Eric wissen.

Sie gingen zur Reling und ließen ihre Blicke über das weite Meer schweifen, während sie sich interessiert austauschten.

Helmuts Vater war für einen Regierungsauftrag nach Madagaskar unterwegs. Er wusste nicht genau, um was es ging, aber sein Vater erhielt die Befehle direkt aus dem Führerhauptquartier. Weil der Aufenthalt sich über mehrere Monate, wenn nicht Jahre hinziehen würde, hatte er die gesamte Familie mitgenommen. Das war eher ungewöhnlich, aber sein Vater hatte sich mit seinen Vorstellungen durchgesetzt. So befanden sie sich jetzt auf diesem Schiff, da es die einzige Verbindung von Europa nach Madagaskar war.

Eric erzählte Helmut von seinem Vater, den Plantagen, die er noch nicht kannte, und dem bevorstehenden neuen Leben, das ihn, seine Mutter und seine Schwester auf Madagaskar erwartete.

Die Sonne neigte sich langsam dem Horizont zu. Es wurde merklich kühler. Der Wind frischte auf und sie begannen, zu frösteln. Schließlich war es Zeit, zu gehen, und sie verabredeten sich für das Nachtessen. Freudig erregt kehrte Eric in die Kabine zurück und erzählte seiner Mutter von seiner neuen Bekanntschaft. Er war glücklich, dass er für die lange Reise einen Freund gefunden hatte. Und wer weiß, vielleicht würde die Freundschaft in Madagaskar andauern. Er konnte nicht wissen, dass die Bekanntschaft mit Helmut Bönisch wenige Jahre später zu höchst dramatischen Ereignissen führen würde.

Der Speisesaal war schon gut besetzt, als Eric eintraf. Er ließ bereits beim Eintreten den Blick über die Tische gleiten, konnte Helmut jedoch nicht ausfindig machen. Anscheinend waren er und seine Familie noch nicht zugegen. Eric begleitete seine Mutter und seine Schwester zum Tisch, rückte seiner Mutter den Stuhl zurecht und wartete, bis sich die beiden Damen gesetzt hatten, ganz so, wie es ihm sein Vater beigebracht hatte. Der Speisesaal war groß und prachtvoll eingerichtet – fast schon zu prunkvoll, fanden seine Schwester und er. Sie hatten immer noch Schwierigkeiten mit dem übertriebenen Luxus. Der Raum erstreckte sich rechteckig über die ganze Breite des Schiffs und durch die großen Fenster links und rechts bot sich ein Blick auf das weite Meer. An der Decke hingen übergroße Kronleuchter, die mit Hunderten von glitzernden Glasteilchen besetzt waren und wie funkelnde Diamanten leuchteten. Sie verwandelten die Deckenwölbung in ein strahlendes Sternenmeer. Schwere Vorhänge schmückten die Fenster und der dicke Teppich schluckte sämtlichen Lärm des geschäftigen Personals. Ihr Tisch befand sich mittig auf der rechten Seite und Eric saß mit dem Rücken zu den Fenstern. Von hier aus konnte er nicht nur ihren Tisch, sondern den gesamten Speisesaal überblicken. Zwölf große, ovale Tische, an denen jeweils zehn bis zwölf Personen Platz fanden, waren in regelmäßigen Abständen angeordnet – drei Reihen mit je zehn Tischen. Die große Eingangsdrehtür befand sich auf Erics linker Seite. Sie führte zu einem ausgedehnten Bereich aus Treppen und Aufzügen, der sich in der Mitte des Schiffs erstreckte und die verschiedenen Decks verband. Ganz am Rand zu seiner Rechten befanden sich die beiden großen Flügeltüren zu den Küchen, die nur dem Personal zugänglich waren. Dazwischen hatte die Küchenbrigade ein reichhaltiges Buffet aufgebaut. Die Küchenchefs in ihren hellen Uniformen und steifen weißen Hüten standen erwartungsvoll dahinter und halfen den Gästen, ihre Teller zu füllen. Bei diesem Anblick konnte Eric nicht anders, als spitzbübisch zu lächeln. Seine Schwester reagierte sofort und wollte den Grund wissen.

„Siehst du die ältere Dame am Buffet? Und siehst du, wie voll ihr Teller ist? Sie scheint nicht genug zu bekommen. Wenn sie während der ganzen Reise so isst, müssen sie sie am Ende vielleicht mit einem Kran vom Schiff hieven!“, flüsterte Eric mit einem Augenzwinkern und vorgehaltener Hand. Auch Cécile musste ob der Vorstellung eines am Kran hängenden und vergnüglich quiekenden Fleischklumpens kichern.

„Bitte, Kinder!“, schaltete sich nun Mutter mit vorwurfsvollem Ton ein, doch die beiden begannen erneut, zu kichern, und warfen sich verschwörerische Blicke zu. Der Speisesaal hatte sich mittlerweile weiter gefüllt und auch die Tischnachbarn der Gabriels waren eingetroffen. Da waren das Ehepaar Margin mit Schwiegertochter, die nach Alexandria reisten, sowie das Ehepaar Bellegrave aus Bordeaux, das nach Daressalam unterwegs war, um die Exportmöglichkeiten für eigens hergestellten Wein zu prüfen. Zu ihnen gesellten sich außerdem zwei hohe französische Regierungsbeamte, die auf dem Weg nach Madagaskar waren und stets zusammen auftauchten, sodass Eric ihnen heimlich die Namen Kastor und Pollux gegeben hatte.

Helmut war immer noch nicht in Sicht.

Endlich konnte Mutter Wasser bestellen und sie plünderten das reichhaltige Buffet, nachdem der Hunger sich durch lautstarkes Magengrummeln bemerkbar gemacht hatte. Während sich Monsieur Bellegrave, ein versierter Weinbauer, mit einem der Sommeliers über die Wahl des Weins unterhielt, kehrten die Gabriels mit gefüllten Tellern zum Tisch zurück und begannen, genüsslich zu essen. Die Gespräche der Erwachsenen plätscherten gemächlich dahin und Eric lauschte den ausführlichen Ausführungen von Monsieur Bellegrave über die Bordeauxweine mit großem Interesse. Er schwärmte vom Klima, von der Dordogne, die sich durch das Libournais zur Gironde schlängelte, und von seinen Reblagen im Pomerol, östlich von Libourne gelegen. Leider genoss das Pomerol noch nicht das Renommee anderer Regionen wie Graves und Médoc, aber sie würden mit ihrer Gegend sicher noch Berühmtheit erlangen – es brauchte eben Zeit und Geduld. Ein Funkeln in seinen Augen verriet Erics Engagement und Ehrgeiz. Angesichts der Vanilleplantagen seines Vaters und der bevorstehenden Zukunft fühlte er sich verpflichtet, mehr über Botanik, das Wachstum und die Pflege von Fruchtpflanzen zu erfahren. Während des Schulunterrichts hatte ihn das Thema weniger interessiert, doch nun zog es ihn magisch an – ebenso wie das damit verbundene Abenteuer. Schließlich fehlten in der Schulstunde die wertvollen Hinweise und Berichte eines Direktbetroffenen. Monsieur Bellegrave erwies sich als ein ausgezeichneter Erzähler und Eric lauschte gebannt seinen Ausführungen über das Wachstum und die Pflege der Reben sowie über die zahlreichen Probleme und Lösungsansätze, die ein Weinberg mit sich brachte. Es ging hauptsächlich um die Balance von Schädlingen und die Unterstützung der Nutztiere im Weinberg, wie Monsieur Bellegrave erläuterte. Durch gezielte Bepflanzung bestimmter Sträucher konnten die Nutztiere im Rebberg gehalten werden und diese bekämpften die Schädlinge, ohne dass chemische Zusatzmittel nötig waren. Monsieur Bellegrave diskutierte auch Methoden zur Bekämpfung von Bodenerosion und hob die Bedeutung des Terrassierens der Rebberge hervor. Schließlich sprach er über die Bedeutung der Reduktion der Traubenmenge zugunsten einer konzentrierteren Fruchtqualität und betonte die Vorzüge einer gesetzlich festgelegten Maximaltraubenmenge. Eric fand die Ausführungen äußerst interessant und ahnte nicht, wie sehr ihm diese Erkenntnisse in Zukunft auf den Vanilleplantagen seines Vaters helfen würden.

Plötzlich erstarben fast alle Gespräche im Saal, als Helmut mit seiner Familie eintrat. Nachdem Eric die Mutter bereits auf Deck getroffen hatte, verspürte er sofort Unbehagen beim Anblick von Helmuts Vater in seiner SS-Uniform mit der Hakenkreuzarmschlaufe. Herr Bönisch schien die ungeteilte Aufmerksamkeit zu genießen, als er seine Familie zum Tisch führte. Eric bemerkte, wie Helmut ihm scheu zunickte und ihn knapp grüßte.

Die Gespräche an den Tischen kamen allmählich wieder in Gang, doch Eric beobachtete, wie die Blicke der Leute immer wieder zum Tisch der Bönischs wanderten. Sogar Kastor und Pollux tuschelten plötzlich aufgeregt miteinander.

„Vielleicht wissen die beiden Herren Regierungsbeamten etwas über die Familie aus Deutschland", flüsterte Monsieur Margin.

Kastor und Pollux, deren richtige Namen Grosjean und Petit waren, begannen nervös auf ihren Stühlen hin und her zu rutschen. Ihre Blicke wanderten verlegen über den Tisch, zuerst zu Monsieur Margin, dann zum Rest der Gesellschaft. Sie schienen unschlüssig zu sein, ob sie etwas preisgeben sollten.

„Ihr beiden scheint etwas zu verbergen!", mischte sich Monsieur Bellegrave mit einem schiefen Grinsen ein. Er warf einen hilfesuchenden Blick in die Runde. „Wir sind alle gespannt, nicht wahr, Eric?", zwinkerte er ihm zu. „Schließlich hast du dich mit dem Jungen angefreundet. Kannst du uns vielleicht etwas über die deutsche Familie erzählen?"

Alle Augen richteten sich nun auf Eric – auch die seiner Mutter. Eric fühlte sich unbehaglich. Er wusste, dass die deutschen Wurzeln seiner Familie geheim gehalten werden sollten. Seine Eltern hatten mehrmals betont, dass Deutschlands Handlungen in Europa misstrauisch beobachtet wurden. Seit den propagandistischen Nazi-Spielen im Sommer war klar, dass Hitler seinen expansiven Kurs fortsetzen würde. Eine weitere Motivation, Europa zu verlassen, wie sein Vater in seinen Briefen mehrmals betont hatte. Was sollte er also wissen, das für die Erwachsenen von Bedeutung war? Und weshalb wusste Monsieur Bellegrave von seiner Begegnung mit Helmut? Eric spürte, dass er leicht errötete, und er wünschte sich aus dieser unangenehmen Situation heraus. Madame Bellegrave griff aufmunternd ein: „Charles, ich bezweifle, dass dieser junge Mann etwas weiß, das unsere Regierungsbeamten nicht längst wissen! Sie brennen bestimmt darauf, uns über Neuigkeiten zu informieren?“, sagte sie herausfordernd und blickte über den Tisch.

Schließlich lehnte sich Grosjean vor und wandte sich mit einem festen Blick an Petit, der zustimmend nickte: „Wir wissen nicht viel, nur dass Hitler einen sogenannten Madagaskar-Plan entworfen haben soll. Es wird gemunkelt, dass Obersturmbannführer Bönisch Abklärungen bezüglich Deportationen von Regimekritikern und Juden in deutsche Kolonien vornimmt.“

Eine Welle der Bestürzung machte sich breit und alle Erwachsenen mussten diese Neuigkeiten erst einmal verarbeiten. Nur Eric und seine Schwester Cécile konnten die Bedeutung dieser Enthüllung nicht genau einordnen.

„Madagaskar und Daressalam sind doch keine deutschen Kolonien mehr, oder?“, mischte sich Erics Mutter verdutzt in die Diskussion ein und es schien, als hätten die anderen am Tisch ähnliche Gedanken.

„Sehr gut bemerkt, Madame Gabriel! Genau deshalb sind Kollege Petit und ich hier. Paris ist äußerst besorgt!“, schloss Grosjean mit ernster Miene und mit einer Geste, die deutlich machte, dass er dieses Thema nicht vertiefen wollte. Sofort erhob er sich demonstrativ von seinem Stuhl und steuerte das Dessertbuffet an, gefolgt von Petit.

Ein nachdenkliches Schweigen senkte sich über die Anwesenden. Die von Grosjean enthüllte Information schien eine lähmende Wirkung zu haben. Die vorherigen lebhaften Gespräche waren verstummt und die Blicke wanderten immer wieder zu dem Tisch in der Mitte des Saals, wo die Familie Bönisch friedlich speiste. Eric grübelte darüber nach, wie er es schaffen konnte, am Abend noch Zeit mit Helmut zu verbringen, als er aus den Augenwinkeln sah, dass dieser und sein Vater aufstanden und sich auf den Weg zu ihrem Tisch machten. Statt sich zu freuen, überkam ihn Unruhe. Er wusste nicht, was nun geschehen würde. Sollte er auf Deutsch antworten und damit Fragen über ihren Ursprung provozieren? Oder sollte er so tun, als ob er nichts verstand und damit Helmut und seinen Vater womöglich verletzen? Eric sah sich in einer Zwickmühle und spürte bereits

Schweißperlen auf seiner Oberlippe. Hilfesuchend blickte er zu seiner Mutter. Panik stieg in ihm auf. Inzwischen hatten Herr Bönisch und Helmut ihren Tisch erreicht. Herr Bönisch stand steif und förmlich da, die Hände auf Helmuts Schultern, hinter Kastor und Pollux, den Oberkörper leicht nach vorne geneigt und die Hacken sanft, aber zackig zusammengeschlagen. In gepflegtem Französisch begrüßte er die Anwesenden, seinen Blick ruhig über den Tisch schweifen lassend, jeden Einzelnen kurz musternd.

Eric hatte den Eindruck, dass Bönisch die Verblüffung der Anwesenden genoss, sei es aufgrund seines Erscheinens oder seiner Kenntnisse in der fremden Sprache. Er fühlte sich erleichtert. Helmut und er tauschten schelmische Blicke aus, während sein Vater über sich, die Familie und die Absicht, im Nordosten Madagaskars für das Deutsche Reich Kaffee und Vanille anzupflanzen, sprach. Er betonte, dass er bereits hier auf dem Schiff freundschaftliche Kontakte knüpfen wollte, nachdem er einiges über die gesellschaftliche Bedeutung der Anwesenden erfahren hatte. Dabei richtete er seinen Blick auf Kastor und Pollux und lächelte vielsagend.

„Es ist mir außerdem eine besondere Ehre, die Familie des wohl bedeutendsten und größten Vanillebarons Madagaskars bereits hier auf dem Schiff kennenzulernen“, schloss er seine kleine Ansprache bedeutungsvoll ab. Daraufhin begab er sich geradewegs zu Erics Mutter, um sich erneut galant zu verbeugen.

Sie nickte ihm zu, doch ihre Verblüffung war offensichtlich und sie senkte den Blick: „Enchanté!“, stammelte sie zögernd und räusperte sich. Immer noch Erics Mutter zugewandt, drückte Herr Bönisch seine Freude darüber aus, dass ihre beiden Söhne sich bereits kennengelernt hatten, und hob den Wunsch nach einem weiteren Kontakt hervor.

„Schließlich können wir in Sachen Vanilleanbau noch viel voneinander lernen, nicht wahr, Helmut?“, fügte er mit einem breiten Grinsen hinzu und richtete seinen Blick auf seinen Sohn.

„Ich möchte Sie nicht weiter belästigen, meine Damen, meine Herren! Sicher werden wir auf dieser Reise noch Gelegenheit finden, miteinander zu plaudern!", fügte er hinzu, bevor er zackigen Schritts zurück zu ihrem Tisch ging, Helmut im Schlepptau.

Für die nächsten fünf Minuten herrschte absolute Stille am Tisch. Jeder musste das eben Gehörte verarbeiten. Eric war stolz, dass Bönisch seinen Vater als Vanillebaron bezeichnet hatte. Das klang gut! Er lächelte vor sich hin. Das Ehepaar Bellegrave holte sich eine zweite Ladung Dessert, die Margins erhoben sich, um zu Bett zu gehen, während Kastor und Pollux die Köpfe zusammensteckten, um sich zu beraten.

Schließlich platzte Grosjean heraus: „Sie sind also Madame Gabriel? Die Frau des Vanilleplantagenbesitzers Rémy Gabriel?". Verdattert schaute er zu ihnen.

„Ja, wir sind die Familie Gabriel. Rémy Gabriel ist mein Mann und der Vater der beiden Kinder!", bestätigte sie und deutete auf Eric und Cécile.

„Für uns ist das nicht irgendeine Reise. Wir ziehen nach Madagaskar, zu meinem Mann!", sagte sie verlegen lächelnd.

Petit und Grosjean überhäuften sie mit weiteren Fragen, die sie, so gut es ging, beantwortete. Gleichzeitig erfuhren die Gabriels, dass ihr Mann und Vater auf der Insel große Bekanntheit erlangt hatte. Die Produktion der Vanille war wirtschaftlich sehr bedeutsam für Madagaskar und Frankreich. Er hatte die beste Lage im Nordosten des Landes gefunden und verfüge über die größten Plantagen.

Nach diesem ereignisreichen Abend war es Helmut und Eric nicht mehr möglich, Zeit miteinander zu verbringen. Beim Verlassen des Salons verabredeten sie sich für den kommenden Morgen. Vor dem Schlafengehen tauschten sich Eric, Cécile und ihre Mutter noch intensiv über das Gehörte und Erlebte aus. Alle drei waren sehr überrascht über den Bekanntheitsgrad ihres Ehegatten und Vaters. Nichtsdestotrotz freute es sie auch, schienen die Leute doch durchwegs positiv gestimmt und voller Lob für ihn zu sein. Diese Feststellung erfüllte vor allem Eric mit Stolz: sein Vater, der Vanillebaron!

So zogen die Tage an Bord der Porthos ebenso an ihnen vorbei wie die zahlreichen verschiedenartigen Küstenstreifen. Südlich von Sardinien kam bereits Nordafrika in Sicht und auf der linken Seite war Sizilien auszumachen. Gegen Abend näherten sie sich dem Ätna mit seinen Rauchsäulen und beim Abendessen passierten sie die Inselgruppe Malta. Das Leben gestaltete sich sehr angenehm und orientierte sich stark an den fixen Essenszeiten. Dazwischen traf man sich zum Kaffee oder Tee oder unternahm ausgedehnte Spaziergänge an Deck und unterhielt sich mit den unterschiedlichsten Personen. Eric und Helmut verbrachten sehr viel Zeit miteinander und es entwickelte sich eine gute Freundschaft, während sich seine Schwester Cécile mit seinen beiden Schwestern, Elke und Gudrun, anfreundete.

An einem sonnigen Nachmittag lud Helmuts Vater Erics Mutter zu einer Teezeit ein, die sich schnell zu einer ausgedehnten Unterhaltung über den Anbau von Vanillepflanzen entwickelte. Hier wurde deutlich, dass Erics Familie der deutschen Sprache mächtig war, was beim Abendessen kurz Erwähnung fand. Die Enthüllung, dass sie die Familie des Vanillebarons von Madagaskar waren, lenkte die Aufmerksamkeit der Tischrunde jedoch rasch auf ein anderes Thema. Je weiter sich die Porthos von Europa entfernte, desto belangloser erschienen den Erwachsenen die dortigen Probleme. Nur Kastor und Pollux behielten die Familie Bönisch weiterhin aufmerksam im Blick. Bald erreichten sie ihr erstes Etappenziel: Alexandria. Während einige Gäste das Schiff verließen, um die Stadt zu erkunden, blieb den meisten nur wenig Zeit für einen Landgang, bevor die Reise fortgesetzt wurde.

Eric freute sich besonders auf den kommenden Abschnitt der Reise: den Suezkanal. Er hatte sich intensiv mit diesem beeindruckenden Gewässer beschäftigt und fühlte einen gewissen Stolz, als er erfuhr, dass ein Franzose maßgeblich an seiner Realisierung beteiligt gewesen war – eine Information, die er Helmut gegenüber gerne betonte. Die beiden verbrachten die gesamte Durchfahrt gemeinsam an Deck und rannten ständig von einer Seite zur anderen, um ja nichts zu verpassen.

Herr Bönisch zeigte großes Interesse an Erics Erklärungen und steuerte einige bedeutende Informationen bei, die ihm nicht bekannt gewesen waren. Er erfuhr zum Beispiel, dass der Bau des Kanals aufgrund einer Choleraepidemie im Jahr 1865 wochenlang unterbrochen werden musste. Eric war beeindruckt und bemerkte stolz, dass die deutsche Ostafrika-Schifffahrtslinie die zweithöchste Frequenz von Schiffen hatte, die den Kanal passierten – gleich nach den Briten.

„Die Briten haben erst diesen Frühling die alleinige Kontrolle über den Kanal vertraglich festgelegt!“, merkte Herr Bönisch trocken an. Eric vermutete angesichts der Enttäuschung in seiner Stimme, dass die Deutschen gerne die Kontrolle übernommen hätten.

Mit Einbruch der Nacht setzte die Porthos ihre Reise fort, durch das Rote Meer und weiter gen Süden. Die Temperaturen stiegen ebenso wie die Anzahl der Tage an Bord, je weiter sie reisten. Leider passierten sie die Meerenge zwischen Arabien und Afrika in der Nacht, sodass Eric diesen spannenden Abschnitt verpasste. Erst im Golf von Aden konnte er wieder das Deck betreten und beobachten, wie sie den östlichsten Zipfel Afrikas umrundeten, um ihren Kurs nach Süden fortzusetzen. Das nächste Ziel war der Hafen von Daressalam, den sie früh am Morgen erreichten. Herr und Frau Bellegrave packten ihre Sachen, da es für sie an der Zeit war, von Bord zu gehen. Eric würde die beiden am Tisch vermissen, vor allem auch die abenteuerlichen Geschichten von Monsieur Bellegrave. Es war schade, dass sie abreisten.

Der Hafen von Daressalam erschien zwar nicht so imposant wie der in Marseille, dennoch war er beeindruckend. Vor Anker lagen einige Schiffe, darunter zwei britische und ein deutsches Handelsschiff. Auch eine französische Kriegsfregatte und einige kleinere Boote waren zu sehen, die zur lokalen Schifffahrt gehörten. An Land herrschte emsiges Treiben, während zahlreiche Schwarze als Lastenträger fungierten und halfen, die Güter aus den Schiffen zu tragen. Sie wurden auf Lastwagen verladen, die in langen Kolonnen warteten, und weggebracht. Leider war es den Passagieren der Porthos nicht gestattet, das Schiff für einen Hafenbesuch zu verlassen. So verbrachten Eric und Helmut ihre Zeit damit, das Geschehen rund um den Hafen auf sich wirken zu lassen.

Gegen Abend betraten neue Gäste das Schiff. Die beiden Jungen beobachteten gespannt das Ablegemanöver. Nach einem ereignisreichen Tag schlichen sie hungrig und etwas spät in den großen Saal, wo das Abendessen bereits in vollem Gange war. Unter den missbilligenden Blicken von Erics Mutter und dem strengen Blick von Herrn Bönisch stürmten sie zum Buffet.

Erics Freude war groß, als er am Tisch neuen Zuwachs wahrnahm. Seine Mutter stellte sie vor: Mister Glenford, ein britischer Agraringenieur aus Bristol, und zwei französische Infanteristen, Lieutenant Vermier aus Nantes und Korporal Leblanc aus Marseille. Die beiden waren bereits in ein Gespräch mit Kastor und Pollux vertieft, das sich um die Familie Bönisch und mögliche Hintergründe der Reise drehte. Auch sie schienen von Erics Vater gehört zu haben und zeigten sich entzückt über das Kennenlernen der Familie. Erics Mutter und Korporal Leblanc unterhielten sich über Marseille und den Verlust, den es bedeutete, von dort weggegangen zu sein. Eric ahnte nicht, dass diese Infanteristen ihn in einigen Jahren bei einer waghalsigen Aktion unterstützen würden.

Schließlich war es Zeit für Eric und Cécile, ins Bett zu gehen. Noch zwei Nächte trennten sie von der Ankunft auf Madagaskar. Beide freuten sich sehr auf das Wiedersehen mit ihrem Vater.

Am nächsten Morgen erfuhr Eric von seiner Mutter, dass er nach dem Frühstück mit Helmut und dessen Vater einen Besuch auf der Brücke machen konnte. Eric strahlte vor Freude, denn das war sein größter Wunsch. Da er kaum noch Hunger verspürte, beobachtete er die große Uhr über dem Eingang des Saals, ungeduldig darauf wartend, dass die Zeit voranschritt. Endlich war es zehn Uhr und Eric traf sich mit Helmut und dessen Vater vor einer imposanten Holztür, an der eine Tafel mit der Aufschrift ‚Diensteingang Brücke! Nur für befugtes Personal!' angebracht war. Sie wurden von dem ersten Offizier, Monsieur Lefevre, empfangen und über eine kleine Treppe zum obersten Deck geführt. Entlang der Backbord-Reling führte ein schmaler Weg zur Seitentür der Brücke. Eric und Helmut konnten ihr Glück kaum fassen, als sie die Brücke betraten und vom Kapitän herzlich empfangen wurden. Er erkundigte sich, ob sie schon Fragen zum Schiff hatten, und gab ihnen Zeit, sich an die imposante Umgebung zu gewöhnen. Helmut platzte sofort mit seiner ersten Frage heraus: „Warum heißt das Schiff eigentlich Porthos?"

Der Kapitän schaute ihn an und entgegnete: „Vielleicht kann uns dieser junge Franzose dabei helfen."

Eric schmunzelte und war dankbar für die Gelegenheit, Helmut mit seinem Wissen zu beeindrucken. Dank seiner Besuche bei der Hafenbetreibergesellschaft kannte er die Hintergründe des Namens, denn auch er hatte ihn zunächst als eigenartig empfunden.

„Das ist eine interessante Geschichte." Er hielt inne und bat den Kapitän um Ergänzung oder Korrektur. „Die Porthos gehört der Messageries Maritimes, einer der größten Reedereien Frankreichs, deren Präsident der bekannte Monsieur George Philippar ist. Er ist ein großer Bewunderer des berühmten Dichters Alexandre Dumas, der das Buch ‚Die drei Musketiere' geschrieben hat. Einer der Musketiere heißt Porthos."

Der erste Offizier ergänzte, dass die Reederei auch die anderen Namen der Musketiere für Schiffe verwendete. Es gab in der Flotte die Athos und die Aramis. Sogar d'Artagnan war vertreten, fügte der Kapitän mit einem Schmunzeln hinzu. Der verwirrte Helmut wies darauf hin, dass es vier Musketiere seien und nicht mehr nur drei. Sein Vater erklärte, dass d'Artagnan erst am Ende der Geschichte zum Musketier ernannt wurde. Ein auffordernder Blick des Kapitäns in Richtung des ersten Offiziers deutete an, dass es Zeit für die technischen Details war.

„Die Porthos hat eine Länge von 161,7 Metern, eine Breite von 18,8 Metern und eine Verdrängung von 18570 Tonnen, was einer Vermessung von 12633 Bruttoregistertonnen entspricht", erklärte dieser, während er zu Eric schaute, der voller Stolz ergänzte: „Sie wird von zwei Dreifachexpansionsdampfmaschinen mit einer Gesamtleistung von 9000 Pferdestärken angetrieben und verfügt über zwei Propeller, die eine Höchstgeschwindigkeit von 17 Knoten ermöglichen."

Der erste Offizier und der Kapitän lächelten dankbar für diese Ergänzungen und zeigten sich beeindruckt von Erics Wissen. Er bemerkte, dass sogar Vater Bönisch ihn bewundernd ansah.

Dann ließen sie ihre Blicke über die Brücke schweifen und betrachteten die nautischen Geräte. Der Kapitän stellte die anwesenden Seeleute vor und erklärte kurz ihre Aufgaben, bevor er sich intensiv mit Herrn Bönisch unterhielt. Die beiden Jungen wurden vom ersten Offizier betreut und konnten jeden Arbeitsplatz betrachten und weitere Fragen stellen. Eric hatte alle Hände voll zu tun: Er übersetzte Helmuts Fragen ins Französische und die Antworten ebenso wie seine eigenen Fragen ins Deutsche. Der erste Offizier hatte viel Geduld und Zeit. Zum Abschluss durften die beiden für ein paar Minuten das riesige Steuerrad übernehmen. Sie waren zwar zu klein, um über das Instrumentenbord zu sehen, erhielten aber Stühle, um darauf zu stehen. Eric genoss jede Sekunde und hielt Ausschau, in der Hoffnung, die Küste Madagaskars in der Ferne zu erspähen. Es schien, als könne der erste Offizier seine Gedanken lesen. „Madagaskar kommt erst gegen Abend in Sicht, mein Junge! Wir sind im Fahrplan!“, sagte er gelassen und lächelte Eric wissend an. Plötzlich unterbrach Herr Bönisch die Szene. „Helmut! Eric! Es wird Zeit! Wir wollen die Herren nicht länger belästigen. Sicher haben sie noch zu arbeiten!“, rief er und salutierte zackig, bevor er sich herzlich beim Kapitän bedankte. Auch Helmut und Eric verabschiedeten sich dankend. Der erste Offizier führte sie denselben Weg zurück und verabschiedete sich an der Brückendiensttür von ihnen. Erst jetzt bemerkte Eric, dass es schon wieder Zeit fürs Mittagessen war. Die zwei Stunden waren wie im Flug vergangen. Am Tisch lauschten die Erwachsenen gespannt seinen Erzählungen über den Besuch auf der Brücke und stellten zahlreiche Fragen, die Eric jedoch nicht alle beantworten konnte. Es war seltsam, wie gewisse Fragen erst nach einem solchen Besuch auftauchten, dachte er, während er einen weiteren Löffel Reis in den Mund schaufelte. Die Vorfreude auf die bevorstehende Ankunft auf Madagaskar bestimmte die Unterhaltung. „Die Küste sollten wir schon heute Abend sehen können!“, verkündete Eric erwartungsvoll. Er warf einen sehnsüchtigen Blick zu seiner Mutter und spürte, dass auch sie das Wiedersehen herbeisehnte. Noch eine Nacht mussten sie an Bord verbringen, doch die Ankunft war für den kommenden Nachmittag vorhergesagt. Eric konnte es kaum erwarten, seinen Vater wiederzusehen, sein neues Zuhause zu betreten und all die neuen Erfahrungen zu machen, die sie erwarteten.

Der erste Teil ihres Abenteuers, die Seereise, näherte sich dem Ende. Es war ein vielversprechender Beginn gewesen. Eric hatte interessante Menschen kennengelernt, viel Neues gelernt, Freundschaften geschlossen und Dinge gesehen, von denen seine Freunde in Marseille nur träumen konnten. Was würde als Nächstes kommen? Niemand wusste es genau, aber Eric fühlte sich bereit für alles, was das Leben auf Madagaskar für ihn bereithielt.

Kapitel 3

Der Morgen brach schwül an, die Porthos ließ die dunklen gewittrigen Wolken hinter sich und die gleißenden Sonnenstrahlen spiegelten sich auf den vom Regen durchnässten Decksplanken. Alles wirkte neu und frisch geputzt.

Eric stand bereits seit Stunden an der Reling und genoss den herrlichen Ausblick auf die Küste von Madagaskar. Nach dem Mittagessen wollte er die bevorstehende Ankunft im Hafen von Tamatave keinesfalls verpassen. Seit den frühen Morgenstunden glitt das Schiff an der vielfältigen Küste entlang. Sie passierten gerade eine langgezogene schmale Insel. „Das ist die berüchtigte Pirateninsel Sainte Marie! Schon davon gehört?", fragte Korporal Leblanc Eric. Nein, davon hatte Eric weder gelesen noch gehört. Die Küstenlinie wechselte zwischen flachen, wenig bewachsenen Abschnitten und dicht bewaldeten Regionen, die den Blick ins Landesinnere verdeckten. In der Ferne zeichneten sich schemenhaft überdimensionale Bergketten ab, die sich von Norden nach Süden erstreckten, während Altokumulus-Wolken den Himmel bedeckten.

„Typisches Wetter!", erinnerte sich Eric an den Kommentar eines Bedieners am Buffet während des Mittagessens. Er schwitzte in der feuchten Hitze und freute sich über den leichten Fahrtwind an Deck. Wie war es wohl an Land ohne diese Brise? Die Küste verlief parallel zu ihrem Kurs und Eric konnte vereinzelt Häuser erkennen. Helmut gesellte sich zu ihm, als ein älterer Herr neben ihnen plötzlich rief: „Der Hafen! Ich sehe den Hafen!" Tatsächlich konnte Eric am Horizont zwei größere Schiffe ausmachen, die vertäut zu sein schienen. Gerade umrundeten sie eine kleine Landzunge, die den Blick auf den Hafen und die dahinterliegende Stadt freigab. Tamatave. Endlich!

Eric und Helmut umarmten sich stürmisch und begannen, vor Freude zu tanzen. Es war geschafft! Das Deck war mittlerweile mit interessierten Passagieren überfüllt, die alle das Einlaufen und das Anlegemanöver mitverfolgen wollten. Auch Erics Mutter und seine Schwester sowie Familie Bönisch gesellten sich zu den beiden Jungen und beobachteten gespannt, wie sich das Schiff langsam dem Hafen näherte. Eric ließ seinen Blick über die Menschenmenge auf der Mole schweifen und suchte fieberhaft nach seinem Vater. Doch wonach sollte er suchen? Er hatte ihn seit Jahren nicht mehr gesehen und wer wusste, ob er sich verändert hatte. Unsicher suchte Eric weiter. Seine Mutter gesellte sich zu ihm, als hätte sie seine Nervosität gespürt, und legte beruhigend ihre Hand auf seine rechte Schulter.

„Wir werden ihn bestimmt bald entdecken", sagte sie mit ruhiger Stimme, lächelte Eric an und richtete ihren Blick wieder auf das von winkenden und rufenden Menschen überfüllte Hafenquai.

Die Porthos hatte unterdessen ihre endgültige Position erreicht. Große, schwere Taue wurden vom Schiff zum Kai geworfen und von zahlreichen schwarzen Hafenarbeitern ergriffen, die sie an den Pollern befestigten. Zwei hohe, mobile Treppen wurden herangerollt und mit dem untersten Deck durch zusätzliche Stegbretter verbunden, damit die Passagiere das Schiff verlassen konnten. Am hinteren Teil des Schiffs wurde ein großes Frachttor geöffnet und ebenfalls mit dem Kai verbunden. Schon begannen Hafenarbeiter mit dem Ausladen der Fracht. Von oben sah es aus, als hätten Ameisen das Kommando übernommen.

„Hast du Vater schon entdeckt?", wollte nun auch Cécile wissen und blickte zu Eric.

„Nein! Es sind so viele Leute!", entgegnete er mit resignierter Stimme.

„Lasst uns aussteigen. Vielleicht ist er noch nicht hier", schlug ihre Mutter vor und machte sich auf den Weg zu den unteren Decks.

In den Zwischengängen herrschte Chaos, denn alle Passagiere wollten gleichzeitig aussteigen. Es dauerte eine Weile, bis die drei auf dem untersten Deck ankamen. Langsam bewegte sich der Passagierstrom in Richtung Fallreep. Immer wieder ließ Eric seinen Blick suchend über die nun gut erkennbaren Gesichter gleiten.

Familie Bönisch war bereits unten und wurde von zwei Herren in Uniform zu einem stattlichen Wagen geführt. Vater Bönisch redete wild gestikulierend mit den Herren und zeigte immer wieder auf das Schiff. Wahrscheinlich machte er sich noch Sorgen um ihr Gepäck. Schon beim Mittagessen hatte er von seiner kostbaren Fracht gesprochen, die er bald an Land bräuchte, um mit dem Reichsministerium Kontakt aufzunehmen. Was er wohl Wichtiges mitzuteilen hatte? Eric bewegte sich nachdenklich weiter hinter seiner Mutter und seiner Schwester vorwärts. Endlich waren sie an der Reihe. Erleichtert gingen sie den Steg hinunter und hatten nach so langer Zeit auf See wieder festen Grund unter den Füßen.

„Willkommen in Madagaskar, willkommen in eurem neuen Zuhause!“, ertönte eine tiefe Stimme.

Die drei drehten sich etwas verblüfft gemeinsam um. Ein Herr in einem hellen, sandfarbenen Anzug mit Hut und leicht ergrautem Vollbart stand zu ihrer Rechten und strahlte sie an. Es dauerte einen langen, sich ewig dahinziehenden Moment, bis die drei ihren Mann und Vater endlich erkannten.

„Du meine Güte!“, entfuhr es Erics Mutter beim Anblick ihres veränderten Gemahls und sie hielt sich die rechte Hand vor den Mund, um einen Schrei zu unterdrücken. Vater Gabriel kam auf sie zu und umarmte sie stürmisch, als wollte er sie nie mehr loslassen. Cécile und Eric blieben immer noch verstört stehen und staunten mit offenen Mündern ihren Vater an.

„Na, wollt ihr ewig gaffen oder begrüßt ihr euren Vater endlich?“, fragte er mit seinem vertrauten Augenzwinkern und machte einen Schritt auf Cécile zu. Endlich war der Bann gebrochen. Beide stürmten in seine offenen Arme. Er hob sie zusammen auf, schwang sie einige Runden im Kreis herum und lachte laut vor Glück.

„Vater, du hast dich völlig verändert. Ich hätte dich nicht mehr wiedererkannt!“, ließ Eric verlauten. Er strahlte über das ganze Gesicht.

„Du bist so braungebrannt und dein Bart ist so ungewohnt!“, fügte Cécile hinzu und gewährte damit einen Einblick in die verborgenen Gedanken der drei.

„Ja, ich weiß! Euch wird es wohl nicht anders ergehen in den kommenden Wochen. Auch ihr werdet schon bald diese Bräune annehmen. Wartet nur ab!“, entgegnete ihr Vater, immer noch strahlend vor Glück, endlich die Familie wieder vereint zu wissen.

„Kommt, lasst uns nach Tanarivo ins Hotel fahren. Ihr seid bestimmt müde von der Reise und wollt euch sicher umziehen.“

Damit legte er seine beiden Arme um seine Frau und Cécile, deutete mit dem Kinn zu Eric und schließlich in die Richtung, die hinaus aus dem Menschengetümmel wies, hin zu dem bereitstehenden Wagen. Vater Gabriel blieb vor einem schwarzen Citroën stehen und bat sie, einzusteigen. Er beriet sich noch kurz mit zwei Einheimischen und fuchtelte mit den Händen, um sich dann endlich zu ihnen in das Auto zu gesellen.

„Das sind zwei unserer Angestellten“, erklärte er wissend und lächelte. „Der Alte dort heißt Mavo und ist unser Butler. Er wird viel Hausarbeit leisten und dich, meine Liebe“, er schaute zu seiner Frau, „entlasten.“ „Der andere ist etwas jünger und heißt Tojo. Er ist unser Chauffeur und fährt unseren Kleinlaster. Ich habe sie angewiesen, euer Gepäck zu holen und uns ins Hotel nachzuliefern. Die beiden sind ebenfalls dafür verantwortlich, dass der mitgebrachte Rest unseres Haushalts zeitgerecht ins Haus gelangt! Na, was meint ihr, wollen wir endlich gehen?“, fragte er rhetorisch und fuhr langsam vom großen Hafenvorplatz an den zahlreichen Werft- und Lagerhäusern vorbei auf die breite Straße in Richtung Hauptstadt. Die Fahrt würde gut drei Stunden dauern. Obwohl es zwischen dem Hafen und der Hauptstadt die einzige befestigte Straße Madagaskars gab, konnte er nicht so schnell fahren. Es dauerte nicht lange und Eric erkannte den Grund. Auf der Straße verkehrten zahlreiche Pferdefuhrwerke und am Rand herrschte reger Fußverkehr von Einheimischen, die ihre Ware auf dem Kopf balancierten. Sie trugen extravagante Kleidung, mal weit, mal eng um die Körper geschlungen, aber immer bunt und sehr farbenfroh.

Es gab so viele Geschichten zu teilen und zwischen ihnen entfaltete sich ein intensiver Austausch. Einerseits war Vater Rémy begierig darauf, alles über ihre Überfahrt zu erfahren, während er gleichzeitig nach ihren Eindrücken von Marseille, Frankreich, Europa und den Verwandten fragte. Auf der anderen Seite waren die anderen drei neugierig auf Madagaskar, ihr neues Zuhause und das Leben ihres Ehemanns und Vaters. Immer wieder ermahnte er sie, geduldig zu sein, und betonte, dass sie in den kommenden Tagen und Wochen noch genug Zeit hätten, alles zu entdecken und zu erfahren. Eric und Cécile wurden zunehmend müde und schliefen schließlich nach einer Stunde Fahrt ein, was ihrer Mutter die Gelegenheit gab, ungestört und vertraulich mit ihrem Ehemann zu sprechen. Schließlich erreichten sie unbeschadet und kurz vor Sonnenuntergang die Hauptstadt Antananarivo. Nach einem kurvenreichen Weg durch endlose Straßen bog Vater Gabriel schließlich in den Boulevard St. Augustine ein und hielt vor dem imposanten Eingangstor des Hotels.

„Wir sind da! Kinder, wacht auf!“, rief er zur Rückbank, wo Eric und Cécile gähnend erwachten und sich streckten.

Sie standen vor einem imposanten mehrstöckigen Gebäude – dem Hotel George V, wie Vater Gabriel erklärte. Dort würden sie zwei Nächte verbringen, bevor sie am übernächsten Morgen weiter zu ihrem neuen Zuhause aufbrachen. Das Hotel wurde von einer französischen Familie geführt, die Vater in den letzten Jahren kennengelernt hatte und die sehr nett sei. Er kam immer hierher, wenn er geschäftlich in der Hauptstadt oder am Hafen zu tun hatte, was etwa einmal im Monat vorkam. Dabei traf er Geschäftspartner, potenzielle Käufer seiner Vanillestangen und auch den Treuhänder seines Vaters, Herrn Bouillier, der nun auch ihre finanziellen Angelegenheiten betreute und sie beriet. Bereits am nächsten Tag plante er, die Vorverträge für den Hausbau zu unterzeichnen und die vorgefertigten Pläne mitzunehmen. So konnten sie sofort den genauen Standort, die Größe, Stockwerke, Zimmer und alle Details besprechen, Änderungen vornehmen und den Bau finalisieren. Der Hausbau hatte für ihn höchste Priorität, da es ihm sehr wichtig war, dass sich die Familie schnell in ihrem neuen Zuhause wohlfühlte. Und sobald sie sich eingelebt hatten, würden sie ein großes Willkommensfest für alle wichtigen Personen veranstalten.

Ein elegant gekleidetes Ehepaar und ein Butler kamen lächelnd auf sie zu. „Bonsoir, Madame, bonsoir, Monsieur. Das müssen Ihre Gattin und die Kinder sein, nicht wahr?", fragte die Frau strahlend.

„Bonsoir, Madame Clément, bonsoir, François. Ja, das sind sie nun. Darf ich vorstellen? Meine Frau Sabine, unsere Tochter Cécile, unser Sohn Eric."

Madame Clément machte einen kleinen Knicks und kam freundlich strahlend auf Mutter Gabriel zu. Die beiden Herren gaben sich die Hand und Herr Clément klopfte Vater Gabriel auf die Schulter. „Endlich, ich freue mich so für Sie, Rémy. Ein bedeutsamer Tag. Bitte treten Sie ein, Ihre Zimmer sind bereit. Sicher möchten Sie sich kurz frischmachen, bevor wir das Abendessen servieren."

Mit einer einladenden Geste zur Tür trat er beiseite, um die Gäste vorbeizulassen. Der Butler öffnete galant und verlangte nach dem Autoschlüssel.

Die Eingangshalle war geräumig und durch fünf prächtige Deckenleuchter gut beleuchtet. Eine angenehme Kühle lag in der Luft und die dicken Teppiche dämpften die Schritte. Schnell wurden sie zu ihren Zimmern geführt – eines für die Eltern, das andere für die Kinder. Ein kurzes Bad wurde empfohlen, gefolgt von einem Wechsel in frische Kleidung. Sicherlich würden Butler und Chauffeur inzwischen das Gepäck heraufbringen.

Gegen acht Uhr klopfte es an ihren Türen und Monsieur Clément höchstpersönlich holte sie zum Dinner ab. Der Speisesaal erwartete sie mit einem opulenten Mahl, das aus verschiedenen Gängen bestand.

Ein anregendes Gespräch entspann sich. Cécile und Eric löcherten ihren Vater mit unzähligen Fragen, die unaufhaltsam aus ihnen heraussprudelten. Vater Gabriel lachte mehrmals und gestand, dass er es nicht mehr gewohnt war, mit so vielen Fragen konfrontiert zu werden. „Ich fühle mich wie ein Schweizer Käse!", scherzte er. „Aber keine Sorge, nach und nach wird alles Sinn ergeben und ihr werdet euch schnell an den neuen Alltag hier in Madagaskar gewöhnen."

„Ich kann kaum glauben, dass wir endlich hier sind, bei dir. Ich bin sehr, sehr glücklich!", sagte Mutter Gabriel, eine Träne verdrückend und Vaters Hand haltend. „Cécile, du siehst so toll aus und bist schon eine richtige Dame geworden. Und Eric, mein Junge, ich freue mich unglaublich auf deine Hilfe und Unterstützung im Betrieb. Ich habe große Pläne mit dir", äußerte sich Vater verheißungsvoll und Eric verschwörerisch zuzwinkernd.

Eric war gespannt auf die Bedeutung hinter all dem und sein Wissensdurst wurde noch weiter angeregt. Schließlich wurde das Dessert serviert.

Madame Clément und eine junge, äußerst bezaubernde Demoiselle – fand Eric – servierten auf einem Salonwagen die Köstlichkeiten. Süßigkeiten und Gebäck auf der einen Seite und diverse Käsesorten auf der anderen standen zur Auswahl. Dazu wurde den Erwachsenen ein Süßwein gereicht.

„Eric, schau her, das ist ein Wein von Château d'Yquem. Hat Monsieur Bellegrave nicht davon erzählt?", wollte seine Mutter wissen.

Ehrlich gesagt interessierte sich Eric weder für das eine noch für das andere, vor allem nicht für diesen Wein – seine Aufmerksamkeit galt allein der hübschen jungen Dame. Sie schien etwas jünger als er zu sein und war etwa gleich groß. Mit einem schmalen Gesicht, weichen Gesichtszügen, sinnlichen Lippen, einer markanten Nase und funkelnden graubraunen Augen zog sie Eric in ihren Bann. Ihre dunkelblonden Haare waren hochgesteckt und teilweise von einer weißen Haube verdeckt. Von zarter Statur und mit einer schlanken Taille trug sie einen langen schwarzen Rock.

„Eric!", rief sein Vater plötzlich und holte ihn aus seinen Gedanken zurück. „Sei nicht so unhöflich zu deiner Mutter und beantworte ihre Frage."

„W-was? Entschuldigung, was hast du gefragt?", stammelte Eric, immer noch den Blick auf die junge Dame gerichtet, die ob der Aufmerksamkeit errötete.

„Dürfte ich vorstellen? Sophie. Das ist mein Sohn Eric, der offensichtlich seinen Blick nicht von dir abwenden kann, was ich durchaus verstehen kann“, fügte Vater Gabriel schmunzelnd hinzu. „Das sind meine Frau Sabine und meine Tochter Cécile. Eric, das ist Sophie, die Tochter der Cléments!“, beendete Vater Rémy die Vorstellungsrunde und bedeutete seinem Sohn, den Blick von ihr zu lösen.

Eric verdrehte die Augen und fühlte sich ziemlich unbeholfen und bloßgestellt. Sophie bedankte sich schüchtern und blickte Eric über den Salonwagen hinweg an. Nun war es an ihm, zu erröten, denn Sophie fragte nach seinem Dessertwunsch. Er zwang sich, ‚dich‘, das er kurzzeitig in Gedanken hatte, zu unterdrücken. Das Aussprechen wäre unhöflich und hätte eine Rüge verdient.

„D-danke, nichts. Ich bin vom Abendessen schon so satt, ich mag nichts mehr!“, murmelte er verlegen und konnte den Blick kaum von Sophie abwenden. Was war das denn jetzt? Eric fühlte sich verunsichert. Solche Gefühle hatte er das letzte Mal für eine Mitschülerin empfunden, die aus demselben Viertel stammte, aber nicht in seiner Klasse gewesen war, da er ein Jahr jünger war.

Sophie und ihre Mutter beendeten den Service und rollten den Salonwagen an einen anderen Tisch in der gegenüberliegenden Ecke. Die Szene war Eric peinlich, aber seine Eltern schenkten ihr keine weitere Aufmerksamkeit. Nur Cécile kicherte in Erics Richtung und formte mit ihrem Mund einen Kuss, den er mit einem Kopfschütteln und herausgestreckter Zunge erwiderte.

„Bitte, Kinder, das reicht jetzt!“, mahnte ihre Mutter mit einem strengen Blick. Vater Gabriel zufolge würden die kommenden Tage sehr anstrengend werden. Zuerst stand der zusätzliche Tag in der Hauptstadt mit Geschäftsterminen und der Möglichkeit an, die Stadt zu erkunden. Vielleicht konnte Sophie sogar als Reiseführerin gewonnen werden. Eric fand die Vorstellung nicht besonders amüsant. Cécile lachte laut und Eric antwortete mit einem genervten: „Haha, sehr witzig!“

Am nächsten Tag würden sie die lange Reise zu ihrem Besitz im Nordosten antreten. Es war Zeit, sich hinzulegen, alle waren erschöpft. Eric lag noch eine Weile wach. Von all den neuen Eindrücken überwältigt, konnte er nicht sofort einschlafen.

Auch wenn die aufkommenden romantischen Gefühle für Sophie ihn verwirrten, standen sie nicht ganz oben auf seiner Prioritätenliste. Eric wollte sich auf das Land, die neue Umgebung, sein neues Zuhause und seine neuen Aufgaben konzentrieren. Diese schwer einzuordnenden Gefühle konnte er jetzt wirklich nicht gebrauchen. Wie dem auch sei, sie waren in Madagaskar angekommen. Alles lief nach Plan, fast. Eric freute sich auf die kommenden Tage. Sie versprachen, spannend und interessant zu werden. Er fragte sich, was wohl seine Freunde in Marseille machten. Und wie stand es um seinen neuen Freund Helmut? Würde er schon am nächsten Morgen beim Frühstück Sophie wiedersehen? Die Vorstellung löste ein leichtes Gefühl der Aufregung aus.

Kapitel 4

Die ersten Sonnenstrahlen, die durch das geöffnete Fenster drangen, ließen Eric langsam erwachen. Blinzelnd öffnete er die Augen und beobachtete, wie die leichte Brise vom Meer her mit den halbgeschlossenen, weißen Gardinen spielte und den süßen Duft der Vanilleschoten hereinwehte. Er lauschte den entfernten Rufen aus dem Arbeiterdorf und dem sanften Rauschen der Oleanderbüsche, Bougainvillea und Tahina-Palmenblätter, die um ihr neu errichtetes Haus gepflanzt wurden und ihm bereits vertraut geworden waren. Oft blieb Eric noch einige Minuten im Bett liegen und genoss diese neuen Geräusche, die sich so sehr vom Straßenlärm in Marseille unterschieden.

Er hatte unruhig geschlafen und war mitten in der Nacht wegen des Sturms aufgewacht. Doch auch das stellte inzwischen nichts Neues mehr dar. Sein Vater hatte erklärt, dass sie sich im sogenannten Ostseitenklima der Tropen befanden, geprägt vom ständig wehenden Südostpassatwind. Dieser sorgte mit Ausnahme des Winters ganzjährig für Niederschläge. Weiter südlich gab es sogar rekordverdächtigen Regenfall und den größten zusammenhängenden Regenwald von Madagaskar, Masoala genannt. Das Leben in der Kolonie war ganz anders als sein vorheriges. Das Wetter war wechselhaft. Täglich zogen kurze tropische Schauer über das Land und machten die Straßen matschig, bevor der warme Wind sie wieder trocknete. Die Sonne schien durch die Wolken und wärmte die von exotischen Düften erfüllte Luft. Die Nebenstraßen waren staubige Pisten mit großen Schlaglöchern, die Haupt-, Dorf- und Stadtstraßen hingegen geteert. Auch die Anwesenheit von zwei bis drei Hausangestellten im Haus war gewöhnungsbedürftig. Eric schätzte bald ihre Hilfe, doch es fühlte sich dennoch fremd an. Sein Vater erklärte, dass sie den Einheimischen Arbeit und Einkommen boten. Eric konnte nicht umhin, sich dabei manchmal wie ein Ausbeuter zu fühlen. Die Zufriedenheit der Angestellten schien seinem Vater jedoch Recht zu geben. Im Haushalt unterstützten drei Madagassinnen Erics Mutter, angeleitet von der über 60 Jahre alten Kira. Sie waren für die Küche und die Hausarbeit verantwortlich, während der asiatische Koch Song die kulinarischen Kreationen zauberte. Diese Umstellung und die mit ihr einhergehenden Herausforderungen waren besonders für Erics Mutter groß, da sie jahrelang den Haushalt geführt und für das Essen gesorgt hatte. Jetzt war sie gezwungen, vom Machen zum Gestalten überzugehen, was seit Beginn zu ständigen Reibereien und Auseinandersetzungen zwischen Mutter und Vater führte. Immer wieder musste er sie bremsen und ihr erklären, dass sie alles delegieren sollte, statt es selbst zu erledigen. Andernfalls fühlten sich die Angestellten unnütz und glaubten, sie könnten es ihr nicht recht machen. Sie war nun die Hausherrin und sollte die Leute anleiten, wie sie es sich wünschte. Das erforderte ein Umdenken. Dann war da Mavo, Kiras Ehemann, der Butler und Mann für fast alle Fälle. Eric schätzte und liebte ihn wie einen Großvater. Mavo hatte für jede Frage und jedes Problem eine Antwort oder Lösung parat und war für seinen Humor bekannt. Er versuchte sogar, Eric und Cécile zu überzeugen, dass die zahlreichen Geckos im Haus eine heimische Delikatesse der Madagassen seien. Zum Haus-Team gehörte auch Tojo, der Chauffeur. Wenn er nicht gerade fuhr oder etwas reparierte, half er seinem etwa 30-jährigen Sohn Hery, sich um den riesigen Garten zu kümmern.

Seit einem halben Jahr waren sie nun in ihrer neuen Heimat. Eric hatte sich gut an den Alltag gewöhnt, auch die schwüle Hitze machte ihm nichts mehr aus. Anfangs war es schwierig gewesen, sich im alten Haus seines Großvaters zurechtzufinden. Alles war alt und das Haus zeigte Zerfallserscheinungen, zudem roch es überall verbraucht und modrig. Sie hatten sich einen angenehmeren Start erhofft, aber Vater Gabriel versicherte ihnen, dass das neue Haus bald fertig sein würde, und trieb den Bau zügig voran. Dank guter Planung und einer lokalen Baufirma, der er vertraute, konnte der Hausbau bereits nach wenigen Monaten abgeschlossen werden. Seit einigen Wochen waren sie nun eingerichtet und genossen es sehr. Das herrschaftliche Kolonialstilhaus war von einem Architekten entworfen worden, einem Franzosen, der vor einigen Jahren von den Seychellen gekommen war. Der von ihm vorgeschlagene kreolische Baustil, den man auf vielen Inseln des Indischen Ozeans fand, gefiel Mutter Gabriel außerordentlich gut und so entschieden sich die Eltern dafür.

Das neue Haus war ein langgezogenes, zweigeschossiges Rechteck in strahlendem Weiß, das sich entlang der von Norden nach Süden verlaufenden Küste erstreckte. Die Hauptfront präsentierte sich als riesige Terrasse im Erdgeschoss. Sie nahm die gesamte Länge des Hauses ein und bot einen atemberaubenden Blick auf das Meer. Eine breite, kurzstufige Treppe in der Mitte führte elegant in den weitläufigen Garten. Im Obergeschoss befand sich ein ebenso großer Balkon, der von einem ausladenden Giebeldach beschattet wurde und einen herrlichen Blick auf das nur wenige Hundert Meter entfernte Meer freigab. Mit Ausnahme der Gästezimmer öffneten sich alle Schlafzimmer direkt zum Balkon und boten so einen malerischen Ausblick. Im Erdgeschoss waren die Küche und der großzügige Speisesaal durch eine Schwingtür verbunden und öffneten sich zur Nordostseite. Der geräumige Wohnsalon befand sich in der Mitte des Hauses, während Vaters Bibliothek und Büro im Südwesten untergebracht waren. Jeder Raum im Erdgeschoss hatte Zugang zur Terrasse, wobei die dreifache Tür des Salons den Hauptzugang zum Garten sicherstellte. Die weitläufige Gartenanlage war geprägt von einem zentralen Sitzplatz umgeben von einem üppigen Rasen. Oleanderbüsche, Bougainvillea und eine Vielzahl von Ravenala-Palmen rahmten den Garten. Der Ravenala, auch als Baum der Reisenden bekannt, war der Wappenbaum von Madagaskar und wurde wegen seines schnellen Wachstums gerne gepflanzt. Seine halbkreisförmigen Blätter konnten bis zu drei Meter lang werden und dienten Reisenden als Schattenspender oder als Trinkwasserreservoir. Die Blätter wurden von den Einheimischen auch als Baumaterial für ihre Hütten genutzt. Besonders am späten Nachmittag und Abend war der lange Schattenwurf der Ravenala eine Wohltat, die einen angenehmen Aufenthalt im Garten ermöglichte. Eric liebte es, diese milden Abende im Freien zu verbringen und die Schönheit ihrer neuen Heimat zu genießen.

Außerhalb der Grenze aus Büschen und Bäumen erstreckte sich eine vielfältige Landschaft. Sie ging von kleinen Tropen- und Mangrovenbüschen zu Schilf- und Sumpfgebieten über, die bis zum Sandstrand am Meer reichten. Ein schmaler Pfad aus Holzschnitzeln führte vom Kiesvorplatz an den Garagen vorbei und schlängelte sich durch zwei sanfte Kurven direkt zum Meerstrand. Vom Balkon aus war dieser Pfad deutlich zu sehen.

Die Rückseite des Hauses mit einem großzügigen Kiesvorplatz bildete den Zugang zum Haus und war durch eine lange Allee von Bambuspalmen und Büschen mit der Hauptstraße verbunden. Auch hier gab es eine Treppe und eine etwas kleinere Terrasse, die zum Eingang führten. Beim Betreten des Hauses gelangte man zunächst in eine geräumige Halle, von der verschiedene Türen in die anderen Räume wiesen. Links und rechts führten geschwungene Treppen ins Obergeschoss.

Eric empfand all dies zunächst als überwältigend und hatte anfangs Schwierigkeiten, sich im weitläufigen Haus zurechtzufinden. Die Vielzahl von Räumen und Wirtschaftsbereichen sowie die Garagenplätze an der Nordseite des Hauses machten es nicht leichter. Dennoch fühlte er sich wohl und genoss besonders sein eigenes Zimmer, das sich in der Nordostecke befand. Möglicherweise war dessen Ausrichtung der Grund für die regelmäßigen Besuche eines schwarzen Vogels. Fast jeden Morgen erschienen mehrere Vögel seiner Art auf einer Palme im Garten, bevor einige von ihnen sich auf die Balkonbrüstung wagten. Schließlich landete ein einzelner Vogel auf dem Sims seines offenen Fensters und lugte neugierig hinein, während Eric ihm fasziniert zusah.

Beim Frühstück erzählte er aufgeregt von dem unerwarteten gefiederten Besucher. Er beschrieb das unscheinbare schwarze Gefieder und den spitzen Schnabel des Vogels, der etwa 30 Zentimeter groß war und mit einem durchdringenden Krächzen auf sich aufmerksam machte.

Mavo lüftete das Geheimnis des kecken Besuchers: „Das ist ein kleiner Vasapapagei, Master Eric! Diese Vögel sind sehr neugierig, wagemutig und intelligent. Vielleicht sollten wir kleine Früchte oder Samen auf dem Fensterbrett auslegen, um ihn öfter herzulocken."

Er warnte jedoch davor, den Papagei einzufangen. „Diese Tiere lassen sich nicht dressieren und brauchen die Freiheit, sonst sterben sie innerhalb weniger Wochen." Trotz einiger Samen auf dem Fenstersims kam der Papagei an diesem Morgen nicht vorbei – sehr zu Erics Bedauern. Er beschloss, aufzustehen, da es Zeit wurde. Von unten hörte er das geschäftige Treiben in der Küche, wo seine Mutter und die Bediensteten das Frühstück vorbereiteten. Bald würde auch sein Vater dazustoßen, um den Ablauf des Tages zu besprechen.

Seine Mutter plante einen erneuten Rundgang durch das Arbeitercamp. Der Zustand der Hütten sowie der sanitären Einrichtungen und das Fehlen einer Schule erschreckten sie zutiefst. Als Lehrerin konnte sie das nicht ignorieren. Eric erinnerte sich an den ersten Besuch im Camp, den sie nur wenige Tage nach ihrer Ankunft geplant hatten. Seine Mutter wollte die Arbeiter kennenlernen, da sie zum Betrieb gehörten. Anfangs sträubte sich sein Vater vehement dagegen, da er auf eine strikte Trennung pochte – ein weiterer Aspekt des kolonialen Lebens, der für sie alle eine große Umstellung darstellte.

„Excuse-moi, Sabine, aber heute wird es unmöglich sein, den Rundgang durch die Siedlung zu machen", sagte sein Vater und nahm einen Schluck Kaffee.

„Wieso denn nicht? Du hast es uns versprochen!", entgegnete seine Mutter, Céciles und Erics Blick suchend. „Du weißt genau, wie wichtig mir das ist. Ich möchte den Zustand erfassen und mit dir besprechen, damit endlich Maßnahmen ergriffen werden können!"

„Reg dich nicht schon wieder auf", erwiderte er genervt. „Das haben wir bereits diskutiert! Die Plantage hat Vorrang. Wir müssen die Schäden des nächtlichen Sturms begutachten und beheben. Ich habe weder Lust noch Zeit, mich mit deinen weltverbessernden Ideen zu beschäftigen. Es geht um das Geschäft. Wir müssen produzieren und liefern und die Einheimischen sind hier, um zu arbeiten!"

Damit war das Gespräch für seinen Vater beendet. Es war ein bekanntes Muster, das sie alle am Tisch an vergangene Zeiten erinnerte, in denen sein Vater autoritär die Richtung vorgegeben hatte. Widerstand war zwecklos, das wussten sie. Eric musste sich wieder an die autoritäre Führung seines Vaters gewöhnen, nachdem sie während seiner Abwesenheit einen gemeinschaftlicheren Entscheidungsstil mit ihrer Mutter gefunden hatten.

Ihr säuerliches Gesicht zeigte, dass sie das Thema noch nicht abgehakt hatte, aber für den Moment war es besser, zu warten. Unvermittelt klopfte es an der Tür und Tojo, der Chauffeur, trat ein.

„Gut, dass du da bist, Tojo", sagte sein Vater. „Bereite den Lastwagen vor. Wir wollen um sieben Uhr losfahren. Stell sicher, dass Richard rechtzeitig da ist. Er muss dabei sein!"

„Jawohl, Master Rémy", antwortete Tojo, nickte stumm und verließ den Speisesaal.

„Papa, darf ich mitkommen? Und Kanto auch?", fragte Eric begeistert.

„Natürlich, mein Sohn. Es wird Zeit, dass du die Probleme und Herausforderungen auf den Plantagen nach einem solchen Regenwetter kennenlernst. Vielleicht hast du ja Ideen für gute Lösungen", antwortete er, während er in ein Stück Käsebrot biss.

Sie kehrten zum Frühstück zurück, aber eine gewisse Anspannung blieb in der Luft. Eric mied die Blicke seiner Mutter und seiner Schwester, spürte jedoch, dass das Thema der Arbeitersiedlung noch lange nicht vom Tisch war – nur vertagt.

Warum musste sein Vater immer so herrisch reagieren? Er verstand es nicht. Was würde Eric tun, wenn er einmal anderer Ansicht als sein Vater wäre? Würde er sich auch so einfach abwimmeln lassen? Innerlich regte sich zunehmend Widerstand gegen dieses patriarchalische Vorgehen, doch jetzt durfte er endlich zusammen mit seinem fast gleichaltrigen einheimischen Freund mitfahren und das erfreute ihn ungemein.

„Vergiss nicht, dir die Zähne zu putzen, Eric", mahnte Mutter, als er um Erlaubnis zum Verlassen des Tischs bat.

„Natürlich, Maman", lächelte er versöhnlich in ihre Richtung und stand auf. Er verspürte Mitleid und drückte ihr einen Kuss auf den Nacken, als er hinausging, während er ihr ein leises „Lass dich nicht demotivieren" zuflüsterte. Auch Eric empfand Bestürzung über die desaströsen Unterkünfte der Einheimischen, als sie kurz nach der Ankunft den ersten Rundgang durch die Siedlung machten. Er konnte Mutter sehr gut verstehen und fühlte mit ihr. Beim Verlassen des Esszimmers hörte er noch, wie die Eltern Details des bevorstehenden Willkommensfests diskutierten, den Ablauf erörterten und die Gästeliste besprachen. Eric freute sich sehr, als Mutter erwähnte, dass sie versuchen würde, die Familie Bönisch zur Teilnahme zu bewegen. Es war großartig, Helmut schon bald wiedersehen zu dürfen, und sie hatten sich bestimmt viel zu erzählen.

Pünktlich traten sein Vater und er vor das Haus und stiegen in den bereitstehenden Lastwagen. Kanto war bereits auf der Ladefläche und begrüßte Eric begeistert. Vater setzte sich zu Richard, dem Vorarbeiter, in die Frontkabine und nahm das Steuer in die Hand. Die Fahrt konnte beginnen. Es dauerte nicht lange, bis sie die ersten Plantagen erreichten, die sich nördlich, unweit ihres Hauses, erstreckten. Eric und Kanto mussten sich gut festhalten, denn der Lastwagen hüpfte und schlingerte über die unebene Straße, sobald sie von der Hauptstraße abgebogen waren. Die nahegelegenste große Plantage, ‚Napoleon', gehörte zu den ersten Anlagen, die noch von Großvater angelegt worden waren. Sie stand auf ebener Fläche, während sich andere Plantagen weiter im Norden an leicht ansteigendem Gelände befanden. Alle Plantagen hatten Namen von französischen Königen oder Kaisern erhalten, eine Eigenart von Großvater, die laut Vater Gabriel zwar seltsam war, aber für klare Verhältnisse sorgte. Zur Jahrhundertwende hatte Großvater Gabriel insgesamt drei Plantagen erschaffen: Napoleon, Louis und Eugène. Unter der Leitung von Vater Gabriel kamen im Laufe einiger Jahre fünf weitere hinzu: Karl, Philipp, Robert, Rudolf und Heinrich. Die

Plantage Karl nahm dabei die größte Anbaufläche ein. Entlang der Hauptstraße von Norden nach Süden verlaufend, waren die Plantagen über unzählige Verbindungsstraßen wie ein Gitternetz angelegt, um die Erreichbarkeit mit Lastwagen zu erleichtern und Zeit zu sparen. Als sie in die erste Nebenstraße einbogen, konnten sie deutlich die Zerstörungen sehen, von denen Vater am Morgen gesprochen hatte. Die Vanillebäume standen in diversen Reihen über Hunderte von Metern aneinander gepflanzt, doch die Blätter hingen kreuz und quer herab, als hätten Menschen mit Macheten gewütet. Der intensive Regen hatte nicht nur den Blättern zugesetzt, sondern auch die Wurzeln freigelegt, sodass das Wurzelwerk nun nackt und ungeschützt war. Der Platz zwischen den Reihen glich einem ausgetrockneten Bachbett, und sie sahen deutlich die Spuren der herausgeschwemmten Erde. Eric realisierte, dass er noch zu wenig über den Vanilleanbau wusste, aber ihm war klar, dass dieser Zustand alles andere als gut war. Besonders die zweite Anlage, Louis, an einem leichten Hang gelegen, zeigte sich stark ausgeschwemmt. Er hörte seinen Vater immer wieder fluchen und wettern, während sie mehrmals anhielten und zu Fuß einen Rundgang machten. Sämtliche Reihen der Stauden auf den Plantagen präsentierten sich in demselben jämmerlichen Zustand. Es war sehr ernüchternd. Schließlich war es an der Zeit, umzukehren, und auf dem Rückweg zeigte sich das Bild in den kleinen, neu angelegten Plantagen nicht wesentlich anders. Während zahlreiche Arbeiter emsig damit beschäftigt waren, die abgeknickten Blätter zu sammeln und die bloßgelegten Wurzeln mit neuer Erde zu bedecken, konnte Eric nicht umhin, die harte und ermüdende Arbeit zu bemerken. Von Zeit zu Zeit beobachtete er, wie sein Vater und Richard, der Vorarbeiter, mit den Verantwortlichen der Arbeitergruppen sprachen. Je länger sie unterwegs waren, desto niedergeschlagener wirkten die beiden Männer. Es war offensichtlich, dass hier ein ernsthaftes Problem vorlag. Eric konnte nicht verstehen, wie heftige Regenschauer solch verheerende Folgen für die Plantagen haben konnten. Es musste doch einen besseren Weg geben, die Wurzeln der Vanillepflanzen zu schützen. Doch welche

Lösung gab es? Diese Frage beschäftigte ihn auf dem Heimweg. Als sie schließlich wieder zu Hause ankamen, vereinbarten Eric und Kanto, sich später am Nachmittag zu treffen. Er freute sich darauf, sich mit seinem Freund auszutauschen und Lösungsansätze zu besprechen.

Während des Mittagessens herrschte eine bedrückende Stimmung am Tisch, als sein Vater und Richard die Zustände in den Plantagen beschrieben. Eric konnte seine Frustration nicht verbergen, als keine konkreten Lösungsansätze diskutiert wurden. Für ihn war es inakzeptabel, hinzunehmen, dass sich das Problem schon seit Generationen stellte. Die resignierte Antwort seines Vaters, dass selbst die Einheimischen keine Antwort auf das Problem hatten, verstärkte nur seine Entschlossenheit, eine nachhaltige Lösung zu finden. Mit einem Hauch neuer Zuversicht entschied sich Eric, das Problem der beschädigten Plantagen am Nachmittag mit Kanto zu besprechen. Vielleicht sah sein Freund einen Ausweg aus dieser misslichen Lage. Die Aussicht auf mögliche Lösungen entrang ihm ein leichtes Lächeln. In diesem Moment wurde ihm klar, dass er wirklich in Madagaskar angekommen war. Er fühlte sich bereit, sich jeder Herausforderung zu stellen, ganz gleich, wie groß sie auch sein mochte.

Kapitel 5

Nach dem Essen widmete sich Eric seinen Hausaufgaben, die sie regelmäßig von ihrer Mutter erhielten. Trotz des geschäftigen Lebensstils war es ihren Eltern wichtig, den Kindern ein Mindestmaß an Schulbildung zu ermöglichen – ein Tag Unterricht pro Woche, immer freitags. Mutter bestand darauf und kämpfte dafür, indem sie die Funktion einer Lehrerin übernahm, zumal sie diesen Beruf studiert hatte. Darin lag auch begründet, dass sie sich für eine eigene Schule in der Arbeitersiedlung einsetzte. Eric und Kanto hatten vereinbart, sich um drei Uhr nachmittags zu treffen, wie immer bei den Seedeopalmen, einer kleinwüchsigen Palmenart am Rande des Anwesens – der Ausgangspunkt ihrer kleinen geheimen Ausflüge in die erweiterte Umgebung und der Ort ihrer ersten Begegnung. Kanto hatte angedeutet, dass er Eric etwas Wichtiges zeigen wollte, und Eric war voller Vorfreude darauf. Er empfand sich als glücklich, einen Freund wie Kanto im Arbeiterdorf zu haben. In Anbetracht des geringen Altersunterschieds von wenigen Monaten fühlte es sich an, als hätte er einen Bruder gefunden, und sie verstanden sich von Anfang an blendend.

Beim ersten Treffen hatten sie festgestellt, dass sie beide die große Liebe zu Tieren teilten. Kanto sprach sogar ein wenig Französisch, dank seiner Mutter, einer schönen Einheimischen, die als Hausmädchen bei einem Franzosen in der Nähe von Vohémar gearbeitet hatte, bevor sie von Erics Vater in die Siedlung gebracht wurde. Eric entsann sich zurück. Er war an diesem Tag am Strand unterwegs gewesen, um die Umgebung zu erkunden. Auf dem Rückweg folgte er dem schmalen Pfad durch das Schilf und den Mangroven zurück zum Haus. Als er bereits zu den Garagen abbiegen wollte, hörte er aus dem Palmenhain ein lautes Jammern, Stöhnen und seltsame Laute, die seine Neugier weckten. Er blieb stehen und lauschte. Ein wildes, unaufhörliches Rascheln drang an seine Ohren, gefolgt von erneutem Jammern und Stöhnen. Entschlossen machte er sich auf den Weg. Langsam und zögernd durchquerte er den dichten Seedeopalmenhain. Sein Ziel: der größere Palmenhain dahinter, von dem die Laute zu kommen schienen. Nach ein paar Schritten hielt er inne, um die Richtung neu zu bestimmen. Eine Mischung aus Angst und Respekt durchströmte ihn. Die zahlreichen Tiere Madagaskars waren ihm noch unbekannt. Entlang des Hains hatten die Arbeiter der Siedlung einen niedrigen, flexiblen Weidezaun errichtet, um ihn vom Schilf und Mangrovengürtel abzugrenzen. Eric folgte ihm behutsam, Schritt für Schritt.

Wieder erklangen die seltsamen Laute. Er war auf der richtigen Spur. Angespannt lauschte er und spähte durch die Palmen. Endlich erblickte er den Ursprung des Lärms: Ein Lemur hatte sich mit seiner Hinterhand im Zaun verfangen und kämpfte verzweifelt um seine Befreiung. Er zappelte wild, jammerte und stöhnte dabei. Plötzlich tauchte von der anderen Seite des Palmenhains ein Junge auf, einer aus ihrer Siedlung. Eric erkannte ihn sofort an seiner auffallend helleren Haut. Sie tauschten Blicke und nickten einander zu, bevor sie sich gemeinsam dem Lemuren näherten, der sich immer stärker verfing, bis er sich kaum noch bewegen konnte und bereits blutete. Der andere Junge ergriff ihn schließlich und Eric machte sich daran, ihn aus dem Zaun zu befreien. Nach kurzer Zeit gelang es ihnen.

„Ich heiße Kanto“, stellte sich der Junge vor, „und du musst Eric sein.“

„Ja, das bin ich. Schön, dich kennenzulernen, Kanto“, erwiderte Eric aufgeregt.

„Was machen wir jetzt?“, fragte er neugierig.

Kanto schlug vor, den Lemuren mit in die Siedlung zu nehmen, um ihn dort zu pflegen, zu füttern und zu zähmen. Er träumte schon lange davon, einen Lemuren als Haustier zu haben, und hatte sogar ein altes Hundehaus, das sich dafür perfekt eignete. Sie könnten es einfach umbauen. Eric war begeistert von der Idee. Mithilfe von Kantos Mutter wurde die blutende Hinterhand des Lemuren sorgfältig versorgt und anschließend sperrten sie ihn sicherheitshalber in das Hundehaus, nachdem sie ihm ein

Halsband mit einer starken Schnur angelegt hatten. So konnte der Lemur nicht flüchten, obwohl er sich dagegen sträubte und immer wieder versuchte, das Halsband abzustreifen. Sein Jammern und Stöhnen wurde allmählich leiser und als sie ihm Futter gegeben hatten, legte er sich in die Hütte und schlief ein. Anfangs war Kantos Mutter nicht begeistert von dem Unterfangen der Jungs, doch nach ein paar Tagen stimmte sie zu, als der Lemur sich an sein neues Leben zu gewöhnen schien. Die Jungs waren sich schnell einig, ihm einen Namen zu geben, und diskutierten mehrere Optionen. Schließlich schlug Kantos Mutter ‚Aina' vor, was ‚das Leben' bedeutete – schließlich hatten sie dem Lemuren das Leben gerettet. Eine sehr passende Idee! Der trainierte Lemur wurde schnell zur Attraktion im Arbeiterdorf und alle Kinder wollten ihn sehen und sogar mal an der Hundeleine ausführen.

Eric wartete bereits einige Minuten hinter dem Seedeopalmenhain, als Kanto schließlich auftauchte.

„Da bist du ja endlich, ich dachte schon, du hättest es vergessen", bemerkte Eric.

„Nein, nein, keine Angst. Ich wollte nur noch Aina füttern", antwortete Kanto außer Atem.

„Los, gehen wir!", forderte Eric ihn auf.

Gemeinsam durchquerten sie den Palmenhain in Richtung Norden.

„Wohin führst du mich? Was willst du mir zeigen?", fragte Eric erwartungsvoll.

„Es wird etwas dauern, sicher zwanzig Minuten Weg. Wir wollen uns geschützt durch das Schilf und die Mangroven vorwärtsbewegen", antwortete Kanto geheimnisvoll.

„Uff, das ist ja fast bis zur ersten Plantage!", bemerkte Eric.

„Richtig, es ist kurz davor. Erinnerst du dich daran, dass ich dir von meiner eigenen Vanilleplantage erzählt habe?", fragte Kanto.

„Ja, natürlich erinnere ich mich", antwortete Eric.

Kanto hatte voller Stolz und Überzeugung erzählt, dass er, wenn er erwachsen sei, seine eigene Vanille anbauen und eine

Plantage betreiben wolle. Er wollte das gesamte Handwerk selbst ausprobieren, ohne fremde Hilfe. Dank der Einwilligung von Erics Vater hatte er sogar eine kleine Fläche Land am Rand der ersten Plantage erhalten, auf der er seine Vanille anbaute und experimentierte. Was genau er mit Experimentieren meinte, wollte Kanto nicht verraten, aber es klang aufregend. Nun waren sie unterwegs zu seiner Plantage, denn eine seiner neuesten Errungenschaften hatte Erfolg gebracht und das wollte er Eric unbedingt zeigen. Dieser war sich noch nicht sicher, wie sie durch das fast undurchdringliche Schilf und die Mangrovenbüsche gelangen sollten, die nach dem Palmenhain den Weg versperrten. Plötzlich standen sie davor und Eric beobachtete, wie Kanto ein großes Büschel Schilf packte, anhob und auf die Seite stellte. Dahinter tauchte wie von Geisterhand ein kleiner Pfad auf.

Kanto lächelte über das erstaunte Gesicht seines Freundes. „Darf ich vorstellen? Mein Geheimpfad! Um ehrlich zu sein, nicht mein erster, aber der wichtigste“, flüsterte er breit grinsend.

„Darf ich bitten?“ Kanto machte eine einladende Handbewegung und deutete Eric an, einzutreten. Anschließend zog er das Büschel wieder vor den Eingang, um den Geheimpfad von außen unsichtbar zu machen, genau wie zuvor, als es Eric unmöglich gewesen war, ihn auszumachen. Raffiniert. Eric war begeistert. Sie waren auf einer geheimen Mission! Das gefiel ihm. Abenteuerlust kam auf. Kanto überholte Eric und ging wieder voran. Der weiche, sumpfige Boden schluckte den Lärm ihrer Schritte und es war angenehm, federnd zu gehen. In leichtem Trab, den schwungvollen, leichten Kurven folgend, bewegten sie sich vorwärts, ohne ein Wort zu sprechen. Mal hörten sie Motorenlärm von der nahen Straße, ein anderes Mal laute Stimmen. Eric vermutete, dass der Pfad parallel zur Straße Richtung Norden verlief, was Kanto in einer kurzen Verschnaufpause bestätigte. Der Pfad zog sich hin und sie gerieten in einen zügigen Gehschritt. Die Sonne schien erbarmungslos vom Himmel, der Schweiß rann ihnen in Bächen übers Gesicht und verfärbte ihre leichten Hemden dunkel. Endlich, nach einer gefühlten Ewigkeit, hielt Kanto vor Eric inne. Der Motorenlärm eines vorbeifahrenden Fahrzeugs drang an ihre Ohren. Sie mussten sich am Ende des Schilfgürtels befinden, dort, wo sie die Straße überqueren mussten, um zur ersten Plantage zu gelangen. Vorsichtig lugten sie durch das Schilf, um sicherzustellen, dass sie nicht entdeckt wurden. Es war niemand zu sehen – die Luft war rein. Kanto schob ein Büschel Schilf beiseite, damit sie durchschlüpfen konnten, und schloss den Zugang hinter ihnen wieder. Gebückt überquerten sie hastig die Straße und verschwanden auf der anderen Seite in der Böschung. In kürzester Zeit erreichten sie den Rand der Plantage. Kanto bog nach rechts ab und bald darauf standen sie an der Ecke, wo sie noch etwas weiter gingen. Hinter einigen wenigen Palmen und Büschen erstreckte sich eine neue, viel kleinere Plantage. Eric konnte kaum glauben, dass dies Kantos Plantage sein sollte, aber sein Freund strahlte über das ganze Gesicht.

„Willkommen in meiner bescheidenen, kleinen Plantage, meinem Reich, meiner Investition in die Zukunft“, verkündete er stolz und schritt durch die erste Reihe.

Eric folgte ihm zögernd, aber dennoch erwartungsvoll. Es war Zeit, dass das Geheimnis endlich gelüftet wurde. Als er genauer hinsah, sah er nichts, was sich von den üblichen Plantagen unterschied. Sie gingen weiter, umrundeten die mittlere Reihe der Stauden und betraten die zweite Reihe.

„Nimm dir Zeit, sieh dir alles genau an, Eric! Und dann sag mir, was du siehst“, sagte Kanto bedeutungsvoll.

Etwas war hier anders, das spürte Eric, doch er konnte es noch nicht erkennen. Am Ende der Reihe drehten sie sich wieder um und Eric betrachtete die Anlage nun genauer. Es musste etwas Besonderes geben, etwas, das er bisher übersehen hatte. Die Kletterorchideen waren genau die gleichen wie auf Vaters Plantagen. Offensichtlich handelte es sich auch um Bourbon-Vanille. Kanto hatte Gliricidia als Tuteurs gepflanzt, um den Vanilleblumen zu helfen, mit ihren ca. einen Zentimeter dicken Lianen hochzuklettern. Er hatte auch die Höhe auf zwei Meter begrenzt, um ein unkontrolliertes Wuchern zu verhindern und eine bequeme Handarbeit bei der Ernte zu ermöglichen. Die Vanillestängel hingen, noch nicht ganz reif, an den Stauden. Die Blätter waren wild durcheinander, alle gesund und mehr oder weniger intakt. Es war nichts Auffälliges zu erkennen. Kanto musste bereits die Schäden vom Sturm behoben haben. Merde! Es sah genauso aus, wie Eric es gewohnt war, und doch grinste Kanto voller Erwartung, überzeugt, dass Eric bald erkennen würde, was anders war.

„Also, ich kann beim besten Willen noch nicht sehen, was hier anders sein sollte. Die Pflanzen sehen gesund aus. Die Stängel sind noch nicht ganz reif und es handelt sich um Bourbon. Du scheinst bereits hier gewesen zu sein und aufgeräumt zu haben", bemerkte Eric weiter beobachtend.

Plötzlich fiel es ihm wie Schuppen von den Augen: der Boden! „Du meine Güte, Kanto, was hast du mit dem Boden gemacht?" Eric starrte auf den deutlichen Unterschied. Wie hatte er das nur übersehen können? Die Böden zwischen den Gängen und den Stauden waren mit etwas kargem Gras überwachsen, aber das war noch nicht alles. Was waren das für kleine Burgen aus Stein, Holz und Kokosnussschalen rund um die Stauden?

„Ich bin stolz auf dich. Du hast es endlich gesehen!", stellte Kanto zufrieden fest. Er war bereits am Morgen hier gewesen, um die Schäden in seiner Plantage zu begutachten und natürlich aufzuräumen. Eric fragte sich, was es mit diesen Wällen auf sich hatte, und plötzlich erinnerte er sich an eine Unterhaltung mit Monsieur Bellegrave, dem Weinbauer, während eines Essens auf dem Schiff.

Wow! Eric war sprachlos – eine Offenbarung. Die Lösung für Vaters Plantagen zeichnete sich vor ihnen ab. Die Steinhaufen und das karge Gras verhinderten das Auswaschen der Wurzeln – das war offensichtlich und deutlich erkennbar. Die beiden schauten sich an und plötzlich war der Bann gebrochen. Sie begannen, zu tanzen und vor Begeisterung zu johlen. Immer wieder umrundeten sie Kantos Vanillestauden, konnten sich kaum mehr einklinken und umarmten sich schließlich herzlich, um den Erfolg ausgelassen zu feiern.

„Kanto, erzähl, wie bist du auf eine so simple, aber effektive Methode gekommen?“, wollte Eric die Details der Geschichte hören.

Kanto begann, zu erzählen, wie er seiner Mutter vor ein paar Jahren von seinem Traum erzählt hatte, einmal Plantagenbesitzer zu werden und seine eigene Anlage zu haben. Anfangs wurde er nicht ernst genommen und ausgelacht, doch seine Hartnäckigkeit zahlte sich aus. Seine Mutter ermutigte ihn schließlich, mit einer Kleinstplantage anzufangen, und er solle die Erlaubnis von Vater Gabriel einholen. Dieser war überrascht von Kantos Ansinnen, zeigte jedoch Bereitschaft, zu helfen, und bot ihm die abgetrennte Ecke an. Richard überließ ihm dann die Wirtspflanzen und die Orchideen und so entstand seine Plantage. Anfangs hatte auch Kanto mit Bodenerosion und Auswaschungsproblemen zu kämpfen. Sein Frust und die ständigen Arbeiten, verbunden mit dem dreijährigen Warten auf die Blüte seiner Pflanzen, hatten ihn stark demotiviert und er erzählte seiner Mutter davon. Sie schaute ihn lange an und sagte dann: „Geh doch zu Jao, dem Dorfältesten. Bestimmt hat er eine Idee.“ Kanto tat wie ihm geraten und war überrascht, wie gesprächig der Alte war. „Kanto, schau dir an, wie unsere Dorffrauen die Blumenbeete schützen. Sie gehen mit ihnen so um, wie deine Mutter euren Garten pflegt. Beobachte sorgfältig und nutze das, was die Natur bereithält. Beobachte und sieh, mein Junge. Und wenn du feststellst, was den Beeten und Gärten hilft und sie unterstützt, wende es ebenso an!“, sagte er weise und zwinkerte Kanto aufmunternd zu. Obwohl Kanto konkrete Ideen erwartet hatte, war er durch den geheimnisvollen Hinweis motiviert worden. Auf dem Rückweg zur Hütte fielen ihm die Steinhaufen und Kokosrindenschalen rund um die Beete und Gärten auf und er begriff, was er tun musste. Zusätzlich habe er den kleinen Garten seiner Mutter genauer unter die Lupe genommen und beobachtet, ob ihm etwas auffallen würde. Dabei kamen ihm die Worte einiger Nachbarn in den Sinn, die immer wieder bemerkten, dass Mutters Garten ertragreicher zu sein schien als der ihre. Da ihn die Antwort nie interessiert hatte, wusste er auch nicht, was sie erwidert hatten. Das wollte er nun nachholen, indem er sie fragte. Das Einzige, was ihm aufgefallen war, stellte eine Reihe hochgewachsener Büsche entlang des Gartenzauns dar. Trugen diese Büsche überhaupt Früchte oder hatten sie einen anderen Nutzen? Hatte er etwas Wichtiges übersehen oder wusste es einfach nicht?

„Das sind Flemingia. Sie sind für zusätzliche Nährstoffe im Boden verantwortlich. Zudem spenden sie Schatten, sodass der Boden weniger schnell austrocknet, und sie schützen die Gartenerde vor zu starkem Regen!“, erklärte seine Mutter knapp und verständlich. Nun wurde klar, was Kanto auf seiner Plantage ändern musste. Er war sofort ans Werk gegangen und Eric sah hier und jetzt das Ergebnis seiner zusätzlichen Arbeit. Ohne Zweifel war es faszinierend und genau das, was sie benötigten. Doch was sollten sie jetzt mit dieser Erkenntnis anfangen? Beiden war klar, dass sie es Vater Gabriel erzählen wollten – ja, mussten!

„Darf ich noch etwas ergänzen?“, fragte Eric zögernd, nachdem sie sich etwas erholt hatten von ihrem archaischen Freudentanz. Er erzählte eifrig von den Hinweisen, die ihm der Weinbauer nichtsahnend mitgegeben hatte. Es entsprach genau dem, was Kanto hier umgesetzt hätte. Für die am Hang angebrachten Anlagen würden sicher kleine Terrassierungen helfen, wie sie im Weinbau zum Einsatz kamen. Bestimmt hatten Vater Gabriel und Richard noch weitere Ideen, wie sich die Steinhaufen durch das Untermischen zusätzlicher Materialien noch besser schützen ließen. Garantiert so effizient, dass das Auswaschen über etliche Regengüsse hinweg noch besser verhindert werden konnte. Das bedeutete einen enormen Gewinn an Zeit und Arbeitsaufwand. Freudestrahlend entschieden sie sich, den Heimweg anzutreten. Während des Abendessens enthüllte Eric der Familie die Errungenschaften in Kantos Plantage und erzählte begeistert und ausführlich davon. Er begann mit den detaillierten Ergebnissen des Weinbauern Bellegarve aus dem Bordelais, um dem Ganzen mehr Bedeutung zu verleihen. Eric berichtete von den kleinen Wällen rund um die Wurzeln und vergaß weder die Büsche der Flemingia noch die möglichen Terrassierungen, die gebaut werden müssten. Einzig den Geheimpfad zur Plantage erwähnte er nicht.

Alle hörten aufmerksam zu und es entwickelte sich ein äußerst spannender Austausch. Eric war erstaunt, dass sogar sein Vater trotz Müdigkeit und Erschöpfung von der Arbeit reges Interesse bekundete. Anfangs war er unsicher gewesen, ob dieser zuhören und die genannten Errungenschaften überhaupt aufnehmen, geschweige denn akzeptieren würde. Vater Gabriel zeigte sich sehr überrascht, dass Kanto immer noch an seiner eigenen Plantage arbeitete und so tiefschürfende Überlegungen anstellte. Er hatte ganz vergessen, dass er ihm vor drei Jahren diese Ecke überlassen hatte. Erics Ausführungen erstaunten und erfreuten ihn sehr.

„Perfekt, Eric, gratuliere! Du bist endgültig in der Welt von Madagaskar angekommen“, sagte er ehrlich und überzeugend. „Lass uns das Ganze mit Richard gleich morgen Früh nochmal diskutieren und anschauen. Gut gemacht! Das Lob werde ich selbstverständlich auch Kanto aussprechen!“, fügte er vielsagend hinzu.

Eric freute sich sehr und strahlte über das ganze Gesicht. „Ich bin sehr stolz auf dich, Eric, gut gemacht!“, stimmte seine Mutter ein.

Nun war es jedoch Zeit, ins Bett zu gehen. Es würde bestimmt ein anstrengender Tag werden. Und übrigens hätten die Bönischs für das Fest zugesagt. Müde und sehr zufrieden sank Eric schließlich ins Bett. Sein Vater hatte es auf den Punkt gebracht: Eric war ganz und gar in der kolonialen Welt seiner neuen Heimat angekommen.

Kapitel 6

Ein durchdringendes Krächzen und ein kurzes, spitzes Schreien rissen Eric aus einem tiefen Schlaf, noch bevor die Sonne wie jeden Morgen den Tag begrüßte und das Zimmer in ein sanftes Halbdunkel tauchte. Trotzdem konnte er schemenhaft die Gestalt seines kecken Besuchers auf dem Fenstersims ausmachen, der sich an den ausgelegten Samen gütlich tat. Es war der Vasapapagei, sein gefiederter Freund, der sich endlich wieder einmal blicken ließ. Eric fühlte sich, trotz der kurzen Nacht, erholt und zufrieden, als er zaghaft aufstand, um den Besucher nicht zu vertreiben. Plötzlich wurde der Papagei von etwas außerhalb des Zimmers aufgeschreckt und erhob sich mit einem durchdringenden Schrei in die Luft, um davonzufliegen. Schade, dachte Eric, während er die Balkontür öffnete und auf den Balkon trat. Ein frischer, leicht kühler Wind umspielte seinen Pyjama und ließ ihn frösteln, während am Horizont die ersten Anzeichen des bevorstehenden Sonnenaufgangs zu erkennen waren. Mächtige Wolken zogen bereits am Himmel auf und Eric fragte sich, ob der erste Regenguss des Tages bevorstand. Der Garten lag noch im Dunkeln, die Büsche und Palmenblätter rauschten im Wind und ein leicht metallischer Geruch ließ sich vernehmen, wie immer vor einem Gewittersturm. Die ersten Geräusche aus dem nahegelegenen Arbeiterdorf drangen herüber und versprachen einen herrlichen Tag. Eric freute sich auf das, was der Tag bringen würde, als er sich duschte, anzog und hungrig in die Küche ging, wo bereits emsig das Frühstück vorbereitet wurde. „Soa, hast du gestern Abend noch ein paar Samen bereitgelegt?“, fragte er.

„Ja, Master Eric, während des Abendessens. War der Papagei schon hier?“, erkundigte sich Soa.

„Und wie! Er hat mich mit seinem Geschrei geweckt“, lachte Eric. Er griff nach einem Stück Brot und verließ die Küche durch die Seitentür, um zum Kiesvorplatz und weiter zur Siedlung zu gelangen. „Bin gleich zurück!“, rief er über die Schulter. „Ich gehe Aina füttern!“

Inzwischen war die Sonne aufgegangen und tauchte alles in ein matt schimmerndes Orange. Im Dorf waren bereits viele Frauen auf den Beinen und machten sich auf den Weg zum Sammelplatz, um zu den Plantagen zu fahren. Kanto schien noch zu schlafen. Eric erblickte dessen Mutter, die ihre Hütte verließ und sich auf den Weg zu den Betriebsgebäuden machte. Sie winkte ihm zu. Der Morgen brach an und Aina, Erics treuer Begleiter, schien bereits auf das Frühstück zu warten. Er füllte frisches Wasser in den Napf des Lemuren und warf ihm ein Stück Brot zu. „Heute ist ein wichtiger Tag, Aina. Wir entscheiden über große Veränderungen und Auswirkungen auf den Plantagen“, reflektierte Eric leise für sich selbst, während der Lemur gierig das Brot verschlang, ohne scheinbar an den bevorstehenden Entscheidungen interessiert zu sein. Mit diesen Gedanken im Kopf eilte Eric zurück, um rechtzeitig zum Frühstück zu erscheinen, gespannt auf die Anweisungen seines Vaters und die bevorstehenden Entscheidungen. Zuversichtlich betrat er den Speisesaal und sah, dass das Frühstück auf der Terrasse vorbereitet worden war. Mutter und Cécile saßen bereits am großen Tisch, während Soa die letzten Zutaten arrangierte und ihnen einen guten Appetit wünschte, bevor sie durch den Salon in die Küche verschwand. Der Geräuschpegel von Lastwagenmotoren drang herein, gefolgt von einigen gerufenen Anweisungen, und schon bald darauf erschien Vater Gabriel leicht schwitzend auf der Terrasse. „Eine großartige Idee, hier draußen zu essen! Der leichte Wind tut gut“, bemerkte er und schenkte sich dampfenden Kaffee ein. „Richard, Kanto und ich waren bereits in der Plantage unterwegs und haben uns vor Ort ein Bild gemacht“, berichtete er.

Eric, leicht enttäuscht darüber, nicht dabei gewesen zu sein, fragte: „Und was denkst du darüber, Papa?“ Vater Gabriel lobte die Erfolge, verwies auf die enorme Arbeit, die noch vor ihnen lag, und den Stolz, den er für Kanto empfand. „Die Terrassen in den neuen Plantagen auf dem abschüssigen Gelände müssen noch aufgebaut werden“, fügte er hinzu, sodass sich die bevorstehenden Herausforderungen langsam abzeichneten. Er gab Richard Anweisungen, mit den Wällen zu beginnen. Die Terrassen konnten noch warten. Richard hatte die brillante Idee, die zahlreichen Kokosnusshaufen in den Palmenhainen als Baumaterial für die Wälle zu verwenden. Steine und Holz gab es genug am Rand der Plantagen, das musste nicht eigens herangeschafft werden. Außerdem hatte er Hery, dem Gärtner, bereits den Auftrag erteilt, so viele Flemingiabüsche wie möglich auf dem Markt in Antalaha zu besorgen.

„Die Arbeiten müssen sofort beginnen“, betonte er energisch. „Der nächste Sturm kommt bestimmt und je schneller wir die Wurzelbereiche schützen, desto besser.“ Kaum hatte er geendet, begann es zu regnen – der erste Regenguss des Tages.

„Richard meinte, du und Kanto solltet stärker in die Produktion eingebunden werden. Ihr habt gute Ideen und das ist wichtig für die Zukunft. Was denkst du, Eric?“, wandte sich Vater Gabriel an seinen Sohn.

„Ist er nicht zu jung dafür? Es gibt noch so viel in der Schule zu lernen“, mischte sich Mutter ein.

„Maman, ich bin schon siebzehn. Und ich möchte mehr über das Vanillegeschäft und die Herstellungsmethoden erfahren. Es reicht mir nicht, der Sohn des Vanillebarons zu sein. Ich möchte Bescheid wissen“, erwiderte Eric entschlossen.

„Das ist mein Sohn! Ich sehe das genauso“, sagte Vater Gabriel stolz.

„Aber Maman hat auch recht, was die Schule betrifft. Der Freitag bleibt ein Schultag, daran wird nicht gerüttelt“, fügte er mit einem Seitenblick auf seine Frau hinzu.

„Einverstanden?“, fragte er die Anwesenden musternd. Sie alle nickten.

Mutter zeigte sich zufrieden, Eric murmelte ein zögerliches „Na gut“, und Cécile lächelte – für sie war der Haushalt schon genug Ausbildung.

„Ich habe Faly angewiesen, euch in den Betriebshallen zu treffen. Er wird euch herumführen, alles zeigen und euch in die Betriebsgeheimnisse einweihen", fügte Vater Gabriel bedeutungsvoll hinzu.

„Er erwartet euch um acht Uhr. Cécile, interessiert dich das auch?", fragte er und wandte sich an seine Tochter.

„Ich denke, es schadet ihr nicht, auch etwas Einblick in das Geschäft zu bekommen – oder was meinst du, Sabine?"

„Ich denke, das ist eine gute Idee. Und da eine Instruktion vorgesehen ist, spricht nichts dagegen", stimmte Mutter Gabriel zu.

„Muss das wirklich sein?", fragte Eric.

„Darf ich mal etwas dazu sagen oder wird hier wieder über meinen Kopf hinweg entschieden?", meldete sich Cécile vehement zu Wort.

„Natürlich, entschuldige, Cécile", erwiderte Mutter Gabriel. „Ich würde gerne mehr erfahren, Papa, aber nicht heute! Kira und Song haben versprochen, uns zu zeigen, wie man frischen Fisch zubereitet. Soa und Vao sind auch dabei. Mavo war die halbe Nacht fischen und hat einen tollen Fang mitgebracht. Das möchte ich mir nicht entgehen lassen, ganz zu schweigen vom leckeren Mittagessen. Ihr könnt euch freuen!", schloss sie und lachte herzhaft.

„Gut, wie du möchtest, Cécile", sagte Vater Gabriel.

„Wie sieht es eigentlich mit den Abschlussvorbereitungen für unser baldiges Begrüßungsfest aus?", wollte er wissen und wandte sich seiner Frau zu.

„Wir sind im Plan, Rémy. Alle Gäste haben zugesagt", entgegnete Mutter Gabriel zuversichtlich.

Damit war auch dieses Thema besprochen. Alle freuten sich auf das Fest, das den offiziellen Zeitpunkt ihres Ankommens auf Madagaskar markieren sollte. Für Vater Gabriel war das Ganze von großer Bedeutung, denn es bedeutete, dass sie nun als Familie die Geschicke der Firma bestimmten. Faly erwartete Eric und Kanto bereits am Tor zu den Betriebsgebäuden. Er schien gut gelaunt und voller Elan zu sein und winkte ihnen schon von Weitem zu, während er auf das Bürogebäude deutete. Eric musste schmunzeln. Es war Mutter Gabriels erste Empfehlung an ihren Gatten gewesen, als sie kurz nach ihrer Ankunft zu einem ersten Rundgang durch das Produktionsreich des Vanillebarons geführt worden waren: ein detaillierter Plan zu der gesamten Anlage, einschließlich Haus und Plantagen. Faly stand nun neben dem breiten Eingang des Bürogebäudes, wo an der Wand der neu erstellte Plan aufgemalt war. Eric fand die Anlage eindrucksvoll – eine Leistung, die sein Großvater und sein Vater erbracht hatten. Zugleich erfüllte sie ihn mit Ehrfurcht. Würde er der Vergangenheit gerecht werden und die ‚Gabriel Vanille Société du Commerce' genauso erfolgreich weiterführen können?

Als hätte Kanto seine Gedanken gelesen, sagte er: „Wir schaffen das – wir sind Freunde fürs Leben!"

„Faly, könntest du bitte kurz reinkommen? Ich habe eine Frage", rief eine Angestellte aus dem hinteren Bürobereich.

„Entschuldigt mich bitte, ich bin gleich wieder bei euch", sagte Faly und verschwand im Büro.

Das gab den beiden Freunden die Gelegenheit, die große Karte der Anlage erneut zu studieren. Deutlich erkennbar war die Straße, die das Anwesen in Nord und Süd teilte. Sie kam aus dem Hinterland, durchschnitt das Gelände und verlief entlang der Küste nach Norden bis nach Sambava und Vohémar, wo sie zur Hauptstraße wurde. Dank dieser Anordnung hatten ihr Haus, das Arbeiterdorf und die Produktionsstätten direkten Zugang zum Meer, ohne von einer Straße unterbrochen zu werden. Der imposante, lange Steg, einst von den Briten erbaut und kürzlich auf Anweisung von Vater Gabriel repariert, ragte weit ins Meer hinaus. Auch der Zugang zu den Hauptstraßen und den verschiedenen Gebäuden war durch ein ausgeklügeltes Straßennetz gesichert, das nicht gestört oder unterbrochen wurde.

Später erfuhren die beiden, dass die meisten Straßen bereits von der britischen Besatzungsarmee erbaut worden waren und dass Erics Großvater sie bei der Planung berücksichtigt hatte. Die Häuser bildeten eine geschlossene Einheit und waren hindernisfrei und jederzeit zugänglich. Die insgesamt zehn Plantagen erstreckten sich nördlich und westlich der Straße, mit ausreichendem Abstand zum Meer und durch den erhöhten Damm der Straße geschützt. Alle waren in Nord-Süd-Richtung angelegt, außer den beiden neuesten, die aufgrund einer Anhöhe einen West-Ost-Verlauf aufwiesen. Hinter den Plantagen fiel das Gelände steil ab und endete am Ufer eines Flusses – eine Lage, die Erics Großvater bewusst gewählt hatte und die Eric als raffiniert empfand. Den Anfang machten die drei nebeneinanderliegenden Anlagen, die von Großvater angelegt worden waren. Sie trugen die Namen Napoleon, Louis und Eugène und erstreckten sich von West nach Ost. Mit etwas mehr Landbreite dahinter hatte Vater Gabriel die Plantagen Schritt für Schritt erweitern können, zuerst um drei, dann um zwei weitere, insgesamt also um fünf Anlagen. Diese trugen die Namen Karl, Philipp, Robert, Rudolf und Heinrich und folgten ebenfalls der Richtung West nach Ost. Obwohl sie auch noch weiter nördlich liegende Ländereien besaßen, die bis zum Fluss Lokoho reichten, waren sie im Moment mit den bestehenden Anlagen voll ausgelastet. Großvater hatte vorausschauend eine kleine hölzerne Brücke über den Fluss bauen lassen, für den Fall, dass sie in Zukunft weitere Plantagen nördlich des Flusses anlegen wollten. Die beiden neuesten Anlagen, erst vor einem Jahr angelegt, befanden sich in der Wachstumsphase und mussten daher noch nicht bestäubt werden. In der Regel dauerte es drei Jahre, bis eine junge Pflanze unscheinbare Blüten trug und später Früchte hervorbrachte. Mit den restlichen Plantagen hatten sie bereits mehr als genug Arbeit. Eric machte sich Gedanken über mögliche Namen für die neuen Anlagen. Es war an der Zeit, Frauennamen auszuwählen. Vielleicht Namen der Gattinnen der Könige und Kaiser? Letizia, die Mutter von Napoleon, oder Joséphine, seine Gattin, oder Désirée, seine erste Geliebte? Plötzlich wurde er aus seinen Gedanken gerissen. Faly war zurück aus dem Büro und bereit für seine Ausführungen.

„Ihr kennt die gesamte Anlage bereits recht gut", begann Faly. „Deshalb möchte ich mich ausschließlich auf den Produktionsverlauf der Vanilleschote konzentrieren, wie Master Rémy es mir aufgetragen hat. Es ist eine spannende und eine langwierige Angelegenheit zugleich", fügte er mit einem bedeutungsvollen Schmunzeln hinzu. Faly begann, auf eine faszinierende und lebendige Art zu erzählen, und Kanto und Eric lauschten gebannt seinen Ausführungen. Es war, als machten sie eine Reise durch die Geschichte, angefangen bei ‚Adam und Eva'. Die Historie der Vanilla planifolia begann in Mexiko. Sie wurde von den spanischen Eroberern nach Europa gebracht. Über 300 Jahre lang beherrschten die Spanier das Vanillemonopol, bevor die Pflanze schließlich von den Franzosen auf die Ile Bourbon, auch bekannt als La Réunion, und dann nach Madagaskar gebracht wurde. Die Bourbon-Vanille-Pflanze galt als eine der besten ihrer Art. Anfänglich scheiterten die Versuche, die Pflanze außerhalb Mexikos anzubauen, da es an den für die natürliche Bestäubung notwendigen Bienen und Kolibris fehlte. Jahre später gelang einem belgischen Botaniker die künstliche Bestäubung. Diese Technik wurde weiterhin angewendet: Sie beinhaltete, dass die äußeren Blüten mit einem feinen Kaktusstachel durchbohrt wurden, um den Blütenstaub auf die Narbe zu übertragen. Da die Blüten nur für kurze Zeit am frühen Morgen erschienen, mussten die Bestäuberinnen früh aufstehen, wie Eric beobachtet hatte. Nach der Bestäubung entwickelte sich der Fruchtknoten in den folgenden sieben bis neun Monaten zu bis zu 30 Zentimeter langen Kapseln. Obwohl ‚Schoten' botanisch gesehen eine falsche Bezeichnung war, hatte sie sich umgangssprachlich etabliert. Kleine oder missgebildete Früchte wurden herausgeschnitten, um die Qualität der guten zu erhalten und eine höhere Güte anzustreben. Vater Gabriel verpflichtete die Plantagenarbeiter und -arbeiterinnen stets zur Qualitätssteigerung durch diese Methode. So genossen sie den Ruf, die beste Vanillequalität aus Madagaskar zu produzieren. Eric erinnerte sich dabei an den alten Weinbauern Bellegrave, der über die qualitative Reduzierung gesprochen und dabei genau dieses Ziel verfolgt hatte. In der Regel trug eine Vanillepflanze 100 bis 120 Kapselfrüchte. Der richtige Zeitpunkt der Ernte war entscheidend: Wenn sich die Kapseln gelb verfärbten und ihren wertvollen Inhalt von etwa 90'000 Samen offenbarten, war es so weit. Eine frühere Ernte führte zu einem geringeren Vanillegehalt und einer höheren Schimmelanfälligkeit, wohingegen eine zu späte

Ernte das Platzen der Kapseln und den Verlust des kostbaren Samenguts zur Folge hatte. Dieses Wissen war Großvater von einheimischen Madagassen übermittelt worden, die leider nicht mehr unter ihnen weilten. Eric und Kanto waren beeindruckt von Falys Kenntnissen, aber auch von Großvaters Weitsicht in der Vergangenheit. Faly bemerkte ihr Erstaunen und erwähnte, dass er bereits unter der Anleitung von Großvater Gabriel in die Geheimnisse des Vanilleanbaus eingeführt worden war, doch das war noch nicht alles. Die weitere Verarbeitung von Vanille würde noch komplexer werden. Unverdrossen und konzentriert fuhr Faly fort und deutete an, dass sie zu einer nahegelegenen Halle gehen würden. Dort herrschte emsiges Treiben. Die grünen Früchte der Vanillepflanze hätten kaum Geschmack und müssten durch arbeitsintensive Verfahren mehrfach bearbeitet werden, um das außergewöhnliche Produkt zu entwickeln, das Feinschmecker lieben. Das Vanillin und der einzigartige Duft könnten nur durch eine enzymatische Reaktion freigesetzt werden. Die Früchte müssten spätestens vier bis fünf Tage nach der Ernte weiterverarbeitet werden, um Schimmelbildung zu verhindern. Die Fermentierung sei der nächste Schritt, der es ermöglichte, das Aroma freizusetzen. Faly zeigte auf die verschiedenen Kochstellen in der Halle, die alle von Arbeitern besetzt waren. Die Früchte würden je nach Reifegrad für höchstens drei Minuten in 60 bis 70 Grad heißes Wasser getaucht und dann in Decken gewickelt ohne Abkühlung in Holzkisten für bis zu drei Tage zur Schwitzkur gelegt. Erneut deutete er auf die zahlreichen Kisten und Gestelle, die entlang der Halle aufgereiht waren. Junge Arbeiter trugen leere Kisten herbei, während auf dem Rückweg volle Kisten ordentlich in die Regale gestellt wurden. Ein weiterer Arbeiter überwachte alles sorgfältig und dokumentierte jeden Schritt. Für Eric öffnete sich eine völlig neue Welt, eine Welt von beeindruckender Organisation und Präzision. Die Fermentation dieser Schoten war von entscheidender Bedeutung und Faly wies stolz darauf hin, dass einige der Ältesten im Dorf über eine langjährige Tradition verfügten. Sie hatten Großvater Gabriel bereits dabei geholfen, eine außergewöhnliche Qualität zu erzielen, indem sie ihr Bauchgefühl, ihre Wetterkenntnisse und eine Art unsichtbares Gespür für den Prozess einsetzten. Die Schoten sollten eine schokoladenbraune Farbe annehmen, bevor sie tagsüber auf Jutesäcken ausgebreitet und in der Sonne getrocknet wurden. Der süße Duft von Vanille lag in der Luft, als Eric langsam die Bedeutung hinter all den Gegenständen und Handlungen erkannte.

Eine Arbeiterin reichte ihm einen leeren Sack und schon beim Anblick und beim Geruch des Sacks wurde er von einer intensiven Süße umhüllt. Kanto lächelte wissend, als Eric den süßen Duft in sich aufsog. Nach zwei bis drei Wochen Trocknungszeit nahmen die Früchte eine dunkelbraune bis fast schwarze Farbe an, entwickelten eine fettige, schrumpelige Oberfläche und eine weiche Konsistenz. Dies sorgte für den unwiderstehlichen und betörenden Duft, der das ganze Anwesen erfüllte. Eric nickte anerkennend, fasziniert von der Kunst und dem Handwerk, das hinter dieser einfachen Frucht steckte. Im Schatten trockneten die Schoten weitere zwei bis vier Wochen langsam nach, bevor sie sorgfältig nach Farbe, Form, Länge und Oberflächenbeschaffenheit sortiert wurden. Faly bedeutete den beiden, ihm erneut zu folgen, und steuerte auf das Gebäude neben dem Bürotrakt zu. Währenddessen fuhr er fort. Qualitativ hochwertige Schoten mussten mindestens 14 Zentimeter lang sein und hatten bereits rund vier Fünftel ihres ursprünglichen Gewichts verloren. Aus etwa fünf bis sechs Kilogramm grünen Vanillefrüchten ließ sich durch Trocknung etwa ein Kilogramm hochwertige Vanilleschoten gewinnen, die einen hohen Gehalt an Vanillin aufweisen. Schließlich wurden die getrockneten Schoten mit Schnüren aus den Blättern des Raphia-Baums gebündelt. Bei Gabriel Vanille Société du Commerce ergaben sich Pakete zu je 250 Gramm. Als sie das Gebäude betraten, wurden sie von zahlreichen Arbeiterinnen begrüßt, die emsig damit beschäftigt waren, die Stängel zu bündeln. Vor dem Verpacken in speziell mit Wachspapier ausgekleidete Holzkisten, die 30 bis 40 Kilogramm Vanillestangen fassen konnten, verlangte Master Rémy eine abschließende Kontrolle – die Riechprobe, wie Faly erklärte. Diese war entscheidend für die Qualität und wurde nur von wenigen Vertrauenspersonen durchgeführt, zum Beispiel Kantos Mutter. Sie saß im hinteren Teil des Raums, konzentriert darauf, die Schoten zu prüfen. Als sie die Besucher bemerkte, zeigte sich ein warmes Lächeln auf ihrem Gesicht und sie winkte ihnen zu. Eric konnte nicht umhin, ihre Schönheit zu bemerken, ihr schokoladebraunes Hautschimmern im Licht. Gleichzeitig fiel ihm auf, dass Kanto eine viel hellere Haut hatte, etwas, das ihm zuvor nicht sonderlich aufgefallen war.

Faly setzte seinen Vortrag fort und Eric lauschte gespannt. Er erfuhr, dass während des Prozesses auch Frauen aus dem Dorf mit einem besonders feinen Riechvermögen eingesetzt wurden, vor allem während der Schwangerschaft. Eric verstand nun, warum Kantos Mutter heute nicht allein bei der Arbeit war. Er hatte sich bereits gewundert, was die beiden jungen Arbeiterinnen am Tisch zu suchen hatten, die für die Bestäubung in den Plantagen vorgesehen waren. Faly war noch nicht am Ende seiner Informationen angelangt. Er erklärte, dass basierend auf den Ergebnissen dieser Riechproben die Pakete nach ihrer Qualität speziell sortiert und verpackt wurden. Diese einzigartige Qualitätsabstufung machte die Produkte von Gabriel Vanille Société du Commerce sowohl in Europa als auch in Amerika und Japan sehr begehrt. Master Rémy war darauf bedacht, diesen Wettbewerbsvorteil zu erhalten, da er stabile Umsätze und Gewinne garantierte. Obwohl die Nachfrage immer noch höher war als das Angebot, sicherte dies die Zukunft des Unternehmens. Eric und Kanto wussten nichts über allfällig geplante Neuanpflanzungen und die beiden neuesten Plantagen hatten noch keinen Ertrag abgeworfen. Die Zeit verging schnell und die beiden Freunde bedankten sich herzlich für die informativen Ausführungen. Faly verabschiedete sich diskret und kehrte zum Bürogebäude zurück. Kurz darauf läutete eine große Glocke auf der Terrasse des Bürogebäudes – Mittagspause!

Eric spürte, dass sein Magen sich bemerkbar machte und er freute sich auf eine wohlverdiente Pause, während er über die faszinierenden Einblicke in die Vanilleproduktion nachdachte.

Überall wurden die Arbeiten beendet oder, wo möglich, unterbrochen. Die meisten Menschen strömten zurück ins Dorf und auch Kanto und Eric machten sich auf den Heimweg. Auf der Höhe von Kantos Hütte verabschiedeten sie sich. Für Eric war es immer wieder seltsam, seinen Freund im Dorf zurücklassen zu müssen. Er hätte Kanto gerne zum Essen mitgenommen, aber er wusste bereits die Antwort seines Vaters: „Wir sind die Kolonialisten, die Herrscher – ohne uns wären die Madagassen immer noch Barbaren und würden sich bekämpfen und umbringen. Wir geben ihnen Arbeit sowie ein Auskommen und sorgen für Ruhe und Ordnung!“ Eric konnte nicht verstehen, warum sein Vater nie auf Mutters Argument des Ausnutzens einging, denn für ihn war klar, dass sie Recht hatte, doch auch die Barbarei musste er ein Stück weit akzeptieren. Die Einheimischen verwickelten sich in der Tat immer wieder in Auseinandersetzungen, nicht nur mit den Kolonialisten, sondern auch untereinander, oft mit tödlichen Folgen. Als Eric dem Haus näherkam, wurde seine düstere Stimmung durch den zarten, intensiven Duft aus der Küche vertrieben. Was hatte Cécile am Morgen angedeutet? Richtig, es sollte leckeren Fisch geben. Eric konnte es kaum erwarten, denn sein Magen knurrte vor Hunger.

Im Schatten der Büsche hatten die sechs dunklen Gestalten ausgeharrt, während die Plantagenarbeiter abgezogen waren. Stille legte sich über die Anlage, durchzogen von einer leichten, erfrischenden Brise, die den süßlichen Duft der Vanillepflanzen verbreitete. Sie waren mit einem Kleinlaster aus dem Norden gekommen, wie sie es schon seit einiger Zeit taten. Den Laster hatten sie gut getarnt an einem Feldweg am Fluss abgestellt. Jeder von ihnen trug zwei Körbe, die sie vom Laster genommen hatten, und sie waren über die kleine, teils morsche Holzbrücke den steilen Weg hinaufgestiegen, immer darauf bedacht, nicht gesehen zu werden. Von oben hatten sie einen perfekten Überblick über die Plantagen und erkannten genau, wo die Ernte reif war und wo die Arbeiter noch beschäftigt waren. Geschützt durch die Büsche der neuen Anlage hatten sie innegehalten und gewartet, bis die Arbeiter sich langsam in Richtung Straße und Fahrzeug bewegten. Während die Sonne knapp über dem Horizont stand und der Tag für die Erntearbeiter zu Ende ging, bereiteten sich die dunklen Gestalten darauf vor, im Halbdunkel ihre Arbeit zu beginnen. Der Motorenlärm der wegfahrenden Lastwagen entfernte sich und der Zeitpunkt des Beginns rückte näher. Doch sie mussten noch etwas warten, um sicherzustellen, dass sich niemand mehr in der Anlage befand. Oft blieb ein Vorarbeiter noch länger, um den Stand der Ernte zu überprüfen. Der Anführer erinnerte sich daran, dass der Vorarbeiter dem geldgierigen Besitzer Rémy heute Abend sicherlich Bericht erstatten musste. Geduld und absolute Ruhe waren gefragt, als sie sich darauf vorbereiteten, umzusetzen, wofür sie gekommen waren.

Was war das? Hatte er nicht eben ein Scharren gehört? Versteinert hielt der Anführer inne, kauernd und angespannt lauschend. Und tatsächlich, jetzt hörte er leise Schritte, die sich in unregelmäßigem Tempo durch die Reihen bewegten. Hier und da vernahm er Gemurmel, dann erneut einsetzende Trampelgeräusche. Verdammt! Hatten sie sich zu früh schon so nah herangewagt? Der Anführer bedeutete den anderen mit Handzeichen, sich in den Büschen versteckt zu halten. Die Schritte kamen immer näher. Schweißperlen bedeckten das grimmige Gesicht des Anführers. Was sollte er tun? Er verharrte in Kauerposition und versuchte, abzuschätzen, wo die Person ungefähr unterwegs war, aber im Rauschen der Büsche war das äußerst schwierig.

Instinktiv tastete er zum Halfter und ergriff seine Pistole des Typs Luger, die er kürzlich von deutschen Besatzungstruppen erhalten hatte. Nur im äußersten Notfall wollte er davon Gebrauch machen. Ein toter Vorarbeiter in der Plantage würde ihre Machenschaften aufdecken und das galt es, wenn immer möglich, zu vermeiden. Er horchte weiterhin angespannt in die immer dunkler werdende Umgebung. Die Person schien stehen geblieben zu sein, denn er hörte nichts mehr. Was machte dieser Idiot nur? Endlich, nach einer langen Zeitspanne, die ihm ewig vorkam, vernahm er erneut Schritte, die sich zum Glück von ihnen wegbewegten. Schon nach kurzer Zeit hörten sie, wie ein Fahrzeugmotor gestartet wurde und sich schließlich weiter entfernte. Uff! Er steckte seine Pistole wieder ins Halfter und bedeutete seinen Gehilfen, dass sie jetzt anfangen konnten. Jede der Gestalten stellte sich in eine Reihe und begann leise und langsam die reifen Schoten zu pflücken. Der Anführer hatte allen nochmals eindringlich erklärt, dass sie nur vereinzelte Schoten pro Pflanze ernten sollten, um den Diebstahl nicht auffallen zu lassen. In der zunehmenden Dunkelheit kamen sie schnell voran und schon bald waren die Körbe voll mit den kostbaren Schoten. Es war Zeit, zurückzukehren. Morgen Abend würde sich eine neue Gelegenheit ergeben. Unter der Last der Körbe schwitzend und keuchend, machten sie sich auf den Rückweg zum Kleinlaster. Zufrieden mit der Ernte stiegen sie auf die Ladebrücke und setzten sich hin. Der Anführer nahm das Steuer in die Hand und schon bald holperten sie über den kleinen Feldweg, bogen unbemerkt auf die Küstenstraße ab, fuhren Richtung Norden und verschwanden schließlich in der Dunkelheit.

Schnell und effizient, wie immer, dachte er und lachte grimmig in sich hinein. „Rémy, diesem arroganten, raffgierigen Arschloch, haben wir es wieder einmal gezeigt."

Kapitel 7

An diesem sonnigen Sonntag war endlich der lang ersehnte Tag des großen Willkommensfests gekommen. Ein idyllisches Wetter begrüßte die Gäste: Der Himmel strahlte in einem klaren Blau, ein sanfter Wind strich über die Landschaft und ließ das Schilfgras tanzen, als ob es seine eigene Melodie spielte. Die letzten Spuren des Regens vom frühen Morgen verschwanden, als die Sonne langsam über den Horizont stieg und ihre warmen Strahlen über das Land legte. Die Vorbereitungen waren in vollem Gange und jede Hand arbeitete unermüdlich daran, den Tag zu einem unvergesslichen Ereignis zu machen. Die Einfahrt zum Anwesen war festlich geschmückt und wies den Gästen den Weg, und auch das Haus strahlte in festlichem Glanz. Auf der Terrasse waren die Tische liebevoll gedeckt und der Garten präsentierte sich in seiner vollen Pracht, ein Farbenmeer aus Blüten und Grün. Im Inneren des Hauses war der Duft von Köstlichkeiten allgegenwärtig und das opulente Buffet im Salon wartete darauf, die Gäste mit den feinsten Leckereien zu verwöhnen. Trotz der Vorfreude auf das Fest waren Vater und Mutter nervös und angespannt. Die letzten Tage waren von Hektik und Streit geprägt gewesen, weil sie sich um jedes kleine Detail gekümmert hatten, um sicherzustellen, dass alles perfekt war. Auch Cécile war in die Vorbereitungen vertieft gewesen und hatte kaum Zeit für etwas anderes gehabt, doch Eric hatte die Enge und die Anspannung als unerträglich empfunden und Zuflucht bei seinem Freund Kanto gesucht. Gemeinsam verbrachten sie ihre Tage auf den Plantagen, nicht nur als Beobachter, sondern als aktive Helfer bei der Umsetzung der Verbesserungen. Es erfüllte sie mit Stolz, zu sehen, wie ihre Arbeit die Plantagen verschönerte und effizienter machte. Jeder Stapel Kokosnüsse, jede Steinpyramide und jeder Holzstapel, den sie nutzen konnten, um die Wälle zu verstärken, trugen dazu bei, dass die Plantagen noch imposanter und geordneter aussahen. Kanto betrachtete zufrieden das Ergebnis ihrer Arbeit. Die zusätzlichen Büsche, von Hery herangeschafft, hatten nicht nur den Raum aufgelockert, sondern auch für eine angenehme Atmosphäre gesorgt. Gemeinsam hatten sie unzählige Tage damit verbracht, bei den aufwändigen Neuanpflanzungen zu helfen, und das Resultat konnte sich wirklich sehen lassen. Die Arbeiten gingen überraschend zügig voran und waren rechtzeitig vor dem großen Festtag abgeschlossen. Lediglich das Terrassieren musste verschoben werden, da Vater Gabriel sich mit dem Bauführer absprechen wollte, bevor die Arbeiten begannen. Als die Mittagssonne ihren Höhepunkt erreichte, waren alle Vorbereitungen für das Fest endlich abgeschlossen – sie waren bereit! In ihrer schönsten Kleidung versammelten sich alle im Foyer des Hauses, bereit, den Tag gebührend zu feiern. Die Bediensteten trugen ihre gewohnten schwarz-weißen Hausuniformen, die Damen mit adretten Häubchen und weißen Blusen mit Spitzen an den Ärmeln, die Herren mit Schleifen, gestärkten Hemdkragen, weißen Handschuhen und natürlich Hochglanzschuhen.

Vater Gabriel strahlte vor Zufriedenheit und lobte die tadellosen Vorbereitungsarbeiten. Er hob noch einmal die Bedeutung dieses Tages als den Beginn einer neuen Phase hervor und wollte sicherstellen, dass jeder den Ablauf des Fests verstanden hatte, von der Ankunft über die Begrüßung bis hin zum Essen. Schließlich lag es an Mavo, dem Butler, sicherzustellen, dass alles reibungslos verlief – eine Aufgabe, der er mit voller Hingabe und Professionalität nachkam.

„Jawohl, Master Rémy, wir sind uns der Bedeutung dieses Tages sehr wohl bewusst“, setzte er an. „Im Namen aller Bediensteten möchte ich nochmals betonen, wie sehr wir uns alle darüber freuen, dass Sie und Ihre Familie endlich wieder vereint sind, und das noch dazu in Ihrem neuen Heim. Die Mitglieder Ihrer Familie haben bereits einen besonderen Platz in unseren Herzen gefunden und wir sind stolz darauf, Ihnen dienen zu dürfen.“

Mit einer dezenten Verneigung wandte er sich nacheinander an Vater, Mutter, Cécile und Eric.

„Ich verspreche Ihnen einen tadellosen Ablauf", fuhr er fort. „Alles, was in unserer Macht steht, werden wir zufriedenstellend erledigen. Seien Sie unbesorgt und freuen Sie sich bitte auf diesen besonderen Tag, die Gäste und das großartige Fest." Mit diesen Worten schloss er seine bedeutungsvolle Ansprache in seinem unnachahmlich holprigen Französisch ab.

„Danke, Mavo, das war sehr schön", erwiderte Vater Gabriel. Es schien, als hätten Mavos Worte eine beruhigende Wirkung auf ihn, denn zum ersten Mal seit Langem lächelte er und nickte wohlwollend in die Runde. Währenddessen kontrollierte Mutter nochmals die Kleidung der Damen, zupfte hier und da nervös an den Blusen und wischte ein imaginäres Stäubchen weg. Motorenlärm auf dem kiesigen Vorplatz ließ alle Beteiligten auf ihre Posten eilen – die ersten Gäste schienen einzutreffen. Hery und sein Vater Tojo kümmerten sich um das platzsparende Parken der Fahrzeuge, während Mavo auf der Terrasse stand und die Gäste empfing. Soa und Vao sorgten für Getränke und leckere Häppchen, Kira behielt die Buffets im Blick und Song, ganz in Weiß gekleidet, eilte mit seiner großen Kochmütze auf dem Kopf in die Küche, um den Hauptgang fertigzustellen. Auch Eric war aufgeregt und freute sich darauf, Helmut wiederzusehen. Er hatte geplant, die meiste Zeit mit ihm zu verbringen, ohne zu ahnen, dass eine überraschende Besucherin seine Pläne durcheinanderbringen würde. Als er schließlich fertig angezogen nach unten kam, entschied er sich für einen finalen Rundgang durch den schön hergerichteten Garten. Die Gartenstühle, -bänke und -tische, alle in strahlendem Weiß gehalten, standen harmonisch gruppiert und luden förmlich zum Verweilen ein. Das frisch gemähte Gras leuchtete sattgrün nach dem morgendlichen Regenguss und verlieh der Szenerie eine belebende Frische. Alles strahlte eine einladende Atmosphäre aus. Die Buffets waren prächtig mit den exotischsten Blumen geschmückt, die Madagaskar zu bieten hatte. Alle Schalen, Teller und Platten waren reichlich gefüllt mit den erlesensten Köstlichkeiten – eine wahre Augen- und Gaumenfreude. Ob warm oder kalt, Gemüse, Fleisch, Fisch oder frisches Brot – für jeden

Geschmack war etwas dabei. Eric verspürte einen angenehmen Hunger, als er die köstlichen Düfte wahrnahm. Die sorgfältig gedeckten Tische auf der Terrasse waren ebenfalls mit Blumengestecken verziert und Namensschildchen erleichterten den Gästen die Zuordnung ihrer Plätze – eine clevere Idee seiner Mutter, auch wenn die Diskussionen über die Sitzordnung zu hitzigen Debatten zwischen den Eltern geführt hatten, was für Eric oft ein Ärgernis gewesen war. Er musste zugeben, dass alles sehr edel aussah. Die Bediensteten hatten hervorragende Arbeit geleistet. Chapeau!

Als erste Gäste trafen Kastor und Pollux ein, die beiden militärischen Berater, die sie von der Schiffsreise kannten. Sie trugen die offizielle Galauniform der französischen Elite-Legion und mit der steifen Eleganz wirkten sie hochoffiziell, erfreut, Mutter, Cécile und Eric wiederzusehen. Kurz darauf erschien Richard, äußerst elegant gekleidet, begleitet von einer schönen Einheimischen, offensichtlich seine Ehefrau, die ein farbenfrohes Sommerkleid trug. Die Herren Bouillier, der Vater, ein Greis mit gebücktem Rücken, der langsam am Stock ging, und sein Sohn, ein stattlicher Mann Anfang 40, der seinem Vater beinahe wie aus dem Gesicht geschnitten war, hatten Monsieur Simon im Schlepptau, einen kleinwüchsigen, dezent gekleideten Herrn, der sich als Vaters Exportverantwortlicher herausstellte. Etwas später trafen der offizielle erste französische Generalkonsul Madagaskars, Monsieur Patuche, und der Konsul der nördlichen Provinz, Monsieur Favre, ein. Beide trugen Galauniform und zeigten sich hocherfreut über die Einladung. Das Schlusslicht in der Reihe bildeten Herr und Frau Clément, das Hotelier-Ehepaar. Zu Erics Verblüffung war ihre bezaubernde Tochter Sophie an ihrer Seite, die scheu Ausschau nach ihm hielt.

Das hatte er nicht erwartet. Er rang um Fassung. Als sie ihn endlich erblickte, steuerte sie freudig strahlend unvermittelt auf ihn zu.

„Bonjour, Eric, es ist mir eine Freude, dich wiederzusehen, und ich bedanke mich herzlich für die Einladung“, sagte sie heiter.

Eric, leicht errötend und etwas hilflos wirkend, rang nach Worten. „Bonjour, Sophie, ganz meinerseits. Die Überraschung ist meinen Eltern gelungen. Sie haben nicht erwähnt, dass du ebenfalls dabei bist, aber es ist sehr schön, dich wiederzusehen."

Zu seinem Glück kam gerade Soa mit einer Apéro-Platte vorbei und so konnte die peinliche Pause überbrückt werden. „Möchtest du etwas trinken?", fragte er schnell.

„Oja, gerne, eine Limonade wäre passend. Du weißt ja, die Straßen sind so staubig", entgegnete sie aufgeregt und folgte Eric zur Terrasse, wo er ihr Limonade einschenkte, ihr reichte und auch für sich selbst ein Glas füllte. Langsam erholte sich Eric wieder und es entwickelte sich ein angeregter Austausch, denn er wollte mehr über sie erfahren. Sie gingen in den Garten und setzten sich in den Schatten. Eric hatte völlig vergessen, dass Helmut fehlte, so sehr war er von Sophie eingenommen. Sein Blick, von ihren lebhaften Augen gefangen, wanderte nicht mehr zu den Eingängen des Anwesens, wo die letzten Gäste erwartet wurden. Endlich trafen auch die Bönischs ein. Plötzlich verstummten die angeregten Gespräche und alle Augen richteten sich auf die Terrasse, wo Vater Gabriel mit Herrn Bönisch und dessen Familie auftauchte.

„Werte Damen und Herren, darf ich unsere neuen Gäste vorstellen? Familie Bönisch", verkündete er bedeutungsvoll und forderte die Gäste auf, die unterbrochenen Gespräche fortzusetzen.

Eric bemerkte Helmut, der aufgeregt nach ihm suchte und etwas verloren neben seinem Vater stand. Plötzlich wurde ihm bewusst, dass er ihn völlig vergessen hatte. Schnell fanden sie sich zu dritt zusammen und tauschten sich über ihre Erlebnisse und Erfahrungen in Madagaskar aus. Cécile hatte sich der Töchter der Bönischs angenommen und es gab viel zu erzählen. Die Gäste schienen sich wohlzufühlen, sie zirkulierten zwanglos umher und unterhielten sich angeregt miteinander. Eric nutzte die Gelegenheit, um die Gästeschar genauer zu betrachten. Obwohl er lieber mit Sophie allein geblieben wäre, ertappte er sich immer wieder dabei, Helmut bei Übersetzungen zu helfen, da dessen Französischkenntnisse nicht ausreichten. Zwischendurch beobachtete Eric die verschiedenen Gruppierungen. Die Offiziellen hatten sich zusammengefunden, darunter Kastor, Pollux und die beiden Konsuln. Eric hörte, wie sie über Politik, die Kolonie Madagaskar und die neuesten Aufstände der Einheimischen diskutierten, während er am Buffet vorbeiging. Sehr interessant. Herr und Frau Bönisch diskutierten angeregt mit den Cléments und Mutter Gabriel, während am großen runden Tisch mitten im Garten Richard, die beiden Herren Bouillier und Monsieur Simon wild gestikulierend in ein Gespräch vertieft waren. Eric fragte sich, worüber sie wohl sprachen. Bestimmt ging es um die Steigerung der Absatzmöglichkeiten, neue Handelswege und Verbesserungen in der Produktion. Cécile und die Töchter der Bönischs waren offenbar nicht dabei – sie tratschten sicherlich in Céciles Zimmer.

Plötzlich erschien Vater Gabriel in der Tür des Salons und bereitete sich darauf vor, eine Ansprache zu halten. Er klatschte in die Hände, um die Aufmerksamkeit der Gäste zu erlangen. Sofort wurde es still und alle Gäste drehten sich zu ihm um.

„Ich danke Ihnen, dass Sie unsere Einladung angenommen haben und heute hier sind“, begann er feierlich. „Es ist für meine Familie und mich eine große Freude, eine Ehre und ein Privileg, zusammen mit Ihnen heute zu feiern, denn der heutige Tag steht ganz im Zeichen meiner Lieben. Sie sind endlich angekommen und fühlen sich mittlerweile sehr wohl in Madagaskar. Dafür bin ich dankbar. Was würde ich schließlich ohne sie machen?“

Ein Schmunzeln huschte über die Gesichter der Gäste.

„Jetzt, wo sie hier sind, bin ich entschlossener und überzeugter denn je, das Erbe meines Vaters zu sichern und weiter voranzutreiben“, fuhr er fort. „Das kann ich jedoch nur erreichen, wenn die Familie mitarbeitet und ebenso überzeugt ist von unserer Zukunft hier in Madagaskar. Ich bin stolz, in Eric einen fähigen und intelligenten Sohn und Nachfolger zu haben und eine Frau an meiner Seite zu wissen, ohne die ich nicht hier stehen und solche Worte äußern könnte. Mit Cécile haben wir außerdem eine bildhübsche Tochter, die tatkräftig unterstützt und für die wir noch einen wohlhabenden Ehemann suchen wollen.“

Vater Gabriel schmunzelte schelmisch, die Gästeschar lachte über den Scherz, schon sprach er weiter und schaute dabei in die Runde: „Es geht aber nicht nur darum, für uns selbst zu schauen, unser Eigentum zu sichern. Nein, es geht zusätzlich darum, ganz Madagaskar und deren Bewohner zu einer modernen Zivilisation zu formen und in eine lebenswerte Zukunft zu führen. Und dazu braucht es Leute wie uns, mutige Führungspersönlichkeiten, loyale Repräsentanten unserer Nation und risikofreudiges Unternehmertum. In diesem Sinne, bitte erheben Sie mit mir die Gläser und stoßen wir gemeinsam darauf an. Vive la France!“

Überschwänglicher Jubel und Beifall der Gäste, die ihre Gläser erhoben und auf eine vielversprechende Zukunft anstießen, es schien, als wären sich alle einig. Vater Gabriel machte eine kleine Runde unter den Gästen, prostete ihnen zu und bedankte sich herzlich. Der Generalkonsul klopfte ihm auf die Schulter und gratulierte ihm, gefolgt von weiteren Gästen, die ihre Anerkennung zum Ausdruck brachten. Eine ausgelassene und freudige Stimmung herrschte, begleitet von zustimmendem Nicken und Beifall.

Eric empfand diesen Moment als feierlich, doch er war sich nicht sicher, ob Herr Bönisch seine Sichtweise teilte, ganz zu schweigen von dem ‚Vive la France'. Diesem großspurigen Drittes Reich-Gequatsche musste man einfach kontern – warum nicht mit Patriotismus? Schließlich waren sie die Grande Nation!

Ein Schmunzeln huschte über Erics Gesicht und er fand, dass sein Vater das sehr gut gemacht hatte. Währenddessen war das Essen bereit und Mavo bat mit einer einladenden Geste zu Tisch. Die Erwachsenen setzten sich alle gemeinsam an den großen Tisch direkt vor dem Barbereich mit den Getränken. Ein wenig entfernt befand sich der Tisch der jungen Erwachsenen. Die elterlich festgelegte und viel diskutierte Sitzordnung sorgte dafür, dass Sophie zu seiner Freude unmittelbar rechts neben ihm platziert wurde. Cécile und die Bönisch-Schwestern folgten und Helmut befand sich zu seiner Linken.

Am Erwachsenentisch gab es eine offizielle Würdenträgerfraktion, flankiert auf der einen Seite von Herrn und Frau Bönisch und auf der anderen Seite von Erics Eltern, den Bouilliers, den Cléments und den Firmenvertretern. Die vier anwesenden Damen waren geschickt dazwischen verteilt, um sicherzustellen, dass die Herren weder geschäftliche noch politische Diskussionen während des Essens beginnen konnten. Eric empfand diese Sitzordnung als raffiniert. Er erinnerte sich daran, wie seine Mutter während einer der hitzigen Auseinandersetzungen vorgeschlagen hatte, dass die Herren sich nach dem Essen bei einer Zigarre und einem Digestif anderen Themen zuwenden konnten. Es wäre angemessener, mit den Damen über allgemeine gesellschaftliche Themen zu sprechen – im Grunde genommen sollten auch die Männer über den neuesten Klatsch auf der Insel Bescheid wissen. Ein angeregter Austausch begann, die neuesten gesellschaftlichen Gerüchte aus der Hauptstadt wurden verbreitet und die aktuellen Modetrends kommentiert. Auch wurde die Ehefrau von Richard nach ihrer Meinung zur einheimischen Mode gefragt.

Am Jugendtisch lag der Fokus mehr auf dem Austausch von Erlebnissen. Jeder konnte eine mehr oder weniger lustige Geschichte beitragen. Cécile erzählte von der Delikatesse ‚Gecko', von der ihnen der Butler Mavo erzählt hatte. Die Bönischs berichteten von ihrem Privatlehrer, der offensichtlich große Mühe mit der Hitze hatte und mit seiner fragilen Verdauung kämpfte. Es war ein lebhafter und unterhaltsamer Abend für alle. Eric erzählte von seinem Freund Kanto, dem dressierten Lemuren und seinem gefiederten morgendlichen Besucher, dem Vasapapagei. Sophie entpuppte sich als eine versierte und spannende Geschichtenerzählerin, die die anderen an zahlreichen Anekdoten aus der Hauptstadt teilhaben ließ. Eric lauschte interessiert. Er bemerkte, wie gerne er mehr Zeit mit ihr verbringen würde. Ihre offene und ungezwungene Art gefiel ihm außerordentlich.

Die Zeit zu Tisch verging schnell, das Essen schmeckte vorzüglich und wurde von allen hochgelobt und geschätzt. Schließlich forderte Vater Gabriel die Küchenmannschaft auf, sich auf der Terrasse einzufinden, um ihr offiziell für ihren Einsatz zu danken. Anschließend bot er den Gästen die Gelegenheit, sich durch einen langanhaltenden Beifallssturm ebenfalls erkenntlich zu zeigen. Kaum war das Geklatsche verebbt, hörten sie aus dem Arbeiterdorf laute Trommelklänge, vielstimmigen Gesang und das Saitenzupfen mehrerer Vahila, einer Art Gitarre, die aus einer Bambusstange gefertigt wurde. Der Klang wurde immer lauter und kam näher. Verwundert schauten sich die Gäste um. Sie konnten aber zunächst nichts sehen. Schließlich trat Mavo auf die Terrasse und bat Erics Eltern sowie die versammelte Gästeschar, sich vor dem Haus einzufinden. Verwundert folgten alle seiner Aufforderung, standen auf und versammelten sich auf der Eingangsterrasse. Jetzt sahen sie, was der Ursprung des Lärms war: ein Umzug, bestehend aus Einheimischen des Arbeiterdorfs, zog in einer langen Prozession um das Haus. Vorne im Zug marschierten Trommler, gefolgt von den Vahila-Spielern und einer Vielzahl singender, summender und tanzender einheimischer Frauen und Männer. Eric erkannte Kanto und seine Mutter sowie Faly und viele andere. Sie alle trugen die traditionelle ‚Lamba oany', einen traditionellen Umhang. Einige davon waren klassisch weiß, andere prächtig bunt und farbenfroh. Am Ende des Zugs gingen die Würdenträger, einflussreiche Männer und Frauen des Dorfs, gefolgt von den Ältesten. Als der Umzug in einem langgezogenen Halbkreis stehen blieb, setzten die Musik, der Gesang und der Tanz aus, während sich die Würdenträger und Ältesten in der Mitte des Halbrunds versammelten. Eric empfand diesen Moment als bewegend und war gespannt darauf, was als Nächstes kommen würde. Mavo bedeutete seinen Eltern, von der Terrasse herunterzukommen und sich den Würdenträgern und Ältesten zu nähern. Einer trat aus der Gruppe hervor und überreichte ihnen eine traditionelle Holzschnitzerei. Er begann in Madagassisch zu sprechen, mal leise, mal laut, gestikulierte und zeigte auf die Menschen hinter ihm, dann auf die Eltern, das neue Haus und schließlich auf das Geschenk in Mutters Hand, bevor er mit einer Verbeugung endete.

Mavo stand daneben und übersetzte so gut er konnte. Der Dorfälteste wartete geduldig, bis er fertig gesprochen hatte, und ließ Erics Eltern dabei nicht aus den Augen. Mavo raunte seiner Mutter etwas zu und nickte dabei aufmunternd.

„Misaotra!“, sagte Mutter Gabriel zuerst zum Ältesten, lächelte ihn an und wiederholte dann, diesmal lauter und an alle anderen Dorfbewohner gerichtet: „Misaotra!“

Zum ersten Mal hörte Eric seine Mutter etwas auf Malagasy sagen. Er hatte gar nicht gewusst, dass sie offensichtlich einige Wörter beherrschte. Zumindest kannte sie das Wort für ‚vielen Dank‘, was sich jetzt als nützlich erwies. Eric war sehr stolz auf seine Mutter.

Der Älteste zeigte sich zufrieden, lächelte, machte kehrt und sofort begannen das Musizieren und das Singen erneut, während die Kolonne tanzend und trommelnd in Bewegung geriet. Sie umrundete das Garagengebäude und verschwand in Richtung Dorf. Noch lange konnte man den musizierenden Umzug hören. Die Gästeschar zeigte sich ebenfalls tief bewegt und kehrte wieder in den schattigen Garten zurück. Familie Bönisch deutete an, dass sie noch einen langen Weg nach Hause hatte und deshalb schon aufbrechen wollte. Sie verabschiedeten sich von den Gästen. Erics Eltern begleiteten die Bönischs bis zum Kiesplatz, wo die stattliche Karosse mit Fahrer bereits wartete. Dort schüttelten sie einander die Hände. Helmut bedankte sich für den tollen Besuch und seine Eltern brachten ihre Hoffnung auf ein baldiges Wiedersehen zum Ausdruck. Der Wagen setzte sich mit einem dumpfen Motorenbrummen in Bewegung, die Kieselsteine knirschten unter den Reifen und die Gabriels blieben in einer leichten Staubwolke zurück. Eric empfand die zwei kleinen Hakenkreuzbanner, eines an jeder Seite des Wagens, als sehr übertrieben. Ihm ging das ganze Gehabe auf die Nerven und er fragte sich ernsthaft, ob er Helmut überhaupt noch einmal treffen wollte. Es schien, als hätte Helmut auch an Sophie Gefallen gefunden. Eifersüchtig, Eric? Er wischte diesen albernen Gedanken mit einer Handbewegung zur Seite.

„Na, wie war es, Helmut wiederzusehen? Habt ihr euch gut unterhalten?“, wollte Mutter Gabriel interessiert wissen.

„Also, ich muss sagen, dieses ganze Gehabe und die Hakenkreuz-Propaganda gehen mir ordentlich gegen den Strich. Aber ansonsten haben wir es so weit schön und angenehm gehabt“, sagte Eric nachdenklich.

Vater Gabriel nickte verstehend und sie kehrten gemeinsam in den Garten zurück. Die restlichen Gäste, vor allem die Männer, saßen zusammen und unterhielten sich angeregt im Garten, während die Damen, darunter auch Sophie und Cécile, auf der Terrasse Platz genommen hatten. Mutter gesellte sich zu den Frauen, wohingegen Vater Gabriel auf die Herren zusteuerte. Eric war noch unentschlossen. Grundsätzlich hätte er gerne noch etwas Zeit allein mit Sophie verbracht, aber das wäre zu offensichtlich gewesen, und außerdem war seine Schwester auch noch da. Also entschied er, sich der Männerrunde anzuschließen. Schließlich wollte er noch etwas über Politik und das Weltgeschehen erfahren.

Tee und Kaffee wurden gereicht. Süßes Gebäck wurde von Soa und Vao auf Tablets serviert, während Mavo den Herren Cognac, Calvados und sogar kubanische Zigarren anbot. Es versprach ein angenehmer und interessanter Nachmittag zu werden. Gerade hatte Kastor geendet, als der Generalkonsul das Wort ergriff: „Danke, Francois, richtig bemerkt. Laut offiziellen Regierungskreisen plant die deutsche Reichsführung leider etwas mehr, als nur Kaffee und Vanille anzubauen. Und darum, so denke ich, ist Herr Obersturmbannführer Bönisch hier.“ Richard war sofort interessiert: „Um was handelt es sich, wenn es nicht nur um Kaffee und Vanille geht?“

„Nun, das kann ich Ihnen gerne anvertrauen, betrifft es uns doch alle“, nahm der Generalkonsul den Faden wieder auf.

„Unserer Regierung ist ein sogenannter Madagaskar-Plan zugetragen worden. In diesem Plan sieht das nationalsozialistische Regime Deutschlands vor, in erster Linie Juden sowie Regimekritiker nach Madagaskar zu deportieren und in Arbeitslagern zu internieren“, begann der Generalkonsul ernst. „Vielleicht wären das die dringend benötigten Arbeitskräfte. Sicher wissen die Herren, dass die NSDAP mit ihrer antisemitischen Rassenideologie Deutschland, ja ganz Europa in Atem hält und infiltriert. Mit ihrer offen zur Schau gestellten und absichtlich geschürten Kriegsrhetorik bedeutet sie eine große Gefahr. Deshalb wurden diese beiden Herren“, er zeigte auf Kastor und Pollux, „nach Madagaskar beordert. Ihre Aufgabe, und nicht nur ihre, ist es, herauszufinden, was es mit diesem Madagaskar-Plan auf sich hat, in erster Linie, ob und wann er umgesetzt werden soll. Ich bin sehr besorgt und deshalb stehe ich in ständigem Kontakt mit Paris!“, endete er bedeutungsvoll.

Eric spitzte die Ohren. Was er hier hörte, war ja allerhand. Was konnte das alles für sie bedeuten?

„Nun, wir haben bereits herausgefunden, dass die Deutschen in Diego Suarez einen Stützpunkt aufbauen. Eine größere Funkstation haben sie als Erstes errichtet und sie stehen anscheinend in regem Austausch mit Berlin. Wir“, er schaute zu Kastor, „können die codierten Funksprüche leider nicht entschlüsseln, darum wissen wir auch nicht, was genau abläuft. Es scheint, dass Bönisch diverse Ziele verfolgt. Das Erste scheint der Aufbau der Funkstation gewesen zu sein. Das zweite handelt vom Aufbau einer ganzen Handelsstation. Wir gehen davon aus, dass sie entweder den Hafen von Diego Suarez übernehmen oder aber eine ganz neue Hafenanlage mit enormer Umladekapazität planen. Paris wurde diesbezüglich beim Reichsministerium vorstellig und verlangte den sofortigen Abzug“, stellte Pollux, mit richtigem Namen Paul Grosjean, nüchtern fest.

„Die Reaktion der Reichsführung fiel natürlich negativ aus“, sagte der Konsul.

Jetzt meldete sich Kastor wieder zu Wort: „Mittlerweile lässt Bönisch im Raum südlich von Vohémar Land erkunden, um, wie er behauptet, Kaffee und Vanille anzubauen. Dazu hat er sich offenbar mit zwielichtigen einheimischen, sehr militanten Aufständischen eingelassen. Es wird erzählt, dass Bönisch diese Leute für alles Mögliche engagiert. Lokale, uns treu ergebene Gefolgsleute aus der Region munkeln, dass es sich dabei um Männer aus der Nachkommenschaft des ehemaligen Piratennests von Sainte Marie handelt“, klärte Kastor die Männerrunde weiter auf.

Was niemandem auffiel, war, dass sich Vater Gabriel und die Bouilliers überrascht und besorgt anschauten.

„So oder so habe ich entschieden, einige weitere Truppenverbände aus dem Hauptquartier der Hauptstadt in Sambava zu stationieren. Wir müssen den Deutschen und den Aufständischen Einhalt gebieten, bevor sie Morgenluft zu wittern beginnen“, ergänzte der Generalkonsul eifrig.

„Rémy, Sie können jederzeit mit unserer Unterstützung rechnen“, sagte der Konsul der nördlichen Region.

Es trat eine betretene Stille ein. Jeder hing seinen eigenen Gedanken nach und versuchte, das Gehörte zu verarbeiten und einzuschätzen. Eric beobachtete seinen Vater, der sehr besorgt zu sein schien. Auf seiner Stirn zeigten sich Falten und sein Gesichtsausdruck war von Besorgnis erfüllt.

„Na, was hecken die Herren aus? Sie sehen aus, als wäre ihnen ein Gespenst begegnet“, sagte Mutter Gabriel, die zur Runde der Männer gestoßen war.

„Wir reden über die verschiedenen politischen Entwicklungen, meine Liebe“, entgegnete Vater Gabriel mit gepresster Stimme und schaute in die Männerrunde.

Die Stille hielt an.

Mit einem Nicken entfernte sich Mutter Gabriel und gesellte sich erneut zu den Frauen, die in heiterem Plauderton diskutierten. Eric schaute ihr hinterher und erhaschte dabei einen Blick von Sophie, die ihn lange anschaute und dann lächelte. Ein wohliges Gefühl breitete sich in ihm aus, als er dachte: „Vielleicht mag sie mich auch.“

Der alte Bouillier meldete sich heiser zu Wort: „Es ist natürlich ein Vorteil, wenn auch nur ein kleiner, dass Sie, lieber Rémy, Kontakt zu den Bönischs haben und dadurch vielleicht an Informationen gelangen können. Ich hörte heute, wie Bönisch erklärte, dass es ihm immer noch an zahlreichen Detailinformationen im Vanilleanbau fehlt und er gerne fachmännische Unterstützung hätte.“

„Und was kümmert mich das? Worauf wollen Sie hinaus?“, fragte Vater Gabriel.

„Wie wäre es, wenn Sie zum Beispiel Richard ab und an zu Bönisch schicken? Bestimmt lassen sich dadurch Beobachtungen machen und Informationen sammeln. Ich bin mir bewusst, dass Richard Ihnen dadurch fehlen wird, aber eventuell reicht schon ein Tag im Monat. Ich stufe Bönisch als sehr gerissen ein. Er wird uns kaum einfach so mit vertraulichen Details versorgen, aber schon durch die regelmäßigen Besuche ließe sich einiges in Erfahrung bringen. Es wäre offiziell und stünde auf einer anderen Ebene, als wenn die Herren der Regierung ihre Spitzel und Spione übermäßig strapazieren müssten."

Allgemeine Zustimmung machte sich in der Runde breit, gefolgt von Kopfnicken.

„Mmhh, die Idee ist gar nicht so schlecht, Monsieur Bouillier, danke. Was meinen Sie dazu, Rémy?", wollte der Generalkonsul wissen.

„Nun, es hat etwas für sich, das muss ich zugeben. So oder so bedenkenswert. Na, mein lieber Richard, hier wird ja über deinen Kopf hinweg Politik gemacht", sagte Vater Gabriel schmunzelnd und blickte gespannt zum Vorarbeiter.

„Tja, was soll ich sagen? Grundsätzlich bin ich nicht dagegen. Was genau soll ich Bönisch anvertrauen? Und was ist mit den anderen Dingen?", er schaute zu Kastor und Pollux, „Woran soll ich denken? Ich bin kein Spion!", meinte er lachend.

Die Diskussion nahm eine fesselnde Wendung, als sie weiterhin aufgeregt überlegten. Einerseits waren die Details des Vanilleanbaus und der Veredelung Betriebsgeheimnis der Firma und konnten nicht einfach weitergegeben werden, aber es gab allgemeine Tipps, die Richard den Arbeitern von Bönisch mitteilen konnte. Andererseits planten Kastor und Pollux, sich bald mit Richard zusammenzusetzen, um die Details der Beschaffung und Weiterleitung von Informationen festzulegen. Sie besprachen weitere Punkte wie regelmäßige Treffen, den Austausch von Informationen und sogar die Überlegung, ob Vater Gabriel ein Armeefunkgerät erhalten sollte, um die Informationen schneller zu verbreiten. Schließlich wurde darauf verzichtet, aber die Option blieb offen. Kastor würde ein passendes Gerät bereithalten und bei Bedarf eine Antenne auf dem Anwesen der Gabriels installieren lassen. Alles wurde für den Ernstfall vorbereitet. Sie stimmten überein, dass der militärische Depeschendienst zukünftig einmal in der Woche bei den Gabriels Halt machen sollte, um Berichte auszutauschen und weiterzuverbreiten.

Eric war überwältigt von der Geschwindigkeit, mit der die Anwesenden Entscheidungen trafen und ihre Pläne schmiedeten, als wäre Zeit ihr kostbarstes Gut. Inmitten dieses Geschehens entglitt vielen die Wahrnehmung der sich langsam senkenden Sonne, die sich hinter den Palmen und Büschen dem Horizont näherte. Mit jedem Augenblick wurde deutlicher, dass sich der Nachmittag seinem Ende zuneigte, und die Gäste begannen, sich langsam zu verabschieden, denn sie hatten einen langen Heimweg vor sich. Glückwünsche wurden ausgetauscht, Dankbarkeit wurde in warmen Worten bekundet, Hände wurden geschüttelt und Schultern geklopft. Während einige Regierungsvertreter beschlossen, in Sambava zu übernachten, um in der kommenden Woche ihre Aufgaben in der Region zu erledigen, wohnten Richard und seine Frau in der Nähe und hatten somit den kürzesten Heimweg. Bouillier und Monsieur Simon hingegen hatten eine Übernachtungsmöglichkeit in Antalaha arrangiert, von wo aus sie am nächsten Tag mit dem Schiff nach Tamatave fahren und schließlich zurück in die Hauptstadt reisen würden. Eric beobachtete gespannt, wie sich alle gleichzeitig auf den Weg machten und sich verabschiedeten, doch besonders interessierte ihn, was die Cléments vorhatten. Währenddessen führten sein Vater und die beiden Herren Bouillier ein ausgiebiges Gespräch in einer abgelegenen Ecke der Terrasse. Schließlich versammelten sich alle auf der Eingangsterrasse und Familie Gabriel winkte den Gästen zum Abschied zu. Fahrzeuge um Fahrzeuge verließen den Kiesplatz, während die Sonne langsam hinter dem Horizont verschwand, und die Welt in eine sanfte Dämmerung tauchte.

Der Anführer hatte diesen Abend bewusst gewählt. Er wusste vom Fest der Gabriels und hielt es für die ideale Gelegenheit, nach der Abreise der Gäste eine vielversprechende Diebestour durchzuführen. Die Organisation des Festtags würde alle beschäftigen und nach einem anstrengenden Tag gingen die meisten sicherlich früh zu Bett. Angekommen waren sie wie üblich am späten Nachmittag mit dem Kleinlaster. Auf dem Weg nach Süden hatten sie Bönischs mondäne Staatskarosserie passiert und sich nun wieder auf einer kleinen Anhöhe unter den Büschen versteckt, darauf wartend, dass Ruhe auf dem Anwesen der Gabriels einkehrte. Der Anführer war bereits allein durch die ersten Plantagen vorgedrungen, hatte sich eine kleine Anhöhe im Westen ausgesucht und spähte durch einen Armeefeldstecher der deutschen Wehrmacht zum Haus. Er beobachtete, wie die zahlreichen Gäste ihre Fahrzeuge bestiegen und wegfuhren. Die beiden Konsuln mit ihren Lakaien, Petit und Grosjean, bogen Richtung Norden ab. Es folgten der Vorarbeiter mit seiner attraktiven Frau und drei unbekannte Herren, die in einem bescheidenen Fahrzeug gen Süden fuhren. Die Familie Gabriel winkte den Gästen zum Abschied zu und verschwand im Haus, während die Sonne hinter den hohen Bergen im Westen unterging.

Es wurde langsam Zeit, dachte der Anführer. Er kehrte leise und geduckt zu seinen Gefolgsleuten zurück. Sie warteten noch eine halbe Stunde, um sicherzugehen, dass kein Vorarbeiter oder gar Rémy selbst noch in den Plantagen auftauchte. Angesichts seiner Verachtung für Rémy hätte er ihn gerne bei einer solchen Gelegenheit ausgeschaltet, doch nichts regte sich. Im Haus erloschen die Lichter. Es waren keine Bediensteten mehr in Sicht. Alles lag ruhig. Ein sanfter Mond schimmerte am Himmel und tauchte die Reihen der Plantagen in ein mildes Licht. Der Anführer gab das Zeichen zum Start. Sie verteilten sich gemäß ihrer Absprache in den Reihen und begannen, die Schoten zu pflücken. Auch an diesem Abend kamen sie gut voran, die Körbe füllten sich rasch. Nach getaner Arbeit kehrten sie zurück, sorgsam die Spuren verwischend, bevor sie über die wacklige Brücke zurück zum Kleinlaster gelangten. Schwer atmend luden sie die Körbe auf die Ladefläche und stiegen ein. Der Anführer nahm das Steuer und langsam verließen sie die Buschdeckung, um auf den holprigen Feldweg einzubiegen. Nur eine kurze Strecke trennte sie von der Hauptstraße, als plötzlich Lichter auftauchten, ein Fahrzeug näherte sich von Norden. Das war schlecht. Verdammt schlecht. Ein grober Fehler, den er gemacht hatte. Er wähnte sich in Sicherheit und dann passierte so etwas. Immer dann, wenn alles vermeintlich reibungslos verlief. Jetzt war es zu spät. Sie würden entdeckt, wenn er jetzt auf die Hauptstraße einbog. Also entschied er, auf dem Feldweg zu warten und zu hoffen, dass sie verschont blieben. Er hielt seine Gefolgsleute an, sich hinter der Fahrerkabine zu verstecken, während er selbst und sein Beifahrer sich hinter den Armaturen verbargen. Nun würde das vorbeifahrende Fahrzeug höchstens einen einsamen Kleinlaster erkennen, wenn überhaupt. Es näherte sich mit gleichmäßiger Geschwindigkeit und passierte sie. Sie blieben weiterhin in Deckung, sahen jedoch, wie die Bremslichter des Fahrzeugs kurz aufleuchteten, bevor sie erloschen, was auch immer das verursacht haben mochte – ein Tier, das die Straße überquerte, vielleicht – der Anführer konnte nur spekulieren. Sie verharrten einen Moment länger, um sicherzustellen, dass das Fahrzeug nicht zurückkehrte. Als sich nach einigen angespannten Minuten keine Bedrohung zeigte, startete der Anführer den Motor, fuhr das kurze Stück zur Hauptstraße und bog Richtung Norden ab. Das war bei Weitem nicht so glatt gelaufen, wie er gehofft hatte. Er machte sich schwere Vorwürfe. Das nächste Mal mussten sie noch vorsichtiger sein. Ein solcher Fehler durfte sich nicht wiederholen. Das nahm er sich fest vor.

Nur die Cléments waren noch zugegen.

„Sophie, wann geht ihr nach Hause?“, wollte Eric wissen.

„Nun, wir bleiben hier. Wusstest du das nicht? Deine Eltern haben uns zum Übernachten eingeladen“, entgegnete sie freudig.

Eric war perplex. Damit hatte er nun wirklich nicht gerechnet.

„Wir werden morgen Früh von eurem Chauffeur nach Antalaha gefahren und nehmen wie die anderen das Schiff via Tamatave zurück. Somit haben wir also noch etwas Zeit“, sagte sie und schaute Eric unvermittelt an.

Er wusste nicht, was er sagen sollte, denn er fühlte sich überrumpelt, doch es freute ihn sehr. In der Zwischenzeit wurde im Salon das Abendessen serviert und sie kehrten ins Haus zurück. Die Sonne war unterdessen untergegangen. Eric tadelte seine Eltern leicht. Es war nicht sehr nett gewesen, ihm zu verschweigen, dass Sophie ebenfalls zugegen sein und die Familie Clément bei ihnen übernachten würde.

„Das war doch eine schöne Überraschung, findest du nicht?", lächelte Mutter Gabriel schelmisch und warf einen Blick auf die anderen. Es schien, als hätten alle außer Eric von diesem Plan gewusst. Er konnte dem nur zustimmen. Egal wie, die Überraschung war gelungen, das musste er eingestehen. Ein herzliches Lachen brach am Tisch aus, Eric stimmte ein. Die Gespräche flossen munter dahin, während er und Sophie sich immer wieder bedeutungsvolle Blicke zuwarfen. Die Cléments wiederholten, wie wundervoll das Fest gewesen war, und bedankten sich erneut für die großzügige Gastfreundschaft. Schließlich machten sie sich auf den Weg ins Gästezimmer, erschöpft von einem langen Tag und in Erwartung ihrer Heimreise am nächsten Tag. Vao tauchte aus der Küche auf, um ihnen den Weg zu zeigen.

„Könnte ich nachher vielleicht kurz Erics Zimmer sehen? Er hat mir heute von der tollen Aussicht und einem Vasapapagei erzählt", fragte Sophie schüchtern in die Runde.

„Das dürfte in Ordnung sein, wenn Eric damit auch einverstanden ist. Was meinst du, Serge?", blickte Frau Clément zu ihrem Mann und dann zu Eric.

Die Erwachsenen nickten zustimmend, während Cécile eine kleine Grimasse schnitt.

„Eric, nicht zu lange, verstanden?", mahnte Vater Gabriel.

Eric antwortete gehorsam: „Selbstverständlich, Papa!"

„Kommst du in einer halben Stunde?", fragte Sophie.

Eric nickte verlegen und versprach, sie im Eingangsbereich zu erwarten. Die Cléments verabschiedeten sich herzlich und als die Gabriels allein waren, ließen sie den Festtag noch einmal Revue passieren und schwelgten in ihrer Freude. Vater Gabriel rief Mavo und die Bediensteten, die schnell erschienen.

„Vielen Dank für alles. Der Tag ist wirklich reibungslos verlaufen. Ihr habt das großartig gemacht. Kompliment und Gratulation!“, sagte er aufrichtig, jedoch etwas erschöpft klingend.

„Auch von mir ein herzliches Dankeschön. Ich bin sehr stolz auf euch alle!“, strahlte Mutter Gabriel.

„Räumt alles auf und ruht euch aus. Morgen Früh machen wir uns das Frühstück selbst. Treffen um neun Uhr. Das wäre alles. Mavo, bitte richte den Dorfältesten unseren aufrichtigen Dank aus für die großartige Darbietung und das geschnitzte Namensschild. Es bedeutet uns viel!“, wies Vater Gabriel ihn an. Mavo verbeugte sich höflich und versprach, die Nachricht zu übermitteln, bevor er die anderen aufforderte, zu gehen.

„Ihr könnt jetzt gehen und euch ausruhen“, sagte Mutter Gabriel, als sie Eric und Cécile ansah. „Ich möchte noch kurz mit deinem Vater allein sprechen, Eric. Und denk daran, wir haben abgemacht, dass es nur kurz sein soll. Sie ist noch eine sehr zarte junge Dame“, fügte sie hinzu.

„Ja, Maman, ich habe verstanden. Danke für alles“, antwortete Eric und gab seiner Mutter beim Hinausgehen einen Kuss auf die Wange. Cécile küsste ihren Vater und verabschiedete sich ebenfalls. Als sie oben auf der Galerie standen, bevor sie in ihre Zimmer verschwanden, schaute Cécile Eric an und flüsterte: „Versau es nicht, Bruderherz. Hast du verstanden?“

Eric nickte nur und ging in sein Zimmer. Was sollte er schon versauen? Der Himmel war doch voller Geigen, dachte er.

Nachdem er seine Zähne geputzt und ein paar Sachen weggeräumt hatte, öffnete Eric die Balkontür und schaute in die laue Nacht hinaus, als ob er dort eine Antwort finden konnte. Dann ging er wieder hinunter, um auf Sophie zu warten, und hörte seine Eltern leise miteinander im Salon reden. Endlich öffnete sich die Zwischentür zu den Gästezimmern und Sophie tauchte auf, barfuß und in einen beigefarbenen Morgenmantel gehüllt. Sie sah so schön aus, dachte Eric. Er nahm ihre Hand, führte sie zaghaft hinauf und schloss die Tür hinter ihnen. Im Halbdunkel des Zimmers mit der Nachttischlampe als einziger Lichtquelle fand Eric Sophie noch schöner. Er zeigte ihr sein

Reich – zunächst den Fenstersims mit den ausgelegten Samen und Körnern für den morgendlichen Besucher. Schließlich bedeutete er ihr, auf den Balkon zu treten. Nebeneinander standen sie an der Brüstung, so nah, dass sich ihre Arme berührten, und schauten regungslos in die Nacht. Sie hörten das Rauschen des Meeres und die sich in der lauen Abendbrise sanft wiegenden Palmenblätter. Vereinzelt zogen Wolken vorbei, vom matten Halbmond leicht beleuchtet. Eric fand alles so schön und herrlich, dass ihm die Worte fehlten.

Schließlich flüsterte Sophie: „Ich mag dich sehr, Eric. Es wäre schön, wenn wir uns bald wiedersehen könnten."

Mit belegter Stimme antwortete er leise: „Ja, mir geht es genauso."

So blieben sie minutenlang stehen, genossen die Nähe und lauschten der Nacht. Sophie fröstelte etwas und Eric legte zaghaft seinen Arm um ihre Schultern. Erneut vergingen Minuten, ohne dass sie ein Wort sprachen.

„Wir könnten uns Briefe schreiben, was meinst du?", fragte er nach einer Weile und schaute sie an.

„Ja, das wäre eine gute Idee", nickte sie zustimmend.

Eric wusste nicht, wie lange sie nun schon so dastanden, aber er fühlte sich beschwingt und genoss jede Sekunde. Es schien, als ob es auch Sophie gefiel, denn sie nahm seine rechte Hand in ihre linke. Zärtlich spielten sie mit ihren Fingern und Eric spürte eine leichte Erregtheit. Ganz neue Gefühle kamen in ihm auf und zogen ihn sanft mit sich.

„Ich glaube, es ist jetzt an der Zeit", flüsterte er heiser und schaute fragend zu Sophie. „Schließlich haben wir versprochen, dass es nur kurz sein würde", fügte er hinzu, während eine Spur Enttäuschung in seiner Stimme mitschwang. Sie nickte stillschweigend. Er führte sie, immer noch ihre Hand haltend, hinunter zur Tür des Gästezimmers.

„Schlaf gut, Eric", sagte sie sanft und küsste ihn zärtlich auf die Wange, drehte sich um und verschwand leise. Eric wusste nicht, wie ihm geschah. Die neuen Gefühle verunsicherten ihn sehr, er konnte sie kaum einordnen. Schlafwandlerisch kehrte

er ins Zimmer zurück, zog den Pyjama an und legte sich müde aufs Bett, doch er konnte noch nicht schlafen. Er war zu aufgewühlt, das spürte er deutlich. Regungslos lag er da, wollte sich seinen Emotionen stellen und gedanklich etwas Ordnung schaffen. Seine Gefühle für Sophie, die heute so klar zum Vorschein getreten waren, verwirrten ihn. Es fühlte sich leicht, klar und einfach an – und doch so kompliziert. Er schmunzelte und gestand sich ehrlich ein, dass er so richtig verliebt war. Zum ersten Mal in seinem Leben. Und er fand das sehr schön. Seine Gedanken schweiften ab zu dem, was er am Nachmittag von den Herren gehört hatte. Er empfand es als sehr bedrohlich und verspürte auch eine diffuse Angst. Angst um die Familie, ihre Existenz hier auf Madagaskar, Sophie und seine Zukunft. Was bedeutete das alles? Er musste gähnen. Müdigkeit machte sich breit. Das Rauschen der Palmenblätter, Sophies Gesicht vor seinem inneren Auge und ihr Kuss, der auf der Wange noch leicht zu brennen schien, wiegten ihn langsam in den Schlaf.

Kapitel 8

An diesem Morgen präsentierte sich die Landschaft in einem trüben Grau, während regenschwangere Wolken über das Anwesen und das Arbeiterdorf hinwegzogen, immer wieder ihre feuchten Schleier hinterlassend. Die Holzplanken des Balkons waren bis fast an die Hauswand klatschnass und der heftige Wind spielte mit den weißen Gardinen von Erics Zimmerfenster, sie tanzten bei jedem Windstoß. Sein Besucher tauchte nicht auf. Offenbar hielt auch er das Wetter für zu ungemütlich und verzichtete auf einen morgendlichen Ausflug. Eric entschied sich, etwas länger im Bett zu bleiben. Bis zum Frühstück hatte er noch Zeit. Seit dem Fest waren bereits einige Wochen vergangen. Die freudige Feststimmung war schnell verflogen und an ihre Stelle traten Sorgen und Unruhe. Die Cléments waren früh am Morgen von Tojo nach Antalaha gefahren, um rechtzeitig das Schiff zu erreichen. Der Abschied von Sophie brach Eric fast das Herz. Es war schmerzhaft, doch er versuchte, sich zusammenzureißen, und tröstete sich mit dem Gedanken, dass sie sich schreiben würden. Ein weiterer Kuss auf die Wange zum Abschied war das Höchste der Gefühle. Der militärische Depeschendienst hatte bereits in der Woche nach dem Fest die wöchentlichen Besuche eingerichtet. Kastor und Pollux schienen es ernst zu meinen. In der darauffolgenden Woche erschien Kastor mit einem Funkwagen und Technikern. Sie evaluierten diverse Standorte für das Funkgerät und die Antenne. Nach den Messungen und Evaluationen zeigte sich Kastor zufrieden. Im Notfall war die Anlage innerhalb von zwei Tagen errichtet und betriebsbereit. Mutter Gabriel war angesichts dieser neuesten Entwicklungen alles andere als begeistert. Ihr Arbeiterdorf-Projekt wurde durch solche dringend notwendigen Aktionen immer wieder verzögert. Zuerst die Bodenerosionsproblematik, dann die Organisation des Fests und jetzt die ganze Armeegeschichte. Und es stand immer noch die Sache mit den Terrassierungen aus. Sie wirkte verzweifelt und ärgerte sich über ihren Mann. Eric empfand eine allgemein gereizte und angespannte Stimmung. Für zusätzliche Verunsicherung sorgte die Nachricht von Richard, die einen Tag nach dem Fest eintraf. Er berichtete, dass er spät am Abend noch einmal zurückkehren musste, weil er etwas Wichtiges in der Herstellungshalle vergessen hatte. Auf dem Rückweg bemerkte er einen Kleinlaster, der am Feldweg beim Fluss stand. Zunächst überlegte er, anzuhalten und nachzusehen, beschloss jedoch, das Fahrzeug auf dem Rückweg zu kontrollieren. Aufgrund eines Gesprächs mit Faly im Büro verzögerte sich seine Rückkehr etwas. Faly hatte vage angedeutet, dass möglicherweise etwas mit den Lagerbüchern nicht stimmte und er das überprüfen wollte. Seltsamerweise war auf dem Rückweg kein Kleinlaster mehr zu sehen. Richard fand das sehr merkwürdig, besonders weil das Land auf der anderen Seite des Flusses im Besitz der Familie war und niemand dort zu dieser späten Stunde etwas zu suchen hatte, erst recht nicht mit einem Fahrzeug und schon gar nicht in der Dunkelheit. Die ganze Familie einschließlich Eric war besorgt über diese Nachricht. Vater Gabriel bedankte sich für die Informationen und versprach, dem Vorfall nachzugehen. Neben diesen unheimlichen gab es auch positive Entwicklungen. Dank der neuen Schutzmaßnahmen zeigten sich die Plantagen sehr widerstandsfähig gegenüber dem Regen und die Bodenerosion wurde fast vollständig unterbunden. Auch die neu gepflanzten Büsche trugen zum Erfolg bei. Vater Gabriel und Richard kontrollierten die Plantagen nach jedem Regen und kehrten jedes Mal zufrieden zurück. Auch während eines Sturms, der ein paar Tage nach dem Fest über die Ostküste fegte und große Regenmengen brachte, erwiesen sich die Vanillestauden als äußerst robust. Trotz einiger erforderlicher Nachbesserungen stellten sie kaum Schäden fest. Das galt auch für Kantos kleine Plantage, die er und Eric regelmäßig aufsuchten, indem sie ihren abenteuerlichen Pfad benutzten. Oft nahmen sie Aina, den dressierten Lemuren, an einer Hundeleine mit. Überhaupt hielt sich der Lemur sehr gut und hatte sich bestens an das Dorfleben angepasst. Er avancierte regelrecht zur Attraktion. Etliche Kinder fütterten ihn und durften ihn manchmal sogar mit dem Halsband ausführen. Kanto hatte schon mehrfach gewagt, den Lemuren frei herumlaufen zu lassen. Zur Verwunderung aller kehrte er immer wieder zurück. Nur einmal schien er, wirklich die Freiheit entdeckt zu haben, und tauchte einige Tage lang nicht auf. Kanto machte sich schon Vorwürfe, er hätte noch etwas warten sollen, doch nach drei Tagen hockte der Lemur eines Morgens wieder in der Hundehütte, bestimmt vom Hunger getrieben. Eric musste beim Gedanken an Kantos verblüfftes Gesicht über die unvermittelte Rückkehr des Lemuren immer wieder schmunzeln. Sie hatten sich für den heutigen Nachmittag wieder verabredet, wussten jedoch noch nicht, was sie unternehmen sollten.

Der seltsame Kleinlaster, den Richard erwähnt hatte, beschäftigte ihn sehr. Er hatte Kanto davon erzählt und auch dieser fand das Geschehene äußerst merkwürdig. Er schlug vor, dem einmal auf den Grund zu gehen. Vielleicht heute Nachmittag, dachte Eric. Er stand auf, um zu duschen und sich anzuziehen. Den Morgen verbrachte Eric zusammen mit Kanto beim Fermentieren und Verpacken für das Schwitzen der Stängel in der Produktionshalle. Er empfand es als eine aufwändige und zeitraubende Angelegenheit und war froh, als endlich die Glocken zum Mittagessen läuteten. Eric eröffnete Kanto die Idee, dass sie sich am Nachmittag mal der Sache mit dem Kleinlaster widmen könnten.

„Das ist eine sehr gute Idee, Eric. Ich dachte heute Morgen auch schon daran. Lass uns das machen“, entgegnete dieser. Das Abenteuerfieber hatte ihn gepackt. Eric sah es deutlich am Funkeln in Kantos Augen.

Sie trafen sich wie vereinbart am Eingang des geheimen Pfads. Die schwüle Wärme hüllte sie ein und der Schweiß rann bereits in Bächen über ihre Körper. Leise und vorsichtig schlichen sie den Pfad entlang durch das Schilf, überquerten die Hauptstraße und machten einen Kontrollbesuch bei Kantos Plantage. Dem Rand des großen Geländes folgend, erreichten sie schließlich den Übergang zu den beiden neuesten Plantagen, denen immer noch keine Namen zugeteilt worden waren. Das müsste ich im Familienrat endlich mal zur Sprache bringen, dachte Eric bei sich. Sie stiegen die kleine Anhöhe hinauf und entschieden sich für eine kurze Pause. Ein paar Schlucke aus Kantos Feldflasche, die er quer über den Oberkörper hängend mitgenommen hatte, waren bereits lauwarm, aber dennoch eine Wohltat. Sie genossen den Blick über die Plantagen mit den Gruppen von Feldarbeitern, die pflückten oder zwischen den Vanillestauden aufräumten. In der Ferne ließ sich schemenhaft das Haus ausmachen. Es war etwas dunstig, Wolken zogen vorbei. Die laue Brise war angenehm.

Eric durchbrach die Stille: „Nun, was meinst du, Kanto, was könnte es mit dem Kleinlaster auf sich haben?"

„Tja, wenn ich das wüsste, wären wir wohl nicht hier, oder?", antwortete dieser und schaute ihn an.

„Weißt du, Eric, ich habe meiner Mutter von dem Kleinlaster erzählt. Du wirst überrascht sein, aber sie war sich sofort sicher, dass es nur eines bedeuten kann."

„Echt? Jetzt bin ich aber gespannt."

„Sie sagte ganz klar, dass es Diebe sein müssen."

„Diebe?", erwiderte Eric erstaunt. „Was könnten sie denn stehlen?"

„Reife Vanilleschoten", antwortete Kanto.

Eric war baff, seine Gedanken wirbelten durcheinander. „Sie meinte, das müsste doch jedem klar sein, auch deinem Vater. Du weißt, wie viel sie von ihm hält. Deshalb versteht sie nicht, dass er noch nichts dagegen unternommen hat. Richard und Faly vermuten das ebenfalls und es scheint auch jeder im Dorf zu wissen."

„Was heißt das, dass alle davon wissen und doch niemand offen darüber spricht? Was soll das? Ich begreife es nicht. Wir müssten doch schon längst etwas bemerkt haben, und falls das zutrifft, wieso unternehmen wir dann nichts dagegen?", fragte Eric wütend. Kanto wich seinem Blick aus und spähte wieder in die Ferne.

„Das ist Madagaskar, Eric. Hier bedient sich jeder beim Nächsten. Man könnte fast schon von einem Volkssport sprechen. Letztlich ist es ein einträgliches Geschäft, besonders für Kleinbauern, die keiner geregelten Arbeit nachgehen. Mit irgendetwas müssen die sich ihren Lebensunterhalt verdienen", erklärte er lapidar, als wäre es das Normalste auf der Welt, was es offensichtlich auch war, da es alle wussten, aber tatenlos hinnahmen.

Sie schwiegen und jeder machte sich seine Gedanken.

„Ich nehme an, dass dein Vater davon Kenntnis hat, aber nichts unternimmt, weil diese kleinen Mengen sein lukratives Geschäft nicht beeinträchtigen. Es kommt mir vor, als wenn er das biblisch betrachtet."

„Biblisch? Was bitte ist an Diebstahl biblisch?"

„Ja, kennst du die Geschichten denn nicht? Es gibt in der Bibel zahlreiche Erzählungen und Beispiele, wonach die reichen Grundbesitzer immer einen Teil der Ernte den Armen überlassen. Eine Art biblisches Gebot oder Prinzip. Auf jeden Fall war das die Erklärung meiner Mutter. Ich habe schon etliche Male darüber nachgedacht und bin zu dem Schluss gekommen, dass dein Vater so handelt. Schau mal, die Ernte ist so groß und die paar Stängel, die fehlen, kümmern niemanden und offenbar auch deinen Vater nicht. Andernfalls hätte er sicherlich schon etwas dagegen unternommen. Ich kenne deinen Vater gut. Er ist vielleicht zu der Überzeugung gelangt, dass das sein spendabler Beitrag an die armen Leute ist. Eine Art Ausgleich."

Kanto schaute zu Eric und wartete auf eine Reaktion. Dieser musste das Gehörte jedoch zunächst verarbeiten und schwieg. Wenn das wirklich stimmte, hatte sich hier eine bedeutende Enthüllung aufgetan. Eric musste zugeben, dass diese Erkenntnis keineswegs trivial war. Tatsächlich konnte er sogar einige positive Aspekte darin erkennen. Es hatte seinen Reiz, diese Angelegenheit genauer zu betrachten. Welchen Grund hatte das Schweigen? Lag es daran, dass es biblisch war? Wieder blickten sie auf die Plantagen.

„Warum hast du mir das nicht schon früher erzählt? Dann hätten wir uns den Weg hierher sparen können. Du hättest es mir genauso gut zu Hause sagen können", schlussfolgerte Eric.

„Nun ja, die Tatsache, dass ein Kleinlaster von Richard gesichtet wurde, verleiht der Sache eine neue Dimension. Glaubst du wirklich, der Kleinbauer, von dem ich gesprochen habe, kommt mit einem Lastwagen hierher, um ein paar Stängel für sich zu holen? Besitzt er überhaupt ein Fahrzeug?“, fragte Kanto und ließ Eric Raum für eigene Überlegungen.

Plötzlich hellte sich dessen Gesicht auf. Es schien, als hätte er die Puzzlestücke zusammengefügt. „Du meinst, wir sprechen hier von einem größeren, möglicherweise organisierten Raub?“

„Genau das denke ich, Eric. Das ist die einzig plausible Erklärung. Alles andere ergibt keinen Sinn. Es muss sich um größere Mengen handeln, die eigentlich bemerkt werden müssten. Was mich irritiert, ist, dass das noch niemandem aufgefallen ist“, fasste Kanto seine Gedanken zusammen.

Erneut verfielen sie in Schweigen. Kanto reichte Eric die Feldflasche, sie tranken einen Schluck und stellten Vermutungen an. Schließlich erhob Kanto sich und forderte Eric auf, ihm zu folgen. Gemeinsam stiegen sie die paar Meter bis zum Kamm der Anhöhe hinauf und Kanto schilderte Eric seine Sichtweise. Von hier aus hatten die Diebe einen großartigen Blick auf die Plantagen. Versteckt unter den Büschen warteten sie geduldig, bis alle gegangen waren. Dann, bei Einbruch der Dunkelheit, stiegen sie hinunter und begannen ihren Raubzug. Ein einfacher Plan. Und falls jemand zurückkehrte, war das Fahrzeug schon von Weitem zu hören und sie konnten sofort flüchten. Nur wenn jemand zu Fuß kam, war es äußerst schwierig, diese Person zu bemerken. Offensichtlich waren sie jedoch gut organisiert und äußerst vorsichtig. Weder Richard noch Faly, die oft allein und als Letzte in den Plantagen verblieben, hatten bisher etwas Auffälliges bemerkt. Eric stimmte ihm zu und nickte zustimmend. Kanto drehte sich um und Eric folgte seinem Blick nach Norden. Er wies mit dem Finger auf die dichten Büsche am Feldweg hinter der Brücke.

„Da unten befindet sich ein ideales Versteck für einen Kleinlaster. Weil sich niemand hier oben aufhält, können die Diebe ihn dort unten verstecken und unbemerkt über die Brücke gehen, den Abhang auf diesem schmalen Pfad, den wir oft benutzen, hochkommen."

Eric musste zugeben, dass es ideal und simpel war. Kanto schaute ihn an und wartete auf seine Reaktion. Dieser war überrascht. Das, was sich hier offenbarte, hatte er noch nie gesehen. Zugegeben, sie waren schon eine Weile nicht mehr auf dem nördlichen Teil des Landes unterwegs gewesen. Es musste neu errichtet worden sein. Direkt vor der Brücke auf ihrer Seite des Flusses befand sich ein offensichtlich neuer Zaun aus Maschendraht, mehr als zwei Meter hoch. Er erstreckte sich links und rechts der Brücke über je zehn Meter. An der Brücke war ein Tor mit Metallrahmen angebracht und mit einer groben Kette inklusive Schloss gesichert.

„War dir das bekannt, Kanto?", fragte Eric.

„Nein, ich habe es erst diese Woche bemerkt, als ich wieder hier oben war. Dein Vater muss den Befehl zum Errichten des Zauns mit Tor unmittelbar nach Richards Nachricht gegeben haben", antwortete Kanto.

Raffiniert, dachte Eric beeindruckt.

„Jetzt bleibt den Dieben der riskante Weg über die Hauptstraße, den sie sicherlich nicht nehmen. Viel zu riskant, entdeckt zu werden. Wenn sie unbemerkt bleiben möchten, müssen sie den längeren Weg den Fluss entlang bis zum Dschungeldickicht wählen. Erst dort oben", er zeigte mit dem Finger in Richtung Westen zu einer steilen Anhöhe, „könnten sie den etwas schmaler werdenden Fluss überqueren", erklärte Kanto.

„Oder sie waten durch den Fluss oder sie bauen eine mobile Brücke", ergänzte Eric seine Gedankengänge.

„Oder sie fliegen über den Fluss", sagte Kanto lakonisch. Er schien sich über Erics Vermutungen lustig zu machen. Sie setzten sich hin, schauten auf den Fluss hinunter und ließen sich Kantos Schlussfolgerungen durch den Kopf gehen. Nach einer Weile fragte Eric: „Und du denkst, es gibt nicht noch eine weitere Möglichkeit?"

„Tja, sicher bin ich nicht. Aber schau mal, wenn sie bis jetzt unbemerkt geblieben sind, gehen sie äußerst raffiniert und umsichtig vor. Sie achten akribisch darauf, keine Spuren zu hinterlassen, und beherrschen das Pflücken so gut, dass der Diebstahl unbemerkt bleibt. Wahrscheinlich verteilen sie sich großflächig und nehmen nur vereinzelt Schoten mit, damit es weder auffällt noch ins Gewicht fällt. Raffiniert, würde ich sagen, aber auch gierig. Sie werden wiederkommen. Der Zugang wurde ihnen nicht erschwert. Das hat sich jetzt“, er zeigte nach unten auf den Zaun, „maßgeblich geändert. Ich bin gespannt, wie sie beim nächsten Mal vorgehen, denn ich denke, sie waren seit Errichtung des Zauns noch nicht wieder hier. Ich konnte keine Spuren auf dem Feldweg und im Versteck finden, auch nicht um die Brücke herum oder auf der Zaunseite. Das bedeutet, dass sie seit dem letzten großen Regen nicht hier waren.“

Eric war beeindruckt von den Gedanken, Überlegungen und Schlussfolgerungen seines Freunds.

„Wie sieht es eigentlich oben beim Felsen aus? Ich war noch nie dort. Du vermutest offenbar, dass sie diesen Weg beim nächsten Mal nehmen. Liege ich richtig?“, wollte Eric wissen. Kanto konnte sich ein Lachen nicht verkneifen.

„Du kennst mich schon recht gut, Eric, und ja, ich vermute, dass sie diesen Weg versuchen werden. Im Gegensatz zu dir kenne ich dort oben fast jeden Pfad“, sagte er. Sie tauschten Blicke aus und ihre Augen funkelten vor Abenteuerlust.

„Warum steigen wir nicht einfach hinauf?“, schlug Eric vor. „Es ist zwar schon vier Uhr, aber wir haben noch Zeit, oder?“

„Ich dachte mir schon, dass du das vorschlägst. Ich bin dabei. Wer weiß, vielleicht erwischen wir die Bande heute Abend auf frischer Tat“, schloss Kanto mit einem vielsagenden Lächeln. Gemeinsam begannen sie den Aufstieg. Sie folgten dem Kamm der Anhöhe und bogen schließlich in einen schmalen Pfad ein, der sie direkt in den leicht bewaldeten Dschungelabschnitt bei den Felsen führte. Der Pfad stieg kurz an und führte dann horizontal weiter entlang der Felsen. Es war schattig und dunkel unter dem dichten Blätterdach, schwül und heiß, und die hohe Luftfeuchtigkeit ließ ihre Hemden bald an ihren Oberkörpern kleben. Das Donnern des Flusses übertönte fast alle anderen Geräusche. Sie schritten langsam voran und der Dschungel lichtete sich allmählich, während es immer heller wurde. Plötzlich erreichten sie eine Lichtung und standen am Ufer des Flusses. Über ihnen waren die Wolken zu sehen. Zu ihrer Linken erstreckte sich ein kleiner See und dahinter ragte eine große Felswand empor, von der der Fluss in einem breiten Wasserfall herabstürzte.

Eric war beeindruckt: „Wow, das ist ja fantastisch! Ich wusste gar nicht, dass es hier einen See mit Wasserfall gibt."

„Ja, es ist wirklich beeindruckend. Ich komme oft hierher und bade im See. Es ist so erfrischend. Ich finde es sogar schöner als im Meer", erzählte Kanto.

„Hast du auch diesen Pfad entdeckt?", fragte Eric.

„Nein, der war schon da. Ich habe ihn zufällig gefunden. Der Pfad auf der anderen Seite existierte ebenfalls bereits, als ich das erste Mal hier war. Er muss schon seit langer Zeit bestehen, aber wer weiß, vielleicht hat ihn dein Großvater angelegt", sagte Kanto mit einem Lachen.

„Schau über den Fluss, der hier durch den See etwas gestaut wird. Dadurch ist der Pegelstand um ein Vielfaches niedriger als unten, wo er aus dem Dschungel herausfließt. Ideal, um auf den zahlreichen Steinen, die in Schrittweite platziert wurden, den Fluss zu überqueren", erklärte Kanto weiter.

Eric musste zugeben, dass sein Freund immer wieder für eine Überraschung gut war. Zum Glück kannten sie sich bestens und er konnte an Kantos Erfahrung teilhaben. Er nahm sich vor, diesen geheimnisvollen Ort Sophie zu zeigen. Es war so paradiesisch schön, sicher würde es auch ihr gefallen. Sie könnten zusammen baden gehen. Kanto riss ihn aus der Träumerei.

„Komm, wir gehen rüber und ich zeige dir, wo der Pfad auf dieser Seite in den Feldweg mündet. Schließlich wollen wir wissen, wo die Diebesbande vielleicht entlangschleicht." Eric bedauerte es, diesen romantischen Ort schon wieder verlassen zu müssen. Er beabsichtigte, auf dem Rückweg wieder hier vorbeizugehen, um noch einige Eindrücke mitnehmen zu können. Dass sie dabei vor den Dieben flüchten mussten, war ihm noch nicht bewusst.

Die Diebesbande holperte mit ihrem Kleinlaster auf der Küstenstraße gen Süden. Im Westen würde die Sonne bald untergehen. Sie tauchte ihre Gesichter in goldenes Licht. Der Anführer hatte eine ungewöhnlich lange Zeitspanne verstreichen lassen, bevor er sich zu einem weiteren Raubzug entschloss. Der Vorfall mit dem vorbeifahrenden Wagen hatte ihn zutiefst erschüttert. Vor allem seine eigene Unachtsamkeit, die er als einen inakzeptablen Fehler betrachtete, konnte er sich nicht verzeihen. Die Konsequenzen hätten verheerend sein können. Heute würden sie es besser machen, viel besser. Er hatte seine Gefolgsleute gründlich instruiert und erwartete bedingungslosen Gehorsam und eine makellose Ausführung. Um die entgangene Beute auszugleichen, die durch den längeren Zeitverlust entstanden war, hatten sie dieses Mal je drei Körbe mitgebracht. Mehr Platz war auf dem Kleinlaster nicht vorhanden. Das bedeutete einen zusätzlichen zeitlichen Aufwand beim Pflücken, erforderte ein koordiniertes und präzises Vorgehen und barg ein erhöhtes Risiko. Zum ersten Mal verlangte er ausnahmslos dunkle Kleidung und einen klaren Rückzug, da sie durch die drei Körbe mehrmals hin und her gehen mussten. Die vollen Körbe sollten umgehend unter der Anhöhe deponiert werden, wo der zusätzliche Mann sie aufnehmen und auf dem Kleinlaster bereitstellen würde. Auf diese Weise konnten sie den zusätzlichen Zeitaufwand minimieren. Auch hatten sie eine neue Fluchtroute für die Abfahrt ausgearbeitet. Einer seiner Männer sollte als Späher vorausgehen und erst signalisieren, dass sie sich aus der Deckung wagen könnten, wenn er sicher war, dass sich kein Fahrzeug näherte. Sie näherten sich den Plantagen und waren offenbar allein unterwegs, perfekt. Die Abzweigung kam näher, immer noch allein, dachte der Anführer. Sie bogen ab, rumpelten langsam über den Feldweg und der Kleinlaster setzte rückwärts ins freigelegte Buschdickicht. Sie warteten einige Minuten. Bald standen sie im Schatten der Anhöhe. Die Sonne würde bald untergehen und sie könnten ihren Raubzug beginnen.

Plötzlich stieß der Beifahrer den Anführer mit dem Ellbogen an. „Verdammt, schau mal, was ist das?“, rief er mit Panik in der Stimme.

„Beruhige dich! Wovon sprichst du?“

Der Beifahrer deutete mit dem Finger zur Brücke.

Langsam, von einem Stein zum nächsten gehend, überquerten Kanto und Eric den Fluss, der glasklares Wasser führte. Schließlich betraten sie wieder den schmalen, moorigen Pfad, der sich erst klar zeigte, nachdem Kanto die Blätter eines großen Buschs beiseite gebogen hatte. Wie beim Aufstieg führte der Pfad zuerst horizontal weg vom See, um dann steiler in einem kurzen Zickzackkurs abzufallen. Sie ließen die Grenze des Dschungelwalds hinter sich und traten in einen Gürtel mit hohem Schilfgras ein, das immer lichter und niedriger wurde, bis sie den Beginn des Feldwegs vor sich hatten. Nun standen sie im Schatten der Anhöhe, die auf der anderen Seite des Flusses rechts von ihnen aufragte.

„Meinst du wirklich, sie nehmen diesen Weg? Bestimmt wissen sie nichts davon, sie müssten ihn zuerst erkunden“, sagte Eric.

„Tja, ich weiß es nicht. Aber schau, es gibt nur diesen Pfad hier, auf dem wir jetzt stehen. Ich kann mir vorstellen, dass sie zuerst das neue Tor und den Zaun verarbeiten müssen, aber findige Diebe überlegen sich sofort mögliche Optionen, die wir auch diskutiert haben. Und eine davon ist nun mal, hier heraufzukommen, um zu sehen, wohin der Pfad führt. Und schon entdecken sie den Weg zur anderen Seite. Ist ja nicht so schwierig.“

„Da hast du wahrscheinlich recht“, meinte Eric und ließ den Kopf hängen.

„Nun, wir werden sehen. Wie gesagt, ich glaube nicht, dass sie seitdem wieder hier waren. Wie wäre es, wenn wir an den nächsten Nachmittagen herkommen, uns ein Bad im See genehmigen und uns dann beim Dunkelwerden auf die Lauer legen?“

„Oh ja, eine sehr gute Idee“, sagte Eric, bereits wieder von Abenteuerlust gepackt. „Da wäre ich auf jeden Fall dabei, allein schon wegen des Bads im See.“

Sie lachten.

„Lass uns umkehren, Kanto. Ich möchte den Weg noch einmal entlanggehen und den See sehen. Er ist wirklich wunderschön, ein kleines Paradies", schlug Eric vor. Sie kehrten um und tauchten erneut in den Abschnitt mit dem Schilfgras ein, als sie plötzlich Motorenlärm von der Straße hörten.

„Runter!", zischte Kanto.

Instinktiv und blitzschnell duckten sie sich und verharrten regungslos. Deutlich vernahmen sie, wie das Fahrzeug langsamer wurde, gefolgt vom typischen Knirschen der groben Reifen auf Steinen und dem Geklapper des Fahrzeugs auf dem Feldweg.

„Lass uns weiter oben zum Dschungelrand schleichen. Von dort aus können wir gut durch die Blätter spähen", flüsterte Kanto.

Eric nickte stumm. „War das jetzt die Diebesbande?", fragte er sich ängstlich.

„Verdammt, verdammt, verdammt!", rief der Anführer aus. Verblüfft und zugleich konsterniert starrten sie auf die Brücke, das Tor, die Kette und den langen, hohen Zaun.

„Verdammt, sie haben etwas mitbekommen, das ist gar nicht gut!", stellte er fest, mehr für sich selbst als für die anderen.

„Was tun wir jetzt, Boss?", fragte der Beifahrer.

„Sei einfach still und überlass das Denken mir, verstanden?", erwiderte der Anführer und warf ihm einen vernichtenden Blick zu.

Seine Gedanken rasten, sein Hirn arbeitete auf Hochtouren. Wenn sie erwartet worden wären, hätte nicht dieses Ungetüm dagestanden, sondern sie wären bereits gefangen genommen worden. Das hier war eine präventive Vorsichtsmaßnahme. Offenbar hatte der Fahrer des anderen Fahrzeugs etwas bemerkt und Alarm geschlagen. Rémy hatte daraufhin die Lage geprüft und war wohl zu dem Schluss gekommen, dass sie von hier aus in die Plantagen zur Diebestour aufbrachen. Jetzt war er herausgefordert, eine angemessene Antwort auf ihre möglichen Optionen zu finden. Der alte Weg über die Brücke kam nicht mehr infrage. Die Küstenstraße war zu riskant, sie mussten mit spontanen Patrouillen rechnen. Durch den Fluss zu waten, war ebenfalls keine Option, viel zu gefährlich für das Diebesgut. Was blieb also übrig? Sein Blick wanderte den Fluss entlang zu den Felsen und dem Dschungel. Er hatte eine Entscheidung getroffen und wollte sie seinen Leuten mitteilen. Sie durften keine Zeit mehr verlieren.

Eric und Kanto schlichen leise und geräuschlos durch das Schilfgras, bis sie schließlich von den ersten Palmen und Büschen des Dschungelrands verschluckt wurden. Vorsichtig erhoben sie sich und spähten durch das Blätterdach hinunter auf den Feldweg. Kein Fahrzeug war zu sehen.

„Wo ist das Fahrzeug, Kanto? Ich kann keines entdecken“, flüsterte Eric leise.

„Ich denke, es steht jetzt gut getarnt im Dickicht“, antwortete Kanto ebenso leise.

Sie verharrten in ihrem Versteck und beobachteten weiter. Plötzlich kam Bewegung auf. Die Wagentüren wurden zugeschlagen und mehrere Männer schlängelten sich langsam aus dem Dickicht und versammelten sich auf dem Feldweg, um einen einzelnen Mann zu umringen. Es musste der Anführer sein, denn er gestikulierte und wies zuerst zur Straße, dann zur Brücke und schließlich auf ihr Versteck. Die beiden Freunde zuckten zusammen und duckten sich. Hoffentlich hatte sie niemand entdeckt. Zögernd erhoben sie sich wieder, um zu sehen, was unten vor sich ging. Was sie sahen, war alles andere als ermutigend. Sie mussten sofort handeln.

„Zwei Männer kommen auf uns zu, Eric“, zischte Kanto.

„Schnell, wir müssen verschwinden. Stell jetzt bitte keine Fragen, lauf mir einfach so leise und so schnell es geht hinterher. Ich kenne ein sicheres Versteck!“

Eric verspürte panische Angst.

Was vor einer Viertelstunde noch wie ein Abenteuer ausgesehen hatte, war nun ein albtraumhafter Ernstfall. Er wünschte sich, dass sie nie auf die Idee gekommen wären, diese Erkundungstour zu machen, doch es war zu spät. Kanto setzte sich sofort in Bewegung und Eric folgte ihm. Mit hastigen Schritten eilten sie hinauf, folgten dem Zickzack des Pfads, überquerten die horizontale Strecke und standen nun unmittelbar am See. Eric hatte erwartet, dass sie rasch über die Steine durch den Fluss laufen und auf der anderen Seite zur Plantage gelangen würden. Aber Kanto blieb plötzlich stehen, entledigte sich seiner Schuhe, seines Hemds und seiner Hose, band mit dem Hemd ein Bündel und bedeutete Eric, es ihm gleichzutun. Trotz des tosenden Lärms des Wasserfalls drangen nun laute Männerstimmen, Gekeuche und Getrampel aus dem Dschungel zu ihnen. Die Zeit wurde knapp. Nur noch in ihren Unterhosen stiegen Kanto und Eric ins Wasser, ihre Bündel über den Kopf haltend. So schnell sie konnten, wateten sie auf den Wasserfall zu. Kurz vorher spürte Eric, wie er den Bodenkontakt verlor. Wie Kanto vor ihm begann er, zu schwimmen, und tauchte den Kopf unter dem Wasserfall hindurch, um sofort wieder Luft zu holen. Hinter dem breit herunterdonnernden Wasserfall war der Lärm noch größer. Jetzt hörten sie keine anderen Geräusche mehr. Im schwachen Licht sah Eric, wie Kanto anscheinend wieder festen Boden unter den Füßen hatte. Er watete erneut durch das Wasser, legte sein nasses Bündel auf den Steinrand und verließ den See. Atemlos folgte Eric seinem Beispiel. Kanto deutete ihm mit dem Finger vor dem Mund absolute Ruhe an. Leicht fröstelnd hockte Eric da und nutzte die Gelegenheit, dieses neue, faszinierende Versteck genauer zu betrachten.

Sie befanden sich in einer Art Tropfsteinhöhle. Vor ihnen donnerten die Wassermassen herunter und dahinter war nichts zu erkennen. Eric sah keinen Weg mehr, weder links noch rechts, geschweige denn die Steine durch den Fluss.

Das Versteck war perfekt. Der Steinrand, auf dem sie saßen, war etwa einen Meter tief und ragte locker zwei Meter hoch. Sie konnten hier hinten aufstehen. In einem langen Bogen von etwa drei Metern Breite erstreckte sich dieser nasskalte Rand und endete unmittelbar an beiden Seiten am Felsen. Ideal. Der einzige Zugang zu ihrem Versteck führte durch das Wasser und unter dem Wasserfall hindurch. So einfach, so genial, wie sie es erreicht hatten. Eric war einmal mehr beeindruckt und seine Angst durch diese hastige Flucht gänzlich verschwunden. Sie schienen in Sicherheit zu sein. Er schaute zu Kanto, der aufmerksam auf den Wasserfall starrte, jedoch ließ sich nichts erkennen. Sie waren zwar gerettet, aber Eric kam zu dem Schluss, dass sie auch in einer Art Falle saßen. Wie konnten sie wissen, ob die Diebe weg waren und die Luft wieder rein war? Nun, sie wussten es nicht. Ihre einzige Chance bestand darin, so lange zu warten, bis sie absolut sicher sein konnten, den Dieben nicht mehr zu begegnen. Und das konnte sehr lange dauern. Somit konnten sie weder Vater Gabriel warnen noch etwas gegen den Raubzug unternehmen. Sie waren zum Warten verdammt, aber immerhin gerettet, vorerst.

Nach ungefähr einer Viertelstunde tauchten die beiden Kundschafter auf der anderen Seite der Anhöhe auf und begaben sich zum Tor, wo der Anführer bereits auf sie wartete. Seine Vermutung hatte sich bestätigt: Es gab tatsächlich einen Weg durch den Dschungel oben. Er wies seine Leute an, die Körbe über den Zaun zu werfen, und befahl den beiden auf der anderen Seite, auf der Anhöhe zu warten und die abziehenden Arbeiter zu beobachten, um sich die Standorte der anstehenden Ernteaktion einzuprägen. Die Kundschafter versicherten, dass der Pfad leicht zu finden sei, und machten sich auf den Weg. Die Sonne war mittlerweile untergegangen. Unvermittelt begannen sie mit der Arbeit und die Körbe füllten sich rasch. Man musste es Gabriel lassen, dass seine Plantagen mit Abstand die bestgepflegten waren und die Schoten sich in einem fast makellosen Zustand befanden. Kein Wunder, dass er als Vanillebaron bekannt war, doch dieser Reichtum war auf Kosten des Blutgelds aus dem Sklavenhandel des letzten Jahrhunderts erworben worden, was der Anführer als verwerflich empfand. Deshalb stahl er auch so gerne bei dem verhassten Gabriel. Rache musste sein. Der Rückweg gestaltete sich enorm schwierig. Die Dunkelheit im Dschungel machte es fast unmöglich, den Pfad zu erkennen. Sie mussten sich langsam bewegen, um nicht zu stolpern und die kostbare Beute zu verlieren. Glücklicherweise war die Passage durch den Fluss beim See dank einer Lichtung besser zu sehen. Andernfalls hätten sie möglicherweise wertvolle Ware verloren.

Auch der Anfang des Pfads unmittelbar nach dem Flussübergang war kaum auszumachen, da er geschickt durch natürlich gewachsene Palmenblätter getarnt war. Der zusätzliche Mann erwies sich als äußerst ungeschickt, als er über einen glitschigen Stein stolperte und hart auf den Boden aufschlug. Wild gestikulierend verfluchte er den Beutezug und den holprigen Weg. Hätte er gewusst, was ihn erwartete, wäre er nie mitgekommen. Der Anführer drückte ihm grob den Lauf seiner Pistole unter die Nase. „Wenn du nicht sofort den Mund hältst, können wir auch ohne dich auskommen, verstanden?“

Schließlich, mit großer Verzögerung, luden sie die Körbe auf den Kleinlaster und stiegen auf die Ladefläche. Der Späher schlich vorsichtig zur Hauptstraße und signalisierte, dass kein Licht zu sehen war. Daraufhin fuhr der Anführer aus dem Dickicht heraus, ließ den Späher aufspringen und sie machten sich auf den langen Weg gen Norden.

Dunkelheit umhüllte sie, als wären sie in eine andere Welt eingetaucht. Eric und Kanto wagten es nicht, ihr Versteck zu verlassen. Leise diskutierten sie, wie lange der Beutezug wohl dauern würde und wann sie sicher den Rückweg antreten könnten. Die Angst, entdeckt zu werden, trieb sie weiter in die Dunkelheit zurück. Sie konnten sich lebhaft vorstellen, dass ihre Abwesenheit zu Hause bemerkt wurde und eine Suchaktion vielleicht bereits im Gange war. Nasse Kälte umhüllte sie, aber sie blieben standhaft, bereit, auf eine Gelegenheit zu warten. Schließlich entschied Kanto, dass es an der Zeit war, es zu wagen. Mit den nassen Bündeln über ihren Köpfen wagten sie sich ins Wasser, als plötzlich auf der anderen Seite des Wasserfalls ein lautes Fluchen und Zetern zu hören war. Spannung ergriff sie und sie erstarrten im Wasser, lauschend, als ob ihr Leben davon abhing. Eric war sich sicher, dass es die Diebe waren. Vielleicht befanden sie sich auf dem Rückweg. Gespannt warteten sie, bis Kanto schließlich sein Bündel an Eric weiterreichte und mit leisem Flüstern signalisierte, dass sie nun den entscheidenden Schritt wagen könnten. Er durchquerte den Wasserfall und jede Minute schien eine Ewigkeit zu dauern, während Eric mit angehaltenem

Atem wartete. Schließlich tauchte Kanto wieder auf und gab das erlösende Zeichen: „Sie sind weg. Wir können los. Komm!“ Nass und leicht fröstelnd machten sie sich auf den Weg zurück. Die Vorstellung, ihre Entdeckungen und Abenteuer Vater Gabriel und den anderen zu schildern, ließ ihre Herzen rasen. Wie würden sie reagieren? Die Spannung und das Geheimnis ihrer nächtlichen Unternehmung hingen wie ein schwerer Vorhang über ihnen, während sie dem Licht am Ende des Tunnels entgegenstrebten, bereit, ihre Geschichte zu enthüllen. Erschöpft, aber mit einem Gefühl der Befriedigung erfüllt, eilten die beiden Freunde durch die endlosen Plantagen, um den kürzesten Weg nach Hause zu finden. Dunkelheit umgab sie immer mehr, doch ihre Schritte waren leichter, getragen von der Aufregung und dem Stolz über ihre erfolgreiche Expedition. Jeder Schritt brachte sie ihrem Ziel näher, und obwohl ihre Körper müde waren, fühlten sie sich lebendiger denn je. Die abenteuerlichen Erlebnisse würden sie noch lange begleiten.

Kapitel 9

Die Nacht war für Eric eine Achterbahn der Gedanken und Gefühle. Immer wieder wurde er von wilden Träumen und den Erinnerungen an die abenteuerlichen Ereignisse geweckt. Das Aufbäumen des Winds und das sanfte Rascheln der Palmenblätter trugen zu der Unruhe bei, die ihn umtrieb. Er suchte vergeblich nach einer bequemen Position, um wieder einzuschlafen, bis er schließlich aufgab, sich erhob und auf den Balkon hinaustrat, um die Dunkelheit zu betrachten. Der warme, feuchte Wind zerrte an seinem Pyjama, während er dort stand und seine Gedanken schweifen ließ. Zuerst dachte er an Sophie. Wie gerne hätte er mit ihr über ihre Abenteuer gesprochen, seine Ängste und auch seinen Stolz geteilt. Was hätte sie dazu gesagt? Wäre sie stolz auf ihn gewesen oder hätte sie seine Handlungen verurteilt? Dann spielte sich alles noch einmal wie in einem Film vor seinen Augen ab. Hatte ihre Entscheidung, sich in die prekäre Situation zu begeben, Sinn gemacht? War es überhaupt ihre Aufgabe gewesen, sich um den Beutezug der Ganoven zu kümmern? Diese Fragen quälten Eric, während er zwischen dem Verlangen nach Abenteuer und dem Zweifel an ihren Handlungen hin und her gerissen war. Ganz gleich, wie sehr er diese Gedanken wälzte, Eric und Kanto waren sich einig: Sie würden es wieder tun. Trotz der möglichen Gefahren und der Aufregung, die sie bei ihrer Rückkehr erwarteten, blieb ihr Entschluss unerschütterlich. Als sie schließlich erschöpft, schmutzig und außer Atem auftauchten, wurden sie von Vater Gabriel, Faly, Mavo, Hery, Tojo und einer Gruppe Männer aus dem Arbeiterdorf erwartet, die bereit waren, eine Suchaktion zu starten. Die Erleichterung und die Freude über ihr Wiederauftauchen waren greifbar. Währenddessen saßen Mutter Gabriel, Malala, Cécile und Kira auf der Eingangsterrasse, umgeben von Kerzenlicht, und trösteten einander in der Gewissheit, dass die Jungs sicher bald zurückkehren würden, trotz der Dunkelheit, die über der Nacht lag.

Ein Hauch von Erleichterung durchströmte die Luft, als die Jungs plötzlich vor dem Haus auftauchten. Jubel und Freude brachen aus und alle drängten sich um sie, begierig darauf, zu erfahren, was geschehen war und warum sie so spät zurückgekehrt waren.

Kanto erzählte seiner Mutter und den anderen Einheimischen in hastigem Malagasy von ihren Abenteuern, während Eric seiner Familie die Ereignisse lebhaft schilderte. Mit der Freude gingen Vorwürfe und Mahnungen einher. Mutter nannte ihre Aktion einen gefährlichen Übermut und Vater war zwar stolz auf ihre Tapferkeit, tadelte aber zugleich ihren Leichtsinn. Trotzdem überwog am Ende die Erleichterung, dass sie gesund und unverletzt zurückgekehrt waren. Die Erkenntnis, dass Diebe regelmäßig ihre Plantagen plünderten, und die Enthüllung ihrer Vorgehensweise waren für Vater Gabriel von unschätzbarem Wert. Nach und nach kehrten die Einheimischen ins Dorf zurück und Erics Eltern bedankten sich für die Unterstützung. Kanto und seine Mutter verließen zusammen mit Kira die Terrasse und verschwanden im Dunkel der Nacht. Vater Gabriel war entschlossen, mehr über die Bande und ihren Anführer herauszufinden, doch Eric konnte nichts weiter berichten, da sie die Diebe nur aus der Ferne gesehen hatten. Der Wind hatte sich gelegt und es war für ihn an der Zeit, ins Bett zu gehen. Erschöpft und mit einem letzten Gähnen schlief er ein, die aufwühlenden Ereignisse hinter sich lassend.

Die Tage und Wochen nach diesen einschneidenden Erkenntnissen waren geprägt von hektischer Betriebsamkeit und arbeitsintensiven Aktionen, die die Atmosphäre im Dorf spürbar veränderten. Eric empfand die Stimmung als gedrückt und weit entfernt von der Leichtigkeit, die sie bei ihrer Ankunft umgeben hatte. Diese Veränderungen und seine Gedanken übermittelte er ausführlich in einem langen Brief an Sophie. In lebhaften Worten schilderte er ihre heldenhafte Tat, seine Ängste während ihres Abenteuers und die Erleichterung ob des glücklichen Endes. Er konnte nicht verhehlen, dass die Situation sich verändert hatte und er sich Sorgen über den weiteren Verlauf machte.

Zum Schluss gestand er ihr, dass er sie jeden Tag vermisste und ständig an sie dachte.

Eric und Kanto wurden von Vater Gabriel in diverse Veränderungsprozesse und Anpassungen eingebunden. Er informierte umgehend via Depeschendienst die Regierungsvertreter über die bestätigten Beutezüge und bat um eine baldige Unterredung, um mögliche Gegenmaßnahmen zu planen. Hier favorisierte er eine verstärkte Straßenkontrolle durch die Armee. Gleichzeitig diskutierte er den Bau ausgedehnter Zaunabschnitte, um den nördlichen Teil besser zu schützen. Bevor diese Maßnahmen umgesetzt werden konnten, musste das entsprechende Material organisiert werden, was einige Zeit in Anspruch nehmen würde, wie Richard, der damit beauftragt worden war, feststellte. In der Zwischenzeit wurden sporadische Kontrollen und Patrouillen an neuralgischen Punkten durchgeführt, wobei Vater Gabriel Freiwillige aus dem Arbeiterdorf einsetzte. Die Rekrutierung gestaltete sich schwierig, da die Männer wenig Erfahrung in dieser Art von Aufgaben hatten. Hier bestand Einigkeit, dass die Armee unterstützend eingreifen musste. Trotz all dieser Veränderungen lief das Leben im Dorf größtenteils wie gewohnt weiter, doch für Eric blieb die Situation weiterhin angespannt. Vater Gabriel wirkte oft gereizt und nervös, da es ständig viel zu tun gab. Während der Mahlzeiten wurde über nichts anderes gesprochen und Mutter Gabriel äußerte erneut ihre Besorgnis, dass das Projekt des Arbeiterdorfs nicht Priorität war. Ihre Frustration und Entmutigung waren für Eric spürbar.

An einem Nachmittag, als der Depeschendienst Halt machte, stieg ein scheinbar gut gelaunter Paul Grosjean aus dem Armeefahrzeug. Gemeinsam mit einem Soldaten wurde er von Mavo in das Büro von Vater Gabriel geführt, was die Aufmerksamkeit aller im Dorf auf sich zog und neue Hoffnung aufkommen ließ.

„Rémy, guten Tag. Bitte", sagte er, als der Soldat ihm eine Mappe reichte, die er sofort an Vater Gabriel weiterleitete. „Hier sind die neuesten Nachrichten. Haben Sie auch Papiere zur Weiterleitung?"

„Nein, diese Woche nicht", antwortete Vater Gabriel.

„Kommen Sie, wir gehen auf die Terrasse. Ich nehme an, Sie haben Neuigkeiten. Mein Sohn soll sie ebenfalls hören. Deshalb sind Sie doch persönlich hier, oder nicht?“ Er wies Grosjean an, ihm zu folgen, und rief gleichzeitig nach Eric. Grosjean bedeutete dem Soldaten, im Fahrzeug zu warten, und folgte Vater Gabriel auf die Terrasse. Sie setzten sich einander gegenüber und Eric gesellte sich interessiert dazu. Mavo trat ein und erkundigte sich, ob die Herren etwas zu trinken wünschten. „Bring uns bitte drei Limonaden, Mavo, und vergiss den Fahrer nicht. Bestimmt ist auch er durstig“, wies Vater Gabriel ihn an.

„Konsul Favre hat mit der gütigen Unterstützung des Generalkonsuls Truppenteile für Sie abkommandiert“, nahm Grosjean das Gespräch wieder auf. „Ich denke, diese werden sich innerhalb der kommenden zwei bis drei Wochen bei Ihnen einfinden. Ich habe mir erlaubt“, er zeigte auf ein Dokument, „bereits Vorschläge zum Truppeneinsatz und zur Einteilung zu machen. Ich bitte Sie, diese ersten Ideen zu studieren, damit wir bei meinem nächsten Besuch detailliert darüber diskutieren können. Was meinen Sie dazu?“, fragte er Vater Gabriel.

„Oh, sehr gut, besten Dank. Ich werde das Dokument eingehend mit Richard und einigen Mitarbeitern durchgehen. So können wir nächste Woche die Umsetzung angehen.“

Während sich Vater Gabriel und Grosjean über die dringenden Sofortmaßnahmen austauschten, nahm Eric das besagte Dokument zur Hand und studierte interessiert die Vorschläge. Dem Papier von Grosjean zufolge war eine komplette Kompanie Soldaten vorgesehen und geplant, die Küstenstraße durch zwei Straßensperren dauerhaft zu kontrollieren – eine im Westen, um die Zufahrt zum Haus, zum Dorf und zu den Betriebsgebäuden sicherzustellen, und eine weitere am Fluss, um den Zugang zu den Plantagen von Norden abzusichern. Auch diverse Patrouillen sollten eingerichtet werden: am Strand, in der Dorfsiedlung, auf dem Betriebsgelände sowie auf den Plantagen. Besonders wichtig war, dass die Plantagen vorzugsweise nach Abzug der Arbeiter am späten Nachmittag und Abend kontrolliert wurden – in dem Zeitraum, in dem die Gauner bisher ihre Raubzüge durchgeführt hatten. Weiterhin sollte die Kompanie auf dem großen Betriebsgelände Zelte aufschlagen dürfen, um sich dort einzuquartieren. Zahlreiche zusätzliche Papiere zur Umsetzung und Realisierung sowie eine Anleitung zum Tragen von Waffen waren angehängt. Ebenso machte Grosjean Vorschläge zur Bewaffnung der treu ergebenen Arbeiter.

Durften vielleicht auch er oder Kanto mit einer Waffe rechnen? Eric geriet ins Grübeln. Zum Schluss studierte er das Blatt der Sofortmaßnahmen: vorbereitende Arbeiten für das Zeltlager, Information der Dorfbewohner und Arbeiter sowie das Errichten zusätzlicher Zäune im Norden. Ebenso galt es, die Routen und Zeiten der Patrouillen festzulegen, die bereits am Wochenende beginnen sollten.

In diesem Augenblick erhoben sich sein Vater und Grosjean und Eric wurde aus seinen Überlegungen gerissen. Sie begleiteten Grosjean zum Vorplatz, wo das Armeefahrzeug mit Fahrer wartete, und verabschiedeten sich voneinander. Natürlich war das Dokument mit Grosjeans Vorschlägen DAS Gesprächsthema während des Abendessens. Zwar war die Aussicht auf Unterstützung durch die Armee positiv und als ein Erfolg zu werten, doch gleichzeitig ergaben sich auch zusätzliche Probleme, wie das Zeltlager, die permanente Präsenz der Truppen und damit einhergehender Lärm, Dreck und Beeinträchtigung des täglichen Ablaufs.

„Muss das Ganze denn so lange dauern? Werden wir jetzt ständig bewacht?“, wollte Mutter missmutig wissen.

„Nein, nein, auf gar keinen Fall“, entgegnete Vater Gabriel gestresst. „Keine Angst! Sobald wir die Gaunerbande gefasst haben, lasse ich die Truppen abrücken und wir können wieder zum normalen Ablauf zurückkehren. Das fehlt uns noch, dass uns die Regierung ständig über die Schultern schaut. Die sind zu unserem Schutz da, fertig. Nicht mehr und nicht weniger!“, endete er dramatisch.

„Wieso habt ihr euch überhaupt für eine generelle Bewaffnung entschieden?“, wollte Mutter wissen.

„Das haben wir nicht. Grosjean betrachtet es als ein großes Plus gegenüber den Dieben, die bestimmt Waffen mitführen“, erklärte Vater Gabriel.

„Bekommen Kanto und ich auch eine Waffe?", platzte es aus Eric heraus.

Laut aufschreiend schauten Mutter und Cécile ihn entsetzt an.

„Das kommt überhaupt nicht in Frage, wozu auch? Ich will unseren Besitz nicht in einen Waffenplatz verwandeln", erwiderte Mutter Gabriel erzürnt.

„Nein, Eric, sicher nicht. Es geht darum, die Bande dingfest zu machen und die Raubzüge zu unterbinden. Wir stehen weder vor einem Aufstand der Einheimischen noch vor einem Krieg. Diese Maßnahmen sind nur vorübergehend und damit basta!", signalisierte Vater Gabriel das Ende der Diskussion.

Damit erntete er ein dankbares Lächeln von seiner Frau und Eric schaute enttäuscht auf seinen Teller. Eine Waffe zu haben, wäre bestimmt aufregend gewesen, gleichzeitig auch irritierend, und im Stillen musste er seinen Eltern Recht geben. Dazu würden die Truppen kommen und hoffentlich die Gaunerbande bald einfangen.

Der kleine Lastwagen holperte langsam über die kurvenreiche Küstenstraße in Richtung Gabriel-Land. Es war bereits später Nachmittag, die Sonne neigte sich dem Horizont zu und tauchte die Landschaft in goldenes Licht. Ein sanfter Wind strich über das Land, trieb wenige Wolken vor sich her und machte die angenehm warme Temperatur noch erträglicher. Für Fanilo und seine Gaunerbande schienen die Bedingungen ideal zu sein, doch nach den Erfahrungen des letzten Mals hatte er beschlossen, etwas länger zu warten. Die Erinnerung an den gesicherten Zaun und die gespannte Atmosphäre lastete schwer auf ihm. Mit bedachter Vorsicht und umsichtiger Planung hatte er diesen erneuten Raubzug vorbereitet. Einheimische hatten ihm von den Aktivitäten auf dem Gelände der Société berichtet und Gerüchte über französische Truppen verstärkten seine Sorgen. Fanilo war sich dessen bewusst, dass ein finaler Überfall bald unumgänglich sein würde. Rémy Gabriel und seine Machenschaften wurden immer einflussreicher und die Kolonialisten sollten von der Insel vertrieben werden. Hinzu kamen Fanilos Rachegelüste, genährt von vergangenen und aktuellen Ereignissen.

Das abrupte Stoppen des Lastwagens riss ihn aus seinen Gedanken. „Wir sind an der Abzweigung, Fanilo", informierte ihn der Fahrer nervös. Fanilo stieg aus und forderte zwei seiner Männer auf, mit ihm den Beobachtungsrundgang zu starten. Sie sollten die nördlichsten Plantagen vom nahen Hügel aus inspizieren, bevor sie den Fluss erreichten. Den Fahrer wies er an, den Lastwagen hinter riesigen Oleanderbüschen abseits der Straße zu verstecken, während sie sich auf den bevorstehenden Überfall vorbereiteten. Gemeinsam mit zwei Männern bestieg er den steilen, steinigen Pfad zum Gipfel des Hügels. Das Keuchen und die Schweißperlen auf ihren Stirnen zeugten von der Anstrengung. Als sie endlich den Kamm erreichten, atmeten sie tief durch und erholten sich von der Strapaze. Der Ausblick von dort oben war atemberaubend und Fanilo nahm das Fernglas in die Hand, das einer seiner Begleiter mitgebracht hatte. Die Sonne sank am Horizont, während er konzentriert die nördlichsten Plantagen beobachtete. Kein Arbeiter war mehr zu sehen, die Felder schienen verlassen zu sein. Mit beharrlichem Blick und angehaltenem Atem durchkämmte er das Gelände, bis er sicher war, dass sein erster Eindruck ihn nicht getrogen hatte. Ein zufriedenes Seufzen entwich seinen Lippen, doch als er die Küstenstraße inspizierte, erstarrte er plötzlich. Etwa hundert Meter vor der Brücke über den Fluss nahm er auf beiden Seiten der Straße aufgeschichtete Sandsäcke wahr. Eine ungewöhnliche und beunruhigende Entdeckung. „Wozu soll das wohl dienen?", murmelte er vor sich hin, während er die Umgebung genauer betrachtete. Plötzlich erkannte er Uniformierte, die sich im Unterholz und in den Büschen versteckten. Sein Herz begann, schneller zu schlagen. Wer waren sie und was hatten sie vor? Im dämmrigen Licht war es schwer, Details zu erkennen, aber es schien, als handelte es sich um Soldaten der französischen Besatzungsarmee, die die Straße kontrollierten.

Die Erkenntnis traf Fanilo wie ein Schlag. Sein Raubzug war mit einem viel zu großen Risiko verbunden. Er konnte es sich nicht leisten, in eine Konfrontation mit der Besatzungsarmee zu geraten. Fluchend und mit zusammengebissenen Zähnen informierte er seine Begleiter über die bedrohliche Lage. Sofort machten sie sich auf den Rückweg. Nach einem kurzen Abstieg erreichten sie schließlich den Kleinlaster, wo Fanilo die anderen fluchend und zeternd über die Situation aufklärte. Entmutigt stiegen sie in den Lastwagen und machten sich frustriert auf den Heimweg.

„Merde, merde und nochmals merde", entfuhr es Fanilo immer wieder. Die Situation war zum Verzweifeln. Gabriel schien ihnen ständig einen Schritt voraus zu sein – das musste sich ändern. Fanilo war fest entschlossen, dass es Zeit für den finalen Überfall auf die Société und die Vernichtung der Familie und ihres Besitzes war. Er konnte nicht länger zögern. Das Gerücht über die Hilfe der Armee schien sich zu bewahrheiten. Daher mussten Fanilo und seine Getreuen schnell handeln, bevor die französische Armee eingriff, um das Land der Gabriels zu schützen. Mit Hass erfüllt und grimmig starrte er in die Dunkelheit, während er in Gedanken die Details des tödlichen Angriffs skizzierte. Es gab kein Zurück mehr. Die Zeit für Rache war gekommen.

Als die ersten Armeeangehörigen auftauchten, setzte eine kurze Regenphase ein, in der tiefhängende Wolken über das Land zogen. Die Stimmung im Hause Gabriel war belastet und schwermütig und alle mussten sich zunächst an die drastischen Veränderungen gewöhnen. Dennoch konnten innerhalb weniger Wochen die ersten Patrouillen eingeführt werden, und ein geregelter Tagesablauf stellte sich ein. Unter der Anleitung von Richard wurden im Norden zusätzliche Zäune hochgezogen. Eric und Kanto mussten helfen, sodass keine Zeit für ihre Streifzüge blieb. Abends waren sie todmüde und gingen früh zu Bett. Eric nutzte seine knappe Freizeit, um Sophie einen weiteren ausführlichen Brief zu schreiben, in dem er die Neuigkeiten, Veränderungen und das bevorstehende Eintreffen der Truppen erläuterte. Auch das Zeltlager nahm allmählich Gestalt an, obwohl die gesamte Kompanie Soldaten noch fehlte. Leider kam es hier zu Verzögerungen, wie der militärische Gesandte Petit eines Tages per Telegramm vermeldete.

Der intensive Regen hielt weiterhin an und schwemmte die Plantagen aus, die noch keine neuartigen Terrassen aufwiesen. Somit war klar, dass nach dem Fertigstellen der Zäune die komplette Terrassierung der letzten Plantagen umgehend und schnellstmöglich angegangen werden musste. Zuerst wurden die kleineren Schäden an den bereits terrassierten Plantagen ausgebessert, bevor sie sich den letzten verbliebenen Plantagen widmeten und mit großem Aufwand die Terrassen erstellten. Dank des ergiebigen Regens waren die Wasserbäche auf der Fläche gut sichtbar und konnten erfolgreich korrigiert werden, was die Arbeit entscheidend erleichterte. Unter der umsichtigen Leitung von Richard wurden sie binnen Tagen umgesetzt. Nach getaner Arbeit entledigten sich Eric und Kanto stets der dreckigen Kleidung, schnappten sich ein großes Badetuch und rannten zum Strand, um im warmen Meer zu baden und sich zu waschen. Was für ein Vergnügen, nach einem anstrengenden Tag Erholung im klaren Wasser zu finden!

Mit der Beendigung der Terrassenarbeiten schlug das Wetter erneut um und es wurde merklich sonniger und trockener. Trotzdem ließ der tägliche kurze Regenschauer die Luftfeuchtigkeit schnell ansteigen, sodass es sich anfühlte, als befänden sie sich in einem überdimensionierten Treibhaus. Eine vollständige Unterstützung durch die Armee blieb vorerst aus, aber die Spannung vor einem möglichen Angriff der Rebellen lag förmlich in der Luft. Unsicherheit und Angst vor dem Unbekannten ließen die Tage unruhig verstreichen.

Eric wurde mitten in der Nacht aus dem Schlaf gerissen und zunächst hatte er Mühe, sich zu orientieren. Das Fenster stand weit offen, der Wind spielte mit den Gardinen, während ein Brausen durch die Luft strömte und der Himmel sich leicht orange färbte. Verschiedene Geräusche drangen in das Zimmer: Schüsse und Waffengeknatter, laute Befehlsrufe, Motorengeheul und angsterfüllte Schreie aus dem Arbeiterdorf. Von Panik ergriffen stürmte Eric zur Tür, riss sie auf und betrat die Terrasse. Entsetzt starrte er in Richtung des Lärms. Überall schien es zu brennen, der Himmel verfärbte sich immer stärker rot. Plötzlich tauchte auch seine Schwester Cécile auf und starrte entsetzt in das Flammenmeer. Mutter Gabriel trat neben Eric und herrschte die beiden an, sofort mit ihr nach unten in die Küche zu kommen. In der Eingangshalle waren bereits Mavo, Tojo und Hery versammelt, von Vater Gabriel mit Berthier-Gewehren und Munition ausgerüstet. Mit ruhiger Stimme berichtete er, was er wusste: „Einheimische haben offensichtlich das Arbeiterdorf und die Betriebsgebäude überfallen. Ich erwarte Richard jeden Augenblick, damit wir zusammen im Dorf Widerstand organisieren können."

Er wies Mavo an, im Haus zu bleiben und seine Familie zu beschützen. Dieser nickte bestätigend. Eric konnte seine Ungeduld nicht zurückhalten: „Vater, lass mich auch kämpfen. Ich möchte außerdem nach Kanto sehen." Die Worte sprudelten nur so aus ihm heraus, begleitet von einem tiefen Verlangen, sich dem Kampf anzuschließen. In diesem Moment betrat ein keuchender Richard mit rauchgeschwärztem Gesicht die Halle und alle Augen richteten sich gebannt auf ihn.

„Nun, Richard, wie ist die Lage?", wollte Vater Gabriel ungeduldig wissen.

„Die Angreifer sind definitiv Einheimische und scheinen es auf das Dorf und die Betriebsgebäude abgesehen zu haben. Dementsprechend haben sie überall Brände gelegt. Die Lage ist noch unübersichtlich, aber ich konnte mit Unterstützung der wenigen Soldaten vom Zeltlager bereits eine kleine Widerstandslinie aufbauen. Ebenso sind Faly und mein Vater vor Ort. Hoffentlich halten sie noch durch, bis wir kommen. Zuerst müssen wir uns der Angreifer entledigen. Die schießen wahl- und ziellos auf die Arbeiter, es ist grauenhaft!", endete er dramatisch und rang um Atem. Mutter Gabriel schrie auf: „Um Himmels willen, dann muss es bereits Tote geben", stellte sie entsetzt fest.

„Ja, die gibt es, leider", bestätigte Richard entmutigt und blickte zu Boden.

„Ich konnte die Soldaten des Straßenpostens per Funk erreichen, Richard“, schaltete sich Vater Gabriel wieder ein.

„Sie sollten jederzeit eintreffen. Auf meine Anweisung hin werden sie sich die Straße entlang bis zum Dorf vorkämpfen. Es gilt, jeden Aufständischen zu erledigen, der sich ihnen oder uns in den Weg stellt!“

„Wer sichert das Haus, Rémy?“, wollte Richard wissen und nahm Gewehr und Munition von Tojo entgegen.

„Ich, Master Richard“, antwortete Mavo entschlossen und hielt das Gewehr in die Höhe.

„Also los, auf gehts!“, schloss Vater Gabriel.

Auf seinen Wink setzte sich die kleine Kampftruppe in Bewegung und verschwand im Dunkel des Vorplatzes.

Derweil begaben sich Eric, seine Schwester und Mutter Gabriel in die Küche, setzten sich an den Tisch und lauschten dem Lärm, der weiterhin vom Dorf herüberdrang. Mavo löschte nach und nach im gesamten Erdgeschoss die Lichter und wies Eric an, das Licht in der Küche auszumachen. In der stickigen Dunkelheit der Küche saßen sie fest und Eric konnte die Unruhe förmlich spüren, die in der Luft lag. Das Warten zehrte an seinen Nerven und er fühlte sich wie ein Gefangener in seinem eigenen Zuhause. Tatenlosigkeit war nicht seine Art und doch wusste er nicht, wie er sich in dieser Situation verhalten sollte. Als Mavo leise die Küche betrat und die Tür hinter sich schloss, spürte Eric sofort, dass etwas im Gange war. Die Anspannung in Mavos Stimme verriet, dass Gefahr drohte.

„Ich habe zwei Gestalten entdeckt, die auf der Eingangsveranda herumschleichen. Bestimmt kommen sie ins Haus. Geht also in Deckung, verstanden? Du, Eric, komm sofort zu mir!“, zischte Mavo leise.

Entschlossen schlich Eric an Mutter und Schwester vorbei und gesellte sich zu ihm. Seine Gedanken wirbelten, als er von Mavo eine Pistole entgegennahm – das Modell, mit dem er und sein Vater Schießübungen gemacht hatten.

„Sie ist geladen und entsichert“, erwähnte Mavo mit einem knappen Nicken.

Ein eisiger Schauer durchzog Eric, als eine Gestalt am Küchenfenster auftauchte. „Am Küchenfenster", warnte er leise, während seine Schwester zu schluchzen begann. Sofort hielt Mutter Gabriel Cécile die Hand vor den Mund, um jeden Laut zu ersticken, der den Angreifer aufmerksam machen könnte. Eric spürte die Spannung in der Luft, als die Bedrohung näher rückte und die Gestalten sich in die Küche schleichen wollten. Die Spannung war zum Zerreißen, als die Angreifer plötzlich wieder auftauchten und sich erneut der Eingangstür näherten.

„Sie kommen jetzt bestimmt herein!", flüsterte Mavo, seine Stimme angespannt.

„Bereit?", fragte er Eric und durchbohrte ihn mit einem entschlossenen Blick.

Kaum hatte Mavo ausgesprochen, fielen zwei Schüsse. Holz zersplitterte und die Eingangstür flog mit einem ohrenbetäubenden Krachen aus den Angeln und landete in der großen Halle. Eric zuckte zusammen, sein Herz hämmerte wild in seiner Brust und sein Mund fühlte sich trocken an. Mavo hatte vorausschauend einen Fuß an die Tür gesetzt, sodass die Detonation der Schüsse die Küchentür nur einen schmalen Spalt weit öffnete. Er hockte geduckt und ruhig da, sein Gewehr in Richtung Tür gerichtet. Eric befand sich etwas hinter Mavo, mit einem klaren Blick in die Halle. Obwohl nur Sekunden vergangen waren, fühlte es sich für ihn an wie eine Ewigkeit, bis die beiden Angreifer endlich durch die Tür traten. Sie blieben unschlüssig in der Mitte stehen, suchten nach Bewegung und lauschten angestrengt in die Dunkelheit. Mavo zögerte keinen Moment und feuerte zwei Schüsse in kurzer Abfolge ab. Der erste Angreifer wurde in der Brust getroffen, flog durch die Wucht des Schusses durch die Halle und prallte regungslos gegen die Wand. Der zweite schien an den Beinen getroffen worden zu sein, knickte ein und krümmte sich vor Schmerz. Mavo sprang sofort auf, hetzte zu dem stöhnenden Mann und setzte ihm einen gezielten Schuss in die Brust. Dann eilte er zur Seite der Eingangstür und verharrte dort, bereit, weitere Angreifer sofort zu neutralisieren. Eric staunte über die Schnelligkeit und Entschlossenheit des alten Mannes. Er realisierte erst jetzt, dass Mavo beide Angreifer kaltblütig erschossen hatte, während seine Mutter und Cécile laut schrien.

„Seid still!“, herrschte Mavo sie an, seine Stimme schneidend und bestimmt.

Durch Handzeichen wies er Eric an, sich hinter ihn zu stellen. Dieser zögerte, noch nicht bereit, sich aufzurichten. Der Schock musste zuerst verdaut werden. Die beiden Angreifer lagen reglos in einer wachsenden schwarzen Lache aus Blut, die einen metallischen Geruch verbreitete. Nach einem Moment des Schreckens wagte sich Eric schließlich in einer kriechenden Bewegung zu Mavo und erhob sich mit zitternden Beinen neben ihm. Schweißperlen bildeten sich auf seiner Stirn, Übelkeit überkam ihn. Für einige Minuten verharrten sie in dieser Position, doch es geschah nichts weiter. Keine weiteren Angreifer tauchten auf. Eric konnte endlich erleichtert aufatmen, seine Anspannung ließ nach. Die Geräusche aus dem Dorf wurden wieder deutlicher. Auch das Wimmern der Frauen aus der Küche war verstärkt zu vernehmen. Mavo gab Eric zu verstehen, dass er nach draußen gehen wollte. Er nickte, um zu zeigen, dass er verstanden hatte. Behutsam schlich Mavo mit dem Gewehr im Anschlag auf die Terrasse hinaus, um die Lage auf dem Kiesplatz zu erkunden. Er hielt sich zuerst nach links, dann nach rechts und wandte sich schließlich den Garagen zu. Ermutigt durch Mavos Entschlossenheit, folgte Eric auf die Terrasse. Er spähte vorsichtig um die Büsche nach links und dann nach rechts, wo er sah, wie Mavo das Garagengebäude umrundete. Nach kurzer Zeit kehrte er zurück.

„Für den Moment scheinen wir in Sicherheit zu sein. Ich konnte keine weiteren Angreifer entdecken“, sagte er mit gedämpfter Stimme.

„Lass uns in die Küche zurückkehren, Madame Sabine und Cécile beruhigen“, schlug Mavo vor.

Eric konnte seine Verzweiflung nicht verbergen. „Nein, ich will nicht zurück, Mavo. Ich muss ins Dorf, um Kanto zu suchen, bitte“, flehte er.

Mavo schüttelte den Kopf. „Das kann ich nicht zulassen, Master Eric. Dein Vater hat mich beauftragt, auf euch alle aufzupassen. Und außerdem ist es viel zu gefährlich. Du hast gesehen, wie skrupellos diese Typen sind. Sie schrecken vor nichts zurück. Komm jetzt sofort mit mir zurück", drängte er und betrat die Eingangshalle. Eric sah seine Chance gekommen. „Es tut mir leid, Mavo", rief er und eilte davon. „Für Kanto!"

Eric hockte sich hin, wartete geduldig und lauschte angestrengt. Seine Augen mussten sich erst an die Dunkelheit gewöhnen. Die grauenvollen Laute aus dem Dorf hallten noch immer in seinen Ohren: verzweifelte Schreie, lautes Jammern, Gewehrsalven, Detonationen, das Brausen der Flammen. Es war erschütternd, Eric erschauderte. Langsam, aber stetig konnte er vertraute Konturen ausmachen. Vor ihm lag der schmale Geheimpfad, kaum erkennbar für Personen, die nichts von seiner Existenz wussten. Eric bog den Ast eines nahen Baums um und trat auf den federnden Boden des Pfads. Er behielt den Weg im Auge, obwohl er jeden Zentimeter genau kannte. Gleichzeitig richtete er seinen Blick auf das Dorf und den gleißend hellrot schimmernden Himmel.

Was würde er wohl antreffen?

Ängstlich folgte er dem schmalen Pfad und näherte sich dem Getümmel. Bald erreichte er die ersten Hütten, die sich im Licht der Flammen abzeichneten. Sogleich würde er zu der Abzweigung gelangen, die ihn zu Kantos Hütte führte. Eric verlangsamte seine Schritte, schlich sich heran und hielt inne, kurz bevor er den Pfad verließ. Gut versteckt hinter Gebüschen und hohem Schilfgras, wartete er gespannt auf das, was ihn erwartete. Entlang des schmalen Pfads schritt Eric weiter voran und kam dem Lärm immer näher. Bald erreichte er die ersten Hütten, die sich im hellen Aufflackern der Flammen abzeichneten. Eine unheilvolle Kulisse, die sein Herz schneller schlagen ließ. Die Abzweigung zur Hütte von Kanto war bereits in Sicht. Eric verlangsamte sein Tempo, während er sich dem Scheideweg näherte. Schleichend nahm er die Abzweigung, sein Puls pochte laut in seinen Ohren. Vorsichtig richtete er sich auf, um einen besseren Blick auf das Dorf zu erhaschen. Noch zögerte er, die schützende Deckung zu verlassen. Behutsam drückte er das Schilfgras zur Seite.

Was er sah, ließ ihn erneut erschaudern. Fast alle Hütten standen in Flammen. Reglose Körper lagen auf den Treppen und um die Hütten verstreut. Einige bewegten sich noch, andere schrien schmerzerfüllt. Übelkeit stieg in Eric auf und zwang ihn zu Boden, wo er sich übergeben musste. Der beißende Rauch ließ seine Augen brennen, aber er kämpfte sich wieder auf die Beine. Sein Blick fiel auf die Hütte, in der Kanto und seine Mutter wohnten. Überraschenderweise schien sie nicht vom Feuer bedroht zu sein, doch von den Bewohnern war keine Spur zu sehen. Eric stand vor einer schwierigen Entscheidung. Sein Freund Kanto und seine Mutter konnten in Gefahr sein und er musste Gewissheit haben. Vielleicht brauchten sie dringend seine Hilfe. Als eine Gruppe johlender Aufständischer an seinem Versteck vorbeijagte, duckte er sich instinktiv weg. Nach einem kurzen Moment des Zögerns wagte er den Weg zur Hütte, zog die Tür auf und trat ein. Schon beim ersten Schritt im Dunkeln stolperte er über ein Hindernis, fiel hart auf den Boden und ließ seine Pistole fallen. Ein Fluch entwich ihm, gefolgt von einem gedämpften Aufprall. Als sich seine Augen an die Dunkelheit gewöhnten, erblickte er schemenhaft einen Körper am Boden. Angsterfüllt, dass es Kanto sein könnte, kniete er sich hin, um festzustellen, dass es sich um Malala, Kantos Mutter, handelte. Als er nach ihrer Schulter griff, fühlte er etwas Nasses, Warmes. Ein Schauder durchfuhr ihn, weil er erkannte, dass es Blut war.

„Malala!“, flüsterte er, kaum fähig zu sprechen, sein Herz schlug wild. Doch sie regte sich nicht. Eric beugte sich näher an ihr Gesicht und erstarrte, als ihm bewusst wurde, dass sie nicht mehr atmete. Tränen rannen über seine Wangen, ein Gefühl der Verzweiflung überwältigte ihn und zwang ihn, sich zu krümmen. Er war wie gelähmt, unfähig zu handeln, während der Schmerz ihn durchdrang.

Plötzlich zerriss eine gewaltige Detonation die Luft, nahe am Haus. Eric wurde aus seiner Erstarrung gerissen. Die Frage nach

Kanto schoss ihm durch den Kopf und die Angst, dass auch er zu Schaden gekommen sein könnte, trieb ihn an. Bevor er weitersuchen konnte, musste er seine Pistole finden. Bestimmt würde er sie noch brauchen. Auf allen vieren tastete Eric den Boden ab, bis seine Hand endlich auf das kalte Metall der Waffe stieß. Ein Funke Hoffnung durchströmte ihn. Mit festem Griff umschloss er sie, bereit, sich seinem Schicksal zu stellen und nach seinem Freund zu suchen. An der Tür horchte er angestrengt in die Nacht hinaus. Der Lärm schien nicht nachzulassen, doch das hielt Eric nicht davon ab, seinen Weg fortzusetzen. Vorsichtig öffnete er die Tür und trat in das flackernde Licht der brennenden Hütten. Der Rauch hing schwer in der Luft und ein Geruch von Verwüstung lag über allem. Dennoch schritt Eric entschlossen voran, den Schatten der brennenden Hütten nutzend, um unbemerkt voranzukommen. Überall lagen regungslose Gestalten, stumme Zeugen eines grausamen Überfalls. Eric konnte den Anblick kaum ertragen, aber er zwang sich, weiterzugehen. Als er schließlich das Betriebsgelände erreichte, wurde der Lärm lauter, das Knallen der Gewehre unerbittlich. Trotz der Gefahr, die ihn umgab, spürte Eric einen unbeugsamen Willen, sich seinem Freund gegenüber zu beweisen, ganz gleich, was ihm auf seinem Weg begegnen mochte.

Er zuckte zusammen, als eine weitere laute Detonation die Luft erschütterte, und verharrte in geduckter Haltung. Über dem Lärm hörte er die raue Stimme seines Vaters, der Befehle an seine Männer bellte, während sie sich organisierten. Die Geräusche der Schlacht erfüllten die rauchgeschwängerte Luft erneut. Er rannte weiter, geschickt die Deckung der Hütten nutzend, und blieb schließlich an der letzten stehen, um sich einen Überblick zu verschaffen. Eine orchestrierte Gewehrsalve dröhnte durch die Luft, gefolgt von Schreien des Schmerzes. Ein scharfer Befehl seines Vaters durchschnitt die Kakophonie und eine weitere Salve folgte. Es schien, als hätte sein Vater die Oberhand gewonnen. Hoffnung keimte in Eric auf. Vorsichtig spähte er um die Ecke der Hütte und sah, wie sein Vater, Richard und die anderen Männer von der Hauptstraße herüberkamen, immer noch konzentriert schießend, doch plötzlich wurde sein Blick von aufheulendem Motorenlärm abgelenkt.

Ein Kleinlaster mit Fahrer und drei Männern auf der Ladefläche fuhr los, während die Männer einen wild um sich schlagenden Kerl festhielten. Offensichtlich wollten sie flüchten, aber der Weg durch das Dorf war blockiert. Eine erneute Gewehrsalve zerriss die Luft und einer der Männer fiel über die Brüstung des Lasters und landete im Kies. Der Kleinlaster beschleunigte und spritzte dabei Kies auf den Weg zwischen den Hütten. Der Kampf auf der Ladefläche tobte weiter, und der um sich schlagende Kerl schien, die Oberhand zu gewinnen. Fasziniert beobachtete Eric die Szene und wusste, dass nun sein Moment gekommen war. Entschlossen trat er aus dem Schatten der Hütte und hob seine Pistole. Es war einfach: Er musste nur den Fahrer treffen, und die Flucht wäre vereitelt. Ein letzter Blick zu den kämpfenden Männern auf der Ladefläche und schon wollte Eric den Fahrer ins Visier nehmen. Plötzlich hielt ihn eine entsetzliche Erkenntnis zurück. Wer war das? Wer kämpfte da so wild auf der Ladefläche? Eric zögerte, bis ihm plötzlich klar wurde, dass es sich bei dem kämpfenden Kerl um seinen Freund handelte.

„Kanto!", sein Schrei gellte durch die Nacht. Eine weitere Salve durchlöcherte den Laster, ließ ihn erzittern und die Männer auf der Ladefläche sackten zusammen.

„Nein, nein, nein." Ein Ausdruck der Verzweiflung trat auf Erics konsterniertes Gesicht. Er konnte kaum die Pistole heben, die in seiner kraftlosen Hand keinen Halt mehr fand. Der Kleinlaster raste an ihm vorbei, umrundete die Hütte und verschwand im dichter werdenden Rauch der Flammen. Er stand fassungslos da. War Kanto getroffen worden? Und wohin fuhr der Laster? Die Pistole glitt aus seiner Hand und fiel auf den Kiesboden. Erschöpft sank Eric auf die Knie und konnte den Weinkrampf nicht mehr zurückhalten.

„So muss sich das Ende anfühlen", dachte er resigniert.

Kapitel 10

Die Tage und Wochen nach dem brutalen Überfall der Rebellen waren geprägt von Qual und Schmerz. Einzig Trost spenden konnte, dass das Haus der Gabriels unversehrt geblieben war. Eric konnte immer noch nicht begreifen, dass Kanto entführt worden war. Ob sein Freund noch am Leben war, blieb ungewiss. Die Gefühle, die ihn durchfluteten, reichten von Hass über Angst bis hin zu tiefem Schmerz. Er schlief kaum oder litt unter qualvollem Schlaf, sein Appetit war verschwunden und seine Laune am Boden. Die Ungewissheit nagte unaufhörlich an ihm, eine Qual, die er kaum ertragen konnte. Das Schlimmste war jedoch die Machtlosigkeit, die ihn gefangen hielt. Er wusste nicht, was er tun sollte, und diese quälende Unsicherheit fraß ihn förmlich auf. Eric war entschlossen, bald Nachforschungen anzustellen. Das Abwarten war unerträglich. Er grübelte intensiv, wie er vorgehen konnte. Es war nur eine Frage der Zeit, bis er handeln musste. Vorerst blieb ihm nichts anderes übrig, als zu Hause zu bleiben und beim Wiederaufbau zu helfen. Die Situation lähmte alle. Es dauerte viele Wochen, bis eine Art Normalität Einzug hielt und sie langsam begannen, das Ausmaß der Zerstörung zu erfassen und damit umzugehen. Der Schaden war immens. Fast alle Arbeiterhäuser waren dem Feuer zum Opfer gefallen – die leichten Holzbauten loderten schnell. Auch die Betriebsgebäude waren schwer beschädigt, sodass ein Neubau unvermeidlich war. Glücklicherweise waren Faly und Henry Maître vor Ort gewesen und hatten die meisten Bürounterlagen gerettet. Henry hatte jedoch einen hohen Preis bezahlt, als er von einem einstürzenden Balken verschüttet worden und in den Flammen umgekommen war, während er versucht hatte, die verbleibenden Kisten herauszubringen. Die letzten Brände wurden erst am Abend gelöscht und währenddessen auch alle Verletzten versorgt. In den Garagen richteten Mutter Gabriel, Cécile und Kira ein improvisiertes Lazarett ein und kümmerten sich um die Verletzten, unterstützt vom

Sanitätsdienst der Armee. Die Toten des Arbeiterdorfs wurden zunächst auf den Hauptplatz gebracht, um ihre Identität festzustellen. Fast die Hälfte der Einwohner hatte ihr Leben verloren. Die Rebellen hatten mit unvorstellbarer Brutalität gewütet und die Leichen waren teilweise schwer verstümmelt worden. Die Szenerie war entsetzlich. Danach wurden die Verstorbenen auf Armeelastwagen verladen und auf einem nahegelegenen Feld beigesetzt, das als Friedhof diente und auch das Grab von Großvater Luc beherbergte. An einem Abend, nachdem die letzten Gräber ausgehoben worden waren, veranstalteten Erics Eltern eine feierliche Beisetzungszeremonie. Ein Fackelzug, bestehend aus den verbliebenen Bediensteten, den restlichen Arbeitern, einigen Armeeangehörigen und Regierungsvertretern, zog vom provisorischen Zeltlager zum Friedhof. Vater Gabriel las tröstende Worte aus einem Psalm vor und forderte dann die Anwesenden auf, gemeinsam zu beten. Ein leises Gemurmel stieg auf, zunächst zaghaft, dann immer lauter und intensiver. Jeder betete in seiner eigenen Sprache. Das dauerte einige Minuten. Es war ein bewegender Moment, in dem Tränen flossen und gedämpftes Schluchzen zu hören war. Mutter Gabriel und Kira gingen durch die Reihen, um Trost zu spenden. Für Eric war es ein tröstlicher Moment, trotz der Trauer und des Hasses, den er gegenüber den Rebellen empfand, und der Gedanken an Rache, die ihn beschäftigten. Bald kehrte wieder Ruhe ein, doch die Gedanken blieben bei den zahlreichen Opfern. Auf Anweisung von Vater Gabriel verlas Mavo die Namen der Verstorbenen. Seine Stimme versagte mehrmals, besonders, als er Kanto und Malala nannte. Er musste kurz innehalten, um sich zu sammeln. Nachdem er den Namen von Henry Maître ausgesprochen hatte, brachen verschiedene Anwesende in Tränen aus. Der Konsul der nördlichen Provinzen, Monsieur Favre, hielt eine kurze Ansprache und drückte sein tiefes Beileid aus. Gleichzeitig schwor er, die Verantwortlichen zur Rechenschaft zu ziehen, und versprach, alles zu tun, was erforderlich war, um etwas über den Verbleib von Kanto herauszufinden. Sie hatten zwar eine Schlacht verloren, aber nicht den Krieg. Vater Gabriel beendete die Zeremonie mit dem Versprechen, alles wieder aufzubauen und zu neuer Stärke zurückzufinden. Der Vanillebaron würde nicht so leicht aufgeben.

Für Eric war jedoch nichts mehr wie zuvor. Er fühlte sich leer und alleingelassen, ausgelaugt von der Trauer um Kanto, der ihm überall und immer fehlte. Trotz seines intensiven Engagements beim Aufräumen, Reparieren und Bewirtschaften der Plantagen erschien ihm alles ohne Kanto sinnlos. Einzig ein Brief von Sophie, voller Verständnis, Trost und Zuspruch, konnte ihn ein wenig über den Verlust hinwegtrösten, doch die ständige Ungewissheit über Kantos Verbleib und die quälende Untätigkeit zehrten an ihm. Er wusste, er musste etwas unternehmen. Was konnte er bloß ausrichten?

Die Tage verstrichen und doch änderte sich nichts. Erics Gedanken kreisten ständig um dieselben Fragen, Ergebnisse und Probleme. Es war zum Verzweifeln. Als Mutter Gabriel ihn eines Morgens auf die Terrasse bat, war die Atmosphäre von einer Mischung aus Meeresbrise und dem leisen Knistern der Grammofonmusik erfüllt. Mit einem Lächeln, das Vorfreude und Entschlossenheit ausdrückte, richtete sie ihre Gedanken auf das Arbeiterdorf, das sie schon lange neugestalten wollte.

„Eric, komm, setz dich zu mir. Ich habe einige Überlegungen zum neuen Arbeiterdorf angestellt“, lockte sie ihn sanft an.

Voller Neugier ließ sich Eric seiner Mutter gegenüber nieder und erwartete gespannt, was sie zu berichten hatte.

„Du erinnerst dich bestimmt daran, dass ich schon immer davon geträumt habe, das Arbeiterdorf neu zu gestalten, oder?“, begann sie.

„Ja, natürlich. Und Vater lehnte deine Ideen immer wieder ab, indem er andere, scheinbar wichtigere Dinge als Hindernis vorschob“, erwiderte Eric.

Mutter Gabriel lächelte. „Genau! Jetzt, da das Dorf ohnehin neu aufgebaut werden muss, dachte ich, warum nicht gleich meine Ideen umsetzen? Es spricht doch nichts dagegen, oder?“

„Absolut nichts. Was genau hast du im Sinn? Hast du schon mit Vater darüber gesprochen?“, fragte Eric, der seine Ungeduld nur schwer verbergen konnte.

„Noch nicht“, antwortete sie. „Die Aufräumarbeiten sollten allerdings nächste Woche abgeschlossen sein und Vater hat angedeutet, dass er seine Pläne für den Wiederaufbau mit mir besprechen möchte.“

„Fantastisch. Dann lass uns hören, was du ändern möchtest“, drängte Eric ungeduldig, bereit, von Mutter Gabriels Vision zu erfahren.

Mit strahlenden Augen und einem Hauch Aufregung in ihrer Stimme präsentierte sie ihre Ideen für das neu zu gestaltende Arbeiterdorf. Eric lauschte gebannt, während seine Mutter die ersten Konturen dieser erneuerten Gemeinschaft skizzierte.

„Erstens müssen die Häuser stabiler und geräumiger gebaut werden“, begann sie entschieden. „Ein wenig mehr Platz wäre äußerst vorteilhaft. Zweitens habe ich mir überlegt, endlich eine Schule zu errichten, damit ich wieder als Lehrerin arbeiten kann. Die hauswirtschaftlichen Aufgaben werden bereits hervorragend von den Bediensteten erledigt, sodass ich mich wieder einer erfüllenden Aufgabe widmen könnte.“ Ein Strahlen breitete sich auf ihrem Gesicht aus, als sie sich vorstellte, wieder in ihrem Element zu sein. Eric lauschte gespannt. Mutter Gabriel fuhr fort: „Nun, das Wasserzuleitungssystem und die sanitären Einrichtungen müssen dringend verbessert werden. Außerdem sollten wir Terrassen vor den Betriebsgebäuden anlegen und Schatten spendende Unterstände an den Arbeitsstationen installieren. Es ist nicht hinnehmbar, dass unsere Arbeiter ständig der gnadenlosen Sonne ausgesetzt sind. Und die Verbindungsstraßen müssen mit Kies befestigt werden, um den lästigen Matsch bei Regen zu beseitigen. Außerdem ist es mir ein Anliegen, eine ordentliche Krankenstation einzurichten. Ich möchte sicherstellen, dass unsere Arbeiter und Arbeiterinnen angemessen versorgt werden. Der Hokuspokus-Medizinmann war ein Betrüger! Ich denke, das wäre eine perfekte Aufgabe für deine Schwester Cécile.“

Eric war beeindruckt von der Leidenschaft seiner Mutter und stellte sofort praktische Fragen: „Wie willst du das Vater und Cécile beibringen? Hast du an die Kosten gedacht?“

Mutter Gabriel lächelte verschmitzt. „Ich dachte, ich erzähle es dir, und wenn du einverstanden bist, kannst du mich unterstützen. Einverstanden?“

Beide lachten und die Atmosphäre war von einer freudigen Aufbruchsstimmung durchdrungen. Tage später saßen sie alle am Mittagstisch und lauschten aufmerksam den Ausführungen über die Zukunft des Arbeiterdorfs. Mutters Vorschläge fanden bei Vater und Cécile Anklang. Die Vorstellung, das Arbeiterdorf zu verbessern und unabhängiger zu werden, begeisterte sie alle. Rémy lächelte zustimmend, während er mit einer Serviette seine Lippen abwischte und Mutters Frage beantwortete.

„Ja, meine Liebe, ich bin einverstanden“, bestätigte er. „Ich schlage sogar vor, dass du zusammen mit Faly und dem Architekten das Arbeiterdorf planst und die Umsetzung begleitest. Du weißt, ich habe mit den neuen Betriebsgebäuden bereits genug zu tun. Damit entlastest du mich enorm. Und, wie steht unsere Krankenschwester zu ihrem neuen Job?“ Er wandte sich lächelnd an Cécile.

Die Begeisterung in ihren Augen war nicht zu übersehen, als sie antwortete: „Mutter hat mich bereits informiert und ich bin wirklich begeistert von der Idee einer Krankenstation. Es ist genau das, was ich mir immer gewünscht habe.“

Rémy nickte zufrieden. „Das freut mich, Cécile. Ich konnte bereits die Unterstützung der Armee für dieses Projekt gewinnen. Außerdem habe ich den Konsul gebeten, alle wichtigen Häuser an die Telefonleitung anzuschließen. So können wir in Zukunft schneller kommunizieren und im Bedarfsfall Hilfe organisieren.“

Sein Blick wanderte zu seinem Sohn, der ungeduldig auf eine Antwort zu einer anderen Frage wartete. „Und was machen wir wegen Kanto?“, platzte Eric heraus, seinen Blick erwartungsvoll auf Vater Gabriel gerichtet.

Er seufzte leicht. „Ich weiß es nicht, Eric“, antwortete er und senkte den Blick.

Cécile brachte die drückende Ungewissheit auf den Punkt. „Wir wissen ja nicht einmal, ob er noch lebt“, stellte sie nüchtern fest.

Eric ließ sich jedoch nicht so leicht abwimmeln. „Genau deshalb müssen wir etwas unternehmen! Hier zu Hause zu hocken und nichts zu tun, ist keine Lösung. Vater, bitte erlaube mir, mit der Armee zu fahren. Ich könnte mich im Norden umhören!"

Mutter und Vater Gabriel reagierten empört auf Erics Vorschlag. „Nein, Eric, das ist keine Option. Was hast du dir dabei gedacht?", entrüstete sich seine Mutter.

Sein Vater unterstützte sie entschieden. „Genau, Sabine hat recht. Ohne Gewissheit über seinen Verbleib können wir nicht losziehen. Wir müssen geduldig abwarten."

„Nein, nein und nochmals nein!"

Eric konnte seine Verzweiflung nicht mehr zurückhalten und flehte förmlich um Verständnis. „Bitte lasst mich etwas unternehmen. Diese Ungewissheit macht mich fertig."

„Es hat keinen Sinn, loszuziehen. Wir haben hier einfach sehr viel zu tun. Ich bin sicher, die Armee wird in den nächsten Wochen etwas über den Verbleib von Kanto erfahren", antwortete Vater Gabriel.

Mutter Gabriel und Cécile eilten zu Eric, um ihn zu trösten, als er leise zu wimmern begann. „Wir fühlen mit dir, Eric. Du bist nicht allein", versuchte Cécile ihn zu beruhigen, während seine Mutter ihn fest umarmte.

Plötzlich unterbrach ein Klopfen an der Salontür die bedrückte Atmosphäre im Raum. Vater Gabriel rief ungehalten: „Wer ist da?"

Mavo trat zögerlich ein, seine Stimme leicht belegt von Unsicherheit: „Bitte entschuldigt, Master Rémy, aber Hery ist eben zurückgekommen und bittet, kurz hereinkommen zu dürfen."

„Ah, natürlich, komm herein, Hery", rief Vater Gabriel und versuchte, einen Blick ins Entrée zu erhaschen, während Mavo Platz machte.

Ein sichtlich erschöpfter Hery trat ein, seine Schultern leicht gesenkt von der Last des Tages.

„Nun, Hery, was hast du zu berichten? Verlief alles gut?", fragte Mutter Gabriel, die das Wohlbefinden ihrer Mitarbeiter stets im Blick hatte.

„Danke, alles lief bestens. Wir dürfen auch die nächste und letzte Ladung des Brandmaterials ins Armeecamp bringen. Soll ich sie heute Nachmittag noch aufladen und morgen gleich rauffahren?“, wandte sich Hery an Vater Gabriel, in Erwartung einer Anweisung.

„Natürlich, Hery, mach das. So sind wir endlich alles los und können uns dem Neuen zuwenden“, antwortete Vater Gabriel zufrieden und warf einen bedeutungsvollen Blick zu den anderen Familienmitgliedern.

Dennoch ... etwas war anders als sonst. Nervös rieb sich Hery die Hände und machte keine Anstalten, den Raum zu verlassen. Mavo, zunehmend unruhig, versuchte, Hery mit einem Blick zum Gehen zu bewegen, doch dieser blieb, sein Gewicht von einem Fuß auf den anderen verlagernd, vor dem Tisch stehen.

„Hery, worauf wartest du?“, fragte Vater Gabriel, seine Stimme von einer unterschwelligen Ungeduld durchzogen.

„Monsieur Conseiller Petit hat mir aufgetragen, Sie, Master Rémy, zu fragen, ob er nächste Woche vorbeikommen kann. Er hat wichtige Informationen, die er Ihnen persönlich überbringen möchte“, erklärte Hery mit einem Hauch von Ehrfurcht in der Stimme.

„Nächste Woche?“, überlegte Vater Gabriel kurz. „Ja, das passt. Hat er gesagt, um was es geht?“

„Mir gegenüber hat er nichts dergleichen angedeutet, aber ich konnte beim Gehen hören, wie im Gespräch mit Conseiller Grosjean mehrmals der Name von Kanto erwähnt wurde“, fügte Hery hinzu, einen bedeutungsvollen Blick zu Eric und dann zu Vater Gabriel richtend.

Die plötzliche Erwähnung von Kantos Namen überraschte alle Anwesenden.

„Danke, Hery. Teile den beiden Herren morgen mit, dass wir sie erwarten werden. Und nun lass uns allein“, entschied Vater Gabriel.

Hery verneigte sich und verließ den Raum, seinen Blick erneut kurz zu Eric wendend. Mit einem unmerklichen Nicken wandte er sich ab und verschwand. Mavo schloss leise die Tür hinter Hery.

„Vielleicht erfahren wir nächste Woche etwas über Kanto", versuchte Cécile, die bedrückte Stimmung zu durchbrechen.

Eric nickte, doch in seinem Inneren nagte die Neugier. Er hatte das Gefühl, dass Hery ihm etwas mitteilen wollte. Er beschloss, ihn nach dem Essen aufzusuchen, um Klarheit zu bekommen. Mit dem Vorwand, Hery beim Aufladen der Brandabfälle helfen zu wollen, verabschiedete er sich von den anderen. Schnell griff er sich eine Papaya aus der Küche, ignorierte Kiras Protestrufe und machte sich auf den Weg. Die Ungewissheit trieb ihn voran und er sehnte sich danach, die Wahrheit herauszufinden. Der Himmel klarte auf, als Eric sich durch die Ruinen der Betriebsgebäude bewegte. Die Sonne strahlte. Zugleich trug eine leichte Brise den Hauch von Brandgeruch in seine Nase. Auf dem großen Platz zwischen den verfallenen Mauern traf er auf Hery und seinen Vater Tojo, die emsig dabei waren, den Lastwagen zu beladen.

„Hey, Hery, für die morgige Fahrt habe ich dir eine Stärkung mitgebracht", rief Eric fröhlich und warf eine Papaya in die Luft. „Fang auf!"

Hery fing die Frucht geschickt, während er einen verkohlten Balken auf die Ladebrücke hob. „Danke!"

Er lächelte und platzierte die Papaya sorgfältig auf dem Beifahrersitz des Lasters.

„Guten Tag, Tojo. Kann ich euch beim Aufladen helfen?", fragte Eric.

„Frag nicht so dumm, pack mit an", antwortete Hery für beide und lachte.

Eric konnte nicht länger warten, er musste Herys Anspielung verstehen. „Was war das beim Mittagessen?", fragte er direkt, doch er erhielt nur einen vernichtenden Blick von Hery, der sofort zu seinem Vater schaute.

„Wovon redet Eric?", schaltete sich nun Herys Vater ein, während er die Ladefläche überblickte. Hery schnitt eine Grimasse zu Eric und gab stumm zu verstehen, dass sie später reden würden.

„Master Rémy hat mich informiert, dass die beiden Messieurs Conseiller nächste Woche herkommen wollen, um wichtige Hinweise mitzuteilen. Das war alles“, erklärte Hery, seine Augen rollend auf Eric gerichtet.

Dieser verstand die Botschaft und nickte. Tojo schien mit der Antwort seines Sohns zufrieden zu sein, denn er fragte nicht weiter nach. Gemeinsam begannen sie ihre Arbeit. Balken um Balken und Holzreste sammelnd, schleppten sie die verkohlten Überreste der Gebäude auf die Ladefläche des Kleinlasters. Der Schweiß lief ihnen in Strömen herunter, als sie Seite an Seite arbeiteten, bis die Aufgabe schließlich erledigt war. Zufrieden tranken sie aus der von Tojo mitgebrachten Wasserflasche.

„Ich werde den Lastwagen zum Zeltlager fahren und ihn unter den Palmenhain im Schatten parken. Kommst du mit, Eric?“, fragte Hery und blickte ihn erwartungsvoll an.

„Natürlich, gerne“, antwortete Eric und richtete eine Frage an Tojo: „Gibt es noch etwas zu tun oder ist das alles?“

„Das wars. Geh mit Hery, vielleicht gibt es noch etwas im Zeltlager zu erledigen. Ich bleibe hier bei Faly und helfe ihm“, entschied Tojo.

Eric stieg in die Kabine des Lastwagens und Hery fuhr los. Die Fahrt zum Zeltlager war kurz. Als er den Lastwagen neben einer großen Palme auf dem Parkplatz des Zeltlagers parkte und den Motor ausschaltete, blieb er einen Moment lang regungslos sitzen, tief durchatmend. Eric konnte seine Nervosität kaum verbergen und rutschte ungeduldig auf der Sitzbank hin und her. Schließlich begann Hery zu sprechen, während er immer wieder den Parkplatz um sich herum überprüfte: „Hör zu, Eric, was ich dir jetzt erzähle, sind nur Gerüchte, keine gesicherten Fakten. Es scheint, dass Kanto verletzt wurde, aber er lebt!“

„Kanto lebt?“ Eric konnte seine Ungläubigkeit nicht verbergen und starrte Hery an.

„Schscht, sprich leiser!“

„Erzähl weiter, Hery. Was weißt du noch und woher stammen diese Informationen?“, drängte Eric.

„Ich weiß es nicht genau, aber ich gehe davon aus, dass es stimmt. Du weißt doch, dass ich bei einer meiner Tanten übernachte, wenn ich in den Norden fahre, wegen der langen Fahrt", erklärte Hery, während Eric ihm aufmerksam zuhörte und darauf wartete, dass er fortfuhr.

„Hier also die Geschichte: Gestern beim Nachtessen war meine Cousine, die Tochter meiner Tante, auch da. Sie arbeitet auf der französischen Krankenstation außerhalb von Diego Suarez und nebenan betreibt die deutsche Wehrmacht ihre eigene. Dort gibt es eine separate Station, die nur für deutsche Soldaten bestimmt ist und von niemand anderem betreten werden darf."

„Was hat das mit Kanto zu tun?", fragte Eric, der langsam ungeduldig wurde.

„Nun, meine Cousine erzählte von einem Vorfall: Einer der Ärzte wurde wegen eines Notfalls in diese geschlossene Abteilung gerufen und sah dort einen jungen Mann, etwa 20 Jahre alt, der einheimisch aussah. Das kam ihm seltsam vor, da normalerweise nur Deutsche dort sind. Das Merkwürdige war, dass dieser junge Mann auffallend helle Haut hatte. Die Nachricht, dass sich ein Einheimischer in dieser Abteilung befand, sorgte für große Aufregung. Sie kennt zwar keine Details des Überfalls, aber mir war klar, dass es sich um Kanto handeln könnte."

„Das ist eine unglaubliche Geschichte. Wie kommst du darauf, dass es Kanto sein könnte?", fragte Eric verwirrt.

„Nun, mein Onkel hat mir in diesem Zusammenhang erzählt, dass es Gerüchte gibt, wonach die Wehrmacht mit ehemaligen Piraten zusammenarbeitet. Es wird gemunkelt, dass der oberste Kommandant hinter diesen Verbindungen steckt."

„Bönisch!", entfuhr es Eric.

„Genau. Deshalb könnte es sich um Kanto handeln. Vielleicht gewährt Bönisch den Piraten Schutz und Unterschlupf. Wer weiß das schon? Oder sie haben sich in ihrer Verzweiflung an ihn gewandt und er hilft ihnen aus", erklärte Hery.

Ein betretenes Schweigen trat ein, während beide ihren Gedanken und Überlegungen nachhingen. Schließlich durchbrach Hery das Schweigen und sagte: „Noch etwas, Eric. Bestimmt weißt du auch, dass dein Vater einen Verräter in unseren Reihen vermutet."

Eric schaute verblüfft auf. „Bist du dir da sicher? Das höre ich zum ersten Mal. Mein Vater hat noch nie etwas in dieser Richtung erwähnt."

„Mein Vater hat es mir erzählt, schon vor dem Überfall", fuhr Hery fort. „Dein Vater hat alle bei einer seiner Leitungssitzungen informiert. Du weißt, wer bei diesen Sitzungen jeweils dabei ist. Alle führenden Mitarbeiter wurden informiert, aber bisher haben sie keinen Verdacht. Angesichts unseres triumphalen Siegs und der Abwehr des Angriffs ist diese Vermutung natürlich in weite Ferne gerückt. Trotzdem bleibe ich sehr vorsichtig und das rate ich auch dir, Eric."

Wieder herrschte für einige Minuten Stille. In Erics Kopf kreisten bereits wilde Gedanken, Ideen und Pläne. Was bedeuteten diese Gerüchte und Vermutungen? Sollte er seinen Vater einbeziehen oder allein handeln?

Als hätte Hery seine Gedanken gelesen, fragte er: „Was denkst du, sollen wir deinem Vater alles erzählen?"

Eric schaute ihn lange an. In diesem Moment traf er eine Entscheidung. „Wann gehst du morgen los?", wollte er wissen.

„Okay, wir lassen deinen Vater aus dem Spiel. Ist es das, was du sagen möchtest?", fragte Hery.

„Ja, vorerst. Du hast gesagt, dass Kastor und Pollux, entschuldige, ich meine Petit und Grosjean nächste Woche vorbeikommen. Spätestens dann wird das alles zum Thema. Bis dahin möchte ich mehr herausfinden. Ich begleite dich morgen. Das gibt mir genügend Zeit, herumzuschnüffeln und den Gerüchten nachzugehen. Oder sollte ich besser ‚uns' sagen?" Eric warf Hery einen belustigten Blick zu.

„Bist du von allen guten Geistern verlassen, Eric? Du spinnst wohl. Deine Eltern werden dich bestimmt nicht gehen lassen", sagte Hery ungläubig.

„Wer hat gesagt, dass ich um Erlaubnis fragen muss? Es geht um meinen Freund Kanto und jetzt ist meine Chance, endlich aktiv zu werden", erklärte Eric mit fester Stimme. Hery wirkte überrascht und gespannt zugleich.

„Gut, hier ist der Plan: Ich schleiche mich aus dem Haus und warte in der scharfen Kurve unten an der Küste. Meinen Eltern erzählen wir bei der Rückkehr die offizielle Geschichte, ich wäre als blinder Passagier unter der Decksplane, ohne dein Wissen, mitgereist. So bist du fein raus. So oder so. Egal ob mir etwas zustoßen sollte oder ich mit dir zurückkehre, du bist aus dem Schneider! Alles klar? Also, wann soll ich auf dich warten?", fragte Eric.

„Du schlaues Kerlchen! Das muss ich dir lassen. Da gibt es aber etwas, an das du nicht gedacht hast", erwiderte Hery.

„Und das wäre?", fragte Eric.

„Was passiert, wenn du nicht zum Frühstück auftauchst, mmh?"

Eric lachte: „Keine Sorge, ich hinterlasse eine kurze Notiz auf meinem Kopfkissen. Entweder Vao oder Soa wird sie finden und alle anderen informieren. Noch Fragen, Hery, oder willst du das Kreuzverhör ausweiten? Ich möchte jetzt gerne baden und mich vor dem Essen umziehen. Es ist schon spät. Also, wann genau?" Erics Augen glänzten vor Abenteuerlust.

„Ich breche um fünf Uhr auf. Sei kurz danach bereit", antwortete Hery.

„D'accord! Und achte darauf, die Plane über dem Holz zu spannen, damit unsere Geschichte nicht vorzeitig auffliegt. Das ist mir wirklich wichtig. Verstanden?", betonte Eric mit ernster Miene.

Hery nickte und hob seinen Daumen als Zustimmung.

„Danke!", sagte Eric, öffnete die Beifahrertür, sprang aus der Kabine und schlenderte zurück zum Haus. Schon von Weitem drangen klassische Klänge an Erics Ohr. Ein Lächeln huschte über sein Gesicht. Bestimmt saß seine Mutter auf der Veranda und ließ sich von der Musik verzaubern. Leider wollte ihm der Komponist partout nicht einfallen. Entschlossen teilte er diverse Palmblätter im Garten und bahnte sich einen Weg zum Haus. Als er näherkam, sah er tatsächlich seine Mutter auf dem Sofa sitzen. Sie war in Papiere vertieft und schien so konzentriert zu sein, dass sie Eric nicht bemerkte. Erst als er direkt vor ihr stand, zuckte sie erschrocken zusammen und stieß einen spitzen Schrei aus.

„Mon Dieu, Eric, du hast mich ja erschreckt." Sie starrte ihn mit großen Augen an.

„Was ist denn passiert? Du siehst ja völlig verschwitzt und verdreckt aus. So kannst du doch nicht zum Essen kommen."

„Mutter, ich weiß, danke für den Hinweis", erwiderte Eric und deutete mit einem Augenzwinkern auf das Grammofon.

„Tschaikowsky, Schwanensee", antwortete sie unvermittelt.

Durch den Schrei seiner Mutter aufgeschreckt, erschien Vao besorgt auf der Terrasse: „Was ist los, Madame? Oh, hallo Eric. Meine Güte, was ist mit deinen Kleidern passiert?", fragte sie mit großen Augen und einem besorgten Blick.

„Würdest du bitte Erics Kleider waschen?", wandte sich Mutter Gabriel an Vao.

Eric grinste und begann, sich zu entkleiden.

„Eric, das geht doch nicht hier!", sagte sie entsetzt.

Eric hielt inne. Er liebte es, seine Mutter zu necken, aber er wollte Vao nicht in Verlegenheit bringen.

„Ich bringe dir die Kleider, Vao. Ich hole nur noch meine Badesachen", sagte er und wandte sich zum Gehen.

Vao nickte kichernd und verließ die Terrasse durch die Seitentür.

„Ich gehe noch kurz baden, Mutter. Was studierst du da überhaupt?", fragte Eric.

„Ich bereite mich auf die Sitzung mit dem Architekten vor. Es geht um das neue Arbeiterdorf. Verdammt viel Arbeit", seufzte sie und lächelte müde. Eric gab ihr einen Kuss auf die Wange und machte sich auf den Weg, begleitet von den zarten Klängen der Schwäne. Gedanklich war er bereits bei dem bevorstehenden Abenteuer und dafür benötigte er etwas Ruhe und Stille. Er entledigte sich seiner Kleidung, warf sie auf einen Haufen, zog seine Badehose an und warf sich ein Handtuch über die Schultern. Dann verließ er sein Zimmer und machte sich auf den Weg zum Meer, immer noch von den Klängen des Schwanensees begleitet. Er liebte klassische Musik, genau wie seine Eltern, und war dankbar, dass sie ein Grammofon besaßen. Der Himmel war inzwischen mit Wolken überzogen, doch er empfand es immer noch als angenehm warm. Eric verspürte Tatendrang, obwohl die Ungewissheit der kommenden zwei Tage schwer auf ihm lastete. Die Hoffnung, dass Kanto noch am Leben war, gab ihm Kraft und bestärkte ihn in seinem Entschluss, mit Hery in den Norden zu fahren und nach ihm zu suchen. Langsam stapfte er durch den heißen Sand, legte das Badetuch auf das erste Brett des langen Stegs und blieb stehen. Er streckte die Arme aus, genoss die salzige Meeresbrise und fragte sich, woher wohl seine Liebe zum Meer rührte. Sein Vater hatte ihm zwar einige abenteuerliche Seefahrergeschichten seines Großvaters erzählt, doch Eric war sich nie sicher gewesen, wie viel Wahrheit darin steckte und wie viel Fiktion. Dass sein Großvater anscheinend der Erste der Dynastie war, der vom Wasser an Land gefunden hatte, erschien ihm schwer nachvollziehbar. Er bedauerte einmal mehr, dass er seinen Großvater nie kennengelernt hatte. Obwohl er ihn nie erlebt hatte, vermisste er ihn plötzlich sehr. Vielleicht war es das Seefahrerblut der Gabriels, das diese Sehnsucht in ihm weckte. Eric schritt den Steg entlang und beobachtete die Wellen. Bei der Markierung im Holz blieb er stehen. Wehmütig erinnerte er sich an die ersten Schwimmtrainings mit Kanto. Das war in den ersten Wochen nach ihrer Ankunft gewesen, also schon über drei Jahre her. Mittlerweile waren sie beide 19 Jahre alt und bald 20. Wie die Zeit verflog. Kanto fehlte ihm schmerzlich. Durch Faly erfuhren sie zum ersten Mal etwas über Ebbe und Flut, über ihre Entstehung und ihre Auswirkungen. Da sie gerne Kopfsprünge machten, entschieden sie sich, zwei Markierungen anzubringen. Sie verwiesen auf Stellen, an denen sie bedenkenlos ins Wasser springen konnten, ohne auf dem Grund aufzuschlagen. Dank eines alten nautischen Almanachs, den die Briten seinem Großvater hinterlassen hatten, konnten sie die Markierungen mit einer sicheren Marge ins Holz schnitzen. Eric hielt das Buch in den Händen, während Kanto gegen die Wellen kämpfte und immer wieder tauchte, um sicherzustellen, dass alles stimmte, sowohl bei Ebbe als auch bei Flut. Zum Glück war der Unterschied zwischen den Gezeiten hier nur gering, kaum einen Meter. In Tamatave bewegte sich das Wasser gegen zwei Meter, aber das war in dem tiefen Hafen kein Problem. Im Norden betrug der Unterschied jedoch mindestens drei Meter und die kleinen Häfen mussten dies beim Ein- und Auslaufen der Schiffe berücksichtigen. Auch hier hatten die Briten mit dem Bau eines Sülls zumindest im Hafen von Diego Suarez für stabile Wasserstände gesorgt. Mit der Strömung verhielt es sich ähnlich. Je größer die Gezeitenunterschiede, desto stärker war sie. Eric erreichte die erste von zwei Markierungen. Sie hatten sich für ein Kreuz entschieden. Das bedeutete, dass von dieser Markierung aus, der Sprung auf eine Welle erfolgen musste. Darüber hinaus war das Wasser noch zu flach. An der zweiten Markierung, zwei Kreuze, die er in ein paar Metern Entfernung sah, konnte man bedenkenlos reinspringen. Eric sprang in eine heranrollende Welle, genoss das Wasser und ließ sich Welle für Welle an den Strand spülen. Herrlich! Mit dem Badetuch trocknete er sich ab und machte sich auf den Rückweg. Bestimmt stand das Abendessen schon bereit.

Es verlief ruhig, die Gespräche plätscherten dahin. Eric verabschiedete sich früh. Er sei müde vom Arbeiten und wolle noch etwas lesen und dann schlafen. Im Zimmer bereitete er seine Kleider vor, packte alles Nötige in seine Umhängetasche, auch etwas Geld, schrieb die geplante kurze Notiz, stellte den Wecker und legte ihn unter das Kissen, um niemanden zu wecken. Keiner sollte sein frühes Aufstehen bemerken. Er überlegte lange, ob er noch etwas in den Brief an Sophie schreiben sollte, verwarf den Gedanken aber rasch wieder. Im Moment war sein Kopf mit anderen Überlegungen beschäftigt. Überraschend schnell schlief Eric ein.

Von einem erstickten Schrillen des Weckers verwirrt, erwachte Eric. Sofort stellte er ihn ab, blieb einen Moment liegen und sammelte seine Gedanken, während er ins dunkle Zimmer lauschte, um sicherzugehen, dass niemand aufgewacht war. Kurz nach halb fünf, genug Zeit, um sich fertigzumachen. Was würde wohl der Tag bringen? Er stand auf und zog sich flink an. Nachdem er die Tasche umgehängt hatte, legte er die vorbereitete Notiz auf das Kissen, nahm seine Schuhe und schlich zur Tür. Dort blieb er kurz stehen und lauschte erneut. Nichts regte sich, kein Wunder, es war sehr früh. Ein letzter Blick zurück, bevor er die Tür zaghaft öffnete, hindurchschlüpfte und sie leise schloss. Langsam bewegte er sich auf die Treppe zu, darauf achtend, die knarrenden Balken zu meiden. Auch auf der Treppe gab es Stufen, die knarrten. Er vermied sie und gelangte lautlos in die Eingangshalle. Plötzlich kamen ihm Erinnerungen an die beiden Rebellen hoch, die erschossen worden waren. Eric erschauderte beim Gedanken an die blutüberströmten Leichen. Stundenlang hatten Vao und Soa den Boden geschrubbt, um die Blutflecken zu entfernen. Er verdrängte die Bilder, öffnete die Tür zur Küche und inspizierte die Obstschale. Schließlich entschied er sich für eine saftige Mango, schnitt sich zwei Scheiben Brot ab und steckte sich einige Cashewnüsse in die Hosentasche. Über die Veranda und durch den Garten schleichend, bewegte er sich durch die Büsche und überquerte die Kiesstraße, um mühelos den Geheimpfad zu erreichen. In der Ferne hörte er plötzlich Motorenlärm aus der Richtung des Zeltlagers und ermahnte sich, sich zu beeilen, um in der Kurve bereit zu sein. Der Pfad endete abrupt, doch Eric teilte die Zweige und stand sofort an der Böschung der Küstenstraße. Geduckt und zur Straße spähend, wartete er auf Hery. Schließlich sah er durch die Büsche Lichter schimmern. Das musste er sein. Er duckte sich vorsichtshalber weiterhin. Dann tauchte das Fahrzeug auf. Plötzlich erloschen die Lichter und der Kleinlaster rollte langsam auf Erics Position zu. Endlich konnte er die Umrisse des Fahrzeugs erkennen und kletterte sofort die Böschung hinauf. Mit knirschenden Bremsen kam der Kleinlaster schließlich neben Eric zum Stehen.

„Was treibt Sie so früh auf der Straße, Ihre Durchlaucht?“, fragte Hery durch das offene Beifahrerfenster und lachte herzhaft.

Eric öffnete die Beifahrertür, schnitt eine Grimasse und stieg ein: „Sehr witzig, Hery! Losfahren und das Licht einschalten.“

Die Fahrt verlief ohne Zwischenfälle. Sie diskutierten intensiv über ihre Vorgehensweise und den Ablauf. Hery bestand darauf, zunächst seinen Auftrag zu erledigen, das Material zu entsorgen, bevor er Eric unterstützte. Er meinte, dass es leichter wäre, auf dem Weg von und zu der Abladestelle die Gegend zu erkunden und Informationen einzuholen. Falls sie auf etwas Interessantes stießen, hatten sie am Abend noch genügend Zeit, Hinweisen nachzugehen. Die Nacht bot definitiv besseren Schutz. Nach langem Hin und Her gab Eric klein bei und sie einigten sich darauf, es so durchzuziehen. Mittlerweile müde geworden, beschloss er, etwas zu schlafen. Sie kamen gut voran und schließlich erreichten sie das Dorf Andasoa, östlich von Diego Suarez, direkt an der Küste gelegen. Herys Tante erwartete sie zum Mittagessen. Dass Hery einen zusätzlichen Gast mitbrachte, überraschte sie offenbar nicht im Geringsten, denn sie begrüßte Eric ebenso herzlich. Sie zeigte sich hocherfreut, den Sohn des berühmten Vanillebarons endlich kennenzulernen, zumal sie schon so viel von der Familie Gabriel gehört hatte. Nach einem schlichten, aber köstlichen Mittagessen verabschiedeten sie sich mit dem Hinweis, am Abend nicht auf sie zu warten. Sie würden erst spät zurückkehren und bereits in den frühen Morgenstunden die Rückreise antreten. Hery erkundigte sich, ob seine Cousine an dem Tag im Krankenhaus Dienst hatte, was die Tante bejahte, bevor sie ihnen zum Abschied winkte. Gemäß ihrer Vereinbarung fuhren sie zunächst zur Entladestation außerhalb des Armeecamps im östlichen Küstengebiet. Dort entluden sie das Material, unterstützt von zahlreichen Soldaten, und waren glücklicherweise in kürzester Zeit fertig. Hery erhielt eine Abrechnung und musste sie nun im Armeecamp begleichen. Während der Fahrt dorthin debattierten sie darüber, ob Eric mit ins Camp kommen oder besser draußen warten sollte. Da das Armeecamp streng bewacht wurde und alle Besucher sich registrieren lassen mussten, war das Risiko, entdeckt zu werden, einfach zu groß. Hery entschied daher, Eric im Palmenhain kurz vor den Camp-Toren abzusetzen. Dort sollte er sich verstecken und warten. Eric war wenig begeistert, aber ihm blieb keine Wahl. Endlich erreichten sie den Palmenhain. Hery hielt am Rand der breiten Straße an und ließ einen Armeekonvoi passieren, bevor Eric aussteigen konnte. Schnell huschte dieser hinter die zahlreichen Palmen und suchte Deckung. Das Warten war unerträglich, seine Ungeduld wuchs von Minute zu Minute. Gleichzeitig war er verwundert, denn während er wartete, sah er ständig Armeefahrzeuge hin- und herfahren. Was hatten sie wohl ständig zu tun? Er hielt sich weiterhin gut versteckt zwischen den Palmen, doch schließlich hielt er es nicht mehr aus. Wo blieb nur Hery? Was geschah hier? Fragen über Fragen schossen ihm durch den Kopf, als er endlich den Kleinlaster langsam die Straße entlangrollend auf sich zukommen sah. Er prüfte schnell die Situation auf dem Straßenabschnitt und trat dann entschlossen aus seinem Versteck hervor. Hery hatte das Fenster geöffnet und winkte Eric heran. Schnell umrundete er die Führerkabine, öffnete die Tür und sprang in die Kabine.

„Endlich bist du da. Ich dachte schon, du lässt mich im Stich!“, sagte Eric nach Luft ringend.

„Entschuldige die Verzögerung, aber die Herren Conseiller haben mich länger aufgehalten als erwartet“, bedauerte Hery, während er in seiner Tasche kramte. „Leider konnte ich keine zusätzlichen Informationen finden. Mein kurzer Abstecher in die Kantine war wenig ergiebig, außer den zwei Äpfeln, die ich ergattern konnte.“ Mit einem freundlichen Lächeln reichte er Eric einen der Äpfel.

„Also, was ist der Plan? Gehen wir wie besprochen zum Krankenhaus und versuchen, mithilfe deiner Cousine mehr herauszufinden?“, fragte Eric und biss herzhaft in den Apfel.

„Genau das. Es ist unser einziger Anhaltspunkt und ich denke, wir sollten ihm nachgehen“, stimmte Hery zu und warf einen Blick zu Eric hinüber.

„D'accord!“ Die Antwort kam zwischen schmatzenden Geräuschen.

Das Krankenhaus lag auf dem Weg zwischen dem Camp und Diego Suarez. Hery gab Gas und der Kleinlaster beschleunigte. Nach etwa einer Viertelstunde näherten sie sich dem Krankenhaus. Sie beschlossen, auf der gegenüberliegenden Straßenseite zu parken, um zuerst die Fahrzeuge und den Eingang zu beobachten. Falls nichts passierte, würden sie hineingehen und nach der Cousine fragen. Vielleicht wusste sie mehr. Das Krankenhaus präsentierte sich als ein zweigeschossiges, langgestrecktes Backsteingebäude mit einer Einfahrt, einem großen Haupteingang, über dem die Trikolore wehte, und einem kleinen Parkplatz davor. Auf der Seite schien es einen Zugang zur Notaufnahme zu geben. Rechts davon, etwas zurückgesetzt, erstreckte sich ein modernes, eingeschossiges Gebäude, das durch einen Laubengang mit dem Krankenhaus verbunden war. Eine breite, separate Zufahrt führte direkt zum Eingang, der etwas links und nicht genau in der Mitte des Gebäudes lag. Vor dem Eingang standen zwei Wehrmachtssoldaten, über deren Köpfen die Reichsflagge wehte. Dies musste das deutsche Krankenhaus sein. Eric schloss es aus den Informationen, die Hery von seiner Cousine erhalten hatte. Obwohl auf der Straße reger Verkehr herrschte, schien sich zwischen den beiden Gebäuden kaum etwas zu bewegen. Einmal hielt ein Sanitätsfahrzeug der französischen Armee vor dem Notfalleingang. Eine Bahre wurde hineingebracht, kurz darauf mit einem Patienten wieder herausgefahren, in den Sanitätswagen verladen und schon fuhr er wieder weg. Bei den Deutschen tat sich überhaupt nichts. Die beiden Wachen schienen sich zu langweilen.

Eric begann unruhig hin- und her zu rutschen. „Ich denke, wir verplempern unsere Zeit, Hery. Oder was denkst du?"

„Ja, das denke ich auch. Komm, lass uns reingehen und mit meiner Cousine reden", antwortete Hery entschlossen, startete den Motor und fuhr auf den Parkplatz. Sie stiegen aus, warfen einen letzten Blick um sich und betraten die Eingangshalle. Ein angenehm kühler Luftzug umfing sie, begleitet von einem antiseptischen Duft. Hery bedeutete Eric, bei der Treppe zu warten, und steuerte auf die Empfangstheke zu, um nach seiner Cousine zu fragen.

„Sie hat noch Dienst und arbeitet im ersten Stock. Lass uns hochgehen und schauen, ob wir sie finden", schlug Hery vor.

Gemeinsam stiegen sie die Treppe hinauf und erreichten den ersten Stock. Hery ging zu einer Theke und sprach eine ältere Dame in einem weißen Kittel an: „Bonjour, ich suche meine Cousine Mirana. Ist sie da?“

„Bonjour, Monsieur, ja, sie kommt bestimmt gleich. Warten Sie dort drüben“, antwortete die Dame und wies auf einen Tisch mit Stühlen. Eric stand derweil am Fenster und beobachtete den Parkplatz und die Straße, als ob er darauf hoffte, etwas zu entdecken.

„Hery, was machst du denn hier?“ Eric drehte sich um und sah, wie Hery eine junge Frau im weißen Kittel umarmte.

„Mirana, darf ich dir Eric Gabriel vorstellen?“, sagte Hery und führte seine Cousine zu Eric.

„Oh, Eric, Sohn des Vanillebarons?“, fragte Mirana. Sie streckte ihm die Hand zum Gruß hin und machte einen leichten Knicks.

Eric lächelte verlegen und schüttelte ihre Hand. „Ja, das bin ich. Enchanté!“

„Enchanté!“, erwiderte sie und schaute dann auffordernd zu Hery. „Wir mussten heute noch den allerletzten Brandschutt entsorgen. Darum bin ich nochmal in der Gegend und übernachte bei euch“, erklärte sich Hery.

„Und was führt euch zu mir ins Krankenhaus?“, wollte Mirana wissen und schaute zuerst zu Hery, dann zu Eric.

Dieser nahm den Faden auf und führte Mirana zu den Fenstern, weg von der Theke, damit ihre Kollegin nichts von ihrem Gespräch mitbekommen konnte. „Nun, Hery hat mir gestern beim Aufladen eine interessante Geschichte erzählt“, begann er. „Weißt du, seit ein paar Wochen vermissen wir einen jungen Burschen, auf den deine Beschreibung passt.“

Mirana schaute empört zu Hery: „Was hast du erzählt?“

„Sprich bitte leise! Hast du nicht vor zwei Tagen beim Abendessen von diesem Arzt berichtet, der bei den Deutschen drüben einspringen musste?“, fragte Hery.

„Unser Bursche ist ein Einheimischer mit unnatürlich heller Haut und du hast diesen Umstand erwähnt, weil es dem Arzt augenfällig erschien.“

„Aha, darum geht es. Muss ja ein wichtiger Bursche sein, wenn du extra hier hochkommst, um mich danach zu fragen", antwortete Mirana.

„Er liegt bei den Deutschen drüben", sagte sie und deutete mit einer Handbewegung auf das benachbarte Haus. „Es muss also sehr geheimnisvoll sein", fügte sie hinzu und rollte dabei mit den Augen.

„Der Arzt meinte gestern, es müsste sich um einen Mischling handeln, bei so einer hellen Haut", fuhr sie fort und behielt die beiden fest im Blick.

Ein Mischling! Eric zuckte merklich zusammen. Über solche Details hatte er sich bei seinem Freund noch nie Gedanken gemacht. Das bedeutete, dass Kanto einen nicht einheimischen Elternteil haben musste. Da er mit seiner Mutter Malala im Arbeiterdorf gelebt hatte, nahm Eric an, dass sie seine leibliche Mutter war. Also war sein Vater vielleicht kein Einheimischer. Oder aber Malala war doch nicht seine leibliche Mutter. Sehr interessant. Wie man es auch betrachtete, plötzlich schien die Vergangenheit seines Freundes in einem neuen Licht. Die Gedanken purzelten munter in Erics Gehirn herum und plötzlich fielen neue Erkenntnisse wie Dominosteine um. War Kanto deshalb von den Rebellen entführt worden? Oder musste Malala gerade deshalb sterben? Galt der Rebellenangriff etwa gar nicht dem Land der Gabriels oder nicht nur, sondern verfolgten die Rebellen vielleicht ganz andere Ziele und agierten verdeckt? Oder steckte hinter den Aufständischen eine andere Macht? Eric erschrak heftig über seine schlussfolgernden Fragen. Alles in Bezug auf seinen Freund Kanto erschien plötzlich in einem neuen Licht. Jäh wurde er aus seinen Überlegungen gerissen, als Hery ihn ansprach.

„Eric, hallo, bist du noch da?" Er schüttelte den Kopf, um sich zu sammeln, und antwortete, wieder voll präsent: „Entschuldigt, bitte, was hast du noch gesagt, Mirana?"

Sie setzte ihre Erklärung fort, während sie ihre Arme schwang.

„Nun, ich gehe davon aus, dass dieser Mischling immer noch auf der Station der Deutschen liegt. Da kommt ihr nicht hinein. Keine Chance. Alles streng geheim!"

Sie machte Anstalten, sich zurück zur Arbeit zu begeben.

„Und überhaupt, ich muss zurück. Sehen wir uns beim Abendessen?"

„Bestimmt. Danke!", erwiderte Hery, bevor er sich zu Eric umdrehte.

Dieser stand am Fenster, einen Blick auf die Straße gerichtet, als eine große schwarze Limousine abbremste und in die Einfahrt zur deutschen Krankenstation abbog. Diese Karosse kam ihm bekannt vor. Woher nur? Plötzlich traf ihn die Erkenntnis: Bönisch! Die Familie Bönisch war mit einer solchen Limousine unterwegs. Das Auto hielt direkt vor dem Eingang. Der Fahrer stieg aus und öffnete die hintere linke Tür. Eric beobachtete, wie zuerst Herr Bönisch in seiner SS-Uniform ausstieg, gefolgt von einer weiteren uniformierten Person. Gleichzeitig öffnete sich die hintere rechte Tür und Helmut stieg aus, um sich zu den beiden zu gesellen. Eric erstarrte. War das ein weiteres Puzzleteil? Die drei Männer blieben vor dem Eingang stehen und schienen zu diskutieren. Herr Bönisch wies Helmut an, beim Auto zu bleiben, bevor er und der andere Mann auf den Eingang zusteuerten und Helmut zurückließen. Plötzlich erkannte Eric seine Chance und rannte los. Er nahm jeweils zwei Stufen auf einmal und stürmte durch den Ausgang auf den Vorplatz. Bevor Hery reagieren konnte, wandte er sich an ihn: „Warte im Wagen auf mich, ganz gleich, wie lange es dauert. Ich kenne diesen Burschen dort drüben, es ist Helmut. Erinnerst du dich?"

Ohne eine Antwort abzuwarten, eilte Eric um das Krankenhaus herum und nahm den Laubengang, um zum anderen Gebäude zu gelangen. Als er den Vorplatz erreichte, steuerte er schnurstracks auf den Wagen zu und rief atemlos: „Helmut!"

Dieser drehte sich um, zunächst verwirrt, dann strahlend, als er Eric erkannte. „Meine Güte, Eric, was machst du denn hier? Mit dir habe ich jetzt wirklich nicht gerechnet. Schön, dich zu sehen!"

Sie traten aufeinander zu, umarmten sich und klopften einander auf die Schultern. „Hallo Helmut. Ja, es ist schon eine ganze Weile her seit unserem letzten Zusammentreffen anlässlich unseres Familienfests."

„Stimmt!", antwortete Helmut.

„Ich war eben im Krankenhaus zu Besuch und habe euch gesehen. Da entschied ich spontan, rüberzukommen, um mich mit dir auszutauschen. Wie geht es dir?"

„Nun, soweit gut, danke. Ich begleite gerade meinen Vater. Sicher hast du gesehen, dass wir hohen Besuch dabeihaben." Er sah sich verstohlen um.

„Ich habe gesehen, dass dein Vater mit einer Begleitperson reinging, aber die ist mir unbekannt." Eric ärgerte sich bereits wieder über Helmuts Gehabe und Geheimnistuerei. Helmut näherte sich ihm, beugte sich leicht vor und flüsterte: „Es handelt sich um den Reichsführer der SS, Herrn Himmler!"

Eric trat einen Schritt zurück und hob fragend die Schultern. „Himmler ist der Chef meines Vaters und wollte sich über die Fortschritte direkt vor Ort informieren. Schließlich müssen wir einen Ort finden, um dieses Ungeziefer irgendwohin zu deportieren", erklärte Helmut, sichtlich entrüstet über Erics Unwissenheit.

„Ungeziefer?", Eric schaute fragend und entsetzt zugleich zu Helmut.

„Die Juden! Mein Vater führt ihn herum und zeigt ihm alles. Ich kenne das Krankenhaus hier", er deutete auf das Gebäude hinter sich. „Darum entschied ich mich, hier draußen zu warten, und jetzt sehen wir uns wieder. Welche Freude! Was machst du so weit weg von eurem Besitz?"

„Interessant! Bestimmt bedeutet der Besuch dieses Herrn deinem Vater sehr viel", antwortete Eric, um das Gespräch von Helmuts Frage abzulenken, denn er hatte keine Lust, etwas über seine Beweggründe preiszugeben.

„Was macht ihr eigentlich mit einer eigenen Krankenstation? Welche Patienten behandelt ihr hier?"

„Ach, Eric, du solltest doch langsam wissen, dass das alles höchst geheim ist", antwortete Helmut lachend. „Spaß beiseite!" Er lachte erneut.

„Es ist für unsere Soldaten. Sicher kennt ihr die Probleme mit den Tropenkrankheiten. Auch Verdauungsprobleme müssen oft behandelt werden. Und dann gibt es anscheinend noch eine Spezialabteilung für besondere Fälle, aber Details kenne ich auch nicht. Selbst für mich ist da Ende."

Spezialabteilung! Interessant. Eric wollte nachfragen, als Helmut bereits fortfuhr: „Vor ein paar Tagen gab es laut meinem Vater auf dieser Spezialabteilung einen Zwischenfall und sie mussten einen Arzt von eurer Seite holen, um das Problem zu lösen. Du siehst also, da wird munter zusammengearbeitet und einander geholfen", beendete Helmut seine Ausführungen.

Eric spürte, dass keine weiteren Informationen zu bekommen waren, ohne verdächtig zu wirken. Außerdem bereitete ihm das auf Deutsch geführte Gespräch Probleme; ihm fehlten einfach gewisse Worte und Ausdrucksweisen. Offenbar kam er auch mithilfe von Helmut nicht weiter. Und nach einer Führung durch die Spezialabteilung zu fragen, schien nicht wirklich zweckdienlich zu sein. Schade! Er musste sich anderweitig Zugang zur Krankenstation verschaffen, aber wie, wusste er nicht. Noch nicht. Das weitere Gespräch drehte sich in erster Linie um den Vanilleanbau und das Land der Gabriels, wobei Eric kein Wort über den Angriff der Rebellen verlor. Helmut deutete auch nichts an, das erahnen ließ, dass er etwas wusste. Schließlich erkundigte er sich über Sophie und wollte wissen, ob Eric noch Kontakt zu ihr hatte. Bevor dieser antworten konnte, kamen Herr Bönisch und Herr Himmler zurück und gesellten sich zu den beiden Freunden.

„Na, so eine Überraschung, dich hier zu sehen, Eric", sagte Herr Bönisch.

„Bonjour, Monsieur Bönisch. Es ist mir eine Freude, Sie zu sehen", entgegnete dieser und nickte ihm zu.

Herr Bönisch trat etwas zur Seite, sodass sich Eric und Himmler direkt gegenüberstanden.

„Herr Reichsführer, darf ich Ihnen Eric Gabriel vorstellen? Er ist der Sohn des berühmten Vanillebarons Rémy Gabriel, von dem ich Ihnen bereits berichtet hatte." „Eric, das ist Herr Himmler, der Reichsführer der SS."

Dieser schlug die Hacken zusammen, hob die rechte Hand zum Hitlergruß und reichte Eric schließlich die Hand. „Es ist mir eine Ehre, Herr Gabriel. Ich habe schon so viel von Ihrem Vater gehört. Es wäre schön, wenn ich ihn treffen könnte, aber leider reise ich bald wieder ab, sodass ein Treffen nicht möglich ist", sagte er und musterte Eric eingehend.

„Guten Tag, Herr Himmler", antwortete Eric kurz angebunden, überfordert von der Situation und unsicher, wie er ihn ansprechen sollte. Eine peinliche Stille trat ein, die schließlich von Vater Bönisch unterbrochen wurde.

„Es tut mir leid, Eric, wir haben keine Zeit, uns auszutauschen, denn wir müssen weiter. Ich hoffe, ihr beide", er schaute von Eric zu Helmut, „hattet etwas Zeit zu plaudern."

Dann wandte er sich ab und gab dem Fahrer das Zeichen, die Türen der Karosse zu öffnen. Bönisch und Himmler nahmen Platz, der Fahrer schloss die Tür und Helmut verabschiedete sich: „Hoffentlich dauert es nicht wieder Monate bis zu unserem Wiedersehen."

Er stieg ebenfalls ein. Der Wagen wendete auf dem großen Kiesplatz und fuhr langsam weg, während Helmut durch das Fenster winkte. Eric blieb noch einen kurzen Augenblick stehen, um seine Gedanken zu sammeln, bevor er zum Parkplatz ging und zum wartenden Hery in den Kleinlaster stieg.

„Und, hast du etwas in Erfahrung bringen können?", wollte ein vor Neugier fast platzender Hery wissen und schaute Eric erwartungsvoll an.

„Leider nein! Einzig, dass es in der Krankenstation eine spezielle Abteilung gibt. Wozu die gut ist, konnte ich nicht herausfinden", antwortete Eric kleinlaut.

„Lass uns jetzt zurückfahren und heute Abend wiederkommen. Ich will in diese Station. Ich muss wissen, ob Kanto da drin ist!"

In der Zwischenzeit war die Sonne fast untergegangen, der Himmel verdüsterte sich mit dichten Wolken – genau wie die Stimmung in der Kabine des Kleinlasters. In Gedanken versunken fuhren sie zu Herys Tante zurück, während Eric intensiv über erfolgversprechende Vorgehensweisen nachdachte. Allmählich kristallisierte sich eine Variante heraus. Das Abendessen zusammen mit Herys Cousine, die von der Arbeit nach Hause zurückgekehrt war, verlief angenehm und ruhig. Das Gespräch plätscherte dahin, während sich in Erics Kopf allmählich die nächtliche Aktion konkretisierte. Oder sollte er sagen, Einbruchsversuch? Sie informierten die Tante, dass sie nochmal das Haus verließen und somit spät zu Bett gingen. So oder so wollten sie sich am nächsten Tag früh auf den Heimweg machen. Das Wetter zeigte sich windig, als sie sich zu nächtlicher Stunde aufmachten. Der abgesprochene Plan war einfach und klar und ließ alles offen, was sie nicht einkalkulieren konnten. So gesehen glich das Ganze einem Himmelfahrtskommando. Aber was sollten sie tun? Nichts zu unternehmen, war keine Option. Sie wollten endlich zur Tat schreiten und nicht länger warten. Hery würde Eric vor der Krankenstation rauslassen und anschließend vor der deutschen Station eine Panne simulieren, um die Wachen, sofern noch vorhanden, wegzulocken. Eric würde sich mit einer Krankenhauspersonalschürze, die sie der Cousine heimlich entwendet hatten, verkleiden und sich über den Laubengang Zutritt zur Station verschaffen. Drinnen musste er improvisieren, das war ihm klar. Hery sollte am Parkplatz auf der französischen Seite warten – wenn es sein musste, bis zum Morgengrauen. Sofern notwendig, würden sie sich unmittelbar und mitten in der Nacht auf den Heimweg machen oder Hery würde ohne Eric fahren – mit oder ohne Kanto, je nach Verlauf der Aktion. Schließlich hielt Hery auf dem Parkplatz an und sie warteten eine geraume Zeit. Nichts tat sich. Der Eingang war schwach beleuchtet und der Laubengang gut einsehbar. Niemand war unterwegs. Beim Vorbeifahren konnte Eric feststellen, dass vor der deutschen Station nur eine Wache Dienst tat. Hoffentlich befand sich die zweite nicht im Eingangsbereich. Nun, das würde er bald erfahren. Ein letzter Blick zu Hery, schon öffnete Eric die Beifahrertür, rutschte vom Sessel und ging die weiße Schürze überziehend auf den Eingang zu. Plötzlich sah er eine Person herauskommen. Sofort tauchte er im Oleanderbuschstreifen zu seiner Rechten unter und suchte Deckung. Die Person eilte geradewegs zur Straße, bog ab und verschwand hinter der Mauer, die den Parkplatz umgab. Schnell ging Eric nun zum Anfang des Laubengangs, verharrte verborgen hinter der Ecke einer breiten Säule und wartete auf Herys Ablenkungsmanöver. Endlich tauchte der Kleinlaster auf. Deutlich sah Eric eine Art weiße Dampfwolke aus dem Kühler des Fahrzeugs aufsteigen. Wie einfallsreich. Hery steuerte den Laster auf den Vorplatz, würgte den Motor ab und blieb inmitten der Einfahrt stehen. Genial. Damit hatte er die Aufmerksamkeit der Wache definitiv erregt. Der Soldat entfernte sich vom Eingang und ging schnurstracks auf Hery zu. Inzwischen rannte Eric durch den Laubengang und verharrte an der Ecke zum Eingang. Zuerst wollte er sichergehen, dass der Soldat abgelenkt war und nicht mitbekam, wie er reinging.

Eric hörte, wie Hery lautstark zu fluchen begann und den Soldaten in Beschlag nahm. Das war seine Chance. Schnell stieg er die wenigen Stufen zum Eingang hoch, öffnete die schwere Tür und trat ein. Rasch schloss er die Tür wieder und schaute sich aufmerksam um. Das gedämpfte Licht erhellte die kleine Eingangshalle nur knapp. Die Nüchternheit des Raums ließ Eric einen Moment innehalten. Der Steinboden, die kalkweißen Wände, all das vermittelte eine Atmosphäre der Strenge. Zur Rechten befand sich ein Tisch mit einem Telefon, zwei Papierstapeln und Akten. Dahinter standen ein unbesetzter Stuhl und ein Gewehrrechen, darüber war eine Vitrine mit diversen fein säuberlich aufgereihten Pistolen zu sehen. Auf den Tisch fiel ein Lichtkegel, der die Unterlagen und das Telefon beleuchtete. An der Wand hinter dem Tisch hingen ein Konterfei von Adolf Hitler und eine große Hakenkreuzflagge, die Eric unwillkürlich erschaudern ließ. Von der Eingangshalle führte ein Gang links und ein Gang rechts weg. Die Schilder an der Stirnseite benannten die Wege deutlich. Links ging es zur Administration und zu den Büros, rechts zu Trakt A und B und zur Spezialabteilung. Eric lobte einmal mehr die Gründlichkeit der Deutschen. Langsam bewegte er sich auf den rechten Gang zu, immer wieder innehaltend, lauschend, ob er etwas hörte. Doch nichts regte sich.

Der Gang erschien endlos, das gedämpfte Licht verstärkte den Eindruck seiner Unendlichkeit. An der rechten Seite des Gangs befanden sich mehr Türen als auf der gegenüberliegenden. Eric passierte zwei Toilettentüren und eine mit der Aufschrift ‚Ausguss'. An der linken Seite las er ein Schild mit der Beschriftung ‚A-1'. War das ein Patientenzimmer? Er ging weiter, fest entschlossen, zur Spezialabteilung zu gelangen. Plötzlich wurde gedämpftes Licht im verlängerten Gang angeschaltet und Eric sah, wie eine Frau in weißer Schürze aus einem Zimmer trat und im gegenüberliegenden Zimmer verschwand. Er erstarrte. Hätte sie den Gang entlanggeschaut, hätte sie ihn sofort entdeckt. Uff, das war knapp! Durch das entfachte Licht konnte er den weiteren Verlauf des Gangs besser ausmachen. Eine Glastür trennte den ersten Teil vom zweiten. Es musste sich um Trakt A und B handeln. Was sollte er jetzt tun? Ratlos blieb er in dem Rahmen einer Tür mit der Anschrift ‚A-2' stehen und verbarg sich etwas. Er wagte nicht, die Tür zu öffnen und hineinzuschauen. Gleichzeitig fragte er sich, wie viele Personen wohl Nachtdienst hatten. Von Herys Cousine wussten sie, dass jeweils nur eine Person pro Etage und Abteilung Dienst versah. Ob es sich bei den Deutschen ebenso verhielt, wussten sie nicht. So bestand die Möglichkeit, dass die Frau, die Eric eben gesehen hatte, die einzige Anwesende war. Oder es handelte sich um die Diensthabende des Trakts B und in dem Fall musste sich in einem Zimmer auf seiner Seite noch eine zweite Person aufhalten. Ein Schauer lief Eric über den Rücken, als er darüber nachdachte. Die Idee aufzugeben, ging ihm durch den Kopf, doch gleichzeitig trieb ihn der Gedanke an seine bisherige Beharrlichkeit an. Also setzte er seinen Weg fort. Schließlich war sein Ziel die Spezialabteilung und dafür musste er an dieser Frau vorbei, selbst wenn er zweimal gehen musste – hin und zurück. Langsam schritt er weiter, stets nach Deckung Ausschau haltend, für den Fall, dass die Frau wieder auftauchte. Inzwischen hatte er zahlreiche Räume passiert: den Putzraum, die Apotheke, A-3 und A-4. Er näherte sich der trennenden Glastür und bemerkte eine Erweiterung des Gangs nach rechts, direkt davor. War das der Empfangsbereich der Station, ähnlich dem, den er heute Nachmittag beim Besuch der Cousine gesehen hatte? Eric verharrte einen Moment, als er bemerkte, wie die Frau den Gang entlang zur Glastür ging, doch sie schien nicht aus einem Zimmer gekommen zu sein.

„Verdammt!“, fluchte Eric leise, während er versuchte, die aufsteigende Panik zu unterdrücken. Mit der linken Hand fand er den Türknauf und drückte die Tür zum Geräteraum auf. Schnell schlüpfte er hinein, drückte die Tür zu, ließ sie aber einen Spalt offen, um die Geschehnisse draußen verfolgen zu können. Er hörte die Glastür auf- und zugehen, Schritte näherten sich. Eric verdrückte sich weiter nach hinten und stieß dabei beinahe gegen ein Gerät. Ein kurzer Moment der Instabilität, bevor er sich wieder fing. Die Schritte gingen vorbei, hielten inne und kehrten zurück. Eric hielt den Atem an. Seine Nerven waren zum Zerreißen gespannt. Was sollte er tun, wenn die Frau den Raum betrat und ihn entdeckte? Sein Shirt war durchgeschwitzt, Schweißperlen bildeten sich auf seiner Stirn. Die Schritte stoppten direkt vor der Tür. Eric drohte, in Panik zu verfallen.

„Ruhig bleiben, Eric“, murmelte er sich selbst zu.

Dann wurde die Tür zugezogen, einige Worte fielen und Eric hörte, wie sich die Schritte entfernten. Ein erleichterter Seufzer entwich ihm. Die Frau schien in ein Zimmer im Trakt gegangen zu sein, doch Eric konnte nicht einschätzen, wie weit entfernt es war. Sicherlich nicht A-1, das war nicht weit genug, aber vielleicht A-3 oder sogar A-2. Eric war überrascht über seine eigene Reaktion. Nach dieser Hürde war der Weg frei für ihn. Er konnte den Gang weiter erkunden. Mit flinker Hand öffnete er die Tür, lugte den Gang auf und ab und schlüpfte lautlos hindurch. Sanft schloss er die Tür hinter sich und eilte zielstrebig zur Glastür. Vorbei an der hell erleuchteten Empfangstheke mit ihren Bürotischen betrat er den nächsten Abschnitt der Krankenstation. Jetzt musste er sich rückwärts bewegen, um den langen Gang zu überblicken, denn er wollte nicht noch einmal unangenehm überrascht werden. Sich von Tür zu Tür bewegend, erkannte er, dass er sich nun in Trakt B befand, wie die Schilder B-1 bis B-5 deutlich zeigten. Die Frau schien noch im Zimmer zu sein und zeigte sich nicht. Eric passierte die Toiletten und erreichte das Ende des Trakts B. Ein letzter prüfender Blick den Gang entlang, dann wandte er sich um und stand vor der Tür zur Spezialabteilung. Entschlossen wollte er sie öffnen, ganz gleich, was ihn auf der anderen Seite erwartete, doch sie gab nicht nach.

„Merde, merde, merde", fluchte Eric.

Er war so weit gekommen und nun das. Schnell entfernte er sich von der Tür und suchte erneut Schutz im Türrahmen der Toiletten. Wo sollte er den Schlüssel suchen? Mittlerweile hatte er jegliches Zeitgefühl verloren. Die wildesten Gedanken gingen ihm durch den Kopf. Wie lange war er schon im Gebäude? Würde die Wache vor der Haupttür irgendwann ausgetauscht? Wie ging es Hery? Würde die diensthabende Frau auch abgelöst? Fragen über Fragen drangen auf Eric ein, der langsam das Gefühl hatte, die Nerven zu verlieren. Hatte die diensthabende Schwester den Schlüssel vielleicht in der Schürzentasche? Dann war alles verloren. Eric entschied, möglichst rasch zur Stationstheke zurückzugehen und dort seine Suche zu beginnen. Eventuell half ihm ja die deutsche Gründlichkeit erneut. Er kämpfte sich erneut von Tür zu Tür voran und stand schließlich abermals vor der Glastür, bereit, sie zu öffnen, als er die Schwester aus dem Zimmer kommen sah. Erstarrt blieb Eric stehen, unfähig, sich zu bewegen. „Ausgerechnet im dümmsten Moment", durchfuhr es ihn. Die Schwester überquerte den Korridor und ging in den gegenüberliegenden Raum, ohne zu bemerken, dass jemand vor der Glastür stand.

Knapp!

Eric ging ein paar Schritte zurück, versteckte sich in einem Türrahmen und wartete. Er war sich sicher, dass die Krankenschwester nicht allzu lange in diesem Raum verweilen würde. Tatsächlich tauchte sie bald wieder auf, immer noch mit dem Schlüssel in der Hand und ging geradewegs zurück ins andere Zimmer. Eric erkannte zumindest die winzige Chance, sofort durch die Glastür zum Empfang zu gelangen. Schnell trat er zur Tür, öffnete sie geräuschlos, schlüpfte hindurch, schloss sie ebenso leise wie möglich wieder und ging zum Empfang. Er umrundete die Theke und blickte auf den großen Bürotisch. Während er interessiert betrachtete, was darauf lag, vernahm er zuerst Schritte, dann hörte er, wie eine Tür geschlossen wurde und sich die Schritte auf ihn zubewegten.

„Merde, sie kommt zurück", dachte Eric panisch.

In einer plötzlichen Eingebung überlegte er, wo er sich verstecken könnte. Schließlich ließ er sich auf die Knie sinken und kroch in den Beinbereich des Tischs. Er musste sich klein machen, um Platz zu finden, und spürte, wie sein linkes Knie am Holz entlangschrammte. Fast hätte Eric vor Schmerz laut aufgeschrien. Die Schritte zogen an der Theke vorbei, und er vernahm das Öffnen und Schließen der Glastür. Einen kurzen Moment der Starre verharrte Eric in seinem Versteck und lauschte auf Geräusche. War die Person wirklich durchgegangen und kehrte sie vielleicht zurück? Kein Laut drang an sein Ohr. Vorsichtig erhob er sich, vergaß dabei jedoch die Enge seines Verstecks und stieß mit einem lauten Wumms mit seinem Kopf gegen die Tischplatte.

„Autsch, verdammt!", flüsterte Eric und ließ sich zurückfallen, während er sich die schmerzende Stelle an seinem bereits pochenden Kopf rieb.

„Das auch noch", dachte er.

Immer noch keine Geräusche. Schließlich stand er wieder auf und inspizierte erneut den Tisch und seine Umgebung. Akten, Patientendossiers und Ordner lagen ordentlich verteilt auf der Tischplatte. Eine leere Tasse, ein Telefon und eine Damenhandtasche vervollständigten das Bild, doch kein Hinweis auf den Schlüssel. Eric betrachtete die mit Tabellen, Plänen und Kalendern behangenen Wände. Wieder traf sein Blick auf das Bild von Hitler in einem Holzrahmen: „Na Adolf, weißt du, wo sich der Schlüssel zur Spezialabteilung befindet?", wisperte Eric und grinste das Bild an. Keine Antwort. Er wandte sich den Schränken zu, die hinter ihm standen, und las die Täfelchen in der Mitte. Schließlich öffnete er den Schrank mit der Aufschrift ‚Krankenstation' und musste erleichtert lächeln, als er sah, was sich darin befand. Ein Tresor, diverse Schatullen, eine kleine Kasse und an der Innenseite der rechten Tür ein kleiner Metallschrank, auf dem ‚Schlüssel' stand. Er öffnete ihn und fand Unmengen von Schlüsseln, ordentlich beschriftet. Schlüssel für Schlüssel durchsuchte er sie, bis er einen mit der Beschriftung ‚Spezialabteilung' fand. Hastig und mit zittrigen Händen nahm Eric ihn an sich, schaute nochmals zum Bild von Hitler und formte mit den Lippen ein Merci. Schmunzelnd schloss er leise den Schrank und überlegte fieberhaft, wie er es schaffen sollte, wieder vor die besagte Tür zu gelangen. Dafür musste die Schwester erneut aus dem Trakt B verschwinden. Momentan traute er sich auf keinen Fall hinein. Er wollte sich gerade auf den Stuhl setzen, als er hörte, dass in der Eingangshalle die Tür geöffnet wurde und jemand hereinkam. War das der wachhabende Soldat? Eric verharrte und lauschte weiter.

„Trude! Trude, wo bist du?", hörte er eine Männerstimme rufen.

Keine Antwort.

Eric hörte Schritte, die näherkamen, und das Scheppern von Metall. Es schien sich um den Wachsoldaten zu handeln, oder es war ein anderer Soldat, der da im Gang auf den Empfangsbereich zukam. Rasch verschwand Eric wieder in seinem Versteck unter dem Pult – diesmal mit der nötigen Vorsicht, um sich nicht zu stoßen. Die Hand, in der er den Schlüssel hielt, fühlte sich schweißnass an und er atmete langsam und tief ein und aus, um sich zu beruhigen.

„Trude, bist du da?", ertönte es nun ganz nah. Die Person hielt einen kurzen Augenblick beim Empfang inne und ging dann weiter, öffnete die Glastür und rief wiederholt: „Trude, um Herrgottswillen, wo bist du?"

Dann wurde weiter entfernt erneut eine Tür geöffnet und jemand, offensichtlich Trude, antwortete: „Verdammt, Karl, schrei nicht so! Du weckst noch die Patienten auf. Was willst du?"

Durch die offenbar weiterhin geöffnete Glastür hörte er, wie der Soldat schilderte, dass er einem Einheimischen bei einer Panne mit dem Kühler geholfen hatte und jetzt eine Pinkelpause machen würde. Gleichzeitig kamen Schritte näher und verharrten vor der Theke.

„Würdest du mir bitte noch eine Tasse Kaffee nach draußen bringen?“, fragte der Soldat.

Trude antwortete: „Ja, bring ich dir, aber lass mich zuerst den Patienten in Trakt A versorgen. Das kann etwas dauern. Geh doch nach dem Toilettengang in die Küche und bereite alles vor. Ich mache dir dann den Kaffee und bring ihn dir.“

„Einverstanden!“

Damit entfernten sich die Schritte erneut und Eric hörte, wie zuerst eine und anschließend eine zweite Tür geöffnet und wieder zugezogen wurde.

Er reagierte sofort und schon fast instinktiv. Umgehend kroch er aus seinem Versteck, ging durch die Glastür in Trakt B, rannte bis zum Ende des Gangs, steckte den Schlüssel ins Loch, drehte ihn und stemmte die Tür auf. Sie war schwer. Darum ließ sie sich nur langsam öffnen. Es schien, als wäre sie verstärkt. Oder war sie gar gepanzert? Eric hatte keine Zeit, dieses Detail zu beachten, denn er betrat einen gänzlich abgedunkelten Raum. Bevor er die Tür mit seinem Gewicht wieder zuschob, zog er den Schlüssel ab. Nun stand er regungslos im Dunkeln, mit dem Rücken an der Tür. Das wäre geschafft.

Er atmete leise und horchte in die Dunkelheit.

Irgendwo tropfte etwas, sonst hörte er nichts. Noch nichts. Nach ein paar Sekunden glaubte er, ein Schnaufen zu vernehmen. Er wagte es noch nicht, sich zu bewegen. Fast lautlos griff er in seiner Tasche nach der kleinen Taschenlampe, die er dem Handschuhfach des Kleinlasters entnommen hatte. Er entschied sich, nur kurz Licht zu machen, denn er wusste nicht, was er zu sehen bekam. Gespannt drückte er auf die Ein-Taste. Nichts geschah! Merde! Er drückte nochmals, wieder nichts. Sie hatte doch beim Test funktioniert. Er wurde von Panik ergriffen. Verzweifelt schüttelte er die Lampe. Als immer noch nichts passierte, klopfte er sie an der linken Hand. Plötzlich erhellte ein schmaler Lichtkegel den Raum. Sofort betätigte er den Knopf erneut und das Licht erlosch. Dieser kurze Moment hatte genügt, um zu erkennen, dass auf beiden Seiten des Raums Vorhänge gezogen waren. Bestimmt diente dies dazu, Betten zu verbergen.

Eric verharrte weiter an der Tür und lauschte. Irgendwo tropfte ein Hahn, da war er sich sicher. Auch die Atemgeräusche, mal leiser, mal lauter, hörte er nun deutlich. Das Einzige, was sich nicht eindeutig abschätzen ließ, war, ob es sich um eine oder mehrere Personen handelte. Nach einem kurzen Moment zündete Eric erneut die Taschenlampe an, richtete den Strahl aber auf den Boden vor sich. Er wollte nicht über mögliche Stufen stolpern und sich nicht verraten, indem ein Lichtschein durch möglicherweise vorhandene Fenster fiel. Vor ihm gab es keine Stufen, er sah einen grau gestrichenen, ebenen Steinboden vor sich. Langsam richtete er den Strahl etwas höher und konnte nun die Vorhänge deutlicher ausmachen. Rechts waren sie nicht zugezogen und hingen jeweils an den Zwischenstangen zwischen dem in der Mitte verlaufenden Gang und den Betten, die durch weitere Quervorhänge getrennt werden konnten. Eric zählte drei Betten. Links von ihm waren die Vorhänge den Gang entlang zugezogen. Fenster konnte er nicht sehen. Langsam näherte er sich dem ersten Abteil, zog den Vorhang etwas zur Seite und lugte vorsichtig dahinter. Eine fahrbare Bahre stand in der Mitte, etwas lag darauf und war durch ein grobes weißes Leinentuch bedeckt. Eric stockte der Atem. War das ein Körper? Ein Toter? War das vielleicht Kanto? Den Konturen zufolge lag da eindeutig ein Körper. Eric atmete schwer. Zaghaft trat er zur Kopfseite der Bahre und lupfte das Leinentuch. Das aschfahle Gesicht eines Mannes kam zum Vorschein. Eric erschrak und machte einen Schritt zurück. So sah ein Toter aus. Er bedeckte das Gesicht sofort wieder. Ein tiefes Schnauben hinter sich ließ ihn herumfahren. Dort lag zweifellos ein lebender Mensch. Eric fasste neuen Mut, schob den Vorhang zaghaft zur Seite und leuchtete auf die Person im Bett.

Ein stummer Schrei entwich seinem Mund: „Kanto!"

„Kanto, Kanto!" Immer und immer wieder flüsterte Eric den Namen. Er war glücklich, seinen Freund endlich gefunden zu haben, und musste sich am Bett festhalten. Kanto öffnete die Augen und starrte ihn fassungslos an. Krächzend und mühevoll stieß er die ersten Worte aus: „Eric, du meine Güte, du bist hier!"

„Ja, Kanto, ich bin es. Mon Dieu, endlich habe ich dich gefunden. Du kannst dir gar nicht vorstellen, wie froh ich bin!"

Eric ergriff Kantos Hand und drückte sie zum Zeichen der Freude. Sofort zuckte dieser vor Schmerz zurück und stöhnte dabei. Erst jetzt war Eric fähig, alle Details wahrzunehmen. Zaghaft leuchtete er das Szenario aus. Kanto lag in einem Krankenbett, halb zugedeckt. In seinem linken Arm steckte eine Infusionsnadel, der Schlauch führte zu einer noch halbvollen Flasche, die senkrecht an einer Stange hing. Eine dicke beige Binde war bis knapp unter die Brust um seinen Bauch geschlungen. Sein Gesicht wies zahlreiche Schürfungen auf, sein linkes Auge war nur halb offen und blau verfärbt. Eric verschlug es die Stimme, Tränen rannen ihm über die Wangen. Tränen der Freude gingen nun in Tränen der Sorge über.

„Eric, mein Freund, was ist passiert?", wisperte Kanto und schaute ihn mit weit aufgerissenen Augen an.

„Schscht!", sagte Eric leise. Er signalisierte ihm, zu schweigen.

„Kanto, lass mich kurz überlegen, wie wir hier rauskommen. Ich knipse die Taschenlampe aus, damit wir nicht geblendet werden."

Eric hielt sich erneut am Bett fest und kämpfte mit dem Gleichgewicht. Er fühlte sich überfordert. Was sollte er nur tun? Wie wollte er an der Schwester und an dem Soldaten vorbeikommen, ohne entdeckt zu werden? Keine Chance! Was hatte er sich nur dabei gedacht, hier einzubrechen? Hatte er geglaubt, Kanto befreien und zusammen mit ihm friedlich in den Sonnenuntergang entfliehen zu können? Verdammt, wie naiv! Er verfluchte sich für diese törichte Aktion. Gleichzeitig war er froh, zu wissen, dass Kanto lebte. Was nun? Als hätte Kanto seine Gedanken erraten, sagte er krächzend: „Eric, ich kann nicht gehen! Ich ..."

„Was heißt das, du kannst nicht gehen?", fragte ein entsetzter Eric schon fast flehentlich.

„Mein linkes Bein wurde angeschossen und das rechte im Kampf verletzt. Noch kann ich nicht gehen, aber die Krankenschwester meinte, dass alles wieder gut wird."

„D'accord, Kanto. Hab keine Angst, ich hole dich hier raus, früher oder später, versprochen!"

Eric wollte eben die Taschenlampe wieder anknipsen, als er deutlich vernahm, wie die schwere Tür geöffnet wurde.

„Hallo, wer ist da? Bist du da drin, Karl? Du weißt doch, dass das strikt verboten ist." Es war die Stimme der Krankenschwester. Ihr Erscheinen ließ Eric keine Wahl. Es war Zeit für die Flucht. Er hatte genug gesehen und Kanto gefunden. Nah am Vorhang erwartete er die Krankenschwester. Als sie um die Haltestange herumkam und unmittelbar an das Bett trat, ergriff er sofort den Vorhang, wickelte die Frau ein und drehte sie ein paar Mal herum. Einen spitzen Schrei ausstoßend, versuchte sie, sich zur Wehr zu setzen. Eric ließ los, eilte zur Tür und rief über die Schulter: „Ich komme zurück!"

Schnell trat er in den Gang, zog mühsam die schwere Tür zu und verschloss sie eilig mit dem Schlüssel. Das Problem war er für den Moment los. Die Krankenschwester kam zu spät. Sie rüttelte mehrfach an der Klinke und polterte wild gegen die Tür. Als sie feststellte, dass diese abgeschlossen war, schrie sie lauthals um Hilfe. Eric realisierte, dass es jetzt sehr schnell gehen musste. Er rannte den Gang entlang und fragte sich, wie lange es wohl dauerte, bis der Wachsoldat alarmiert war. Soeben passierte er die Glastür, als er sah, dass dieser bereits vom Eingangsbereich durch den Gang des Trakts A auf ihn zukam, eine Pistole in der Hand. Eric blieb einen Augenblick zögernd stehen, ehe er in den Empfangsbereich abbog, das Pult umrundete und an der Ecke wartete. Der Wachsoldat stürmte mit vorgehaltener Pistole um die Ecke. Eric drückte mit seiner linken Hand den Arm mit der Pistole nach unten, umfasste den Soldaten und wirbelte ihn herum. Sie krachten in die Wandschränke. Der Soldat war kräftig gebaut und Eric spürte, dass er ihm im Nahkampf nicht gewachsen war. Auf keinen Fall durfte der Soldat freikommen und ihn mit der Pistole bedrohen. Körper an Körper, die Pistole zwischen ihnen, kämpften sie zwischen Pult und Wandschränken. Immer wieder krachten sie in die Schränke. Ein wildes Ringen um die Pistole entbrannte. Eric verlor das Gleichgewicht, hielt den Soldaten eisern fest und riss ihn mit. Sie knallten auf den Boden, der Soldat rücklings, und Eric fiel hart auf ihn, dabei löste sich plötzlich ein lauter Schuss. Erics Ohren waren sofort wie taub. Er hörte nur noch einen schrillen Ton. Die Augen des Soldaten weiteten sich. Er schrie vor Schmerz, sein Körper erschlaffte und die Pistole sank entkräftet aus seiner Hand. Mit geweiteten Augen schaute er Eric an und wollte etwas sagen. Sofort drückte er ihm mit der Hand den Mund zu, denn er vermutete, dass der Soldat schreien würde. So schauten sie sich einen langen Moment in die Augen, ehe Eric zögerlich aufstand und verblüfft realisierte, dass er unverletzt geblieben war. Das linke Hosenbein des Soldaten verfärbte sich langsam rot. Geistesgegenwärtig hob Eric die Pistole auf und dachte nur noch an Flucht. Er rannte wie irre los. Das alles war zu viel für ihn. Hastig durchquerte er den Gang, gelangte zur Eingangstür, öffnete sie, eilte hindurch und stürmte weiter durch den Laubengang zum Parkplatz. Erst jetzt realisierte er, dass es geregnet haben musste, denn der Kies war nass. Der Kleinlaster stand in der Einfahrt und ein entsetzt dreinblickender Hery saß am Steuer bereit. Eric riss die Beifahrertür auf und hechtete auf den Sitz.

Wie von Sinnen rief er: „Hery, fahr los, fahr sofort los!“

Mit quietschenden Reifen reagierte dieser sogleich.

„Verdammt, Eric, was war da drinnen los?“

Apathisch und schwer atmend stierte Eric durch die Frontscheibe. Nach einer kurzen Weile sagte er teilnahmslos: „Ich habe Kanto gefunden. Er lebt!“

Dann brachen alle Dämme. Eric sank im Sitz zusammen und begann zu schluchzen. Er wusste nicht, weshalb. War es Freude oder Panik? Spielte das eine Rolle? Hery entschied eigenmächtig, nicht zur Tante zurückzukehren, sondern direkt die Heimfahrt anzutreten. Die Fernlichter fraßen sich durch die dunkle Nacht. Es regnete wieder. Stillschweigend legten sie Kilometer um Kilometer zurück.

Allmählich beruhigte sich Eric etwas und begriff, was vorgefallen war. Noch immer hielt er die Pistole in seiner verkrampften Hand. Schließlich warf er sie angewidert durch das offene Fenster in die Dunkelheit.

Kapitel 11

Eric konnte auch Tage nach seiner nächtlichen Rückkehr und der väterlichen Anordnung des Hausarrests nur resigniert den Kopf schütteln. Diese Bevormundung empfand er als sehr anmaßend. Im zarten Alter von 19 Jahren fühlte er sich wie ein gefangener Vogel im eigenen Nest. Erneut schüttelte er den Kopf, als er auf dem Steg stand und den Blick über das Meer schweifen ließ. Die salzige Brise strich ihm um die Nase, während dunkle Wolken über den Horizont zogen, von den Winden des Schicksals vorangetrieben. Erics Zerrissenheit wurde nur durch die Tatsache gemildert, dass sein Freund am Leben war. Die Lähmung, die ihm der Hausarrest auferlegte, nagte an ihm. Er wollte endlich handeln. Was hatte er erwartet? Dass sein Vater sofort auf die Barrikaden gehen und für Kanto kämpfen würde? Es war wohl naiv gewesen, zu glauben, dass sich die Dinge so einfach lösen ließen. Dennoch hoffte er darauf, dass sein Vater endlich aus seiner Passivität erwachen würde.

Die Rückkehr aus der Nachtaktion war kein triumphaler Siegeszug, wie er es sich erhofft hatte. Stattdessen sah er sich nun mit einem weiteren Hindernis konfrontiert: Hausarrest. Eric war nicht bereit, sich diesem Schicksal kampflos zu ergeben. Nach einem Vormittag voller mühsamer Arbeit an den neuen Wasserleitungen entschied er sich für eine kurze Auszeit am Strand. Das kühle Wasser umspülte seinen Körper, während seine Gedanken wie Möwen über die Wellen strichen. Als er schließlich zurückkehrte, um sich abzutrocknen, erklang von der Veranda klassische Musik. Ein Lächeln stahl sich auf sein Gesicht, denn er sah seine Eltern dort vereint, vertieft in ihre Zeitung, nichts von den inneren Kämpfen ihres Sohnes ahnend.

„Was gibt es Neues?“, fragte er interessiert.

„Krieg! Jetzt hat er endlich seinen Krieg begonnen!“, antwortete sein Vater aufgebracht.

„Krieg? Was, wer, wovon redet ihr da?“

„Eben hat der Kurierdienst der Armee eine Ausgabe des ‚Figaro' von letzter Woche vorbeigebracht. Die deutsche Wehrmacht hat am 1. September Polen überfallen", erklärte Mutter Gabriel.

„Damit stellt sich die Frage, wann Hitler Frankreich angreift", ergänzte sein Vater.

„Uff, auch das noch. Und was bedeutet das für uns hier in Madagaskar?", wollte Eric wissen.

„Tja, wenn wir das wüssten. Ich habe keine Ahnung, aber die Messieurs Conseiller kommen ja heute Nachmittag höchstpersönlich vorbei und werden uns bestimmt umfassend informieren", sagte Vater Gabriel.

Mavo stand plötzlich in der Verandatür und vollführte eine elegante Einladungsgeste: „Wir lassen bitten, das Essen ist bereit. Wir warten noch einen kurzen Augenblick mit dem Auftragen, damit Master Eric sich umziehen kann." Er zwinkerte ihm zu und verschwand wieder im Salon.

Das Gespräch am Tisch war natürlich vom Thema Krieg beherrscht und dementsprechend bedrückend. Alle waren gespannt auf den bevorstehenden Besuch von Petit und Grosjean und konnten ihr Eintreffen kaum erwarten. Kurz vor dem Servieren des Kaffees fuhr der Tross dreier Armeefahrzeuge vor und die beiden Regierungsvertreter wurden von Mavo zur Veranda geführt.

„Bonjour, Madame, Monsieur. Es ist uns immer wieder eine Freude, Sie zu sehen", begrüßten sie die Eltern.

„Ah, sogar Eric ist da, wunderbar, Bonjour. Es gibt einiges zu berichten und deine Anwesenheit ist von großer Wichtigkeit", schloss Petit seine theatralische Begrüßungszeremonie ab.

„Bonjour, Messieurs. Bitte nehmen Sie Platz", sagte Vater Gabriel und zeigte auf zwei Stühle.

„Das haben wir vermutet und darum unseren Sohn verpflichtet, anwesend zu sein", fuhr er mit einem Seitenblick zu seinem Sohn fort. Eric verzog das Gesicht.

„Wir nehmen an, dass sie uns auch über die aktuellen Geschehnisse des kriegerischen Akts der Deutschen berichten können", deutete Vater Gabriel seinen Gesprächswunsch an.

Ein Nicken von Grosjean bestätigte seine Annahme. Während Mavo Kaffee und Wasser servierte, wurden die üblichen Floskeln zum persönlichen Befinden ausgetauscht. Anschließend ging es zur Sache.

„Als Erstes bedanken wir uns natürlich für den kurzen Bericht zu dem vermissten Burschen Kanto", nahm Petit den Faden auf und warf dabei einen Blick zu Eric.

„Wir hatten die Deutschen schon seit geraumer Zeit im Verdacht, mit den Rebellen zusammenzuarbeiten. Leider fehlte stets ein Beweis, um bei Bönisch zu intervenieren. Dass gerade jetzt, wo wir vielleicht durch dich, Eric, etwas in die Hand bekommen haben, dieser Krieg ausgebrochen ist, macht es nicht leichter. Seit dem 3. September befinden wir uns offiziell im Krieg mit Deutschland. Wir wurden von der französischen Regierung angehalten, keine kriegerischen Aktionen gegen die Deutschen durchzuführen. Sie haben Polen angegriffen, nicht Frankreich. Noch nicht, Gott bewahre!" Er machte eine Pause und nahm einen Schluck Kaffee. Das gab Grosjean die Gelegenheit, fortzufahren: „Im Moment ist keine weitere Unterstützung aus Frankreich geplant. Daheim wird jetzt alles für die Mobilmachung gebraucht. Zum Glück haben wir im Sommer noch die benötigte Truppenverstärkung erhalten. Damit sind wir zahlenmäßig den Deutschen weit überlegen. Deshalb haben sie auch von Beginn an die Nähe der Rebellen und die Zusammenarbeit mit ihnen gesucht", er machte eine bedeutungsvolle Pause, „und leider auch erfolgreich gefunden. Wir haben kurz nach Bekanntwerden des Überfalls auf Polen ein Treffen mit Bönisch abgehalten und uns darauf geeinigt, dass keine kriegerischen Aktionen erfolgen. Interessanterweise war auch ein hohes Tier der SS zugegen, Herr ..."

„Himmler", platzte es aus Eric heraus.

Beide Messieurs Conseiller blickten verwundert zu ihm.

„Richtig, es handelte sich um Heinrich Himmler. Kannst du uns vielleicht etwas dazu sagen, Eric?"

„Und ob. Helmut zufolge war der Kerl wegen der Deportation von Juden hier. Er nannte sie wortwörtlich Ungeziefer, Maman.

Himmler wollte sich über den Fortschritt der Vorbereitungen informieren. Von wegen Vanille- und Kaffeeanbau", endete er hasserfüllt.

Petit und Grosjean wechselten Blicke und Petit entgegnete: „Danke, dann halten sie offenbar immer noch an diesem Madagaskar-Plan fest. Leider kennen wir weder Eckdaten noch Umsetzungspläne. Bönisch zeigte sich während unseres Treffens äußerst erleichtert, als wir versicherten, nichts gegen die Deutschen zu unternehmen. Dennoch müssen wir weiterhin wachsam sein, denn wir haben absolut keine Ahnung, was Bönisch im Schilde führt. Wir haben strikte Anweisung aus Paris erhalten, möglichst alles zu vermeiden, was die Situation eskalieren lassen könnte. Ich denke, das ist auch in Ihrem Interesse, oder Monsieur Gabriel?"

„Unbedingt. Ich bin Geschäftsmann. Mir liegt vor allem meine Familie am Herzen und an zweiter Stelle unsere Société, sprich Umsatz und Absatzsicherheit. Ich weiß von meinem Vater, dass er während des Ersten Weltkriegs fast Bankrott erklären musste. Somit machen mir die Geschehnisse in Europa größte Sorgen. Aber wie gesagt, mehr, was das Geschäft angeht."

„D'accord. Das haben wir beide", er schaute zu Grosjean, „und die Konsuln angenommen. Wir wollten heute diese Annahme von Ihnen nochmal bestätigt wissen. Auch für die französische Regierung sind Ihre Anwesenheit und Ihre Tätigkeit von großer Bedeutung und ich sichere Ihnen weiterhin umfassende Unterstützung und Hilfe zu, so wie sie bereits Ihr Vater genossen hat."

„Danke. Das wissen wir sehr zu schätzen", meldete sich Mutter Gabriel zu Wort. „Was können Sie uns zur Situation um Kanto, unseren vermissten Burschen aus dem Arbeiterdorf, berichten?"

Für einen kurzen Moment rutschten die Messieurs etwas verlegen auf ihren Stühlen herum, ehe Grosjean das Wort ergriff: „Mmhh, eigentlich wollten wir uns zuerst die Sachlage von Ihrem Sohn erläutern lassen." Er blickte direkt zu Eric. „Wir wissen nur, was Bönisch uns mitgeteilt hat. Das basiert auf einer Abmachung mit ihm, wonach wir uns bei gewalttätigen Aktionen gegenseitig informieren wollten, um gemeinsam vorgehen zu können. Die Information lautete, dass bei einem Überfall auf die deutsche Krankenstation ein Soldat verwundet wurde. Mehr sagte er nicht. Er deutete auch nicht an, wer für diese Intervention verantwortlich sein könnte", sagte er und wandte sich erneut an Eric. „Angesichts der Tatsache, dass Bönisch möglicherweise mit den Rebellen zusammenarbeitet – darauf deutet einiges hin, wie uns unsere Informanten berichten – schließt er ohnehin aus, dass es die Rebellen waren. Sicherlich ist das auch der Hauptgrund dafür, dass er uns aufsuchte und über die Sachlage informierte. Er ließ einen Versuchsballon steigen. Wir gehen davon aus, dass er keine Ahnung hat. Deshalb sind wir gespannt auf deine Geschichte."

Alle Augen richteten sich auf Eric.

Zuerst schilderte Eric seine Zerrissenheit und sein Bedauern, dass sein Vater nichts unternehmen wollte, zumindest nicht ohne gesicherte Hinweise. Dies brachte ihn dazu, selbst aktiv zu werden, wie die Anwesenden erfuhren. Die Geschichte von Herys Cousine über den Vorfall und das Eingreifen des Arztes, der einen Mischling auf der deutschen Krankenstation gesehen hatte, weckte sein Interesse. Daher entschied er, mit Hery in den Norden zu fahren, um eigene Nachforschungen anzustellen. Dort traf er auf Helmut, Bönisch und sogar Himmler. Weil er jedoch keine genauen Informationen erhalten konnte, beschloss er, nachts in die Station einzudringen. Schließlich fand er Kanto in der Spezialabteilung vor. Leider war dieser nicht in der Lage, zu gehen, sodass Eric ihn nicht befreien konnte. Zudem wurde er von der diensthabenden Krankenschwester entdeckt und musste sie einsperren. Beim Verlassen der Station kam es zu einem Handgemenge mit dem Wachsoldaten, bei dem ein Schuss fiel und er den Soldaten verletzte. Dadurch gelang es ihm, zu fliehen, und gemeinsam mit Hery kehrte er in der Nacht zurück. „Ich hoffe, es geht dem Soldaten wieder gut. Ich wollte niemanden verletzen", schloss er kleinlaut.

„Danke, Eric", sagte Petit. „Jetzt haben wir die gesicherte Information, dass Kanto offenbar von den Deutschen festgehalten wird."

Eric nickte.

„Wir gehen folgendermaßen vor: Beim nächsten Treffen informieren wir Bönisch darüber, dass Sie, Monsieur Gabriel, bei uns eine Vermisstenmeldung des Jungen gemacht haben. Dann fragen wir Bönisch, ob er etwas gehört hat, ob er uns helfen und ob er die Familie Gabriel unterstützen kann. Sie kennen sich und vielleicht kommt dadurch Bewegung in die Sache. Ich denke, mehr können wir nicht ausrichten angesichts der heiklen Lage, in der wir uns befinden. Was denken Sie?"

Grosjean schaute erwartungsvoll in die Runde.

Alle nickten, nur Eric schaute bekümmert drein.

„Wir brauchen noch Geduld, Eric. Du hast tapfer gehandelt. Dank dir wissen wir, dass Kanto lebt. Ich denke, das ist die Hauptsache", versuchte Vater Gabriel ihn aufzumuntern.

Grosjean signalisierte, dass es noch etwas gab, das sie ansprechen wollten: „Monsieur, eine Frage wollen wir noch erörtern, da wir nicht wissen, zu was die Deutschen und vor allem Bönisch fähig sind: Besteht ein absehbares Risiko für Sie? Könnten die Deutschen Ihnen schaden? Und wenn ja, wie könnte das aussehen?" Erwartungsvoll schauten die beiden Conseillers Vater Gabriel an.

Eine unheilvolle Stille trat ein.

Vater Gabriel schien zu überlegen und schaute dabei Eric an, als erwarte er von ihm Unterstützung.

„Unser Transportweg, Vater!", kam sein Sohn ihm hastig zu Hilfe.

„Richtig. Danke. Eben kam mir derselbe Gedanke."

Zu den Messieurs Conseiller gerichtet fuhr er fort: „Unsere Exportwaren werden einmal im Monat auf der Straße zur Hauptstadt gefahren, wo die Verschiffung erfolgt. Je nachdem, wohin die Ladung geht, muss sie noch aufgeteilt werden, da nicht alles nach Frankreich geschickt wird. Wie Sie bestimmt wissen, exportieren wir fast die Hälfte in den Fernen Osten. Und die einzige Straße führt via Diego Suarez, also nah an den Deutschen vorbei."

Wieder trat Stille ein und alle hingen ihren Gedanken nach.

„Mit anderen Worten", versuchte Petit nach kurzem Innehalten zu folgern, „die Deutschen oder die Rebellen, wer auch immer, würden Ihnen einen immensen Schlag versetzen, wenn dieser Transport überfallen, einkassiert oder angegriffen würde? Richtig?"

Stumm nickte Vater Gabriel.

Diese Erkenntnis lähmte die gesamte Runde, die Stimmung verschlechterte sich rapide und es dauerte lange, ehe Vater Gabriel zögerlich anführte: „Das wäre das Allerschlimmste, was passieren könnte. Das entspräche dem Supergau!" Erneut hingen alle ihren Gedanken und Überlegungen nach.

Eric erschrak. Diese Schwachstelle war ihm nicht bewusst gewesen. Unter den gegebenen Umständen mussten sie ernsthafte Überlegungen anstellen. Die jetzige Situation war unhaltbar. Sie waren äußerst verletzlich.

„Nun, in diesem Fall müssen wir das Risiko baldmöglichst nicht nur minimieren, sondern in den Griff bekommen. Ich schlage deshalb vor, dass wir uns alle mit höchster Priorität dem Problem widmen und vor allem eine umsetzbare Lösung anstreben. Was meinen Sie dazu, Monsieur?"

Alle schauten zu Patron Rémy.

In Gedanken versunken sagte er: „Ja, auf jeden Fall. Unbedingt. Ich bin froh, dass Sie das offen angesprochen haben. Die Tragweite habe ich bis dato nicht realisiert." „D'accord! Petit und ich nehmen das mit und besprechen uns mit dem Konsul. Mit Ihrer Erlaubnis machen wir uns auf den Rückweg. Wie wollen wir verbleiben?"

„Wir", Vater Gabriel lächelte und schaute erst zu seiner Frau und dann zu Eric, „besprechen das Ganze und suchen Lösungen. Ich melde mich. Wann wird die Telefonleitung stehen?"

„Ich denke, das sollte in den kommenden Wochen der Fall sein", antwortete Petit hoffnungsvoll. Beide Conseillers erhoben sich, bedankten sich für die Gastfreundschaft und verabschiedeten sich.

„Sehr gut, danke. Wir wünschen eine gute Rückfahrt. Mavo, würdest du bitte die Messieurs hinausbegleiten?"

„Selbstverständlich, Master Rémy. Messieurs, bitte!“ Mit einer schwungvollen Geste Richtung Tür ließ Mavo die beiden vorausgehen. Er folgte in dezentem Abstand. Zurück blieben drei sorgenvolle Gesichter.

Kapitel 12

In den folgenden Wochen empfand Eric zwar eine gewisse Erleichterung, da Kanto noch am Leben war. Dennoch nagten die anhaltende Trennung von seinem Freund und die Ungewissheit über seine Rückkehr weiterhin an seinen Nerven. Einzig die zahlreichen Briefe von Sophie vermochten, ihn etwas zu trösten und ihm neue Zuversicht zu schenken. Kanto war zudem nur eines von vielen Sorgen und Herausforderungen, die bewältigt werden mussten. Das ungelöste Problem des Transportwegs sorgte immer wieder für hitzige Debatten. Und dann waren da noch die fortwährenden Anforderungen des Wiederaufbaus. Glücklicherweise konnte Eric sich am Neuaufbau des Arbeiterdorfs und der Betriebsgebäude beteiligen, was ihm etwas Ablenkung verschaffte. Die installierten Telefonleitungen wurden erfolgreich in Betrieb genommen und ermöglichten endlich eine uneingeschränkte Kommunikation mit dem Armeehauptquartier. Sobald das Betriebsgebäude und die Krankenstation fertiggestellt waren, würden auch dorthin Telefonverbindungen hergestellt. Eric fühlte sich weiterhin in einem Dilemma gefangen. Sollte er bezüglich Kanto erneut aktiv werden oder lieber abwarten? Eine weitere Einzelaktion konnte er sich unter keinen Umständen erlauben, das war ihm klar. Das Gefühl der Zerrissenheit blieb bestehen.

„Was haltet ihr von einer Reise in die Hauptstadt?", erkundigte sich Vater Gabriel eines Abends beim Essen. „Ich muss mich mit den Bouilliers über zahlreiche Angelegenheiten beraten und sowohl den Konsul als auch den Gouverneur treffen. Es gibt viel zu klären. Eine Pause vom Alltag würde uns sicher guttun. Wie seht ihr das?", fragte er erwartungsvoll in die Runde.

„Das klingt nach einer guten Idee, Rémy. Ich bin dabei", sagte Sabine mit einem freudigen Lächeln, während sie ihren Mann ansah.

„Ja, das klingt großartig! Ich bin auch dabei. Außerdem kann ich Sophie endlich wiedersehen. Es ist schon zu lange her", platzte Eric begeistert heraus.

Lediglich Cécile zeigte sich wenig erfreut. „Ich bleibe lieber hier. Die fertiggestellte Krankenstation muss eingerichtet und in Betrieb genommen werden. Das möchte ich nicht verpassen. Petit hat mir Unterstützung vom Sanitätskorps für die nächsten Monate versprochen. Das kann und will ich nicht aufschieben. Geht ruhig ohne mich. Das ist kein Problem!"

„Wie du meinst, Cécile, aber eine Auszeit würde auch dir guttun", warf Mutter Gabriel nachdenklich mit sanfter Stimme ein.

„Ja, da hast du Recht. Die bevorstehenden Arbeiten sind jedoch wichtig für mich und ich will keine Unterbrechung. Im Gegensatz zu Eric", fügte sie schmunzelnd hinzu und warf ihrem Bruder einen Blick zu, „habe ich keinen Grund, mit in die Hauptstadt zu reisen."

„Schade, aber verständlich. Zudem schätze ich deinen Einsatz für die neue Krankenstation sehr. Es ist ein wichtiger Beitrag für unsere Zukunft", wandte Vater Gabriel sich an sie, seine Stimme voller Anerkennung.

„Wie wäre es, wenn wir einen kleinen Abstecher zum Masoala-Urwald machen?", wollte Eric wissen. Seine Augen leuchteten vor Vorfreude. „Es gibt ganz im Süden eine zusätzliche Schiffsstation, die auf der regulären Route neu angesteuert wird. Wir könnten also von dort das Schiff nehmen."

Eine Schiffsreise! Die Vorstellung rief sofort Begeisterung hervor. „Gute Idee", stimmte Mutter Gabriel zu. „Rémy, was meinst du dazu?"

Vater Gabriel überlegte kurz, bevor er antwortete: „Warum nicht? Das ist wirklich eine tolle Idee und es ließe sich gut verbinden. Einverstanden. Ich veranlasse die nötigen Schritte. Allzu lange sollten wir sowieso nicht weg sein. Was haltet ihr davon, nächste Woche abzureisen?"

Die Frage blieb unbeantwortet, weil plötzlich Mavo in den Salon stürmte, ohne angeklopft zu haben. „Master Rémy", platzte er atemlos heraus, „ich bitte um Entschuldigung. Monsieur Bouillier ist am Apparat. Er meinte, es sei dringend!"

Sofort erhob sich Vater Gabriel mit Sorgenfalten im Gesicht.

„Senior oder Junior?“

„Junior! Master Rémy!“

Vater Gabriel warf die Serviette auf den Tisch und folgte Mavo, der den Salon bereits wieder verlassen hatte. Die anderen schauten sich erstaunt an und fragten sich, was wohl vorgefallen war. Nach kurzer Zeit tauchte ein nachdenklicher Vater Gabriel wieder auf und setzte sich erneut an den Tisch.

„Jean Bouillier hat einen Schlaganfall erlitten. Bertrand musste ihn heute ins Spital bringen.“ Er machte eine kurze Pause. „Somit haben wir einen weiteren Grund, in die Hauptstadt zu fahren.“

„Woher hast du die Information?“, fragte Fanilo neugierig.

Ein grobschlächtig aussehender Kerl mit großer Hakennase saß ihm gegenüber und grinste hämisch.

„Ich habe so meine Informanten. Sie sind sehr verlässlich, glaub mir“, versicherte er. „Die Gabriels planen einen Ausflug in den Masoala-Urwald, und das schon nächste Woche.“

Eine kurze Stille legte sich über den Tisch. Fanilo griff nach seinem Bierglas, trank einen Schluck und wischte sich den weißen Schaum von der Oberlippe. Sein Blick fixierte den Mann gegenüber. Innerlich kochte er wegen des fehlgeschlagenen Angriffs auf das Land der Gabriels immer noch vor Wut. Noch mehr ärgerte ihn, dass er die ‚Trophäe‘ dem deutschen Wehrmachtsoffizier hatte übergeben müssen.

„Ich kann mir im Moment keinen weiteren Fehlschlag leisten. Noch weiß Rémy nicht, wer den Überfall angeleitet und geführt hat. Und ich will, dass das so bleibt. Ich will im Hintergrund bleiben. Noch!“, sagte Fanilo mit Nachdruck.

„Mach mit der Information, was du willst. Du hast mich um weitere Hinweise angefragt, nun habe ich sie dir geliefert. Alles Weitere ist deine Angelegenheit. Rück die versprochenen Mäuse jetzt raus“, forderte der Kerl mit der Hakennase und streckte seine offene Hand aus, in der Erwartung, sein Geld zu erhalten. „Ich verstehe sowieso nicht, weshalb du dich so auf diesen großkotzigen Plantagenbesitzer fixiert hast. Was hat er dir überhaupt angetan?"

Plötzlich griff Fanilo an seinen Gürtel, zückte reflexartig sein Messer und rammte die Klinge in die Handfläche seines Gegenübers. Der Kerl mit der Hakennase schrie vor Schmerz auf, das Gesicht verzerrt, Schweißperlen auf der Stirn. Langsam breitete sich eine Blutlache auf dem Tisch aus. Fanilo packte ihn am Kragen, zog ihn zu sich und zischte ihm ins Gesicht:

„Die Gabriels haben meinen Vater auf dem Gewissen. Es gilt, Rache zu nehmen. Alles andere ist meine Sache. Verstanden? Und nun verpiss dich!", sagte er, während er das Messer aus der Wunde zog. „Das Geld bekommst du, sobald du deine Hand wieder benutzen kannst. Bis dahin versorgst du mich weiterhin mit Tipps oder …!"

Er verstummte abrupt, stand auf, leerte sein Bier und verließ das Lokal. In Gedanken versunken lotete Fanilo bereits verschiedene Optionen aus, wie er Rémy Gabriel dieses Mal in die Finger bekommen könnte.

Tojo brachte sie mit dem Kleinbus auf der Küstenstraße in den Süden zu der Station Vinanivao, ein kleines Dorf mit kaum hundert Einwohnern, eingebettet in eine malerische Landschaft. In einem Maison d'hôtes, das von Bekannten von Mavo geführt wurde, fanden sie Unterkunft und wurden von herzlichen Gastgebern empfangen. Dort verbrachten sie drei Tage, unternahmen geführte Ausflüge in den Masoala-Urwald und genossen eine entspannte sowie äußerst faszinierende Zeit. Eric beschloss, einen Reisebericht anzufertigen und alles zu dokumentieren. Sein kleines Notizbuch füllte sich Seite um Seite. Er hielt sämtliche Tier- und Vogelarten fest, die sie entdeckten. Vor allem begeisterten sie sich für die einzigartige Flora des Urwalds. Am letzten Tag bekamen sie endlich eine Fossa zu Gesicht, Madagaskars gefährlichste Raubtierart. Obwohl sie nicht besonders groß war, beeindruckte sie durch ihre Anmut und die vier Jungen, die sie begleiteten. Kurz vor Einbruch der Dunkelheit legte das Kursschiff, das sie am nächsten Tag nach Tamatave bringen sollte, an der Anlegestelle an. Der junge Kapitän, offensichtlich ein Franzose, übernachtete im gleichen Maison d'hôtes wie die Gabriels. Nach dem Abendessen beschlossen Vater Gabriel und Eric, im Salon noch einen Cognac zu trinken und über mögliche Lösungen für den Transportweg zu diskutieren. Mutter Gabriel war nach dem ereignisreichen Ausflug sehr müde und ging früh zu Bett. Kaum hatten sie es sich gemütlich gemacht, tauchte der Kapitän auf, noch immer in seiner Uniform. Ein angeregtes Gespräch entspann sich.

„Bonsoir, Messieurs. Sie sind bestimmt Monsieur Gabriel, der Vanillebaron?“, begann der Kapitän und trat näher.

„Ja, das bin ich und das ist mein Sohn, Eric“, erklärte Vater Gabriel, während er auf Eric deutete.

„Was verschafft uns die Ehre, Monsieur le Capitaine? Bitte nehmen Sie Platz“, lud er ihn daraufhin ein und wies auf einen freien Stuhl.

Gespannt setzten sie sich, bereit, die Unterhaltung mit dem jungen Kapitän fortzusetzen.

„Mein Name ist Leclerc, Charles Leclerc“, setzte dieser an. „Nun, ich weiß nicht genau, wie oder wo ich anfangen soll. Zuerst möchte ich Ihnen Grüße der beiden Conseillers Petit und Grosjean überbringen. Sie haben mich darüber informiert, dass Sie, Monsieur, Ihre Gattin und Familienangehörige sehr wahrscheinlich hier zusteigen werden. Diese Information war jedoch nicht gesichert, bis Conseiller Petit sie vor meiner Abfahrt in Diego Suarez bestätigte. Er versuchte vorgestern, Sie telefonisch zu erreichen, und wurde von einem Ihrer Bediensteten über Ihre Reise informiert. Das löste offensichtlich Alarm im Hauptquartier aus!“

„Alarm? Was bitte hat das zu bedeuten?“, wollte ein perplex wirkender Vater Gabriel wissen und richtete sich spontan auf.

Eric wurde ebenfalls unruhig und rutschte auf seinem Stuhl hin und her. „Was soll das heißen? Was hat das zu bedeuten?“, platzte es aus ihm heraus.

„Nun, Monsieur Gabriel, den Informationen von Petit zufolge könnte während Ihrer Reise ein Überfall oder besser gesagt ein Attentat auf Sie verübt werden.“

Attentat? Überfall? Die Worte hallten in der Stille des Raums wider.

„Was bedeutet das genau?", fragte Eric verwirrt.

„Gemäß Conseiller Petit stammt diese Information von einem seiner Informanten. Leider konnten keine weiteren Details in Erfahrung gebracht werden. Das Ganze ist sehr vage. Dennoch entschied Conseiller Petit daraufhin, mich als Kapitän einzusetzen. Ursprünglich war ein ziviler Kapitän vorgesehen. Ich bin Marinekapitän im Range eines Lieutenants und diene momentan im französischen Kolonialcorps hier auf Madagaskar. Zusätzlich befinden sich vier Soldaten auf dem Schiff, die zu Ihrer Sicherheit abkommandiert wurden und unter meinem Kommando stehen!"

Eric fuhr sich geistesabwesend durch das Haar und fragte sich erneut, was das alles sollte. Eine beklemmende Stille legte sich über den Raum, während Vater Gabriel und Eric das Gehörte zu verarbeiten versuchten.

„Ich sage es gerne nochmal, Messieurs, es ist sehr vage, wir wissen leider nichts Genaues, müssen jedoch mit dem Schlimmsten rechnen. So lautet mein Auftrag. Als Gäste sind nur wir vier Personen im Maison d'hôtes eingetragen. Ebenfalls wurden alle Fahrgäste vor der Abfahrt genauestens kontrolliert. Keine Auffälligkeiten. Alle gaben Vinanivao als Ziel an und verließen das Schiff. Und bis heute Abend hat sich außer Ihnen keine Person für die Mitreise nach Tamatave gemeldet."

„Besten Dank für Ihre Ausführungen", gab ein etwas erleichterter Vater Gabriel zur Antwort. Er spürte den Druck der ungewissen Gefahr, die sie auf ihrer Reise begleiten würde.

„Dennoch sollten wir aufmerksam bleiben, Vater", mischte sich Eric erregt ein.

„D'accord, Eric, da bin ich ganz deiner Ansicht. Bis jetzt ist aber nichts geschehen, obwohl wir bereits seit drei Tagen hier sind. Es wäre ein Leichtes gewesen, in dieser Zeit zuzuschlagen. Zum Glück habe ich meine Pistole mitgenommen", sagte Vater Gabriel und grinste dabei diebisch. „Mutter sagen wir vorerst nichts. Sonst macht sie sich unnötig Sorgen."

Eric hatte genug gehört und verabschiedete sich. Er wollte noch etwas allein sein und das Gehörte verarbeiten. In Gedanken versunken ging er in sein kleines Zimmer und legte sich bald darauf schlafen.

Als Eric erwachte, fühlte er sich unruhig.

Irgendetwas hatte ihn gestört.

Er blieb regungslos im Bett liegen und lauschte, hörte jedoch nichts Auffälliges. Was konnte es gewesen sein? Langsam stand er auf, trat fast lautlos zum offenen Fenster und schaute in die Dunkelheit, hinunter zum nahen Meer. Nichts regte sich. In der Ferne bellten Hunde, dann wieder Stille. Die Luft war warm, es blies kein Wind. Die kleinen Wellen erzeugten kaum Meeresrauschen. Ein unbehagliches Gefühl kroch in Eric hoch. War das bloß seinen Gedanken bezüglich des Gesprächs mit dem Kapitän geschuldet? Plötzlich kam ihm Kanto in den Sinn. Wie mochte es ihm wohl gehen? Traurig senkte er den Blick und verharrte einige Augenblicke am Fenster. Schließlich beschloss er, wieder ins Bett zu gehen, und versuchte, vor dem Frühstück noch etwas zu schlafen.

Eric war früh auf den Beinen und erfrischte sich mit einem Bad im Meer. Anschließend packte er seine Reisetasche fertig und frühstückte zusammen mit seinen Eltern gemütlich auf der Veranda. Von hier hatten sie einen guten Blick auf die Straße sowie den kurzen Weg zur Anlegestelle. Durch die Palmenblätter konnten sie das Kursschiff sehen. An Bord herrschte bereits reges Treiben. Alles war ruhig. Nur wenige Einheimische waren auf der Straße unterwegs, sei es zu Fuß oder mit dem Fahrrad. Eric konnte keine Soldaten sehen und fragte sich, wo sie wohl waren. Schließlich war es Zeit, zu gehen. Vater Gabriel hatte bereits die Rechnung beglichen. Sie verabschiedeten sich von Mavos Bekannten, bedankten sich für die Gastfreundschaft, nahmen ihr Gepäck und machten sich auf den Weg zum Schiffsteg.

Plötzlich durchbrach lautes Motorengeheul die Stille und ließ alle herumfahren. Es schien, als rührte der Lärm von den letzten Häusern auf der rechten Seite kurz vor dem Küstenstreifen her. Ein Motor heulte mehrfach laut auf, eine tiefe Männerstimme brüllte Anweisungen. Eric blieb stehen und versuchte, zwischen den niedrigen Häusern hindurch einen Blick auf das vermeintliche Fahrzeug zu erhaschen, doch er konnte nichts ausmachen. Aus den Augenwinkeln bemerkte er, dass seine Eltern ebenfalls stehengeblieben waren und versuchten, die Lärmquelle zu lokalisieren.

Erneut heulte der Motor auf und plötzlich schoss zwischen den letzten Häusern ein Kleinlaster von rechts auf die Hauptstraße. Schlingernd drehte er sich einmal um die eigene Achse, drohte zu kippen und kam schließlich quer zum Straßenverlauf direkt vor dem Kai zum Stehen. Eine braunrötliche Staubwolke verzog sich langsam und Eric realisierte, wie drei Männer, die geduckt auf der Ladefläche gewartet hatten, sich jetzt erhoben. Alle hatten Gewehre in den Händen, die sie nun in Anschlag brachten und auf die Gabriels richteten. Eric erstarrte und ließ seine Reisetasche sofort los. Gebannt schaute er zum Kleinlaster. Merde, was sollte er tun? Mutter Gabriel schrie hysterisch und Eric sah, wie sein Vater instinktiv vor sie trat, als könnte er sie vor Kugeln beschützen. Seinen Koffer hatte er losgelassen, sodass er nur noch eine kleine Tasche hielt, in die er seine rechte Hand gesteckt hatte. Eric war sich sicher, dass sein Vater nicht mehr lange zögern und die Pistole herausnehmen würde, um das Feuer zu eröffnen. Jeden Augenblick konnten die Männer losballern.

Die Gabriels standen allein nebeneinander auf der Straße, aufgereiht wie Schießbudenfiguren. Es schien, als genössen die Rebellen diesen Moment der Hilflosigkeit. Ihre Gesichter waren zu lächelnden Grimassen verzerrt. Erics Gedanken wirbelten durcheinander. Flucht? Aber wohin? Stehenbleiben und das Schicksal akzeptieren, dass er binnen Sekunden tot sein würde? Sophie kam ihm in den Sinn, dann Kanto. Dieses Ausgeliefertsein lähmte ihn und er starrte weiterhin gebannt zu den drei Männern auf der Ladefläche. Worauf warteten sie?

Urplötzlich und mit hämischem Grinsen schrie der Fahrer aus der Führerkabine: „Nun, Rémy, erkennst du mich wieder?

Jetzt ist die Zeit für meine Rache gekommen. Fahr zur Hölle, du Bastard!"

Eric hörte noch, wie sein Vater „Fanilo!" schrie, dann krachte eine koordinierte Salve wie ein einziger Schuss los.

Starr vor Schreck und mit weit aufgerissenen Augen erwartete Eric das Einschlagen der Kugeln. Doch nichts dergleichen geschah. Auch sein Vater, der mittlerweile seine Pistole in der Hand hielt, und seine Mutter standen unverletzt neben ihm auf der Straße. Langsam erwachte Eric aus seiner Starre. Die drei Männer waren durcheinandergewirbelt worden und sanken auf der Ladefläche zusammen. Hinter dem Kleinlaster verzog sich eine weiße Pulverdampfwolke, während eine laute Stimme militärisch kommandierte: „Nachladen!"

Der Kleinlaster setzte sich schlagartig wieder in Bewegung, mit laut aufheulendem Motor raste er schlingernd zwischen die Häuser. Vater Gabriel eröffnete instinktiv sofort das Feuer und nahm die Führerkabine unter Beschuss. Es schien, als hätte er den einen oder anderen Treffer erzielt. Bevor der Laster hinter einem Haus verschwand, erkannte Eric, dass die Führerkabine blutrot verspritzt war.

Er wandte sich seinen Eltern zu und fragte: „Seid ihr verletzt?"

„Nein, Eric, alles gut", antwortete sein Vater keuchend, während Mutter Gabriel apathisch dreinblickend regungslos dastand. „Komm, Sabine, wir müssen hier weg. Eric, nimm das Gepäck, schnell aufs Schiff!"

Alle drei rannten zu der Anlegestelle und betraten über das Fallreep das Schiff. Sofort wurde das Ablegemanöver begonnen, während vier Soldaten mit geladenen Gewehren an der Reling stehend die Abfahrt sicherten. Erschöpft und mit Schrecken in den Gliedern wurden die Gabriels von Kapitän Leclerc in die Messe geführt, wo sie sich von dem Schock erholen konnten.

„Uff, das war knapp! Besten Dank, Capitaine Leclerc, Sie haben unser aller Leben gerettet!", war das Einzige, das für einen längeren Zeitraum über Vater Gabriels Lippen kam. Der Schock saß bei allen sehr tief. Plötzlich fühlte sich Eric sehr müde und alsbald schlief er auf dem Sofa ein.

Die Fahrt nach Tamatave verlief zwar reibungslos, jedoch nicht so genussvoll, wie Mutter Gabriel es sich ausgemalt hatte. Nachdem Eric fast eine Stunde geschlafen hatte, wachte er auf. Die Messe war menschenleer, das Gepäck verschwunden und so entschied er, an Deck zu gehen. So wurde er Zeuge, wie sich seine Eltern über den weiteren Verlauf der Reise stritten. Während sein Vater den Anschlag zwar sehr ernst nahm, die Fahrt aber nicht abbrechen wollte, war seine Mutter der Ansicht, dass sie unverrichteter Dinge nach Hause zurückkehren müssten. Capitaine Leclerc war alles andere als begeistert, nicht pünktlich in Tamatave anzukommen, weil er ein Kursschiff befehligte, zeigte aber auch Verständnis. Hätte Vater Gabriel seiner Frau zugestimmt, wäre die Kursänderung schnellstmöglich umgesetzt worden.

„Ah, Eric, da bist du ja", sagte Mutter Gabriel, „Wie geht es dir? Besser?"

„Ja, ja, danke. Ich konnte mich recht gut erholen", antwortete er, immer noch etwas blass im Gesicht.

„Eric, was denkst du, wäre es möglich, dass uns das Kursschiff nach Hause an unseren Steg bringt? Du kennst doch die Tiefen oder?"

Alle schauten zu ihm.

Auf einmal kam ihm eine Erkenntnis. Er strahlte über das ganze Gesicht.

„Das ist die Lösung für unser Transportwegproblem, Vater. Wir chartern ein Schiff. Ganz einfach. Wieso ist mir diese Idee nicht schon früher gekommen?"

„Was?", fragte eine verunsicherte Mutter Gabriel.

„Natürlich, Eric, das ist die Lösung. Richtig!", zeigte sich Vater Gabriel begeistert.

„Das ist nicht fair. Ich möchte, dass wir jetzt umkehren!", versuchte es Mutter Gabriel nochmals, doch Eric und sein Vater gingen nicht darauf ein.

Sie einigten sich, dass Capitaine Leclerc unmittelbar nach der Ankunft in Tamatave das Hauptquartier der französischen Truppen über den versuchten Mordanschlag auf die Gabriels unterrichten und Vater Gabriel verlangen würde, dass Soldaten zum Schutz ihres Anwesens abkommandiert wurden, bis sie in ein paar Tagen wieder zu Hause waren. Das Treffen mit Bouillier ließ sich nicht verschieben und die neue Idee des Schiffcharterns galt es, genauer zu erörtern. Zudem wollten sie Zeit mit den Cléments verbringen, ganz zu schweigen von Erics Sehnsucht nach Sophie. Das alles überzeugte Mutter Gabriel nur halbwegs, aber sie gab sich geschlagen und beruhigte sich angesichts der in Aussicht gestellten Maßnahmen. Überhaupt schienen sich alle von dem morgendlichen Schock etwas erholt zu haben. Kurz vor Sonnenuntergang liefen sie in Tamatave ein und die Gabriels verabschiedeten sich mit einem erneuten herzlichen Dank von Capitaine Leclerc und seiner Crew. Sie wurden von Bouilliers Fahrer bereits erwartet. Zu später Stunde trafen sie endlich im Hotel George V ein. Vater Serge Cléments empfing sie höchstpersönlich. Er entschuldigte seine Frau und mit einem Augenzwinkern zu Eric auch Sophie. Sie waren bereits zu Bett gegangen. Er begleitete sie zu ihren Zimmern, wünschte ihnen eine erholsame Nacht und gab seiner Freude Ausdruck, dass sie am nächsten Tag Zeit für einen Austausch hatten. Eric war erschöpft und gleichzeitig enttäuscht, weil er Sophie erst am kommenden Morgen sehen würde. Er ging ins Badezimmer, um sich zu waschen. Alles lag bereit, Waschlappen, Wasser, ein kleines Stück Seife, Badetücher. Was lehnte da vor dem Spiegel? Er nahm das weiße Kuvert zur Hand, öffnete es zaghaft und zog ein winziges Kärtchen hervor. Darauf stand mit Sophies feiner Handschrift geschrieben: À bientôt, mon cher! Sogleich wurde ihm ganz warm ums Herz und er fühlte ein deutliches Kribbeln. Seine Enttäuschung war verschwunden und machte einer tiefen Sehnsucht Platz. Er freute sich auf den nächsten Tag und auf Sophie. Nach dem Zähneputzen zog sich Eric den Pyjama über und ließ sich genüsslich ins Bett fallen. Er war todmüde und schlief binnen Sekunden ein. So bekam er nicht mehr mit, wie sich die Tür leise öffnete, eine zarte Gestalt in weißem Nachthemd in das Zimmer schlich, sich zu ihm unter die Bettdecke legte und sich an ihn kuschelte.

„Was soll das heißen, du gehst nach Europa, in die Schweiz?"

Ein konsternierter Eric saß Sophie gegenüber und verstand nicht, was sie ihm zu offenbaren versuchte. Angsterfüllt schaute er sie an.

Dabei hätte der Tag kaum besser beginnen können. Irgendwann in der Früh, es war immer noch dunkel gewesen, hatte Eric plötzlich Sophies Nähe wahrgenommen. Eine wohlige Erregtheit machte sich breit. Sie hielten sich fest umarmt und küssten sich langanhaltend. Sophies schlanker Körper und ihre schmale Taille, ganz zu schweigen von ihrem zarten Busen und den harten Brustwarzen, die durch das Nachthemd auf seinen Oberkörper drückten, ließen Eric kaum Ruhe und er streichelte sie unablässig. Zwischendurch schliefen sie für eine unbestimmte Zeit wieder ein, um anschließend dort fortzufahren, wo sie aufgehört hatten. Irgendwann im Morgengrauen verließ Sophie Erics Zimmer, seinen stummen Protest hinter sich spürend. Sie sahen sich erst beim Frühstück wieder. Sophie eröffnete Eric, dass ihre Eltern ihr frei gegeben hatten, damit sie den Tag gemeinsam verbringen konnten. Sie wollte einen Stadtbummel mit ihm machen und ihm ein neu eröffnetes Café zeigen. Bei einem Cappuccino erzählten sie einander von den neuesten Geschehnissen, wobei der Anschlag schon während des Frühstücks ausführlich diskutiert worden war. Sophies Ankündigung drohte, das Liebesglück nun auf eine weitere Probe zu stellen.

„Eric, ich versuche, dir zu erklären, dass meine Eltern mich in ein vornehmes Institut in der Schweiz schicken wollen. Ich soll dort eine universitäre Ausbildung machen."

„Wozu, Sophie? Du hast doch alles hier, bei mir. Wir waren uns einig, dass wir irgendwann Vaters Société übernehmen und du währenddessen hier bei deinen Eltern im Hotel hilfst, oder nicht? Was hat sich geändert?"

„Grundsätzlich hat sich daran nichts geändert. Der gestrige Anschlag zeigte aber, wie gefährlich euer Leben geworden ist. Und ich weiß nicht, inwieweit mir das behagt. Meine Eltern sind der Meinung, dass ich mir durch die Ausbildung unsere gemeinsame Zukunft nicht verbauen werde, im Gegenteil, sie würde angereichert. Ich könnte hier im Hotel und bei euch in der Société sehr viel beitragen. Und das wäre doch auch in deinem Interesse, oder etwa nicht?"

Zerknirscht musste Eric ihr zustimmen, aber von Begeisterung konnte keine Rede sein.

„D'accord, da stimme ich dir zu, aber in Europa herrscht Krieg. Wer weiß, wann der Wahnsinnige Frankreich angreift? Das zum Thema Sicherheit."

„Das Institut befindet sich in der Schweiz, also nicht in einem Kriegsgebiet. Und überhaupt ist das Land neutral, da droht keine Gefahr. Falls doch etwas geschehen sollte, könnte ich bei Verwandten meiner Mutter in Genf Unterschlupf finden. Das hat sie schon abgeklärt. Auch ist für mich bereits ein Platz im Institut reserviert und ich plane ..."

Eric hob plötzlich seine Hände und stammelte unsicher: „Moment! Moment, das scheint ja schon alles organisiert und entschieden zu sein. Wann komme ich da ins Spiel? Habe ich überhaupt noch etwas zu sagen, mitzuentscheiden?"

Sophie senkte ihren Blick und fuhr mit leiser Stimme fort: „Ich reise bereits im Februar ab. Es ist aktuell die letzte Fahrt der Porthos als ziviles Kreuzfahrtschiff. Danach soll sie als Truppentransporter für die Armee eingesetzt werden. Die Schule beginnt Anfang März und voraussichtlich werde ich drei Jahre dort sein."

Eric hatte das Gefühl, seine ganze Zukunft stürzte vor seinen Augen ein. Nach Kanto verlor er nun auch seine Liebe. Er war unfähig, auch nur ein Wort zu sagen. Stumm blickte er über den kleinen Bistrotisch zu Sophie. Das durfte doch alles nicht wahr sein. Plötzlich kullerten ihm Tränen über die Wangen. Voller Zärtlichkeit ergriff Sophie Erics linke Hand und drückte sie sanft.

„Es tut mir leid, Eric. Ich denke, es ist das Beste für mich und ich will diese Gelegenheit nicht verpassen. Ich würde mir das nie verzeihen, da bin ich mir sicher."

„Liebst du mich überhaupt, Sophie?", fragte Eric leise.

„Was für eine dumme Frage, Eric, natürlich!", platzte es aus ihr heraus. „Wie kannst du meine Liebe zu dir infrage stellen?"

„Was du mit mir machst, empfinde ich als Höchststrafe. Ich werde außerdem den Eindruck nicht los, dass das schon seit Längerem geplant ist und sich unsere Eltern hinter meinem, vielleicht auch hinter deinem Rücken dafür entschieden haben und sich einig geworden sind. Liege ich falsch? Sag es mir, klär mich auf, bitte!"

Sophie schwieg eine ganze Weile, verzog keine Miene und sah Eric dabei liebevoll an.

„Nun, es ist etwas vielschichtiger, Eric."

„Vielschichtig, das klingt ja spannend. Also los, mach mich bitte zum Sehenden. Ich hasse es, wie ein blindes Arschloch behandelt zu werden!"

„Eric, bitte, nicht in diesem Ton!"

Er erhob spöttisch die Hände.

„Ja, es ist ein Arrangement unserer Eltern. Und ja, sie haben das auch hinter meinem Rücken eingefädelt. Eigentlich war vorgesehen, es dir heute Abend mitzuteilen, aber ich wollte ...!"

„Na bravo, ganz toll, muss ich schon sagen, perfekt! Gestern noch entging ich nur knapp einem Mordanschlag und heute werde ich zum Schafott geführt", unterbrach Eric sie in zynischem Tonfall und klatschte mehrmals in die Hände.

„Ich entschied heute Morgen, es dir während unseres Bummels zu eröffnen, weil du es verdient hast, alles von mir zu erfahren und nicht heute Abend vorgeführt zu werden. Eric, ich weiß nicht, ob es dir aufgefallen ist, sie wollen, dass unsere Liebe einem Test unterzogen wird. Von Anbeginn an standen sie zwar hinter uns und unserer Zuneigung zueinander, aber sie finden, wir sind noch zu jung. Mal ehrlich, Eric, du bist 19, ich bin erst 18."

„Haben dir das deine Eltern offenbart? Und wie sicher bist DU dir überhaupt? Findest du diesen Test", Eric zeichnete mit den Zeigefingern fiktive Anführungszeichen in die Luft, „vielleicht auch noch gut? Erhoffst du dir, auf dieser Eliteschule einen Besseren zu finden?"

„Eric, das ist nicht fair, das verletzt mich. Ich habe keine Absichten oder Hoffnungen in diese Richtung. Ich liebe dich, das solltest du nie vergessen."

Sophie rang sichtlich um Fassung und war den Tränen nahe.

Eric kam sich sofort schäbig vor und entschuldigte sich umgehend: „Tut mir leid, Sophie, bitte verzeih. Ich fühle mich einfach überfordert im Moment. Für meine zarten 19 Jahre musste ich in letzter Zeit so einiges durchmachen. Und nun diese Hiobsbotschaft. Etwas viel, wie ich finde!"

Sophie schenkte ihm ein zaghaftes Lächeln und drückte erneut seine Hände: „Eric, das verstehe ich und ich kann es sehr gut nachempfinden. Zuerst der Überfall auf euer Land. Dabei verlierst du Kanto, der für dich wie ein Bruder ist. Die missglückte Befreiungsaktion. Gestern Morgen dieser brutale Anschlag und heute komme ich und teile dir mit, dass ich nicht Sophie heiße, sondern Hiob und eine Botschaft für dich habe."

Beide lachten.

„Sag schon, wie heißt dieses Institut und wo genau in der Schweiz befindet es sich? Ich möchte auf der Karte nachschauen, wo sich meine Liebe die nächsten Jahre aufhalten wird."

„Es handelt sich um das Institut Le Rosey in Rolle. Das ist eine kleine Gemeinde oberhalb des Genfersees zwischen Genf und Lausanne. Ich zeige es dir auf einer Karte. Laut meiner Mutter handelt es sich um eine sehr schöne Gegend. Anscheinend verbringen wir die Wintermonate in einem Winterort namens Gstaad. Dort soll das Institut über eine Dependance verfügen."

„Das klingt alles sehr interessant, Sophie. Ich bin leider nach wie vor nicht begeistert, aber was bleibt mir anderes übrig, als einzuwilligen? Du scheinst fest entschlossen zu sein."

„Ja, das bin ich, Eric. Zu Beginn konnte ich mir das alles überhaupt nicht vorstellen. Dass wir über eine so lange Zeit getrennt sein werden, macht mir Angst, aber mittlerweile sehe ich es als eine große Chance für mich und auch für uns beide. Stell dir vor, wie es ist, wenn ich wieder zurückkomme und wir uns endlich wiedersehen. Unsere Liebe zueinander wird fester und größer sein als alles andere auf der Welt. Und egal was uns hier auf Madagaskar jemals begegnet, wir beide schaffen es. Davon bin ich felsenfest überzeugt."

„Ich wünschte mir auch eine so felsenfeste Überzeugung, Sophie. Noch teile ich sie nicht, aber deine Liebe, unsere Liebe motiviert und trägt mich, davon bin ich überzeugt. Das ist meine Kraft."

Eric legte einige Scheine auf den Tisch, nahm Sophies Hand, zog sie vom Stuhl, küsste sie zärtlich und sagte: „Lass uns noch etwas bummeln!"

„Halten Sie unsere Absichten und Pläne für realistisch und umsetzbar, Monsieur Bouillier?", wollte ein sichtlich euphorischer Eric wissen.

„Nun, ich bin geneigt, dem Vorhaben nicht nur eine Chance zu geben, sondern auch meine Kontakte einzubringen, damit das Projekt gelingt, Messieurs. Das Nadelöhr des Transportwegs ist ein gravierendes Problem und hier bedarf es einer Alternative. Ich bin sogar der Ansicht, dass es die Verschiffung, sollten wir sie erfolgreich etablieren können, als Standard dem Landtransport dauerhaft vorzuziehen gilt", schloss Bouillier Junior zuversichtlich.

„Sehr gut, danke! Genügen Ihnen unsere Angaben?", meldete sich Vater Gabriel zu Wort.

„Absolut. Falls ich noch etwas brauche, melde ich mich umgehend. Wir können jetzt endlich telefonieren", er lächelte. „So oder so, vergessen Sie nicht, mir die Tiefenangaben für den Steg zu bestätigen. Das ist der maßgebende Faktor und entscheidet über die Wahl des Schiffs."

„Unbedingt, das werde ich nach unserer Rückkehr anhand des Logbuchs der Briten umgehend durchgeben", sagte Eric und schaute Bestätigung suchend zu seinem Vater. Dieser nickte und fuhr fort: „Wir wären Ihnen sehr verbunden, wenn sie bei der Evaluierung des Schiffs mit äußerster Diskretion vorgehen würden. Nach diesem Vorfall können wir niemandem mehr vertrauen."

„Selbstverständlich, Monsieur Gabriel. Ich bin mir der Tragweite des Geschehens vollkommen bewusst."

„Danke. Übrigens, wie geht es Ihrem Vater?", wollte Rémy wissen.

Auf Bertrand Bouilliers Stirn zeigten sich Sorgenfalten und er sprach mit belegter Stimme weiter: „Leider nicht gut. Er bekommt seit heute Morgen Morphium. Wir rechnen mit dem Schlimmsten, aber er äußerte sich sehr erfreut über Ihren Besuch. Nochmals herzlichen Dank, das war sehr freundlich."

„Eine Selbstverständlichkeit, Monsieur Bouillier. Unsere Familien kennen sich schon so lange und wäre Ihr Vater nicht gewesen, würden wir uns bestimmt nicht kennen. „Wir", er schaute zu Eric, „wären nicht in Madagaskar. Bitte halten Sie uns auf dem Laufenden, auch, was den Gesundheitszustand Ihres Vaters betrifft." Rémy Gabriel erhob sich zum Abschied. „Vergessen Sie nicht, spätestens im Februar kommen wir wieder in die Stadt. Es wäre uns eine große Freude, wenn wir unsere Handelsroute mit der Jungfernfahrt eröffnen könnten." Er lachte, gab Bouillier die Hand und forderte Eric zum Gehen auf.

Es klopfte an der Verandatür. Ein sichtlich aufgeregter Mavo erschien auf der Terrasse, verbeugte sich leicht und sagte: „Master Rémy, ein Korporal vom Straßenposten Nord hat eben angerufen und erklärt, dass Herr Bönisch mit drei schwarzen Limousinen der deutschen Wehrmacht auf dem Weg hierher ist."

Alle Mitglieder der Familie Gabriel, die sich an diesem Sonntagnachmittag zu einer Violinen-Sonate von Johann Sebastian Bach auf der Gartenterrasse eingefunden hatte, sprangen sofort auf. Sie schauten sich verwirrt an. Was hatte das zu bedeuten?

Vater Gabriel fing sich als Erster wieder: „Danke, Mavo, sehr aufmerksam vom Korporal."

Er nickte, richtete seinen Blick in die Familienrunde und sagte: „Nun denn, lasst uns sehen, weshalb uns Monsieur Bönisch ausgerechnet am Weihnachtstag unangemeldet einen Besuch abstattet!"

Mavo öffnete die Verandatür, eilte an allen vorbei durch den Salon in die Eingangshalle und öffnete die große Haupttür, als der Fahrzeugtross auch schon auf den Kiesvorplatz fuhr.

Da standen sie nun und warteten gespannt auf die Besucher.

Mit knirschenden Reifen kamen die drei Fahrzeuge fast gleichzeitig nebeneinander zum Stehen. Eric fielen einmal mehr die kleinen Hakenkreuzflaggen auf, die wie kleine Buddhas auf den Kotflügeln thronten. Ein Uniformierter stieg aus dem ersten Wagen, eilte zur hinteren Tür und öffnete sie. Herr Bönisch, gekleidet in eine schwarze SS-Uniform, stieg aus, setzte seine Schirmmütze auf, drehte sich einmal um die eigene Achse, streckte die Arme aus und sagte wohlgelaunt zu den Gabriels: „Welch' ein schönes Anwesen, welche Pracht! Während wir hier auf Madagaskar die warme Sonne genießen dürfen, schlottern sie zu Hause bei eisigen Temperaturen!"

„Bonjour, Monsieur Bönisch", sagte Vater Gabriel, der seine Anspannung nur mühsam verbergen konnte.

Herr Bönisch machte ein paar Schritte auf sie zu, blieb schließlich unten an der Treppe stehen und schaute zu ihnen hoch. Eric beobachtete, wie unterdessen aus dem zweiten Fahrzeug weitere Uniformierte, alle als der SS zugehörig erkennbar, ausstiegen und sich wie eine zweite Welle hinter Bönisch formierten. Einzig aus dem dritten Fahrzeug, das abgedunkelte Scheiben aufwies, stieg niemand aus. Es machte einen etwas verwaisten Eindruck.

„Joyeux noël!", sagte Herr Bönisch und neigte den Kopf.

„Möchten Sie uns vielleicht beim Tee Gesellschaft leisten?", fragte Mutter Gabriel.

„Nein, danke! Das ist sehr zuvorkommend, aber wir", er drehte sich um und wies mit der linken Hand auf seine Gefolgschaft, „haben leider nicht viel Zeit."

„Was verschafft uns dann diese Ehre?", wollte Vater Gabriel wissen. „Ausgerechnet am Weihnachtstag. Schließlich haben wir heute den 24. Dezember."

Eric hielt diese Maskerade kaum mehr aus.

Vorne, nah an der Treppe, stand Herr Bönisch und spielte mehr schlecht als recht einen preußischen Komödianten in Uniform. Seine vier Lakaien hatten bislang weder einen Laut von sich gegeben noch eine Regung erkennen lassen. Und was hatte es mit diesem dritten Fahrzeug auf sich?

„Nun, das erkläre ich den Herrschaften gerne“, begann Bönisch, während er Eric einen bedeutungsvollen Blick zuwarf. „Übrigens“, fügte er hinzu, „lässt dir Helmut herzliche Grüße ausrichten. Meine Frau und unsere Töchter haben mir ebenfalls Grüße aufgetragen, die sich an Sie, Frau Gabriel, und an Sie, Cécile, richten.“ Dabei fixierte er die genannten Personen der Reihe nach.

„Ich wollte die Gelegenheit nutzen, um Ihnen zu Weihnachten – wie es auch bei uns in Deutschland üblich ist – ein Geschenk zu überreichen.“

Mit einer kaum wahrnehmbaren Handbewegung forderte er einen der Uniformierten hinter sich auf, zum dritten Wagen zu eilen und vor der hinteren rechten Tür stehen zu bleiben.

„Nach langem Hin und Her ist es uns endlich gelungen, herauszufinden, zu wem dieser junge Herr gehört“, fuhr Bönisch fort, während er sich umdrehte. „Auch sind wir sehr froh, dass er vollständig genesen durfte, auch wenn es länger als gehofft dauerte. Sein geistiger Zustand hat sich erst kürzlich entscheidend verbessert.“

Auf sein Zeichen öffnete der Uniformierte die Tür und Kanto stieg zögerlich aus.

Ein spitzer Schrei entfuhr Cécile. Mutter Gabriel hielt sich eine Hand vor den Mund, während Vater Gabriel leer schluckte und um Fassung rang. Eric stand zuerst wie versteinert da, unfähig zu einer Reaktion. Er konnte nicht glauben, was er sah. Als dann Kanto auf die Veranda losstürmte, gab es auch für ihn kein Halten mehr.

„Kanto!“

Er stolperte die wenigen Stufen der Treppe hinunter, konnte sich zum Glück auffangen und stürzte in Kantos Arme. Die beiden Freunde tanzten vor Freude, schwangen sich abwechselnd herum und lachten vor Erleichterung. Ihre Begeisterung kannte keine Grenzen. Alle schauten auf die beiden: die Gabriels verwundert und freudig erregt, die Deutschen distanziert und nahezu unbeteiligt. Plötzlich kam Bewegung in den Tross. Die Soldaten stiegen rasch ein, Wagentüren wurden zugeknallt und die Motoren gestartet. Einzig Bönisch stand noch vor der geöffneten Wagentür, schaute sich nochmals um, schmunzelte und sagte: „Ich wusste, dass das Weihnachtsgeschenk gut ankommen würde."

Sofort versteifte er sich wieder, schlug die Hacken zusammen, hob die rechte Hand, rief lautstark: „Heil Hitler!", und stieg ein.

Der gesamte Tross fuhr unmittelbar los, wirbelte eine braunrote Staubwolke auf und ließ eine zwar verdatterte, aber überglückliche Familie Gabriel zurück.

Kapitel 13

Seit Tagen und Wochen verbrachten die beiden Freunde regelmäßig Zeit auf dem großen Steg und im Meer. Seit Kantos Rückkehr fühlte sich Eric wieder lebendig, energiegeladen und voller Tatendrang. Er hatte ihn auf den neuesten Stand ihrer Pläne, ein Schiff zu chartern, gebracht. Nun galt es, möglichst genaue und verlässliche Daten rund um den Steg und das Anlegen zu erlangen. Diese Angaben sollten sie im Februar, wenn Eric wieder in der Hauptstadt sein wollte, Monsieur Bouillier übergeben. Deshalb hatten sie immer den nautischen Almanach der Briten dabei und konsultierten die Eintragungen, die bereits einige Jahrzehnte alt waren. Dabei staunten sie immer wieder, wie exakt die Angaben der Briten mit ihren aktuellen Beobachtungen und rudimentären Messungen übereinstimmten. Kein Wunder, die Briten galten immer noch als die unbestrittene Seefahrernation der Welt. Schließlich entschieden sie, die Beobachtungen abzuschließen, und einigten sich darauf, den Angaben zu vertrauen. Die niedrigste Tiefe, logischerweise bei Ebbe, betrug im schlechtesten Fall, zum Beispiel bei Starkwind und starkem Wellengang, immer noch sieben Meter. Mit Vorteil legte ein Schiff gegen den Wind an. Sollte einmal kein Wind blasen, was sehr selten vorkam, oder nur schwacher Wind herrschen, musste je nach Tageszeit der Strömung eine höhere Gewichtung beigemessen und auf der nördlichen oder der südlichen Seite, mitunter an der Kopfseite des Stegs angelegt werden. Jetzt machten auch die zahlreichen kleinen Poller und Eisenringe auf jeder Seite des Stegs Sinn. Für alle Anlegevarianten waren Vorkehrungen angebracht worden. Mithilfe von Tojo und Hery wurden die morschen Poller ersetzt und einige der verrosteten Metallringe und Bolzen ausgewechselt. Zusätzlich riet Kanto dazu, die Hauptträger des Stegs mit ausrangierten alten Reifen einzukleiden, um möglichen Schäden vorzubeugen. Eric lag noch wach im Bett, sein Geist hellwach trotz der

Müdigkeit, die von den Anstrengungen des Tages herrührte. Die bevorstehende Abreise von Sophie in drei Tagen nagte an seinem Gemütszustand. Einerseits fühlte er sich überglücklich, dass Kanto wieder hier war – es war, als hätte ihm der Bruder gefehlt, wie Sophie bei ihrem Stadtbummel bemerkte. Andererseits ließ ihn jedes noch so unbedeutende Detail nervös werden, je näher der Abschied rückte. Cécile kommentierte Erics Anfälle von Aggressivität morgens stets mit Übellaunigkeit, doch er konnte den drohenden herben Verlust nicht verbergen. Das Wissen um dessen Unabwendbarkeit ließ Gefühle der Ohnmacht in ihm aufkommen, verstärkt durch zahlreiche Unstimmigkeiten bezüglich Kantos Verschwinden und wundersamem Wiederauftauchen sowie dem seltsamen Auftritt von Bönisch und dessen Rolle. Alles sehr eigenartig! Kanto war keine große Hilfe bei der Informationsbeschaffung, da er an einer Art Amnesie litt. Seine Erinnerungen an den Überfall und die Verschleppung schienen ausgelöscht zu sein, doch seit dem Wiedersehen in der Krankenstation funktionierte sein Erinnerungsvermögen wieder einigermaßen. Eric setzte auf Geduld und war sich sicher, dass die Erinnerungen mit der Zeit zurückkehren würden. Das galt auch für die neuen Betriebsgebäude und das neu aufgebaute Arbeiterdorf. Das Zeltdorf war letzte Woche abgebaut worden und die neu gebaute Krankenstation, ein Werk von Erics Schwester, erstrahlte in vollem Glanz. Schräg daneben war die neue Schule entstanden, bestehend aus zwei Schulzimmern, die beide eingeweiht und in Betrieb genommen wurden – etwas, auf das Mutter Gabriel sich bereits freute.

Alles war fristgerecht und nach den Vorstellungen von Vater Gabriel fertiggestellt worden, bis auf eine Baustelle: Die Idee von Mutter Gabriel, die Kantine und die Mensa zu einem einzigen großen Gebäude zusammenzufassen ‚Kansa' genannt – sorgte für filmreife Szenen am Esstisch der Gabriels. Nach ausgiebigen Diskussionen, zahlreichen verworfenen und wieder aufgenommenen Ideen setzte sich schließlich Mutter Gabriel mit dem folgenden Argument durch: Alle Schulkinder könnten gemeinsam mit den Eltern, die für die Gabriels arbeiteten, am selben Ort essen. Das überzeugte auch Vater Gabriel. Bautechnisch ließ sich diese Änderung leicht umsetzen, da die beiden Gebäude ohnehin erst kürzlich errichtet worden waren. Der Architekt bewertete die Idee als hervorragend und setzte alles mit Hochdruck um. Eric war begeistert von dem Ergebnis. Alles sah nun viel besser aus – übersichtlicher, klarer strukturiert und schöner. Die Umgestaltung war insgesamt sehr gelungen und berücksichtigte die vorhandenen Strukturen. Als besonders positiv empfand er, dass überall Potenzial für Erweiterungen und Expansionen berücksichtigt worden war. Vater Gabriel, Richard und der Architekt sowie Mutter mit ihrem Engagement für die Verbesserungen und Vergrößerungen des Arbeiterdorfs hatten ganze Arbeit geleistet. Nun konnten sie sich wieder auf ihr Kerngeschäft konzentrieren: den Vanilleanbau. Schließlich mussten sie Geld verdienen, nicht nur ausgeben. Mit diesen Gedanken schlief Eric schließlich ein, erleichtert über die Fortschritte und die Optimierungen, die sie gemeinsam erreicht hatten.

Eric fühlte, wie sein Herz in seinem Brustkorb schwer wurde, als er Sophies Abschiedsworte vernahm. Ihr zärtlicher Kuss hinterließ einen süßen Hauch auf seinen Lippen, während er den warmen Druck ihrer Hand auf seiner Wange spürte. Die Worte hallten in seinem Inneren wider, als sie ihr Köfferchen nahm und sich zum Fallreep wandte. Der Moment, auf den er sich gefasst gemacht hatte, war nun gekommen. Trotz der schweren Last des Abschieds bewunderte Eric die Entschlossenheit und die Stärke, die sie in diesem Moment zeigte. Als sie in den Bauch der Porthos verschwand, fühlte er, wie sich seine Knie unter dem Druck seiner Emotionen zu beugen drohten, doch er zwang sich, aufrecht zu bleiben. Dies war eine Chance auf eine gemeinsame Zukunft, auch wenn sie nun vorerst getrennte Wege gehen mussten. Ein tiefer Atemzug durchflutete seine Lungen, als er sich den Eltern Clément zuwandte. Er empfand Dankbarkeit für die letzten Tage, die sie gemeinsam verbracht hatten. Herzlich verabschiedete er sich, eingestellt darauf, sein Leben hier auf Madagaskar fortzuführen – aktiv, voller Hoffnung, auch wenn Sophie Tausende von Kilometern entfernt war. Mit einem Gefühl der Zuversicht verließ er den Übersee-Passagierbereich und begab sich auf den kurzen Weg zum kleinen Inlandhafengelände. Dort würde er die Nacht im charmanten Hafenhotel verbringen, das ihm bereits vertraut war. Er war vor zwei Tagen mit dem Kursschiff von Antalaha angekommen, freundlich von den Bouilliers empfangen und ins Hotel George V gebracht worden. Die Erinnerungen an die vergangenen Tage mit Sophie erwärmten sein Herz, als er dem nächsten Abschnitt seines Lebens entgegensah.

Ein Besuch bei Bertrand Bouillier, um die nautischen Eintragungen zu übergeben, stand auf dem Tagesplan. Doch das war nicht die einzige wichtige Nachricht: Monsieur Bouillier bestätigte die Vercharterung eines Schiffs samt Crew. Es war ihm gelungen, das Militär von dem Stellenwert dieses Geschäfts zu überzeugen. Deshalb hatte Capitaine Leclerc für das Abenteuer gewonnen werden können. Die beiden würden sich einen Tag nach dem Verlassen der Porthos im Hafen treffen und die Rückfahrt antreten können. Dies war nicht nur eine Gelegenheit, die Zuverlässigkeit des Schiffs und der Crew zu testen, sondern auch ein bedeutender Schritt für das bevorstehende Abenteuer. Capitaine Leclerc freute sich aufrichtig über diese Aufgabe und sah ihr mit großer Vorfreude entgegen.

Nach einer unruhigen Nacht, in der er vor Aufregung kaum Schlaf gefunden hatte, genoss Eric das bescheidene Frühstück. An der Rezeption hatte ihn eine Kurznachricht von Leclerc erwartet, der ankündigte, um sieben Uhr morgens einzutreffen. Kurz nach sieben hatte der etwas nervöse Eric bereits den zweiten Kaffee vor sich stehen, als Capitaine Leclerc eintraf.

„Bonjour, Eric. Haben Sie gut geschlafen?“, begrüßte Leclerc ihn.

„Bonjour, Monsieur Leclerc. Nicht wirklich. Es war wegen der Hafenarbeiten recht laut und meine Unwissenheit über den heutigen Tag hat mich zusätzlich nervös gemacht. Aber jetzt sind Sie da und ich fühle mich etwas ruhiger.“

Leclerc lachte. „Ja, das kann ich mir vorstellen. Am Ende musste alles sehr schnell gehen, deshalb konnte ich Ihnen im Vorfeld keine Details geben. Es fehlte mir schlichtweg die Zeit, doch nun liegt das Schiff am Pier und wir können starten. Es wird ein langer Tag und es gibt viel zu entdecken und zu lernen."

Eric spürte Aufregung in sich aufsteigen und fragte sich, ob wirklich Seefahrerblut in seinen Adern pulsierte. Das Schiff lag fest vertäut am Steg, sanft schwankend aufgrund der Dünung, die hier weniger stark zu spüren war als im großen Hafen. Eric betrachtete das eigenartig aussehende Bauwerk und wandte sich dann Leclerc zu, der neben ihm stand und ihn aufmerksam beobachtete. Das Schiff hatte einen hohen Mast, etwas vor der Mitte des Rumpfs angebracht. Es sah flach und relativ breit aus, war mit einem niedrigen Freibord ausgestattet und ohne Aufbauten verblieben. An den Seiten befanden sich Seitenschwerter, am Heck reckte sich ein kleiner Schornstein empor, der etwa zwei Meter über das Freibord hinausragte und aus dem bereits Rauch aufstieg.

„Keine Sorge, Monsieur Eric", sagte Leclerc mit einem Schmunzeln, „Sie werden das Schiff nicht steuern müssen. Lassen Sie uns an Bord gehen."

Über ein schmales und relativ kurzes Fallreep stiegen sie an Bord. Die fünfköpfige Crew wirkte bereit. Eric nickte den europäisch aussehenden Männern zu.

„Darf ich vorstellen?", begann Leclerc. „Das ist die Marie, ursprünglich eine Britin namens Mary. Sie ist ein typischer Themse-Segelleichter, für den Frachtverkehr auf der Themse gebaut. Die Briten brachten sie um die Jahrtausendwende hierher und setzten sie vor allem im Norden zwischen den Inseln um Diego Suarez ein. Beim Kampf um die Vormachtstellung der Kolonie fiel sie in die Hände Frankreichs. Vor ungefähr zehn Jahren haben französische Bootsingenieure der Messageries Maritimes sie auf Dampfbetrieb erweitert. Somit ist es möglich, den Dampfbetrieb mit dem Sprietsegel und dem Vorsegel zu unterstützen", er deutete auf den hohen Mast und das Vorstag, „um Strömungen besser beherrschen zu können, was vor allem auf der Themse entscheidend war. Sie verfügt über zwei Schwerter, eines auf jeder Seite. Wie Sie sehen, Eric, ist die Marie ideal für den vorgesehenen Einsatz und das Anlanden an Ihrem Steg geeignet, sofern ich Ihre Ausführungen mit Skizzen und Karten richtig interpretiert habe. Das Schiff ist nicht nur an Deck flach, sondern auch im Rumpf. Da die Briten starke Gezeiten, Untiefen und Flachwasser von der Themse kennen, kann es sogar trockenfallen. Auch in dieser Hinsicht droht uns also keine Gefahr, sollten wir mal abdriften und in Niedrigwasser geraten. Zwei Nachteile müssen wir jedoch akzeptieren: starke Abdrift bei seitlichem Wind und die Tatsache, dass die Marie nicht für Marathonfahrten gebaut wurde, wofür wir sie vorsehen."

Eric hörte aufmerksam zu. Er war beeindruckt von den technischen Details und musste zugeben, dass Bouillier eine ausgezeichnete Wahl getroffen hatte, selbst wenn es die einzige Option gewesen sein sollte. Für ihren Einsatzzweck schien das Schiff perfekt geeignet zu sein.

„Danke für die Einweisung, Monsieur Leclerc", sagte Eric. „Ich freue mich auf die Reise und hoffe, dass wir meinem Vater morgen Abend nur Positives berichten können."

Leclerc lachte laut und rief: „Ja, das hoffe ich auch!"

Auf seinen Befehl hin wurde das Fallreep eingezogen, jede der Leinen gelöst und die Marie unter Dampfbetrieb rückwärts vom Steg wegbewegt. Eric spürte deutlich, dass ein neues Abenteuer Fahrt aufnahm, genau wie die Marie, während Capitaine Leclerc dem Steuermann Kurs- und Geschwindigkeitsanweisungen gab. Eric verspürte ein Kribbeln und eine bislang ungekannte Sehnsucht, hinaus aufs Meer zu fahren.

Das Wetter, der Wind und die Wellen zeigten sich von ihrer besten Seite. Sie machten flotte Fahrt Richtung Norden entlang der Küste, nachdem sie zunächst mit Halbwindkurs aus dem Hafenbereich navigiert hatten. Dank des beständigen Südostpassats entschied sich Leclerc dafür, Segel zur Unterstützung zu setzen. Dadurch gewannen sie zusätzliche fünf Knoten Fahrt, wie von einem Matrosen mit Handlog gemessen wurde. Eric genoss den Wind, die Sonne und das Meer. Er vergaß, dass er am vorherigen Tag noch geglaubt hatte, den Verlust von Sophie nicht überwinden zu können. Nur ein wenig Wehmut machte sich in seinem Herzen breit. Sie kamen gut voran, obwohl sich das Zutreffen des Hinweises, dass die Marie keine Marathonläuferin war, immer mehr bestätigte. Das Schiff war für Flüsse und die Frachtarbeit in einem Hafen gebaut. Dennoch schlug sie sich tapfer. Eric war überzeugt, dass der Themse-Segelleichter seinen Zweck erfüllen würde, sollten sie gezwungen sein, auf den Seetransport auszuweichen. Mit dem Einbruch der Dunkelheit wurde die wachhabende Crew ausgetauscht. Eric suchte sich im Bugbereich, wo einige Matratzen bereitlagen, einen Platz. Mitten in der Nacht erwachte er, streckte seine steifen Glieder und schaute umher. Im schwachen Licht der Achterdecksbeleuchtung konnte er den Steuermann und Capitaine Leclerc ausmachen. Die Marie schwankte leicht unter den Wellen, die schräg von achtern heranrollten. Er spürte, dass er nicht länger schlafen konnte, und beschloss, sich zu den beiden zu gesellen.

„Können Sie nicht mehr schlafen, Eric?“, fragte Leclerc.

„Irgendetwas hat mich aufgeweckt. Jetzt bin ich wach und will nicht weiterschlafen. Soweit alles in Ordnung, Capitaine Leclerc?“

„Ja, alles in Ordnung. Wir kommen gut voran, der Wind ist uns wohlgesonnen. Gerade haben wir den nördlichsten Punkt der Insel Sainte Marie passiert.“ Leclerc deutete mit seiner linken Hand ins Dunkel. „Sicherlich kennen auch Sie den Mythos in Zusammenhang mit dieser Insel und der Piraterie. Immerhin trieb ein Namensvetter von Ihnen sein Unwesen in diesen Gewässern“, lachte er laut und schaute interessiert zu Eric.

„Ja, das habe ich gehört“, antwortete Eric nachdenklich.

Im Verlauf des Morgens umrundeten sie die Südspitze des Masoala-Urwalds und bald darauf konnte Eric die Häuser von Vinanivao ausmachen. Der Anschlag kam ihm wieder in den Sinn und er schauderte. Der Wind hatte leicht gedreht und kam nun vollständig von Osten. Dadurch war der Vorteil der Windunterstützung zunichte geworden und Leclerc ließ die Segel bergen. Trotzdem würden sie pünktlich vor Sonnenuntergang eintreffen. Eric und Leclerc studierten erneut die Tabellen der Gezeiten und Strömungen. Sie waren sich einig, dass das Anlegen keine leichte Aufgabe darstellte, zumal es für alle das erste Mal war. Zum Glück war die Strömung aufgrund des Halbmondstands nur gering und sie würden beim Wechsel von Ebbe zu Flut einlaufen. Der Wind, unaufhaltsam und stets präsent, spielte eine entscheidende Rolle bei der Einfahrt in die kleine, enge Bucht. Seine Launen und Richtungswechsel mussten sorgfältig beobachtet werden und das war genau das, was Leclerc im Moment tat. Mit einem fragenden Blick wandte er sich an Eric, um sich zu erkundigen, ob es auf dem Steg eine Fahne gab, die ihnen mehr über den Wind verraten könnte. Eric verneinte, während ihm schmerzlich bewusstwurde, dass er dieses Detail übersehen hatte. Er erinnerte sich an das verrostete Eisenrohr an der vordersten Ecke des Stegs und erkannte nun, dass es für eine Fahnenstange gedacht war. Sie näherten sich langsam ihrem Ziel. Da der Wind weiterhin aus Osten blies, entschied sich Leclerc dazu, leicht über die Mitte der Einfahrt hinaus auf Nord-Kurs zu bleiben, bevor er einschwenkte. Gleichzeitig gab er einen Signalhornlaut ab, in der Hoffnung, dass ihre Ankunft bemerkt und ihnen beim Anlegen geholfen würde. Alles war genau abgesprochen worden. Jetzt hatten sie den Wind und die Wellen im Rücken, was bedeutete, dass sie den Dampfantrieb reduzieren mussten. Leclerc wollte zugleich genug Druck auf dem Ruderblatt behalten, um die Steuerung zu gewährleisten. Ihr Plan war, dass er auf der Südseite des Stegs eine 180-Grad-Wende vollziehen würde, um dann gegen den Wind und die schwache Strömung von Norden anzusteuern, um schließlich anzulegen.

Als sie bereits auf halbem Weg in die Bucht waren, bemerkte Eric, wie einige Gestalten den Strand überquerten und auf den Steg zuliefen. Er erkannte Kanto, der eine lange Stange, an deren Ende eine Fahne flatterte, in das Rohr steckte. Leclerc jubelte anerkennend in den Wind und ein breites Grinsen zierte sein Gesicht. Offensichtlich fühlte er sich wohl und vollkommen in seinem Element. Zwei Matrosen hielten vorbereitete Leinen, eine am Bug und eine achtern. Sie standen backbordseitig nebeneinander im Bug, bereit, auf den Steg zu springen, sobald sie nahe genug waren. Der eine sollte das Schiff vorne sichern, wohingegen der andere sich nach achtern bewegen und den hinteren Teil des Schiffs zum Steg ziehen würde. Während sich die Szene entfaltete, entdeckte Eric seine Eltern, Hery und Tojo auf dem Steg. Am Strand hinten standen Mavo und Kira mit Faly. Sie beobachteten alles aus der Distanz, ihre Blicke voller Spannung und Erwartung. Jeder Handgriff der Crewmitglieder war präzise und entschlossen. Ein Matrose stand beim seitlichen Schwert, während das fünfte Mitglied am Ruder war. Leclerc befand sich breitbeinig neben dem Führerstand und hielt sich mit der linken Hand fest. Mit ruhiger Entschlossenheit übernahm er das Kommando. Eric, im Bug positioniert, behielt das Manöver im Blick, seine Nervosität spürbar, aber seine Entschlossenheit ungebrochen.

Die Südseite des Stegs ließ wenig Raum für Manöver, daher musste der Schwenk nach rechts flüssig und zügig erfolgen. Gleichzeitig musste die Fahrt erhöht werden, sobald die Kurve begann, weil nun gegen Wind und Strömung zu steuern war. Leclerc plante, beide Schwerter unmittelbar vor dem Schwenk auszufahren, um die Stabilität des Kurses zu gewährleisten und ein zu weites Ausscheren zu verhindern. Die Spannung stieg, als sie mit zügiger Fahrt dem Wendepunkt näherkamen, parallel zum Steg. Leclerc behielt seine Ruhe und Konzentration am Ruderstand, während er die Distanz zum Steg überwachte und den Wind einschätzte, indem er immer wieder zur Fahne schaute. Seine Nervosität manifestierte sich in einem rhythmischen Trommeln seiner rechten Hand auf seinem Oberschenkel. Als die Mitte des Schiffs die Spitze des Stegs erreichte, hallte Leclercs erster Befehl durch die Luft: „Ruder hart Steuerbord, Schwerter ausfahren!" Der Steuermann gehorchte sofort und Leclerc half ihm, schnell das Steuer zu legen. Langsam begann sich das Boot, zu drehen. Mit dem Steuer am Anschlag gab Leclerc weitere Anweisungen: „Halbe Fahrt voraus!" Der Steuermann arbeitete unermüdlich am Steuer und erhöhte gleichzeitig die Leistung. Das Boot drehte gemächlich weiter, doch der Wind und die Strömung forderten ihren Tribut und die Distanz zum Steg vergrößerte sich leicht. Eric verfolgte gebannt, wie das Boot nun im 90-Grad-Winkel zum Steg stand und sich weiterdrehte. Als sich der Bug schließlich in einem Winkel von 45 Grad zum Steg befand, erklangen neue Befehle: „Steuer neutral, Dreiviertel-Fahrt voraus!“ Die erhöhte Geschwindigkeit brachte das Boot näher an den Steg heran. Die Bugspitze zeigte nun genau auf die vorderste Ecke des Stegs und das Boot kam langsam aber sicher näher. Als die Bugspitze die Breite des Schiffs vom Steg entfernt war, wechselte Leclerc seine Position zur Backbordseite und gab die nächsten Anweisungen: „Volle Fahrt, Steuer hart Steuerbord, Schwerter beidseitig auf!“ Mit diesen Befehlen schoss das Schiff auf den Steg zu und drehte gleichzeitig parallel zum Steg. Die Aktionen an Bord erfolgten schnell und routiniert. Die beiden Matrosen mit den Leinen sprangen sofort auf den Steg und ein weiterer Befehl ertönte: „Neutrale Fahrt!“ Der erste Matrose sicherte das Boot über den Bug, gefolgt von dem Befehl: „Stopp Fahrt!“ Der zweite Matrose eilte achtern, um ein Wegdriften des Hecks vom Steg zu verhindern. Leclerc gab weitere Anweisungen zur Sicherung des Schiffs, während der Dampfbetrieb eingestellt und das Fallreep ausgefahren wurde. Mit einer erleichterten Geste erteilte Leclerc Eric die Erlaubnis, von Bord zu gehen. Endlich geschafft!

Die Spannung fiel von ihnen ab und ein Gefühl der Erleichterung machte sich breit, als das Boot sicher am Steg festgemacht war.

Langsam, aber sicher kehrte Routine auf dem Land der Gabriels ein. Ende März erreichte Eric der erste Brief von Sophie. Sie berichtete von ihrer gut verlaufenen Reise und schwärmte von der Schweiz als zauberhaftem Land. Alles sei so anders dort, sauber, gepflegt und wohlorganisiert im Vergleich zu Madagaskar. Besonders faszinierte sie der Schnee, den sie zum ersten Mal in ihrem Leben sah. Ihr Schulstart war ein Erfolg gewesen und sie fühlte sich wohl. Natürlich wollte sie auch wissen, ob Eric sie vermisste. Er erzählte ihr von dem Schiffsabenteuer und dem Abschluss der Wiederaufbauarbeiten. Ja, er vermisste sie sehr.

Kanto war seit Weihnachten zurück und hatte den schmerzlichen Verlust seiner Mutter überwunden. Auch schienen seine Erinnerungsschwierigkeiten allmählich nachzulassen. Eric ließ ihn am Leben der Familie Gabriel teilhaben und bot ihm an, im Gästezimmer zu wohnen. Die beiden Freunde genossen die gegenseitige Nähe und halfen aktiv bei den Arbeiten auf dem Land der Gabriels. Schließlich beschlossen sie, den neuesten Plantagen Namen zuzuweisen. Es kam zu hitzigen Diskussionen und Debatten, die mit Vater Gabriels Kapitulation vor der Übermacht der anderen endeten. Während er an der Tradition festhalten wollte, männliche Namen von französischen Königen oder Kaisern zu verwenden, forderte die jüngere Generation einen emanzipatorischen Ansatz. Eric schlug vor, weibliche Namen zu verwenden, auch wenn sie nicht berühmt oder bedeutend waren. Er brachte Sophie I und Sophie II in die Gespräche ein, wobei er leicht errötete. Die Gruppe lachte laut und Eric nahm die hänselnden Kommentare gelassen hin. Schließlich lenkte Vater Gabriel ein und schlug für den zweiten Namen Sabine vor. Nach weiterem Lachen war die Entscheidung gefallen.

Kapitel 14

„Conseiller Petit, was bedeutet das, dass sie unseren Transport gestoppt haben?“ Eric war gerade auf dem Weg zum Mittagessen, als das Telefon klingelte. Sein Gesicht verlor jegliche Farbe und er musste sich setzen.

„Ein Stabsoffizier von Bönisch hat gerade angerufen und mir mitgeteilt, dass euer Transport gestoppt wurde. Die Ladung wurde requiriert und Tojo, euer Chauffeur, ist auf dem Weg nach Diego Suarez, zum Hauptquartier der Deutschen“, beendete Petit mit brüchiger Stimme seine Nachricht. Eric war vollkommen außer sich und drängte Petit, sofort etwas zu unternehmen, besonders wegen Tojo. Er sollte Bönisch an ihre Vereinbarung erinnern, die sie vor Wochen getroffen hatten.

„Ich werde mich mit meinem Vater während des Mittagessens darüber beraten. Er wird sich bestimmt gegen Abend melden“, sagte er und legte auf.

Mit schwerem Herzen ging Eric in den Salon, wo alle auf ihn warteten.

„Was ist passiert?“, fragte Mutter Gabriel besorgt.

Eric blieb am Tisch stehen und sagte mit belegter Stimme: „Bönisch hat unseren Transport gestoppt und will unsere Ladung requirieren, Vater!“

Eine Schockstarre legte sich über den Tisch.

„Petit hat berichtet, dass der Transport bei Ambilobe, dem äußersten Streckenposten der Deutschen, auf der Flussbrücke des Mahavavy gestoppt wurde. Und Tojo halten sie in Diego Suarez im Hauptquartier fest!“

Der Supergau, den sie befürchtet hatten, war eingetreten, schneller als erwartet.

Schon im April hatten sie einen Schock erlebt, als die Truppen von Nazi-Deutschland in Dänemark und Norwegen eingefallen waren. Vater Gabriel hatte sich entsetzt und äußerst besorgt gezeigt und es bestand die Frage, wann Frankreich an der Reihe war. Nun, es dauerte nicht lange bis zur nächsten Eskalation. Im Mai und im Juni wurden die Benelux-Staaten und Frankreich förmlich überrannt. Am 20. Juni kapitulierte Frankreich und wurde aufgeteilt. Für die Gabriels bestand der einzige Trost in dieser düsteren Zeit darin, dass der Süden, insbesondere ihre Heimatstadt Marseille, zur sogenannten freien Zone gehörte. Hier bestand noch die Möglichkeit, Kontakt zu ihren Verwandten aufrechtzuerhalten. Was es jedoch für die Überseekolonien Frankreichs bedeutete, vor allem für sie in Madagaskar, blieb ein Rätsel. Selbst die Konsuln und Conseillers waren ratlos. Obwohl sich die deutschen Besatzer und Frankreichs Kolonialtruppen feindselig gegenüberstanden, hatten sie vorerst beschlossen, Konflikte nicht mit Waffengewalt zu lösen. Noch nicht. Für Vater Gabriel war es nur eine Frage der Zeit. Ab Herbst 1940 wurden die Deutschen zunehmend aggressiver. Es begann mit der Blockade des Hafens von Diego Suarez. Zur Jahreswende 1940/41 blockierten sie den gesamten Norden, um Platz für die bald eintreffenden Deportationskontingente der Juden zu schaffen. Vater Gabriel und Eric handelten schnell und trafen sich mit einer Delegation der Wehrmacht, darunter auch Bönisch. Eine Vereinbarung wurde getroffen: Der monatliche Transport der Gabriels durfte weiterhin ungestört durch den von den Deutschen besetzten Norden erfolgen, ohne Unterbrechungen oder Verzögerungen. Obwohl das vorerst beruhigend war und ihre langjährige Bekanntschaft mit Bönisch sich auszahlte, war den Gabriels klar, dass dies nur vorübergehend anhalten würde. Währenddessen rückten die deutschen Truppen an allen Fronten Europas vor. Einzig der Luftkrieg gegen England schien bisher nicht den gewünschten Erfolg zu bringen, obgleich er schon seit Herbst tobte. Nun stand der Sommer des Jahres 1941 vor der Tür. Eric drängte darauf, ihren alternativen Plan zu aktivieren und die Marie samt Crew bereitzustellen. Nun, mit der Festsetzung ihres Transports, fühlte er sich erneut herausgefordert. Was sollten sie jetzt tun? Sie mussten sofort Handlungsoptionen entwickeln und in die Tat umsetzen. Passivität war keine Option.

Es war spät am Abend und Eric konnte noch nicht zur Ruhe kommen. Die Ereignisse des Tages hatten ihn zu sehr aufgewühlt und so fand er sich nervös auf der Veranda wieder, auf und ab gehend. Cécile hatte ihm geraten, mögliche Lösungen ihrem Vater zu überlassen, bevor sie in ihr Zimmer gegangen war, um zu schlafen. Je mehr Eric nachdachte, desto klarer wurde ihm, dass es an der Zeit war für eine abenteuerliche Aktion. Das passive Abwarten nervte ihn und er war fest entschlossen, aktiv zu werden. Er wollte die Initiative ergreifen und den Kurs bestimmen, statt sich immer nur aufs Reagieren zu beschränken. Was genau wäre eine angemessene Aktion? Je mehr er nachdachte, desto konkreter wurde eine Idee in seinem Kopf. Plötzlich stand Kanto mit einem verschmitzten Grinsen neben ihm.

„Verdammt, Kanto, du hast mich ganz schön erschreckt! Kannst du etwa auch nicht schlafen?", fragte Eric.

„Nein." Kanto musterte seinen Freund.

„Du planst doch wieder etwas oder täusche ich mich?", fragte er.

Eric grinste geheimnisvoll und machte Kanto mit einem Finger vor dem Mund darauf aufmerksam, leise zu sein. Flüsternd erklärte Eric: „Ich möchte den blockierten Transporter befreien und ihn in die Hauptstadt bringen. Ich dachte, du könntest mir dabei helfen."

Kanto strahlte über das ganze Gesicht. „Ich dachte schon, wir beide würden wieder nur herumsitzen, bis dein Vater eine Lösung findet! Eric, mein Freund, ich bin dabei!"

Eric erklärte ihm kurz und knapp, was er geplant hatte, und Kanto hörte interessiert zu, stellte ab und zu eine Frage, stimmte aber im Großen und Ganzen zu. Eines stand fest: Diesmal durfte es keine heimliche Aktion hinter dem Rücken seiner Eltern geben, im Gegenteil, sie mussten den Plan mit Vater Gabriel absprechen und seine Zustimmung einholen. Denn es erforderte zahlreiche Vorbereitungen, Absprachen und die Zusammenarbeit mit verschiedenen Personen, einschließlich der Armee.

Am nächsten Morgen besprachen sie den Plan mit Vater Gabriel. Zunächst zeigte er sich entsetzt und voller Zweifel, doch schließlich stimmte er zu. Seine Stirn war von Sorgenfalten gezeichnet und er musste mehrmals tief durchatmen. Eric und Kanto hingegen waren begeistert. Zusammen feilten sie an dem Plan und dem zeitlichen Ablauf. Als Erstes wurden die beiden Conseillers Petit und Grosjean eingeweiht und um ihre Hilfe gebeten. Obwohl sie Bedenken äußerten, dass dies als ein kriegerischer Akt angesehen werden könnte, stimmten sie schließlich zu und erklärten ihre Bereitschaft zur Unterstützung. Capitaine Leclerc und seine Crew sollten eine Woche später in Tamatave bereitstehen. Gleichzeitig sollte ein Treffen mit Bönisch einberufen werden, um über den requirierten Transport zu verhandeln. Eine vierköpfige militärische Sondereinheit wurde gebildet, die sich freiwillig Eric und Kanto anschloss. Die Figuren waren auf dem Schachbrett platziert, nun mussten sie mithilfe der Conseillers in Position gebracht werden. Nun begannen das Warten und das Bangen, ob sich die verschiedenen Fäden miteinander verbinden ließen und zeitlich abgestimmt werden konnten. Zum Glück nahm dies nur zwei Tage in Anspruch. Die erste gute Nachricht war, dass Leclerc und die Marie bereit waren. Der Kontakt zu den Deutschen mit dem Ziel von Verhandlungen war hergestellt worden, auch wenn Bönisch noch Zeit benötigte. Die freiwillige Sondereinheit war formiert und es wurden nur noch ein oder zwei einheimische Kollaborateure gesucht, doch das sollte kein Hindernis darstellen, wie Grosjean bei einem weiteren Telefonat versicherte. Die bevorstehende Aktion rückte immer näher und Eric spürte Nervosität in sich aufsteigen. Plötzlich wurde er von Zweifeln geplagt und verfluchte sich selbst für seine übermütige Initiative, ein derart waghalsiges Unterfangen ausgeheckt zu haben. Gleichzeitig beruhigte er sich mit dem Gedanken, dass es mit Sicherheit gelingen würde – so wie fast alles bisher, was er und Kanto hier in Madagaskar angepackt hatten. Schließlich stand der Verhandlungstermin mit Bönisch fest und für die Operation wurde grünes Licht gegeben. Die Verhandlungen waren für den Dienstagmorgen angesetzt. Deshalb musste Vater Gabriel bereits am Montag losfahren und bei den Verwandten von Hery in der Nähe von Diego Suarez übernachten. Ihr minimales Ziel war es, Tojo aus den Fängen der Nazis zu befreien und ihn sicher nach Hause zu bringen. Eric und Kanto hatten all ihre Utensilien dabei und begleiteten Vater Gabriel bis Ambilobe, wo sie sich mit der Sondereinheit treffen würden. Die französische Armee hatte eine kleine Einheit am Rand des Dorfs stationiert, um die Aktivitäten der Wehrmacht zu überwachen. Gemäß den Informationen eines V-Manns war der Lastwagen mit der Ladung der Gabriels in einem kleinen Depot der Deutschen außerhalb des Dorfs abgestellt. Ob er bewacht wurde, wusste der V-Mann nicht, doch das würden sie früh genug herausfinden. Der zeitliche Ablauf sah vor, dass sie am Montagnachmittag nach dem Treffen die Umgebung, das Depot und den deutschen Streckenposten sorgfältig erkunden würden. Anschließend sollte der Plan erneut besprochen und anhand der Beobachtungen vor Ort angepasst werden. Sie wollten auch die Fluchtwege und mögliche Verstecke kontrollieren und sichern. Der Zugriff war für die Nacht zum Dienstag geplant. Falls sie erfolgreich waren, konnten Eric und Kanto bereits in der Nacht die lange Fahrt in Richtung Hauptstadt antreten. Vater Gabriels Exportmanager, Simon Henri, wurde ins Hotel zu den Cléments beordert, wo er auf sie warten sollte oder neue Informationen erhalten würde. Im Erfolgsfall würden sie die Ladung an Monsieur Henri übergeben. Am Freitag könnten sie dann zum Hafen fahren und mit der Marie und Capitaine Leclerc nach Hause segeln. Die Sondereinheit kehrte unmittelbar nach ihrer Aktion mit einem zivilen Fahrzeug zurück, das sie bereits am Sonntag genutzt hatte – so der Plan. Eric war schon bei der Abfahrt aus Gabriel-Land äußerst angespannt und zunehmend gereizt. Kanto wirkte verschlossen, aber konzentriert. Hery übernahm das Steuer des Citroëns, während Vater Gabriel sich neben ihm niederließ. Eric und Kanto saßen im Fond und schwiegen größtenteils während der Fahrt, jeder in seine Gedanken versunken.

Endlich näherten sie sich Ambilobe. Kurz vor dem französischen Streckenposten stiegen Eric und Kanto aus und setzten ihren Weg zu Fuß fort, um nicht mit dem Fahrzeug in Verbindung gebracht zu werden. Die Straßen waren wenig befahren.

Sie passierten den Streckenposten, gingen tiefer in das Dorf, vorbei am Haus der stationierten Einheit, und bogen erst zwei Häuser weiter ab, um über Hinterhöfe zum Quartier der Armee zu gelangen. Ein vorher vereinbartes Klopfzeichen genügte und ihnen wurde hastig geöffnet. Sie betraten ein großes Hinterzimmer mit Tisch, Stühlen und einer kleinen Küche. Auf der Ablage standen diverse Esswaren und Getränkeflaschen, zahlreiche Schränke und eine Kommode waren an der Wand zu sehen. Eric bemerkte verschiedene Waffen. Ein Mann mittleren Alters in Zivilkleidung begrüßte sie.

Eric schaute ihn verwirrt an. „Kennen wir uns?"

„Wow, du erinnerst dich noch", sagte der Mann. „Du warst noch ein halbes Kind, 16 Jahre alt vielleicht. Sicher bin ich mir nicht. Ja, wir haben uns schon mal gesehen. Es war auf der Porthos, als ihr nach Madagaskar gekommen seid. Mein Name ist Vermier, Lieutenant Vermier." Er schüttelte beiden die Hand und wandte sich dann an Kanto. „Du musst somit Kanto sein."

„Bonjour, Monsieur, ja, das bin ich", antwortete Kanto unsicher.

„Die beiden Conseillers haben uns eingehend informiert, deshalb weiß ich auch deinen Namen", erklärte Vermier.

„Waren Sie damals nicht zu zweit?", fragte Eric interessiert nach.

Vermier schmunzelte. „Richtig, Eric. Du hast vielleicht ein Gedächtnis. Es handelt sich um Korporal Leblanc. Wartet nur, ihr könnt ihn bald begrüßen, denn er gehört ebenfalls zu unserer Truppe. Aber vorerst möchte ich euch jemanden vorstellen", er deutete auf einen um einiges jüngeren Mann, der am Tisch saß und Magazine mit Patronen auffüllte. „Das ist einer der Einheimischen, Sako. Er stammt aus Ambilobe und kennt somit die lokalen Verhältnisse in- und auswendig. Er wird uns eine große Hilfe sein."

Der junge Mann erhob sich, nickte, begrüßte sie und widmete sich wieder seiner Arbeit.

„Wir warten noch auf Korporal Leblanc und den zweiten Einheimischen, Bahito. Sie befinden sich bereits auf dem zweiten Kontrollgang, sollten aber demnächst zurück sein und uns auf den aktuellen Stand bringen können. Bitte nehmt Platz. Seid ihr durstig, hungrig? Dort könnt ihr euch bedienen", sagte Vermier und zeigte auf die Küchenablage. Eric und Kanto teilten sich eine Papaya. Nach einer Weile ertönte das Klopfzeichen, sodass Vermier aufstand und die Hintertür öffnete. Leblanc kam herein, gefolgt von einem jungen einheimischen Burschen. Eric schätzte ihn in etwa seinem und Kantos Alter, aber bei diesen Einheimischen wusste man nie so genau.

„Ah, ihr seid schon hier", begrüßte Leblanc sie. „Sehr gut. So können wir gleich mit der Besprechung beginnen!"

Sie schüttelten sich die Hände.

„Bonjour, Korporal Leblanc. So sieht man sich nach Jahren endlich wieder. Wer hätte das damals gedacht."

„Allerdings, Eric, ich jedenfalls nicht. Das ist Bahito, einer unserer jungen Einheimischen", sagte Leblanc und zeigte auf den jungen, kleinwüchsigen Kerl, der grinsend auf sie zukam.

Bahito nickte, schaute zuerst zu Kanto und dann zu Eric und sagte: „Es ist mir eine große Freude, den Sohn des Vanillebarons kennenzulernen. Ich muss schon sagen, über euch kursieren unter den Einheimischen die wildesten Geschichten."

„So!?", war das Einzige, was Eric verblüfft herausbrachte.

Vermier fügte geheimnisvoll hinzu: „Das betrifft übrigens auch die Armee, Eric!"

„Ein kurzes Wort zu Bahito", mischte sich Leblanc erneut ein, „er ist alles andere als das, was seine Statur und sein Name vermuten lassen. Unterschätzt ihn nicht!" Er klopfte ihm anerkennend auf die Schultern.

Eric, der Leblancs Hinweis nicht verstand, schaute fragend zu Kanto.

Dieser war bereit, seinem unwissenden Freund zu helfen: „Bahito bedeutet ‚kleiner Junge'." Er zuckte mit den Schultern und alle lachten.

Vermier hob beschwichtigend die Hand und signalisierte, dass es an der Zeit war, ernsthaft und konzentriert zu besprechen, warum sie sich hier versammelt hatten. Zuerst brachten Leblanc und Bahito sie auf den aktuellen Stand. Die Lage hatte sich nicht verändert. Der Lastwagen stand immer noch auf dem Platz des Depots der Deutschen am Rande des Dorfs. Es wurde Tag und Nacht von einem oder zwei Soldaten der Wehrmacht bewacht. Am Eingang auf den Platz stand ein kleines Wachhaus. Die Soldaten standen am Wachhaus oder machten einen Rundgang um den Platz. Leblanc wollte wissen, wie Eric den Lastwagen starten wollte, falls sie den Schlüssel nicht fanden. Dieser lächelte, zog einen Schlüssel hervor und sagte: „Alle Lastwagen lassen sich mit demselben Schlüssel starten." Vermier nickte erleichtert. Leblanc bestätigte mit einem Nicken, dass die kleine Bombe für die Detonation nahe der Brücke bereits ihren Platz gefunden hatte. Es war eine Frage der Zeit, bis sie sie nur noch an den Auslöser anschließen mussten. Diese Aktion sollte die Wachen am Streckenposten ablenken und in Verwirrung stürzen. Die Detonation war dann das vereinbarte Signal für Eric und Kanto, loszufahren. Unabhängig von der Situation vor oder auf der Brücke sollten sie durchfahren, ohne zu zögern. Nachdem noch einige Fragen und Details besprochen worden waren, die hauptsächlich die Sondereinheit betrafen, gab Vermier eine Anweisung: „Oberstes Gebot: Weder du, Eric, noch du, Kanto, beteiligt euch an Kampfhandlungen. Ist das klar?" Sein Blick durchdrang die beiden.

Sie sahen sich kurz irritiert an, bevor sie Vermier zustimmten. Eric murmelte leise: „D'accord."

Vermier fuhr fort: „Der Conseiller hat es so festgesetzt. Ganz gleich, wie die Deutschen reagieren, ihr bleibt außerhalb offizieller Kampfhandlungen. Wir operieren getarnt als zivile Akteure, um die Deutschen im Dunkeln zu lassen. Dein Vater kann dann alles leugnen und Unwissenheit vortäuschen."

Anschließend durften sich Eric und Kanto in einem Nebenzimmer auf die Matratzen legen, um etwas Ruhe zu finden. Jetzt hieß es warten und die Untätigkeit sowie Nervosität aushalten, während draußen die Dunkelheit langsam hereinbrach.

Eric schreckte plötzlich auf. Er musste irgendwann eingeschlafen sein. Er streckte sich und bemerkte, dass Kanto nicht mehr im Zimmer war. Stattdessen hörte er ihn im Nebenraum reden, offensichtlich mit den anderen Einheimischen, denn sie sprachen Madagassisch. Dann vernahm er, wie die Hintertür leise zugezogen wurde und Schritte sich näherten, begleitet von Vermiers Stimme: „Nun, sind alle wach? Wo ist Eric?“

„Ich bin hier“, antwortete Eric, zog seine leichte Jacke an und betrat den Wohnraum.

Sie waren alle bereit. Eric und Kanto hatten ihre Utensilien, Esswaren und Wasserflaschen in zwei Rucksäcke gepackt. Sako verteilte die Waffen und Munition, während alles überprüft, geladen und gesichert wurde.

Vermier schaute in die Runde: „Noch Fragen?“ Alle schüttelten den Kopf und sahen sich gegenseitig aufmunternd an.

Bahito grinste breit und sagte: „Es wird Zeit, dass wir den Deutschen wieder mal in den Arsch treten!“

Sie verließen das Haus durch die Hintertür. Kaum waren sie draußen, hob Leblanc seine rechte Faust, ein Zeichen für einen kurzen Moment des Wartens. Langsam passten sich ihre Augen an die Dunkelheit an, während sie gleichzeitig in die tiefdunkle Nacht lauschten. Alles war still, nur in der Ferne waren Hunde zu hören. Eric konnte zwischen den vorbeiziehenden Wolken Sterne am Himmel erkennen. Es war angenehm warm, eine leichte Brise wehte und ließ die Palmenblätter sanft rauschen. Leblanc übergab Sako die Führung. Das Gefühl eines Heimvorteils kam in Eric auf. Hinter Sako folgten Leblanc, Bahito, Kanto und Eric. Vermier schloss den Zug ab. Auf ihrem Weg durch Hinterhöfe und verschlungene Pfade verlor Eric bald die Orientierung. Sie kamen zur Hauptstraße, die nach Norden führte, zu einer Stelle genau gegenüber dem Wagendepot. Eric war beeindruckt. Wieder hielten sie inne, geduckt und hinter Büschen Deckung suchend. Kein Laut war zu hören, nur das sanfte Rauschen der Palmenblätter. Vermier und Leblanc besprachen sich leise, während Sako und Bahito zuhörten und nickten. Schließlich kroch Vermier zu Eric und Kanto, die einige Schritte hinter den anderen verharrt hatten.

„Wir müssen warten, bis wir wissen, wo sich die Wachen aufhalten. Andernfalls ist das Überraschungsmoment dahin.

Bleibt hier in Deckung, bis wir euch rufen oder mit Zeichen holen", flüsterte er.

Eric hob seinen Daumen zur Bestätigung. Kanto nickte. Vermier gesellte sich wieder zu den anderen. Sie verharrten fast regungslos, bis endlich ein Wachsoldat unter dem Bogen der Einfahrt zum Depot erschien. Er hatte sein Gewehr geschultert, trat auf die Hauptstraße, drehte nach rechts und ging zügig in Richtung Dorfmitte. Kaum hatte sich der Soldat abgewendet, huschten Sako und Bahito über die Straße und verschwanden neben der Bretterwand des Depots im Gebüsch. Minuten vergingen, die sich endlos anzufühlen schienen, bis Bahito plötzlich neben dem Wachhaus auftauchte und Vermier und Leblanc herbeiwinkte. Sie überquerten hastig die Hauptstraße und verschwanden wieder im Dunkel des Depots. Eric und Kanto rückten näher heran, um die Straße und den Depot-Eingang besser im Auge zu behalten.

Von ihrem Standpunkt aus hatten sie zwar einen guten Blick Richtung Dorf, doch vom Platz im Depot war rein gar nichts zu sehen. Alles war in tiefste Dunkelheit getaucht, nur das Hundegebell durchbrach die Stille erneut. Eric fragte sich, was dort hinten vor sich ging, und warf einen Blick zu Kanto. Dieser schien dieselben Gedanken zu haben, denn er hob fragend die Schultern. Nervös trommelte er mit der rechten Hand auf seinen Oberschenkel. Sollten sie hinüberrennen und nach den anderen sehen? Vermiers dringliche Anweisung, unbedingt in Deckung zu bleiben, bis sie gerufen würden, hallte in Erics Gedanken wider. Als hätte Kanto sein Hadern gespürt, hielt er ihn plötzlich am Oberarm zurück und deutete zur Straße. Zuerst sah Eric nur das Glimmen einer Zigarette und die ausgestoßene Rauchwolke, dann hallten Schritte auf der Straße. Sekunden später konnte er den herankommenden Soldaten ausmachen, ebenfalls mit einem Gewehr ausgestattet, der geradewegs auf den Torbogen des Depoteingangs zusteuerte. Hoffentlich würden die anderen nicht überrascht werden. Sonst war die Aktion schneller zu Ende als geplant. Sie beobachteten, wie der Soldat den Torbogenpfosten umrundete und augenblicklich vom Dunkel des

Platzes verschluckt wurde. Totenstille folgte, nur die Schritte der Soldatenstiefel auf dem Kies waren noch gut zu hören, bis sie plötzlich verstummten. Gleich darauf vernahmen sie einen gedämpften Schrei, gefolgt von einem dumpfen Aufprall und dem Fallen eines Körpers. Kurz darauf erschien Bahito im Torbogen und forderte die beiden Freunde auf, heranzukommen. Eric blickte die Hauptstraße entlang, um sicherzustellen, dass alles frei war, und schon rannten sie über die Straße zu Bahito. Als sie ankamen, sahen sie den Soldaten mit dem Gesicht nach unten auf dem Kiesboden liegen. Vermier und Leblanc hatten ihn bereits geknebelt und ihm die Augen verbunden. Sie fesselten gerade seine beiden Unterschenkel. Der Kerl würde sich die nächsten Stunden kaum bewegen können. Plötzlich hörten sie zischende Geräusche und sahen Sako zwischen den beiden deutschen Fahrzeugen knien und an den Reifen hantieren. Erneut ertönte ein Zischen. Grinsend kam er auf sie zu und flüsterte: „Ihr könnt sicher sein, dass sie euch mit diesen beiden Fahrzeugen nicht mehr verfolgen." Daraufhin half er, die Soldaten hinter die Bretterwand zu tragen, die den kleinen Platz umgab. Eric zog seine Taschenlampe hervor und ging rasch zum Wachhaus. Der Schlüssel ihres Lastwagens hing neben zwei anderen. Er nahm ihn erleichtert an sich, rannte zum Lastwagen, öffnete die Fahrertür und warf seinen Rucksack zwischen die Sitze. Währenddessen tauchten die anderen auf, wobei Bahito bereits wieder am Torbogenpfosten kauerte und Ausschau hielt. Kanto hatte ebenfalls seinen Rucksack deponiert und gesellte sich zu ihnen.

Im Flüsterton gab Vermier die letzten Anweisungen: „Eric, sobald ihr die Detonation hört, fahrt ihr sofort los. Ihr müsst den Überraschungseffekt und die Verwirrung ausnutzen, die wir auslösen. Fahrt zügig raus und dann mit Vollgas auf und über die Brücke. Sollte der Schlagbaum nicht geöffnet worden sein, lasst euch nicht beirren. Der Lastwagen wird ihn problemlos durchbrechen können. Ich denke, der Schaden wäre nicht nennenswert. Schließt die Fahrzeugtüren nur leise, auf keinen Fall zuschlagen. Das wäre weithin zu hören und das wollen wir vermeiden. Startet den Motor erst nach der Detonation. Hoffentlich springt er sofort an. Schaltet kein Licht am Fahrzeug ein, bis ihr aus dem Dorf raus seid. Alles klar? Fragen?“

Eric deutete mit dem Kopf hinter die Holzwand: „Was ist mit den beiden Soldaten?“

„Keine Sorge, die haben Chloroform geschnüffelt und schlafen für eine Weile“, flüsterte Leblanc und alle grinsten.

„Was ist mit ihnen? Wie werden sie entkommen?“, wollte Eric wissen.

„Mach dir keine Gedanken um uns“, antwortete Vermier, „wir haben unseren Plan. Hauptsache, ihr kommt durch und werdet nicht verfolgt. Dafür sorgen wir, d’accord?“

„D’accord et merci beaucoup!“

„Bedanke dich, wenn wir uns das nächste Mal sehen. Bonne Chance“, sagte Vermier zum Abschluss.

Bahito gesellte sich wieder zu ihnen und zusammen verschwanden sie durch ein fehlendes Brett in der Holzwand. Eric und Kanto schauten sich unsicher an und wussten nicht genau, was sie als Nächstes tun sollten. Eric deutete Kanto an, im Lastwagen Platz zu nehmen und zu warten. Er machte einen Kontrollgang rund um den Lastwagen, überprüfte den Reifendruck, indem er kurz an die Reifen kickte, und ebenso die Zusatzdieselkanister, vier an der Zahl, die seitlich in einem Gestell hinter der Vorderachse angebracht waren. Zum Abschluss löste Eric eine Ecke der Plane und schaute auf der Ladefläche nach, ob die Vanilleholzkisten immer noch geladen waren. Erfreut stellte er fest, dass, soweit er im Schein der Taschenlampe sehen konnte, nichts zu fehlen schien. Schnell verschloss er die Schlaufe der Plane wieder und setzte sich ans Steuer. Leise zog er die Fahrertür zu und schaute zu Kanto.

„Bereit?“, flüsterte er.

„Bereit!“, antwortete Kanto.

So saßen sie im Dunkeln und warteten erst geduldig, jedoch wurden sie immer nervöser. Schließlich entschieden sie, die Fenster herunterzukurbeln, denn in der Kabine wurde es zunehmend stickig, und sie durften keinesfalls die Detonation überhören. Oder hatten sie diese bereits verpasst? Eric wurde unsicher, seine Hände waren schweißnass. Schließlich steckte er den Zündschlüssel ins Schloss und drehte ihn in die erste Stellung, um zu prüfen, ob sich die Armaturenbeleuchtung einschaltete. Glücklicherweise war das der Fall. Ebenso leuchtete die rote Lampe, die anzeigte, dass das Vorglühen eingeleitet wurde. Nach kurzer Zeit erlosch sie. Sie waren nun definitiv bereit. Warum dauerte das so lange? Es fühlte sich an, als hätten sie schon Stunden im Lastwagen verbracht.

Urplötzlich ertönte eine gewaltige Detonation und zerriss die Stille. Zusätzlich hörten sie Schüsse, die koordiniert abgefeuert wurden. Sie erschraken und waren vorerst wie gelähmt.

Erst Kantos Aufforderung löste Eric aus seiner Schockstarre: „Eric, fahr los! Fahr doch!"

Eric drückte die Kupplung und drehte den Zündschlüssel. Stotternd und lärmend brüllte der Motor endlich auf, nachdem Eric etwas Gas gegeben hatte. Instinktiv legte er den ersten Gang ein und schon holperten sie los. Es war schon eine Weile her, seit Eric mit einem der Lastwagen gefahren war. Darum ruckelte er durch den Torbogen auf die Straße. Dann konnte er mehr Gas geben und so gewannen sie nach und nach an Fahrt. Schon fuhren sie an der Abzweigung in Richtung des Lands der Gabriels vorbei. Eric hielt die Geschwindigkeit, nicht zu rasant, denn weiter vorne ging es zuerst links ab und kurz vor der Brücke ließ eine leichte Rechtskurve keine schnelle Fahrt zu. Eric wollte dabei nicht ins Schlingern geraten und die Aktion unnötig gefährden. Inzwischen loderten Flammen auf der östlichen Seite des Dorfes weit über den Dächern der Häuser und die Straße lag deutlich vor ihnen. Nach einer Linkskurve konnten sie die Brücke über den Fluss Mahavavy sehen, die sie nun überqueren mussten, um nach Tanarivo, der Hauptstadt, zu gelangen.

Eric steigerte die Geschwindigkeit. Es waren immer noch keine Menschen auf der Straße zu sehen. Aber dort vorne rechts, kurz vor der sanften Kurve, musste sich das Hauptquartier der Deutschen befinden. Sako und Bahito schoben einen großen Holzwagen vor die Eingangstür und rannten dann auf die gegenüberliegende Straßenseite, wo sie zwischen den Häusern Position bezogen. Bahito war mit einer Pistole bewaffnet, während Sako ein Gewehr im Anschlag hielt. Im Hauptquartier wurden mehrere Lichter eingeschaltet. Sofort eröffneten Sako und Bahito das Feuer und schossen in die beleuchteten Räume. Der Lastwagen raste an beiden Schützen vorbei, bog etwas schwankend in die Rechtskurve und steuerte direkt auf die Brücke zu. Erleichtert sah Eric, dass Vermier und Leblanc den Schlagbaum hoben und befestigten. Erst jetzt bemerkte er, dass ein Wachsoldat leblos über dem Brückengeländer hing. Ein zweiter Soldat lag zusammengekrümmt und ebenfalls leblos neben dem Wachhäuschen am Boden. Der Weg war frei, wie geplant, doch bei Eric wollte noch keine Freude aufkommen. Leblanc lief bereits zurück zu den beiden Einheimischen, die offensichtlich Unterstützung benötigten. Eric und Kanto fuhren nun auf die Brücke und passierten den salutierenden Vermier auf der anderen Seite des Flusses. Im Rückspiegel sah Eric, wie er das Wachhäuschen umstieß und in Brand setzte. Dann musste er ihre rasante Fahrt etwas drosseln, denn auf der anderen Seite des Flusses herrschte tiefe Dunkelheit, die seine volle Konzentration erforderte. Die Straße führte zunächst scharf nach rechts, und nach Sakos Angaben gab es am Dorfende eine scharfe 90-Grad-Linkskurve. Eric schaltete die Fahrzeuglichter ein, weil die Straße vor ihnen im Dunkeln kaum zu erkennen war. Gleichzeitig trat er kräftig auf die Bremse, als sie sich rasch dem Dorfende näherten. Die Lichter wurden am Ende von einer hellgelben Mauer reflektiert und Eric konnte keine Straße mehr erkennen. Er bremste vollständig ab und Kanto wurde nach vorne geschleudert und schlug sich den Kopf am Armaturenbrett an. Eine blutige Wunde blieb zurück. Der Lastwagen kam vor der gelblichen Hauswand fast zum Stehen, doch dann brach er nach links aus und drohte zu kippen. Eric versuchte, das Lenkrad möglichst ruhig zu halten. Das Gefährt landete wieder auf allen vier Rädern und er konnte endlich wieder beschleunigen. Das war knapp gewesen. Langsam, aber stetig beruhigten sie sich und der Stresspegel ließ merklich nach, doch ganz verschwand er nicht, denn sie hatten eine sehr lange Fahrt vor sich – und sie waren noch nicht sicher. Zum Glück hatten sie eine kleine Notfalltasche im Lastwagen. Kanto konnte sich eine Kopfbandage anlegen und auf diese Weise die Blutung stoppen. Im Dunkel der Fahrerkabine sah er beängstigend aus, aber es ging ihm den Umständen entsprechend gut. Sie fuhren ohne Pause weiter und als die ersten Lichtstrahlen des Morgengrauens erschienen, erreichten sie die Abzweigung, an der sie sich entscheiden mussten, welchen Weg sie weiter einschlagen sollten: die Bergroute im Westen oder das Mittelgebirge am Alaotra-See vorbei, um auf die Hauptstraße zwischen Tamatave und der Hauptstadt zu gelangen. Sie entschlossen sich zu einer kurzen Rast. Eric legte Kanto eine neue Binde an und anschließend stärkten sie sich mit Essen und Trinken. Kanto füllte den Tank mit einem Reservekanister wieder auf. Sie wählten die Route durch das Mittelgebirge, da sie belebter war und sie auf Unterstützung hoffen konnten. Erst mit der aufgehenden Sonne im Osten realisierten sie, was sie diese Nacht erreicht hatten, und die Anspannung ließ immer mehr nach, je weiter sie sich vom Norden entfernten. Beinahe überschwänglich gab Eric lauthals kund: „Verdammt, den Deutschen haben wir ordentlich in den Arsch getreten!“ Beide lachten vor Erleichterung.

Eric und Kanto saßen weit draußen auf dem Steg und genossen die warme Meeresbrise. Hinter ihnen schaukelte die Marie sanft im Rhythmus der heranrollenden Wellen, fest am Steg vertäut. Die Dunkelheit war bereits hereingebrochen, aber der Nachthimmel über ihnen präsentierte sich in seiner ganzen Pracht, gesprenkelt mit unzähligen funkelnden Sternen – ein Anblick, der normalerweise die Seele beruhigte und zum Träumen einlud. Heute jedoch war die Stimmung gedämpft. Seit ihrer letzten Aktion waren bereits einige Wochen vergangen, aber die Ereignisse ließen ihnen keine Ruhe. Die Aktion selbst war zweifellos ein voller Erfolg gewesen und hatte im Hause Gabriel gebührend gefeiert werden können. Noch immer hingen allerdings die Schatten der Vergangenheit über ihnen. Während der Verhandlung hatte sich Vater Gabriel zwar den Anschuldigungen von Irreführung und Betrug stellen müssen, doch die Deutschen hatten keine konkreten Beweise vorlegen können. Sie sprachen von kriegerischen Akten und Provokationen, konnten den Überfall aber niemandem eindeutig zuordnen. Vater Gabriel hatte standhaft alles abgestritten und die Deutschen tappten im Dunkeln. Am Ende einigte man sich darauf, Tojo freizulassen und ihn mit Vater Gabriel zurückkehren zu lassen.

Die Fahrt in die Hauptstadt verlief ohne Zwischenfälle und sie übergaben Exportmanager Henri die Ladung. Am nächsten Tag stachen sie wieder in See, zurück zum Land der Gabriels, an Bord der Marie unter der Führung von Capitaine Leclerc. Während der Reise bemerkte Eric, dass Leclerc offensichtlich Gefallen an Gabriel-Land fand, besonders an der Nähe zu Cécile und dem Interesse an der Krankenstation. Bahnte sich da etwa etwas an?

In der Zwischenzeit hatte er einen weiteren Brief von Sophie erhalten. Sie freute sich auf den Sommer und das Baden im Genfersee. Die Ungewissheit in Anbetracht des Kriegs belastete sie. Trotzdem war sie erfolgreich in der Schule und hatte nur Bestnoten. Die Frage der Neutralität der Schweiz und die Diskussion über die schutzsuchenden Juden beschäftigten sie sehr. Für Sophie war die Antwort klar: Alle sollten bedingungslos aufgenommen werden. Sie hatte sich bereits an die Schulleitung gewendet, um ihre Überzeugung zu vertreten. Einige Schüler waren angesichts der Kriegswirren bereits wieder in ihre Heimatländer zurückgekehrt, was freie Plätze in der Schule bedeutete. Sophie konnte die zögerliche Haltung einiger nicht recht verstehen, aber sie war dennoch zuversichtlich, dass eine Lösung gefunden würde, die für alle von Vorteil war. Sophies Worte berührten ihn zutiefst und er verspürte ein starkes Verlangen, ihr seine Liebe und Sehnsucht in einem ausführlichen Brief zu offenbaren, doch die turbulenten Ereignisse zwangen ihn immer wieder zur Geduld, damit er alles Wichtige festhalten konnte. Noch war er nicht bereit, diesen Brief abzuschicken. Noch war nicht alles gesagt. Eine weitere Nachricht erreichte sie in Madagaskar: Die Briten hatten beschlossen, die französischen Kolonialgebiete im Namen der Exilregierung in London zu unterstützen. Es wurde sogar in Aussicht gestellt, dass bald Nachschub und möglicherweise britische Truppen auf der Insel eintrafen. Diese Neuigkeit versetzte die deutschen Behörden in Alarmbereitschaft und Unsicherheit. Sollten tatsächlich britische Truppen anlanden, würden die Spannungen eskalieren und Kampfhandlungen wären unvermeidlich. Obwohl diese Aussichten alles andere als positiv waren, bedeuteten sie zumindest eine potenzielle Bedrohung für die Deutschen. Überraschenderweise kündigten die Deutschen Wochen später, mitten im Sommer, ihren sofortigen Abzug aus Madagaskar an. Die Conseillers berichteten beinahe täglich von den hastigen Vorbereitungen und dem regelrechten Fluchtverhalten der deutschen Truppen. Die Schiffe wurden im Eiltempo beladen und verließen den Hafen. Eines Tages überbrachte ein hochrangiger Offizier persönlich eine dringliche Depesche von Bönisch an Vater Gabriel. Darin drückte er sein Bedauern darüber aus, dass sie den Befehl zur sofortigen Rückkehr nach Berlin befolgen müssten und sich nicht einmal persönlich von der Familie Gabriel verabschieden könnten. Die plötzliche und hastige Abreise der deutschen Truppen aus Madagaskar kam für alle Beteiligten äußerst überraschend und hinterließ eine Welle der Verwirrung. Eric und die anderen fragten sich, was dieser unerwartete Schritt zu bedeuten hatte und was ihm zugrunde lag. Eine Antwort blieb vorerst aus. Erst Anfang Juli 1941 erfuhren sie durch eine Pressemitteilung endlich den Grund für das plötzliche Aufbrechen: Hitler hatte seine Truppen in Richtung Russland in Bewegung gesetzt. Das Unternehmen Barbarossa war Ende Juni gestartet worden. Die Nachricht traf wie ein Schock ein und ließ Eric und die anderen mit vielen Fragen zurück. Wohin würde diese Entwicklung führen? Was würde die Zukunft bringen?

Eric konnte die Tragweite dieser Ereignisse kaum fassen und fühlte sich von den sich überschlagenden Ereignissen überwältigt. Die Welt schien sich unaufhaltsam in eine Richtung zu bewegen, die er nicht vollständig nachzuvollziehen vermochte.

Kapitel 15

Nach dem turbulenten und hastigen Abzug der Wehrmacht im Herbst 1941 erreichten die ersten britischen Truppen den Norden Madagaskars. Ein Hauch von Erleichterung machte sich seitens der französischen Kolonialmacht bemerkbar, als sich die Versorgungslage spürbar verbesserte. Es schien, als sei das Expansionsstreben der Deutschen erstmals etwas eingedämmt worden. Der Luftkrieg über England war nicht von Erfolg gekrönt gewesen und das Vakuum, das die Deutschen auf Madagaskar hinterlassen hatten, konnte nun gefüllt werden. Die einheimischen Rebellen, die gehofft hatten, das Erbe der Deutschen antreten und weiteren Aufständen den Weg ebnen zu können, wurden gewaltsam daran gehindert und zerstreut. Das französische Armeehauptquartier berichtete, dass verschiedene Gruppen ins Hochland im Westen von Madagaskar geflohen waren. Nur die Fraktion um den berüchtigten Anführer Fanilo verschwand spurlos. Es wurde vermutet, dass auch er im Hochland Zuflucht gefunden hatte. Angenommen wurde zudem, dass die Rebellen wertvolles Kriegsmaterial erbeutet hatten, das von der Wehrmacht zurückgelassen worden war. Mit dem Jahreswechsel kehrte endlich so etwas wie Ruhe und Normalität auf der Kolonialinsel Madagaskar ein. Die Wochen vergingen und abgesehen von den weltpolitischen Veränderungen blieb auf dem Land der Gabriels alles beim Alten. Im Dezember traten die USA an der Seite der Alliierten in den Krieg ein, nachdem Japan durch das Embargo gezwungen worden war, einen Erstschlag auf Hawaii auszuführen. Nun tobte der Krieg auf der ganzen Welt, doch bei den Gabriels verlief das Leben in gewohnten Bahnen. Die Schiffsverbindung erwies sich als äußerst wertvoll und es hatte sich eine gewisse Routine im Umgang und der Durchführung etabliert. Eric und Kanto begleiteten die Fahrten oft und gelegentlich waren sogar beide gemeinsam an Bord, was sie sehr genossen und eine enge Bindung zu Capitaine Leclerc entstehen ließ. Die Marie erwies sich nicht nur als unverzichtbar für die Transporte, sondern konnte auch wichtige Schiffsverbindungen für die Armee sicherstellen. Obgleich sie nur eine Woche im Monat für den Transport der Gabriels benötigt wurde, hatte Vater Gabriel sich eine ausdrückliche Exklusivität und Priorisierung ausgehandelt, die von der Armeeführung respektiert wurde, solange keine unmittelbaren kriegsbezogenen Einsätze der Marie erforderlich waren. Die Zusammenarbeit mit den Briten verlief reibungslos. Beide Regierungen betonten, dass ihre Intervention ausschließlich der Unterstützung der französischen Kolonie diente. General de Gaulle persönlich hatte die Briten vor jeglichen hegemonialen Absichten gewarnt.

Mutter Gabriel war hocherfreut über die verschiedenen Errungenschaften des neuen Arbeiterdorfs, die durch den Wiederaufbau und ihre eigene Initiative ermöglicht wurden. Insbesondere das Schulgebäude, in dem sie selbst unterrichtete, und die von Cécile geleitete Krankenstation waren bedeutende Fortschritte, doch das Herzstück der neuen Bauten war zweifellos die Kansa, in der unter Kiras fachkundiger Anleitung junge Frauen lernten, Mahlzeiten zuzubereiten. Sie diente nicht nur der Verpflegung der zahlreichen Arbeiter und Arbeiterinnen, sondern wurde auch zum zentralen Anlaufpunkt und Stützpunkt der Dorfgemeinschaft. Eric war klar, dass diese Veränderungen und Verbesserungen die Arbeitsmoral und den Einsatz jedes Einzelnen steigern würden. Die neuen Betriebsgebäude erwiesen sich als äußerst zweckmäßig und angemessen für die Produktionsanforderungen. Obwohl die weltweite Nachfrage nach Vanille aufgrund des Krieges stagnierte, planten er und sein Vater bereits vorausschauend die Erweiterung der Plantagen und eine zukünftige Produktionssteigerung. Die Expansion wurde ausgiebig diskutiert und geplant, jedoch vorerst auf Eis gelegt, während der Krieg weiter tobte. Die Gabriels waren bereit, ihre Produktion zu steigern und den wachsenden Anforderungen gerecht zu werden, falls sich die Situation verbessern sollte. Eine Frage, die unaufhörlich durch Erics Gedanken kreiste, war, wie lange dieser verheerende Krieg wohl noch anhalten würde. Im

Laufe des Jahres 1942 begannen sich erste Wendepunkte abzuzeichnen, indem die Amerikaner in zahlreichen Seeschlachten die Japaner erstmals in die Defensive drängten. Dann kam der entscheidende Moment im Februar 1943, als die sechste deutsche Armee bei Stalingrad kapitulierte. War dies der Anfang vom Ende des Hitlerdeutschlands?

Während die Weltgeschichte große Umwälzungen erlebte, erhielt Eric zahlreiche Briefe von Sophie, die vor allem über ihre Situation in der Schweiz berichtete. Mit der Zeit schien sie immer weniger über sich selbst zu schreiben, und Eric spürte zum ersten Mal, wie die andauernde Trennung und die immense Distanz zu einem ernsthaften Problem für ihre Liebe wurden. Ein Gefühl von Entfremdung breitete sich in ihm aus, begleitet von einem zunehmenden Desinteresse. Verdammt, sie war so weit weg und schon so lange! Im Herbst 1944 keimte erstmals richtige Hoffnung auf. Die russische Armee startete ihre große Sommeroffensive und marschierte unaufhaltsam in Richtung Berlin, wohingegen die Alliierten im Juni erfolgreich in der Normandie gelandet waren und Ende August sogar Paris befreien konnten. Diese Nachricht erfüllte die Familie Gabriel mit Freude und Hoffnung. Endlich zeigte sich ein silberner Streifen am Horizont. Gleichzeitig erreichte Eric ein weiterer Brief von Sophie, in dem sie ihm mitteilte, dass sie im Frühling 1945 endlich zurückkehren würde. Seine Freude kannte keine Grenzen und die Aussicht auf eine Wiedervereinigung gab ihm neue Kraft.

Kapitel 16

Mit Sophies Rückkehr in Aussicht war Erics Himmel voller Geigen. Noch musste er einige Monate warten, aber was war das schon im Vergleich zu den Jahren, die er schon überstanden hatte? Voller guter Laune und pfeifend betrat Eric den Salon, wo das Abendessen aufgetragen war. Kanto und die anderen waren bereits am Tisch versammelt, nachdem sie gemeinsam noch kurz im Meer gebadet hatten. Mavo stand an der Tür zur Küche, nickte Eric zu und verschwand dann, um zusammen mit Kira die Mahlzeiten zu servieren. Während des Essens entwickelte sich eine angeregte Unterhaltung über verschiedene Angelegenheiten und Probleme. Sie diskutierten auch über die Ankündigung der britischen Armee, die Truppen im April aus Madagaskar abzuziehen. Angesichts der drohenden Niederlage Deutschlands und des nahenden Kriegsendes betrachtete Vater Gabriel diesen Schritt als logische Konsequenz. Plötzlich unterbrach Mavo die Diskussion im Salon, ging geradewegs zu Vater Gabriel und flüsterte ihm etwas zu. Die Spannung am Tisch war förmlich spürbar, als alle erwartungsvoll zu ihm schauten. Sein Gesicht verfinsterte sich und er antwortete leise: „Nein, Mavo. Lass ihn rüberkommen, sobald er bereit ist. Wir sollten bis dahin mit dem Essen fertig sein."

Mavo nickte gehorsam und verließ leise den Raum, die Tür hinter sich schließend. Mutter und die anderen am Tisch waren neugierig und wollten wissen, was vor sich ging. Vater Gabriel erklärte, dass Faly angerufen und angekündigt hatte, eine wichtige Entdeckung gemacht zu haben, die er sofort mitteilen wollte.

„Kontrolliert Faly nicht jeden Abend die Bücher, bevor er das Office verlässt?"

Kanto schaute fragend in die Runde.

„Kann sein, ja, Kanto. Jeden Abend?", Eric hakte unsicher nach.

„Doch, sollte er. Gerade so kurz vor der nächsten Auslieferung ist das sehr wichtig", erklärte Vater Gabriel.

Sie aßen ruhig weiter, mutmaßten, was es sein könnte, und warteten gespannt auf Falys Erscheinen.

Endlich klopfte es zaghaft an der Salontür. Kanto stand rasch auf und öffnete sie. Ein verdutzter Faly räusperte sich verlegen, blieb aber vor der Tür stehen, das große Inventarbuch aus Leder in der Hand.

Kanto sagte erregt: „So komm doch endlich herein, Faly."

Es schien, als ob dieser peinlich berührt war, denn er trat nur zögerlich in den Salon und blieb abrupt vor dem Tisch stehen. Sein Hemd klebte an der Brust und Schweißperlen zeigten sich auf seiner Stirn.

„Faly, danke, dass du gekommen bist. Bitte, was hast du uns mitzuteilen? Du kannst es gleich hier vor allen sagen, außer es ist etwas Persönliches, das nur mich und dich etwas angeht. Angesichts dessen, dass du ein Inventarbuch dabeihast, gehe ich nicht davon aus. Oder?" Vater Gabriel machte eine aufmunternde Geste.

„Master Rémy, es ist mir außerordentlich peinlich. Ich weiß nicht genau, wie ich es sagen soll, aber ich muss davon ausgehen, dass regelmäßig Vanillegebinde gestohlen werden und auch schon in der Vergangenheit gestohlen wurden!"

Eine lange Pause entstand, alle schauten einander perplex an und machten lange Gesichter.

Eric war der Erste, der sich vom Schock erholte: „Faly, was soll das bedeuten? Wovon redest du da? Bist du dir ganz sicher?"

„Master Eric, ich bin mir sicher. Trotz allem wollte ich meine Feststellung mit euch teilen. Darum habe ich das Buch mitgenommen." Er hob es in die Höhe.

Vater Gabriel forderte ihn auf, es auf den Tisch zu legen.

„Willst du etwas trinken, Faly?", fragte Mutter Gabriel.

„Bitte, gern", antwortete er dankbar.

Mavo brachte sofort ein Glas Wasser.

Nachdem er und Kira den Tisch abgeräumt hatten, öffnete Faly das Inventarbuch. Die gespannte Stille im Raum war zum Zerreißen, während er zögernd vor ihnen stand, sein Blick auf das schwere Buch gerichtet. Er schien nervös zu sein, trat von einem Bein auf das andere und rieb sich die Hände.

Vater Gabriel konnte seine Ungeduld kaum verbergen: „Also, Faly, raus mit der Sprache!"

Eric erkannte Falys Zögern und sprang ihm bei: „Keine Sorge, du stehst nicht unter Verdacht. Wir wissen alle, dass ab und zu etwas verschwindet. Ich spüre, dass du auf etwas Größeres gestoßen bist. Oder täusche ich mich?"

Ein Funkeln blitzte in Falys Augen auf und er begann, zu sprechen: „Danke, Master Eric. Ich war mir unsicher, ob ihr mich verdächtigen würdet. Deshalb habe ich gezögert." Er senkte den Blick auf das Inventarbuch.

Vater Gabriel unterbrach ihn sanft: „Faly, du hast unser Vertrauen. Du bist einer der loyalsten Mitarbeiter. Wir stehen hinter dir." Er stand auf und legte beruhigend einen Arm um Falys Schultern, bevor er ihn ermutigte, weiterzumachen.

„Danke, das bedeutet mir viel. Und ja, Eric, du hast Recht. Ich vermute, es handelt sich um ganze Gebinde oder Päckchen zu 250 Gramm." Faly machte eine Pause, um seine Worte wirken zu lassen.

Die Luft war zum Zerreißen gespannt, als sie sich alle gegenseitig ansahen, um das Gesagte zu verarbeiten. Ein Päckchen zu 250 Gramm war eine beträchtliche Beute.

„Wo oder wann im Prozess verschwinden die Gebinde?", fragte Kanto interessiert.

„Irgendwo zwischen dem Sortieren und dem Verpacken in die Kisten. Beim Sortieren erfolgt die erste Qualitätskontrolle und dann kommt die Riechprobe, die letzte Kontrolle. Hier wird gezählt, aber wir haben nie überprüft, ob die Anzahl der selektierten Päckchen beim Verpacken auch tatsächlich stimmt. Wir haben es einfach angenommen und uns auf die Zählung beim Binden verlassen. Diese Zahlen landen dann in unseren Büchern." Faly tippte auf das Inventarbuch.

„D'accord, so ist der Ablauf. Und wie hast du die Differenz festgestellt?", fragte Vater Gabriel ungeduldig.

Faly nickte bedeutungsvoll und fügte hinzu: „Ich muss gestehen, dass mir schon vor Jahren Ungereimtheiten aufgefallen sind. Vielleicht erinnern Sie sich, Master Rémy?"

„Natürlich!", nickte Vater Gabriel.

„Aber ich hatte nur so ein Gefühl und keine Zeit, mich dahinter zu klemmen. Es tut mir leid." Er verstummte für einen Moment: „Da wir ja wieder eine Auslieferung zusammenstellen, wollte ich wissen, ob wir bereits heute oder erst morgen die benötigte Anzahl Kisten erreichen, die für die Lieferung vorgesehen ist. Dazu addierte ich die gezählten Päckchen und berechnete somit die ungefähr benötigte Anzahl Kisten, die wir füllen. Meine Kalkulation ergab einen kleinen Überschuss. Das heißt, dass alle vorbereiteten Holzkisten gefüllt und dann noch ein paar Päckchen übrig wären. Ich ordnete an, dass alle daraufhin nach Hause gehen könnten. Zu meiner Überraschung wurde mir mitgeteilt, dass es leider nicht für alle Kisten gereicht hätte. Bestimmt könnt ihr euch vorstellen, dass mich das sehr verwunderte. Ich schickte sodann alle nach Hause, mit dem Hinweis, dass sie morgen alles fertigstellen könnten. Meine Neugierde war natürlich geweckt und ich kontrollierte alles akribisch. Es blieb eine Differenz von drei Gebinden. Schockiert rechnete ich nochmals nach und kam zu demselben Ergebnis. Zwischen dem Binden und Zählen, über die Riechprobe bis zum Verpacken sind heute drei Päckchen verschwunden, oder ..."

„Geklaut worden", ergänzte Eric kleinlaut.

„Ungeheuerlich", setzte Kanto nach.

Der Schock saß tief. Stille machte sich im Salon breit. Man hätte eine Stecknadel auf den Boden fallen hören können. Eric rechnete rasch nach, wie viele Gebinde über die Jahre hinweg wohl verschwunden waren, wenn Faly schon vor Jahren gemerkt hatte, dass vielleicht etwas nicht stimmte. Der Schaden war groß. Enorm groß. Schließlich war es Mutter Gabriel, die als Erste ihre Stimme wiederfand: „Ganz lieben Dank für die detaillierten Ausführungen, Faly. Das hast du sehr gut gemacht. Ich denke, du kannst jetzt auch nach Hause gehen. Deine Töchter fragen sich bestimmt, wo du so lange bleibst."

Vater Gabriel ergänzte: „Behalte das alles noch für dich. Erzähl es niemandem. Wir müssen uns Gedanken machen, wie oder was wir unternehmen wollen. Nochmals danke."

„Sehr wohl, Master Rémy", antwortete ein sichtlich erleichterter Faly und nickte in die Runde. Er nahm das dicke Buch unter den Arm und verließ den Salon.

Natürlich war diese Neuigkeit das Gesprächsthema Nummer eins in den darauffolgenden Wochen. Es bildeten sich vornehmlich zwei Meinungen und somit zwei Lager heraus. Auf der einen Seite stand Eric, der die Verantwortlichen dingfest machen und des Betrugs überführen wollte. Auf der anderen Seite befanden sich Vater Gabriel und Kanto, die es für unmöglich hielten, die Schuldigen zu identifizieren, ganz zu schweigen von den Konsequenzen, die zwangsläufig folgen müssten. Die Arbeitsabläufe ließen eine Identifizierung der Täter nicht zu, da die Arbeiterinnen und Arbeiter in einem Rotationsprinzip eingesetzt wurden und somit nicht immer an derselben Arbeitsstelle ihren Dienst versahen, ganz abgesehen von der Riechprobe, die nur ausgewählte Personen durchführen durften. Die Frauen, Mutter Gabriel und Cécile, schwankten zwischen den beiden Lagern, denn sie konnten alle ins Feld geführten Argumente nachvollziehen. Der einzige Punkt, in dem Einigkeit herrschte, war die sofortige Maßnahme, die Summe der Gebinde beim Bepacken der Kisten abzugleichen. So konnten zukünftige Diebstähle effektiv verhindert werden.

Eines Abends saßen die beiden Freunde wieder einmal auf dem Steg und genossen die Zweisamkeit ihrer Freundschaft. Oder war es schon eine Bruderschaft, wie Kanto mehrmals geäußert hatte? Für Eric spielte das keine Rolle, Hauptsache, sie konnten zusammen sein. Es war Anfang Mai, die britische Armee hatte ihren Rückzug aus Madagaskar abgeschlossen. Eric und seine Freunde rechneten jeden Tag mit der Kapitulation Hitlerdeutschlands und Sophies Heimkehr stand unmittelbar bevor. Ihr letzter Brief handelte von dem tränenreichen Abschied von der Schule, ihren Freunden in der Schweiz und der anschließenden Reise nach Marseille, wo sie Ende Mai ein Schiff für ihre Rückreise besteigen wollte.

„Hör mal, Kanto, ich mache mir immer noch Gedanken wegen des Diebstahls. Was könnten wir tun, damit auch das Stehlen einzelner Stängel verhindert oder zumindest zu einem großen Risiko wird? Was meinst du dazu? Hast du auch schon solche Überlegungen angestellt?“

„Jein, du kennst meinen Standpunkt und den deines Vaters. Die Madagassen sind ein Volk von diebischen Elstern. Somit verschwindet immer ein minimaler Anteil. Ich denke aber, deine Frage zielt auf etwas anderes. Richtig?“

„Genau!“ Eric verzog das Gesicht, ehe er ergänzte: „Dieser Minianteil geht für mich auf eine urjüdische Haltung zurück, wie wir schon vor längerer Zeit festgestellt und diskutiert haben. Ich finde es gut, dass es so ist. Das darf sich nicht zu einem Anrecht verselbstständigen. Nein, mir geht es um etwas anderes, das aber auch darauf einen positiven Effekt haben könnte.“

„Wovon redest du? Deine Geheimniskrämerei geht mir allmählich auf den Geist.“ Beide lachten herzhaft.

„Mir schwebt eine Art Markierung vor.“

„Markierung wovon? Unserer Vanillestängel? Komm, lass uns unsere Schoten markieren, wie die Bauern ihr Vieh.“ Kanto zog eine Grimasse.

„Du sagst es, richtig! Was ist daran so abwegig, dass du dich darüber so lustig machst?“

„Nun, ich dachte, du machst Witze, aber offenbar ist es dir ernst. Tut mir leid.“

„Schau mal, wir legen extrem viel Wert auf die Qualität unserer Vanille und sind sehr stolz, weil es meinem Vater gelungen ist, sich einen solchen Ruf zu erarbeiten. Die Vanille der Gabriels ist doch mittlerweile eine Weltmarke oder nicht?“

„Ja, so sehe ich das auch. Schließlich bin ich mit dem Sohn des berühmten Vanillebarons befreundet und der hat was drauf!“ Kanto hob seine rechte Hand militärisch zum Gruß und lachte.

„Mach dich jetzt nicht schon wieder lustig. Es ist mir ein Anliegen, dass sich unsere Qualität noch mehr durchsetzen kann und ich denke, mit einer solchen Markierung oder einem Stempel ließe sich bestimmt ein Mehrwert erzielen.“

Erics Gesicht rötete sich. Seine Augen glänzten. „Stell dir vor, alle unsere Stängel hätten diesen Stempel. Ganz gleich, wo du dich auf der Welt befindest, wenn es um Vanille ginge, würden die Leute sofort nach diesem Stempel suchen, um sicherzustellen, dass es sich um die weltberühmten Vanilleschoten der Gabriels handelt. Wie eine Art Gütesiegel. Einmalig, klar, authentisch, der absoluten Qualität verpflichtet!"

Eric schaute Kanto an und erwartete einen abwertenden Kommentar. Dieser saß jedoch still auf dem Steg und schaute ihn bewundernd an.

„Wow, Eric, das wäre genial! Du hast absolut Recht. Wenn ich mir das genau überlege, frage ich mich, warum nicht schon dein Großvater auf diese Idee gekommen ist. Ein Gütesiegel trifft es auf den Kopf."

Die beiden blieben noch eine ganze Weile sitzen und lauschten dem Meeresrauschen, jeder in seine eigenen Gedanken versunken.

Nach längerer Stille meldete sich Eric wieder zu Wort: „Merde, wie um Himmelswillen wollen wir das umsetzen?"

Kanto antwortete gelassen: „Lass uns das mit deinem Vater besprechen. Er hat doch Agrarwissenschaften studiert? Bestimmt hat er eine gute Idee."

„D'accord, Kanto. Gute Idee. Lass uns jetzt zu Bett gehen", antwortete Eric müde und gähnte.

Was an diesem Abend von den beiden Freunden angedacht wurde, entwickelte sich nach anfänglichen Schwierigkeiten zu einem ernsthaften Projekt. Zuerst mussten sie jedoch die Lacher der restlichen Familienangehörigen über sich ergehen lassen. Die Vorstellung, alle Schoten würden mit einem Stempel versehen, war einfach urkomisch. Wie bei Eric und Kanto Tage zuvor, setzte sich die Idee des Gütesiegels aber allmählich durch und schließlich waren nicht nur alle überzeugt, es machte sich sogar Begeisterung breit. Dieses Gütesiegel war ein Ausdruck der absoluten Qualität und gleichzeitig würden sich alle Stängel nachverfolgen lassen. Somit wäre auch dem Diebstahl ein Riegel vorgeschoben. Eine weitere hitzige Diskussionsrunde löste die Frage aus, was der Inhalt des Stempels sein sollte. Bei einem Abendessen in Richards Anwesenheit machten sie sich Gedanken und tauschten sich aus. Da sie kein Signet und kein Wappen hatten, gestaltete sich die Umsetzung schwierig. Schließlich hatte Cécile die alles überzeugende Idee: Ein G, das für den Namen der Firma stand, wäre doch eine ideale Lösung. In den folgenden Tagen machten sich Vater Gabriel und Richard intensiv Gedanken über die Umsetzung. Schließlich einigten sie sich zusammen mit einem Metallverarbeiter auf einen Stempel mit kleinen kupfernen Nadeln. Ein G konnte sodann leicht hergestellt werden und ein erster Stempel wurde bei den rasch durchgeführten Testläufen erfolgreich eingesetzt. Vater Gabriel war anfangs nicht sicher, ob der Stempel nach dem Herstellungsprozess auf den schwarzen Schoten noch zu sehen wäre. Alles verlief jedoch positiv und schon bald wurden die Bestäuberinnen von sogenannten Stemplern begleitet. Anfänglich waren Eric und Kanto zugegen, um den Arbeitsaufwand einschätzen zu können. Er erwies sich als deutlich zu groß. Eric empfahl deshalb, nur noch zwei bis drei Schoten eines Schotenbündels zu kennzeichnen. Schließlich wären bestimmt mehrere gestempelte Schoten in jedem Gebinde vorhanden, was er als ausreichend erachtete. Alle waren damit einverstanden. Einmal mehr hatten sie ernsthafte Probleme gemeinsam lösen können. Große Zufriedenheit machte sich breit und Eric freute sich immer mehr, denn die Rückkehr von Sophie stand kurz bevor. Die Aussicht darauf, sie endlich wiederzusehen, erfüllte ihn mit Vorfreude und Sehnsucht. Es war, als hielte die ganze Welt in Erwartung ihres Wiedersehens den Atem an. Sophie war nicht nur eine Freundin, sondern ein Lichtpunkt in Erics Leben, der ihm Hoffnung und Zuversicht schenkte, selbst in den dunkelsten Zeiten.

Kapitel 17

„Endlich haben wir sichere Informationen über den Verbleib des Rebellenführers Fanilo“, begann Petit mit einem begeisterten Unterton.

Grosjean und Petit saßen den Eltern Gabriel gegenüber. Die beiden Conseillers hatten den Besuch kurzfristig angesetzt und für dringlich erklärt, weshalb sie unmittelbar nach dem Mittagessen empfangen wurden. Sie befanden sich auf der großen Veranda mit Blick auf den Garten und Mavo servierte gerade den Kaffee.

Vater Gabriel brach das Schweigen: „Nun, da bin ich aber gespannt, wo sich dieser Kerl diesmal verkrochen hat.“

Petit setzte an, um die Nachricht zu verkünden: „Wir sind uns sicher, Monsieur, es wird Ihnen ganz und gar nicht gefallen. Fanilo und seine Bande, zumindest diejenigen, die unter seinem Kommando stehen, haben sich auf der ehemaligen Pirateninsel Sainte Marie verschanzt.“

„Mon Dieu!“, entfuhr es Mutter Gabriel und sie bedeckte das Gesicht mit beiden Händen.

Vater Gabriel rang nach Luft und keuchte: „Merde, merde, merde!“

Grosjean führte das Gespräch weiter: „Das ist auch der Grund dafür, dass wir Sie sofort treffen wollten. Es gilt, sofort Maßnahmen zu ergreifen. Darf ich fragen, wo sich die Marie gerade befindet?“

Wie im Chor riefen Vater und Mutter fast schon hysterisch: „Eric!“

Die Conseillers sahen sich überrascht und irritiert an.

Vater Gabriel sprang sofort auf, eilte in sein Büro, nahm den Telefonhörer und wählte die Nummer des Hotels George V. Nach mehrmaligem Läuten, Vater Gabriel trommelte nervös mit seiner freien Hand auf die Bürotischplatte, wurde der Anruf endlich beantwortet.

„Bonjour, Sophie. Hier ist Rémy Gabriel. Bitte, es ist äußerst dringend. Kannst du mir sagen, wo ich Eric erreichen kann?"

Die Antwort ließ sämtliche Farbe aus seinem Gesicht weichen.

„Merci", war das einzige geflüsterte Wort, bevor er auflegte.

Langsam kehrte er schließlich zur Veranda zurück. Mit Entsetzen in den Augen schaute er zu Mutter Gabriel und sagte deprimiert: „Sophie meinte, dass sie nach dem Mittagessen in See stechen wollten."

Petit fragte unsicher nach: „Also, das heißt, sie haben bereits abgelegt?"

Vater Gabriel nickte stumm.

Grosjean erhob sich abrupt und wandte sich an ihn: „Monsieur, mit Ihrer Erlaubnis telefoniere ich umgehend mit dem Hafenmeister und kläre die Situation. Vielleicht ist etwas dazwischengekommen und das Ablegen verzögert sich."

Mit etwas Hoffnung in der Stimme antwortete Vater Gabriel: „Bitte, machen Sie das, gute Idee. Sie wissen, wo sich der Apparat befindet?"

Grosjean nickte. Er verschwand sofort und sie hörten, wie er telefonierte.

Nach kurzer Zeit kehrte er zurück und schüttelte den Kopf: „Sie sind definitiv schon weg. Der Hafenmeister hatte eine dringliche Depesche, die er höchstpersönlich Capitaine Leclerc mitgab, und er war beim Ablegen anscheinend dabei."

Stille senkte sich über die vier Personen, der Kaffee war mittlerweile kalt, keiner mochte mehr reden. Jetzt konnten sie nur noch hoffen, dass die Marie unbemerkt am Piratennest vorbeisegeln würde.

Eric stand vorne im Bug. Der stetig blasende Wind zerzauste seine Haare, das Meer war aufgewühlt und die Marie rollte ordentlich in den heranbrandenden Wellen. Seine Gedanken weilten immer noch beim Wiedersehen mit Sophie. Er glitt mit der Zunge zaghaft über seine Lippen, als könnte er die zahlreichen Küsse nachspüren. Und doch musste er sich eingestehen, dass ihr Verhalten zögerlich und auf eine seltsame Art und

Weise zurückhaltend ausgefallen war. Verständlich, schließlich hatten sie sich fast fünf Jahre nicht gesehen. Er fand, dass sie leicht an Gewicht zugelegt hatte, oder war es vielleicht das Älterwerden, das ihre Figur etwas verändert hatte? Er konnte es nicht mit Bestimmtheit sagen, was auch nicht so wichtig war. Er fand sie immer noch sehr hübsch und sie gefiel ihm besser denn je. Dennoch spürte er eine seltsame Distanz, obwohl sie die letzten zwei Tage miteinander verbracht hatten. Er war mit der Marie und einer Exportlieferung einen Tag vor Sophie im Hafen angekommen, hatte im Hafenhotel übernachtet und war dann rechtzeitig zur Stelle gewesen, als der Ozeandampfer mit ihr an Bord in Tamatave anlegte. Gemeinsam mit Sophies Eltern waren sie zurück ins Hotel gefahren. Zum ersten Mal seit Mai, seit der Kapitulation der Deutschen und dem Kriegsende, hatten sie sich überglücklich über diese Wendung ausgetauscht. Anschließend war es an Sophie gewesen, von ihrer Schiffsreise zu erzählen. Beim Abendessen hatten ihre Eltern Neuigkeiten aus der Hauptstadt preisgegeben. Danach waren alle müde ins Bett gegangen. Eric hatte gehofft, dass Sophie die beiden Nächte wie beim letzten Mal mit ihm verbringen würde, doch er wartete vergebens. In den folgenden zwei Tagen hatten sie ausführlich über die Schweiz, die Schule und die Geschehnisse auf Gabriel-Land gesprochen. Schließlich war es Eric ein Anliegen gewesen, mehr über ihre gemeinsame Zukunft zu reden. Er hatte in dem Moment gespürt, wie sich dieses merkwürdige Gefühl zwischen sie schob. Sophie hatte gemeint, dass sie etwas Zeit bräuchte, um wieder anzukommen und sich einzuleben, bevor sie über eine gemeinsame Zukunft nachdenken könnten. Eric müsse etwas Geduld haben.

Die hatte er die letzten fünf Jahre gehabt. Er konnte ihren Wunsch gut nachvollziehen. Trotzdem war dieses Gefühl präsent und verfolgte ihn seitdem. Eric war so in Gedanken versunken, dass er nicht bemerkte, wie Capitaine Leclerc sich neben ihn stellte.

„Im Morgengrauen werden wir auf Höhe der Insel Sainte Marie sein. Wir kommen trotz der Wellen gut voran. Sorgen, Eric?“, fragte Leclerc.

Eric drehte sich um, lächelte und antwortete: „Mmh, Sorgen nicht, aber herausgefordert."

Hätten die beiden gewusst, was im Morgengrauen auf sie wartete, hätten sie sich nicht nur herausgefordert, sondern alarmiert gefühlt.

Am östlichen Horizont zeigten sich die ersten hellen Streifen, klare Zeichen der aufgehenden Sonne. Der Himmel war wolkenverhangen, der Wind blies stetig und die Wellen rollten unablässig heran. Eric streckte sich auf seinem Nachtlager, stand auf, machte Dehnungsübungen und gähnte. Backbordseitig konnte er die feine Küstenlinie von Sainte Marie ausmachen, während Leclerc achterlich stand, sich an der Reling abstützte, um beide Hände frei zu haben, und durchs Fernglas zur Küste schaute.

Eric fragte sich, was er wohl durch das Fernrohr erspähte. „Bonjour. Was gibt es Interessantes zu sehen?"

„Bonjour, Eric. Ein Schiff, dampfbetrieben. Es sieht aus wie eines dieser Schnellboote, die die deutsche Wehrmacht zur Sicherung der Küste im Norden eingesetzt hatte. Ich dachte, die hätten keines vergessen und alle verschifft. Offensichtlich fährt da soeben jemand von der Küste los. Es ist neu, dass die Insel wieder bewohnt wird. Das dürfte unsere Conseillers bestimmt interessieren. Ich werde es umgehend melden."

Eric fragte: „Darf ich auch mal?"

Leclerc überließ Eric das Fernrohr und machte sich daran, die Matratzen der Nachtlager wegzuräumen. Eric musste sich breitbeinig gegen die Reling stemmen, um das Fernrohr ruhig halten zu können. Endlich hatte er das besagte Boot im Visier. Ihm schien, es hatte den Kurs geändert und hielt jetzt direkt auf sie zu.

„Es hält auf uns zu, Charles."

Leclerc verlangte das Fernrohr.

„Du hast Recht. Das gefällt mir ganz und gar nicht, denn auf dem schmalen Vorderdeck steht ein Mann am Maschinengewehr. Verdammt, was bedeutet das?"

Besorgt nahm er das Fernrohr vom Auge.

„Maschinengewehr? Das klingt nicht gut", gab Eric zögerlich von sich.

Leclerc sagte: „Und wir haben keine Waffen, nur meine Pistole. Lass uns sehen, wer das ist und was sie wollen. Steuermann, Maschine stopp, Ruder quer."

Die Marie drehte in die Wellen und verlor gänzlich Fahrt.

Das Schnellboot kam rasant näher und legte sich schließlich neben die Marie. Was Eric erblickte, verschlug ihm den Atem. Ein Mann stand tatsächlich auf dem Vorderdeck am Maschinengewehr und zielte auf sie. Am Steuerstand und achterlich standen fünf Mann. Zwei waren mit MP40 bewaffnet, die anderen trugen eine Pistole im Gürtel.

Leclerc zischte leise: „Verdammt, Rebellen! Das haben wir gerade noch gebraucht!"

„Lass deine Pistole stecken oder wir legen euch gleich alle um. Ihr habt keine Chance!", bellte ein grobschlächtiger Kerl, der einen Nacken wie ein Stier hatte und sprang an Bord der Marie, gefolgt von drei seiner Leute.

Die Rebellen gingen brutal und zügig vor. Die fünfköpfige Crew der Marie wurde zusammengeschlagen, auf die Knie gezwungen und nacheinander gefesselt. Anschließend mussten sie sich achtern hinkauern.

Der stiernackige Kerl, offensichtlich der Anführer, kam grinsend auf Leclerc und Eric zu: „Du mit der Uniform musst Leclerc sein und du", er zeigte auf Eric, „bist das verdammte Gabriel-Schwein." Dann machte er einen Schritt auf Eric zu und schleuderte ihm mit voller Wucht die rechte Hand ins Gesicht.

Erics Lippen sprangen auf, Blut spritzte und er schrie vor Schmerz auf, während er mehrere Schritte rückwärts taumelte, doch er hielt sich auf den Beinen. Kaum hatte er sich gefangen, brüllte er auf und stürzte sich auf den verdutzten Kerl und rammte ihm hart in die Bauchgegend. Dieser fiel mit einem lauten Stöhnen rückwärts auf das Deck. Eric konnte sich knapp aufrecht halten und war im Begriff, sich auf den Nächsten zu stürzen, als eine knatternde Salve aus dem Maschinengewehr nah an ihm vorbeizischte. Wie erstarrt blieb er stehen.

„Keine weiteren Eskapaden oder du bist tot, Arschloch!", brüllte der Mann am Maschinengewehr.

Der Stiernackenkerl erhob sich und machte Anstalten, auf Eric loszugehen.

Abermals meldete sich der Mann am Maschinengewehr zu Wort: „Verdammt nochmal, lass ihn in Ruhe, sonst bekommst du Ärger mit Fanilo und das willst du nicht, verstanden?“

„Verstanden“, murmelte der Kerl und ließ von Eric ab.

Leclerc stand etwas abseits und lockerte langsam seinen Griff um die Pistole.

„Gut gemacht, Capitaine“, kommentierte der Mann am Maschinengewehr. „Wir nehmen euch mit.“

Daraufhin warfen der Steuermann und der Mann achtern jeweils eine Leine herüber. Eric und Leclerc wurden ebenfalls gefesselt und zu den anderen Crewmitgliedern gebracht. Inzwischen war die Sonne aufgegangen und tauchte das Deck in gleißendes Licht. Weiterhin tropfte Blut von Erics Lippen und vor ihm bildete sich eine kleine rote Lache. Der Schmerz war unerträglich. Langsam, aber sicher näherten sie sich dem Steg, an dem bereits eine ansehnliche Gruppe bewaffneter Rebellen versammelt war. Unter lautem Gejohle und Gegröle wurden die Gefangenen von der Marie gestoßen und über den Steg durch die Meute hindurch zu den Häusern auf den Platz geführt. Die Rebellen bildeten einen großen Kreis um sie und starrten sie an, als wären sie Vieh. Die Besatzung des Schnellboots stand neben ihnen und wartete. Eric und Leclerc warfen sich immer wieder Blicke zu und sorgten dafür, dass sie nahe beieinanderstanden, um sich leise absprechen zu können. Plötzlich öffneten sich die Doppelflügeltüren des Hauses, vor dem sie alle standen, mit einem lauten Knall und drei Rebellen traten auf den Platz hinaus. Das Gejohle schwoll an, und die Meute begann „Fanilo!“ zu skandieren.

Eric erkannte den Mann in der Mitte als den Fahrer des Kleinlasters beim Anschlag in Vinanivao. Das musste also Fanilo sein. Dieser machte einige Schritte auf die Rebellen zu, hob beide Arme und bedeutete ihnen, zu schweigen. Als die Meute verstummte, begann er zu sprechen, dabei ging er umher: „Was für ein großer Tag, Leute. Ich kann euch gar nicht sagen, wie glücklich ich bin. Endlich beginnt die endgültige Befreiung von

Madagaskar. Die Befreiung von der Knechtschaft. Es lebe unsere Freiheit, die Freiheit aller Madagassen!"

Erneutes Jubelgeschrei brach aus.

Fanilo gab ein Zeichen und sofort wurden die fünf Crewmitglieder der Marie, allesamt Einheimische, in einer Reihe aufgestellt und gezwungen, auf die Knie zu gehen. Eric und Leclerc standen daneben und schauten entsetzt zu.

Theatralisch fuhr er fort: „Unsere Freiheit beginnt erst, wenn wir alle Madagassen in Freiheit wissen. Seht euch diese fünf hier an", dabei wies er mit der linken Hand auf die knienden Männer, „sie sind erst frei, wenn wir ihnen die Freiheit schenken. Wollen wir das?"

Ein lautes, einstimmiges „Ja!" hallte durch die Luft und Fanilo trat vor die fünf Männer.

Er beugte sich leicht zum ersten und sagte: „Wir schenken dir die Freiheit und erlösen dich von der Knechtschaft der dreckigen Franzosen. Dafür musst du dich uns anschließen, ein Mitglied des Widerstands werden und mit uns kämpfen. Willst du das?"

Der kniende Mann hob leicht den Kopf, sah Fanilo an und schüttelte verneinend den Kopf. Ein Raunen ging durch die Rebellenmeute.

„Bist du dir sicher? Ich frage kein weiteres Mal", sagte Fanilo, seinen Blick auf den Mann gerichtet.

Eric beobachtete fasziniert das grauenhafte Schauspiel und fragte sich, wohin das alles führen würde. Bald sollte er die Antwort erhalten. Der Mann schüttelte erneut den Kopf, diesmal entschiedener.

„Nun gut, dann schenke ich dir sofortige Freiheit, ohne Kampf!"

Fanilo zog seine Pistole aus dem Gürtel, lud sie durch und feuerte, ohne zu zögern. Der Mann wurde durch die Wucht des Schusses nach hinten geworfen und blieb zusammengekrümmt liegen. Wieder ertönte lautes Gejohle und die Rebellen schwangen begeistert ihre Waffen. Eric und Leclerc schauten sich angewidert um. Das konnte doch nicht wahr sein. Fanilo war mittlerweile beim Nächsten angekommen. Es war der Steuermann namens Bako.

„Und du? Wie entscheidest du dich?“, fragte Fanilo ihn.

Bako drehte seinen Kopf und schaute ängstlich zu Eric und Leclerc. Fanilo schlug ihm sofort ins Gesicht, woraufhin Bako vor Schmerz laut aufschrie. Erneut beugte er sich zu dem nun blutenden Mann und sagte: „Im Gegensatz zu den beiden dreckigen Franzosen“, er deutete mit der Pistole auf Eric und Leclerc, „hast du eine Wahl.“ Ein grimmiges Grinsen huschte über sein Gesicht, als er in Erics Richtung blickte und sein braunes Gebiss entblößte.

„Also, wie entscheidest du dich: kämpfen für deine Freiheit oder sie sofort erlangen?“ Bako murmelte etwas Unverständliches, bevor Fanilo sich erhob. „Löst seine Fesseln, er hat die Freiheit gewählt. Kümmert euch um seine Wunden und gebt ihm etwas zu essen!“ Zwei Rebellen stürmten sofort vor, befreiten Bako und brachten ihn in ein nahegelegenes, bescheidenes Haus rechts vom Platz. Diesmal hallten die Rufe der Rebellen ohrenbetäubend wider: „Liberté, Liberté, Liberté!“

Fanilo ging zum nächsten Gefangenen und das grausame Schauspiel wiederholte sich. Als der Mann am Boden den Kopf schüttelte, fiel der Schuss sofort. Eric konnte das zynische Ritual kaum ertragen, aber sein Blick wurde wie magisch angezogen. Fanilo trat zu dem nächsten Mann der Marie und das Schicksal wiederholte sich erneut. Selbst der letzte Mann ihrer Crew versuchte, dem Tod zu entkommen, und schloss sich den Rebellen an. Alle, die sich so entschieden, wurden umgehend befreit und wie Bako fortgebracht. Fanilo steckte seine Pistole zurück in den Gürtel, gab ein weiteres Zeichen und die beiden Toten wurden auf einen kleinen Karren geladen. Die Sonne stand mittlerweile hoch am Himmel und die Hitze auf dem Platz wurde unerträglich. Leclerc schwitzte in seiner steifen Uniform und Erics Hemd klebte an seinem Körper. Er blinzelte in die Sonne und fragte sich zum wiederholten Male, ob das sein Ende war. Dabei tauchten Sophie und dann Kanto in seinen Gedanken auf. Gab es wirklich keinen Ausweg?

Die Spannung in der Luft war greifbar, als Fanilo langsam auf Eric und Leclerc zukam und mit entschlossener Stimme sprach:

„Männer, es ist an der Zeit, euch die entscheidenden Fakten unserer Geschichte als Nation zu offenbaren. Nur so werdet ihr verstehen, wie bedeutsam und glorreich es ist, einen reinrassigen Gabriel als Verräter zu opfern. Sein Opfer schließt den Kreis seines Erbes und markiert gleichzeitig den Beginn unseres unaufhaltsamen Siegs, der uns von der Besatzungsmacht befreien wird!"

Ein erneuter Aufschrei der Begeisterung brandete auf. Eric verstand nicht im Geringsten, worum es Fanilo ging. Der Unsinn, den er da von sich gab, war jenseits von allem, was Eric je gehört hatte.

Fanilo stimmte in das Jubelgeschrei ein und steigerte die aufgepeitschte Menge weiter an: „Lasst uns zur Kultstätte ziehen!"

Die Rebellen tobten vor Aufregung und zogen johlend weiter. Eric und Leclerc wurden mitgerissen, während Fanilo energisch voranschritt. Sie bahnten sich einen Weg zwischen den Häusern hindurch, über eine kleine Anhöhe, durchquerten ein Dickicht aus Gestrüpp und erreichten schließlich einen großen runden Platz. In der Mitte ragte ein verwitterter Quaderstein etwa einen Meter hoch aus dem Boden. Ringsherum waren flache Steine unterschiedlicher Größe in einem Kreis angeordnet. Eric fühlte sich wie in einem primitiven römischen Kolosseum im Miniaturformat. Sie wurden zum mittleren Quaderstein geführt, wo Fanilo bereits wartete. Die Rebellen versammelten sich auf den umliegenden Steinen und plötzlich durchfuhr Eric ein Gedanke: Hatte Fanilo von einer Kultstätte gesprochen? Er flüsterte Leclerc zu: „Verdammt, wo sind wir hier gelandet? Und was geschieht hier überhaupt?" Dieser, offensichtlich genauso überfordert, zuckte hilflos mit den Schultern.

Eric beschloss für sich, dass Fanilo wohl völlig den Verstand verloren hatte. Sein Gehabe schien dennoch auf die Rebellen überzuspringen. Trotz der nahenden Gefahr bewunderte er sich dafür, dass er noch so klar denken konnte. Fanilo erhob theatralisch erneut seine Arme und Stille breitete sich aus. Eric konnte kaum glauben, was er hier erlebte: Die Rebellen verehrten ihren Anführer wie einen Gott und er und Leclerc sollten Ritualopfer sein.

„Abscheulich makaber“, dachte Eric und wartete gespannt auf Fanilos nächste Worte. Verdammt, er wurde offenbar auch schon eingelullt.

„Männer, es ist an der Zeit, dass ich euch von einem vergessenen Kapitel unserer Geschichte erzähle – einer Zeit, in der wir noch frei waren, bevor die Besatzer kamen und uns in Ketten legten. In jenen Tagen hatten wir einen legendären Anführer. Er war ein Mann von unvergleichlicher Stärke und liebte die Freiheit über alles. Seine Anhänger, und ich gestehe, dass ich selbst, hätte ich damals gelebt, einer von ihnen gewesen wäre, folgten ihm aus freiem Willen, in völliger Hingabe und ohne Zwang. Ihm zu Ehren errichteten sie diesen Quaderstein“, er deutete auf den Stein in der Mitte. Fanilo hielt einen Moment inne und die Spannung in der Luft erreichte ihren Höhepunkt.

„Dieser geniale Anführer hieß Louis Gabriel. Ja, ihr habt richtig gehört: Louis Gabriel.“

Die Verblüffung war allgegenwärtig. Keiner wagte, ein Wort zu sagen, die Stille war erdrückend.

Eric war wie vom Donner gerührt. Louis Gabriel? Die Gedanken wirbelten in seinem Kopf, aber er konnte keinen klaren Gedanken fassen. Er war überwältigt.

„Kommt her und seht selbst“, rief Fanilo fast ekstatisch. „Hier auf dem Stein steht es geschrieben: Gabriel!“

Er zerrte Eric und Leclerc zur Seite, damit die Rebellen die Inschrift betrachten konnten. Einer nach dem anderen begutachtete den Stein und kehrte schließlich beeindruckt an seinen Platz zurück. Eric wagte sich vor, beugte sich hinunter und las die stark verwitterte Inschrift. Er sank auf die Knie, unfähig, zu begreifen. Da stand tatsächlich Gabriel.

Plötzlich wurde er grob auf die Beine gezerrt. Fanilo spie Gift und Galle: „Er ist nicht würdig! Er hat das Erbe seines berühmten Vorfahren verraten. Und er ist nicht der Erste. Sein Vater und sein Großvater haben dasselbe getan. Und was tun wir mit einem Verräter wie ihm?“

Die Rebellen tobten: „Töten, töten, töten!“

Fanilo, wie in Trance, hob seine Arme und wartete, bis Stille einkehrte. „Morgen werden wir ihn hier auf dem Gedenkstein als Ersten der beiden opfern. Dann werden wir seinen Vater holen und auch ihn opfern. Damit wird der Fluch des Verrats gesühnt und der Weg zur Befreiung Madagaskars geebnet, so wie sein Vorfahre es vorgemacht hat!"

Es war unerträglich. Die Rebellen hatten einen Vorgeschmack auf Blut bekommen und waren nun kaum noch zu zügeln. Sie erhoben sich, drängten sich in die Mitte und streckten ihre Hände nach Eric aus. Nur das durchdringende Knattern einer Maschinenpistole, abgefeuert von einem Gefolgsmann in Fanilos Nähe, zwang sie, von ihrem Lynchmob abzulassen. Langsam beruhigten sie sich und folgten Fanilos Aufforderung zur Umkehr.

Eric und Leclerc wurden weggeführt und in einen Kerker hinter Fanilos Haus gestoßen. Für den Rest des Tages bekamen sie kaum noch Rebellen zu Gesicht. Einmal erschien ein Trio, reichte ihnen eine Flasche Wasser und löste schließlich ihre Fesseln. Sie tranken gierig. Zum Glück lag der Kerker im Schatten des Hauses und die Temperatur war erträglich. Es gab etwas Stroh auf dem Boden, auf dem sie sich niederlegen konnten, so gut es ging. Die Aussicht auf ihre Opferung und die traumatischen Ereignisse ließen keine Euphorie aufkommen. Die beiden Gefangenen tauschten Fluchtpläne aus, während sie das Schloss gründlich inspizierten, doch nach kurzer Zeit gaben sie resigniert auf. Es war aussichtslos. Das Schloss war von außen kaum zu knacken. Sie hielten sich an der Hoffnung fest, dass die Gabriels und die Armee bereits Rettungsmaßnahmen eingeleitet hatten. Die Stunden vergingen quälend langsam und ihre Stimmung verschlechterte sich zusehends. Auf dem Hauptplatz schien ein großes Jubelfest im Gange zu sein. Die Geräusche wurden immer lauter, intensiver und hitziger. Schüsse hallten durch die Luft, gefolgt von Gewehrsalven und knallenden Petarden. Als die Nacht hereinbrach, wurde die Stimmung noch ausgelassener. Es schien, als hätten die Rebellen ein Feuer entfacht, denn der dunkle Himmel spiegelte einen orangeroten Schimmer wider. Eric versank in düsteren Gedanken, seine Hoffnung war erloschen. Offenbar war er eingenickt, denn plötzlich schreckte er hoch, seine Sinne geschärft, während er in die Dunkelheit lauschte. Ein Geräusch, kaum wahrnehmbar über das leichte Brausen des Windes hinweg, verriet, dass jemand um den Kerker herumschlich. Wer oder was war das? Eric konnte deutliche Schritte hören, die zaghaft auf die Tür zukamen. Er hielt den Atem an und lauschte gespannt. Die Schritte hielten abrupt vor der Tür inne, als ob jemand dort verharrte. Eine Ewigkeit schien zu vergehen, bevor endlich eine leise Stimme in der Dunkelheit flüsterte: „Eric, Capitaine?"

Eric fragte sich, wer das sein konnte, und antwortete leise: „Oui?"

„Ich bin es, Bako. Ich bringe euch weg, seid leise", flüsterte die Stimme.

Eric schüttelte Charles, der schlaftrunken erwachte. Er legte sofort eine Hand auf seinen Mund und bedeutete ihm, still zu sein. Ein metallisches Klacken ließ Erics Blut gefrieren, als der Schlüssel im Schloss umgedreht und die Tür langsam geöffnet wurde. Im schwachen Mondlicht konnte er Bako im Türrahmen erkennen, gebückt und bereit, sie zu befreien. Eric und Leclerc erhoben sich vom Stroh und eilten zur Tür, doch Bako hielt sie zurück und zischte: „Langsam!"

Endlich ließ er sie aus dem Kerker herauskommen und deutete an, dass sie an der Wand innehalten sollten. Eine kräftige Brise wehte und Eric zitterte. Bako schloss die Tür leise und versteckte den Schlüssel hinter einem Stein in einem Holzkistchen. Eric kämpfte gegen den Instinkt, kopflos davonzulaufen.

„Mir nach", flüsterte Bako und reichte Eric eine Hand, um ihn fortzuziehen. Dieser reichte Leclerc ebenfalls eine Hand und sie bewegten sich in gebeugter Haltung weg von dem Haus, dem Kerker und dem Hauptplatz. Nach kurzer Zeit hatten sie die Orientierung verloren. Es war eine dunkle Nacht, nur gelegentlich durchbrochen vom Mondlicht. Es beleuchtete einen schmalen, sandigen Pfad, dem sie gefolgt waren. Schließlich lösten sie sich voneinander und gingen aufrecht hintereinander weiter, ohne ein Wort zu sprechen. Als sie über eine Böschung kletterten, hielt Eric inne und sah sich um. Sie hatten bereits eine beträchtliche Strecke zurückgelegt; in der Ferne sah er nur noch einen schwachen Feuerschein.

„Lasst nicht nach. Wir sind fast da“, flüsterte Bako leise.

„Wohin bringst du uns?“, fragte Leclerc.

„Zur Bucht der ‚Ile Aux Forbans. Sie liegt westlich vom Rebellenstandort. Dort gibt es eine Fischersiedlung und bestimmt auch Boote, mit denen wir zum Festland übersetzen können, aber wir müssen uns beeilen. Es wird bald Tag“, erklärte Bako knapp.

Ohne zusätzliche Worte gingen sie weiter. Bald erreichten sie eine primitive Siedlung aus Palmhütten. Bako blieb abrupt stehen und zischte, dass sie leise sein sollten, um niemanden zu wecken. Sie umgingen die Siedlung in angemessenem Abstand und erreichten einen kleinen Steg außerhalb des Dorfs, an dem vier kleine Dauboote angebunden waren. Eric übernahm die Wache, während Leclerc und Bako die Boote überprüften. Nach wenigen Minuten hatten sie ihre Auswahl getroffen und wisperten Eric herbei. Schnell setzten sie sich ins Boot. Bako ergriff das Ruder, wohingegen Eric und Leclerc die Riemen ergriffen und so leise wie möglich vom Steg auf die Bucht hinaus ruderten. Das Ablegen verlief nicht so geräuschlos, wie sie gehofft hatten. Plötzlich begann ein Hund zu bellen, gefolgt von einem zweiten. Genauso schnell verstummten sie jedoch wieder. Es schien, als hätte jemand sie beruhigt. Dank des stetigen Windes entschied sich Leclerc dafür, die Segel zu setzen. Trotz anfänglicher Schwierigkeiten und unter Bakos hilfreichen Anweisungen gelang es ihnen schließlich, das Segel zu hissen, und die mühsame Ruderarbeit konnte endlich ein Ende finden. Eric war erleichtert, denn der Schweiß lief ihm bereits in Strömen herunter. Das Segel füllte sich und trieb sie rasch voran. Bako stand nervös an der Pinne und hielt wachsam Ausschau. Er sprach von einer Insel und den Gefahren in der Bucht. Die Hauptinsel, von der die Bucht ihren Namen hatte, oder war es umgekehrt –hatten sie gerade passiert, als Bako endlich Ruhe fand und auf eine schemenhafte Erhebung im Meer deutete. Das musste die gefürchtete Insel sein, dachte Eric. Bako entschied sich für die nördliche Passage, da der Wind dort günstiger erschien. Sie machten gute Fortschritte und bald lag die Insel hinter ihnen, während Bako den Kurs nach Westen korrigierte, soweit es der Wind aus Süden zuließ. Nun befanden sie sich zwischen dem Festland und der Insel Sainte Marie, auf Kurs gen Westen. Im Osten erschienen bereits die ersten Anzeichen des neuen Tages am Horizont. Es war offensichtlich kein Tag für rituelle Opferungen auf dem Gedenkplatz. Langsam wurde Eric und Leclerc bewusst, dass sie dem Tod knapp entkommen waren. Einmal mehr. Eric konnte sich ein leises Lächeln nicht verkneifen. Überglücklich drängten sie Bako, seine Geschichte zu erzählen und ihnen zu berichten, wie er auf die Idee ihrer Befreiung gekommen war.

Mutter Gabriel hatte die geniale Idee, die Rettung von Eric, Capitaine Leclerc und Bako gemeinsam mit allen in der Kansa zu feiern. Die Halle bot ausreichend Platz für das gesamte Dorf, alle Arbeiter und Arbeiterinnen. Konsul Favre, die beiden Conseiller Petit und Grosjean, Lieutenant Vermier, Korporal Leblanc, Bahito, Sako und die überglückliche Sophie gesellten sich dazu. Bako wurde als großer Held und Befreier gefeiert. Die Anteilnahme und die Dankbarkeit waren ihm zwar etwas unangenehm, aber dennoch freuten sie ihn sichtlich. Eric und Leclerc wurden gebeten, ihre Version der Ereignisse zu schildern. Eric verzichtete darauf, die Geschichte von Louis Gabriels Vergangenheit ausführlich zu erzählen, da er dies noch mit seinem Vater besprechen wollte. Stattdessen konzentrierten sie sich auf ihre Angst, ihre Verzweiflung und ihre Hoffnung auf Rettung. Anschließend berichteten die Offiziellen von ihren Maßnahmen. Die Conseillers erzählten stolz von der schnellen Reaktion der französischen Marineeinheit, die einen Tag nach der Flucht die Rebellenhochburg zerstört und die Rebellen vertrieben hatte. Die Marie wurde gerettet und sollte weiterhin im Dienst bleiben. Lieutenant Vermier legte nach einer frustrierenden Jagd auf Fanilo erschöpft Zeugnis ab und musste widerwillig eingestehen, dass der gerissene Schurke ihnen erneut durch die Finger geglitten war. Schließlich beschwor der Konsul noch einmal die Einigkeit und den festen Zusammenhalt der Kolonialisten und der Armee. Diese seien von entscheidender Bedeutung, denn die Rebellen ließen in ihrem Streben nach Unabhängigkeit nicht nach. Angesichts der schwindenden Unterstützung aus Paris nach dem Krieg und der Überlassung von Waffen, Munition und Material durch den überstürzten Rückzug der deutschen Wehrmacht seien sie zudem stärker und gefährlicher als je zuvor. Diese Realität müsse fortan stets im Blick behalten werden. Die Ereignisse rund um die Besetzung von Sainte Marie und den brutalen Angriff auf die Marie und ihre Besatzung sollten allen eine ernste Warnung sein – beim nächsten Mal könnten die Folgen verheerend sein.

Noch ahnte niemand, der an diesem Fest teilnahm, dass die eindringlichen Worte des Konsuls Monate später traurige Gewissheit werden sollten. Wochen nach dem prächtigen Fest fand sich Eric in einer Familienaussprache wieder, die dazu diente, die Geheimnisse der Vergangenheit zu ergründen. Er behauptete, nicht nur er, sondern alle Familienmitglieder hätten Anspruch auf die Wahrheit. Vater Gabriel widersprach vehement, was Sabine und Cécile auf den Plan rief. Sie verlangten Einzelheiten zu der Auseinandersetzung zwischen Vater und Sohn. Schließlich enthüllte Vater Gabriel die lange verschwiegene Vergangenheit seines Vaters, soweit er darüber Bescheid wusste. Für Eric ergab plötzlich alles Sinn: die Verbindung zum Gedenkstein auf Sainte Marie, der Reichtum der Familie, basierend auf Großvaters blutiger Vergangenheit und Fanilos unerbittlicher Hass auf sie. Allen Familienmitgliedern wurde klar, auf welchen Fundamenten die Plantage erbaut worden war und welches Erbe sie trugen. Mutter Gabriel fasste es am Ende des Abends treffend zusammen: „Möge Gott uns für die Zukunft gnädig sein."

Ein Geheimnis blieb an diesem Abend jedoch ungelüftet, bekannt nur einer Person am Tisch. Was diese Person nicht wusste, war, dass auch dieses Geheimnis bald ans Licht kommen sollte. Und es würde nicht mehr lange dauern.

Kapitel 18

Erschöpft lag Eric im kniehohen Schilfgras, nahe dem Haus und dem Pfad zum Meer. Er hielt sich vollkommen lautlos, um nicht entdeckt zu werden, während die Schreie der Plantagenarbeiterinnen und -arbeiter von Gewehrsalven durchzogen wurden. Schrille Befehle auf Malagasy drangen vom Arbeiterdorf herüber, begleitet von Schüssen und einem Anstieg des Geschreis. Es herrschte ein absolutes, entfesseltes Chaos. In seinem Kopf hallten noch immer die Schüsse und Explosionen wider. Sein zerrissenes Hemd hing am Oberkörper, die halblangen Hosen waren dreckig und von Urin durchtränkt. Das Blut pulsierte aus der Durchschlagswunde an seinem Oberschenkel. Er fröstelte, obwohl die Luft angenehm warm war. Die Wunde musste dringend verbunden werden, das war sein erster Gedanke. Die Sonne strahlte von einem nahezu wolkenlosen Himmel, während schwarze Rauchschwaden ihres in Vollbrand stehenden Hauses über ihn hinwegzogen, vom leichten Wind getrieben. Warum hatten die französischen Truppen sie nicht geschützt? Erics rechte Körperseite schmerzte, die Haut an zahlreichen Stellen war versengt und der Geruch von verbranntem Fleisch hing in der Luft. Sollte er zum Wasser schleichen oder warten? Er wusste es nicht. Noch vor einer Stunde hatte er die Arbeiten in den neu angelegten Plantagen kontrollieren wollen, doch nun erschien alles aussichtslos und für immer verloren.

Plötzlich hörte er ein Rascheln hinter sich. Gespannt hob er den Kopf, um über das Gras zu spähen. Hinter den Oleanderbüschen zu seiner Linken bemerkte er eine Gestalt, die sich langsam und gebückt vorwärtsbewegte. Wer konnte das sein? Ein entkommener Plantagenarbeiter? Aus dem Haus konnte es niemand sein. Er war der einzige Überlebende – außer Kanto, der zu dieser Zeit nicht anwesend war. Er fröstelte erneut. Die Gestalt schlich bedächtig auf Erics Versteck zu und plötzlich erkannte er sie: Es war Kanto!

„Kanto! Hier bin ich!“, krächzte Eric leise, seine Stimme von Schmerz gezeichnet, als er seine rechte Hand hob, um sie sofort zurückzuziehen.

„Eric, wo bist du?“, rief Kanto überrascht aus, während er seinen Blick suchend umherschweifen ließ, bis er schließlich einen Kopf im Schilfgras entdeckte. Rasch robbte Kanto heran und ließ sich keuchend neben Eric ins Gras fallen.

„Was zum Teufel ist passiert?“, keuchte er, seine Augen weit aufgerissen vor Schock und Besorgnis, als er Erics Wunden erblickte.

„Fanilo wollte mich umbringen, aber sie haben mich nicht erwischt, diese verdammten Hunde aus Madagaskar“, begann Eric mit angestrengter Stimme. Er hielt sich die linke Seite. Seine Gedanken wirbelten wild.

Die Offenbarung über die Vergangenheit der Familie Gabriel hatte jedes Familienmitglied vor eine Herausforderung gestellt – Wochen und Monate voller Pein und Schwierigkeiten. Kanto begriff sofort, dass etwas Ernsthaftes und Familieninternes enthüllt worden war. Eric hatte ihm zwar einige Geschichten erzählt, aber nicht alles. Kanto gehörte nicht zur Familie. Dann wurden sie durch eine wichtige Mitteilung der Conseillers abgelenkt – eine Nachricht, die den Fokus wieder auf existenzielle Fakten ihres Lebens lenkte.

Paris hatte umfangreiche Truppenreduktionen beschlossen, obwohl die Lage auf Madagaskar das Gegenteil erforderte. Nach Berichten verschiedener V-Männer mussten die Kolonialisten selbst in der Hauptstadt mit massiven Übergriffen, Anschlägen und Attentaten rechnen – zu jeder Zeit. Es gab sogar Gerüchte, dass die Rebellen sich vereint und einen zentralen Führer gefunden hatten. Der Familie Gabriel war klar, dass dieser Führer nur Fanilo sein konnte. Daher glich ihr Land einer belagerten Festung, doch nach dem Truppenrückzug blieb Vater Gabriel nichts anderes übrig, als alle Männer mit Waffen auszurüsten. Die Situation war unerträglich und zermürbend. Niemand wusste, wann der Angriff kommen würde, aber sie waren sich sicher, dass er unausweichlich war. Die orchestrierte Wucht des Angriffs, der schließlich gleichzeitig an mehreren Orten stattfand, war vernichtend und für alle Beteiligten schockierend.

An diesem Morgen überfielen sie das Land der Gabriels mit einer Vielzahl von Fahrzeugen. Fünf davon, alle aus dem Bestand der deutschen Wehrmacht, stürmten direkt auf den zentralen Platz zu. Die übrigen Fahrzeuge überraschten die Bewohner des Arbeiterdorfs und die Menschen in den Betriebsgebäuden. Das Gemetzel begann schon lange, bevor es sichtbar wurde – unter den Bestäuberinnen, die bereits seit Sonnenaufgang in den Plantagen unterwegs waren. Der Lärm weckte Erics Aufmerksamkeit und gemeinsam mit Vater Gabriel trat er auf die Eingangsveranda. Über das Gelände hinweg hörte Eric die Salven der Gewehre, die scheinbar von den Plantagen kamen. Zuerst vereinzelt, dann in immer größerer Zahl drangen Schreie an seine Ohren. Entschlossen schritt Vater Gabriel auf die Rebellen zu, um sie mit energischen Gesten zurückzuweisen. Eric stand oben auf der Veranda, seine Hand fest um den Griff seiner Pistole, die am Gürtel steckte, und beobachtete, wie diese aus den Fahrzeugen sprangen. Ein Mann stürmte wie besessen auf Vater Gabriel zu und schlug ihm, ohne ein Wort zu sagen, den Gewehrkolben mitten ins Gesicht. Blut spritzte und Eric konnte das Brechen und Splittern seines Kiefers hören, als dieser stöhnend auf den Platz fiel. Eric eilte seinem Vater sofort zu Hilfe und griff nach seiner Pistole, doch die Rebellen hielten ihn mit ihren Gewehren sofort in Schach. Schließlich musste er sich der Übermacht beugen und neben seinem Vater auf den Boden knien. Inzwischen öffnete sich die Tür eines der Fahrzeuge und mit einem grausamen Lächeln stieg Fanilo aus und nahm eine theatralische Position vor ihnen ein. Erics Atem stockte, während er das Schlimmste ahnte. Von dem Lärm angezogen, kamen Tojo und Mavo um die Ecke gerannt, nur um sofort mit Schlägen niedergestreckt und auf den Platz geworfen zu werden. Mit lauter Stimme befahl Fanilo einem Teil der Rebellen, ins Haus zu gehen, um die übrigen Bewohner herauszuholen. Mutter Gabriel kam schreiend auf den Platz, gefolgt von vier

Bediensteten und dem Vorarbeiter Richard. Auch sie wurden sofort auf die Knie gezwungen und in eine Reihe gestellt.

Schließlich fragte Fanilo Mutter Gabriel, ob alle aus dem Haus anwesend seien, was sie nach einem ängstlichen Blick nach rechts und links bestätigte. Eric durchlebte fieberhaft düstere Gedanken zu der Frage, was Fanilo und die Rebellen wohl mit ihnen vorhatten, während er insgeheim darauf hoffte, dass einige Arbeiter aus den Produktionsgebäuden herüberkamen, um zu helfen. Diese Hoffnung schwand schnell, als plötzlich die Erde von einer ersten Explosion erschüttert wurde. Ein Schrecken fuhr Eric und allen anderen bis ins Mark. In diesem unheilvollen Moment spürte er, dass Fanilo es bitterernst meinte – er war zum Äußersten entschlossen. Eric versuchte leise, mit seinem Vater zu sprechen, wurde jedoch sofort von einem brutalen Stoß mit einem Gewehrkolben in den Rücken niedergeschmettert und stürzte vornüber auf sein Gesicht. Weitere Explosionen folgten, begleitet von Gewehrsalven und wahnsinnigen Schreien. Unter Fanilos Befehl zündeten die Rebellen Fackeln an und warfen sie mit lautem Gelächter in die Fenster des Hauses. Soa und Vao begannen zu schluchzen, ihre Körper zitterten vor Angst. Eric konnte hören, wie die gierigen Flammen der Fackeln rasch das Haus ergriffen und das Feuer unaufhaltsam loderte. Der Klang des Feuers wurde von Sekunde zu Sekunde lauter.

Plötzlich trat Fanilo auf Vater Gabriel zu, eine Machete fest in der Hand. „Sieh mich an, du Bastard!“, brüllte er, schwang die Machete und enthauptete ihn mit einem einzigen kräftigen Hieb. Ein entsetzlicher Schrei erfüllte die Luft, während Eric beinahe vor Wut und Verzweiflung explodierte. Fanilo wandte sich nun Mutter Gabriel zu und enthauptete auch sie, ohne mit der Wimper zu zucken. Eric brach unterdrückt brüllend zusammen, Hass und Verzweiflung ergriffen ihn wie nie zuvor.

„Du kommst zuletzt dran. Du wirst zusehen und spüren, wie es sich anfühlt!“, schrie Fanilo von Sinnen und enthauptete einen nach dem anderen. Zuerst Tojo, dann Mavo, Kira, Richard und schließlich Song, den Koch. Blut spritzte über den Vorplatz und färbte den Kies rot.

Eric verlor die Kontrolle, seine Schreie füllten die Luft, während er sich vor Angst einnässte. Soa und Vao, bisher verschont, wurden von hysterischem Schrecken ergriffen und drohten, den Verstand zu verlieren. Auf ein Zeichen von Fanilo wurden die beiden jungen Frauen von einer Gruppe brutaler Männer zu den Palmen am Rand des Platzes geschleppt. Eric konnte kaum hinschauen. Mit entsetzlicher Gewalt rissen sie den Frauen die Kleider vom Leib, bevor die blutrünstigen Rebellen sie unter Gejohle und irrem Gelächter vergewaltigten. In Erics Kopf kreiste nur noch ein Gedanke: Entweder er würde Fanilo mit in den Abgrund reißen oder, falls er nicht bald eine Möglichkeit zur Flucht fand, sein Schicksal war besiegelt. Plötzlich trat Fanilo zu den geschundenen Frauenkörpern, überreichte einem seiner Schergen die blutbefleckte Machete, zog seine Pistole und beendete das Leiden der Frauen mit einem Schuss in ihre Köpfe. Dann wandte er sich zu Eric um, doch ehe er etwas unternehmen konnte, detonierte eine Granate an der Nordseite des Hauses. Die Explosion ließ alle, einschließlich Fanilo, erschrocken zusammenzucken. Einige duckten sich instinktiv und verschränkten die Arme zum Schutz. In ihrer Ablenkung sah Eric seine Chance gekommen.

Mit einem blitzschnellen Sprung stand er auf und rannte wie in Trance die Verandatreppe hinauf, durch die offene Eingangstür und direkt in die züngelnden Flammen. Überall loderten Feuer, während die Kugeln der Rebellen gefährlich nah an ihm vorbeizischten. Eine Kugel durchbohrte seinen rechten Oberschenkel, doch Eric ignorierte den Schmerz und hetzte weiter. Ohne zu zögern, rannte er durch die Salontür und den großen Salon, bis er schließlich mit einem riskanten Sprung durch das bereits zerborstene Panoramafenster im Garten landete. Er rappelte sich schnell auf und hinkte durch die Büsche, über die Zufahrtsstraße zum Arbeiterdorf und schließlich ins hohe Schilfgras, wo er sich schmerzgeplagt versteckte und hoffte, nicht entdeckt zu werden. Eric beobachtete aus seinem Versteck, wie die Rebellen hektisch um das Haus liefen, doch sie entdeckten ihn nicht. Vielleicht dachten sie, er sei den Flammen zum Opfer gefallen. Er schloss die Augen, spürte die aufwallende Wut und den Drang nach Rache, doch er zwang sich zur Ruhe. Sein Gesicht war von Rauch geschwärzt, die Augen tränten.

Kanto hielt sich geschockt die Hand vor den Mund und stammelte: „Wir müssen deine Blutung stoppen."

Mit entschlossener Miene zog er sein Hemd aus und riss zwei Streifen ab. Einen knüllte er zusammen und drückte ihn auf die Wunden, während er den anderen straff um Erics Oberschenkel band. Die verbrannte Haut schmerzte höllisch an seinen Armen.

„Wir müssen in die Hauptstadt. Das ist unsere einzige Chance. Und wer weiß, was mit Sophie ist?", zischte Eric verzweifelt durch zusammengebissene Zähne.

Kanto nickte zögerlich und half ihm an seiner ausgestreckten Hand hoch: „Ich helfe dir. Du kannst auf mich zählen, wie immer!"

Gemeinsam schlichen sie sich, so gut es ging, geduckt durch das Gras und das Schilf in Richtung der Landstraße, die sie zur Hauptstadt führen würde. Sie wussten, dass die Reise beschwerlich und fast endlos war, aber hier lag ihre einzige Chance.

Es verging eine anstrengend lange Zeit, bis endlich ein Einheimischer die Straße entlangfuhr und von Kanto überredet werden konnte, sie mitzunehmen. Eric schaffte es kaum auf die Ladefläche, so schwach fühlte er sich mittlerweile. In Sambava endete die Fahrt, doch glücklicherweise fanden sie einen Kleinlaster, beladen mit Früchten und auf dem Weg nach Ambilobe. Kantos Anwesenheit erwies sich als Segen. Niemand stellte kritische Fragen oder hegte Zweifel an der Mitfahrgelegenheit. Er konnte auftretende Bedenken wegen Erics Zustand zerstreuen und diesen überzeugend begründen. Schließlich erreichten sie spätabends Ambilobe und versuchten ihr Glück am französischen Außenposten, um Informationen zu erhalten. Zu ihrer Enttäuschung war der Posten menschenleer, doch sie fanden eine passable Unterkunft für die Nacht. Kanto machte sich auf den Weg, Verbandsmaterial und Schmerzmittel für Eric zu besorgen. Dieser war am Rand des Bewusstseins, sein Körper durch den Blutverlust geschwächt, jedoch erleichtert, endlich Ruhe zu finden. Als die ersten zarten Lichtstrahlen den Horizont berührten, weckte ihn Kanto. Eine Schale mit aufgeschnittenen Früchten stand bereit, begleitet von der Nachricht, dass eine Fahrmöglichkeit bereitstand. Eric bemerkte, dass sein Verband gewechselt worden war, seine Brandwunden mit einer dickflüssigen Salbe bedeckt waren. Ein Auto hielt vor dem Posten, der Motor lief weiter. Mit Kantos Hilfe stand Eric mühsam auf, humpelte zum Wagen und stieg ein. Ein alter, schwarzer Citroën. Eric nahm Platz auf der Rückbank, sein verletztes Bein vorsichtig ausgestreckt. Bald darauf fiel er in einen traumlosen Schlaf, durchzuckt von Schmerzen, die ihn immer wieder weckten. Kanto reichte ihm Wasser, das Eric gierig trank, bevor er wieder in Schlaf versank. Er spürte, wie er aus dem Auto getragen wurde, aber das Fieberdelirium hatte ihn fest im Griff. Die Zeit verschwamm und Eric verlor das Bewusstsein für Ort und Zeit. Gelegentlich registrierte er Kantos Anwesenheit, andere Gesichter tauchten auf, aber sie verschwammen im Nebel seines Fiebers. Wasser und Essen wurden ihm gereicht, bevor er erneut in das Fahrzeug getragen wurde, das ihn rumpelnd und schmerzhaft über zahlreiche Wege führte, bis er wieder in einem Bett lag. Dieser Zyklus wiederholte sich scheinbar endlos und Eric glaubte, nie mehr daraus zu erwachen, doch schließlich änderten sich die Umstände. Sie kamen an einen Ort, an dem Eric länger verweilen konnte. Kanto und eine Frau, die sich um ihn gekümmert hatte, erschienen regelmäßig, während die Schmerzen nachließen und seine Wachphasen länger wurden.

Eines Tages, als Eric erwachte, hörte er vertraute Stimmen im Nebenzimmer. Kantos und die einer Frau, die ihn gepflegt hatten, und eine dritte Stimme, die er zwar zuvor gehört hatte, aber nicht zuordnen konnte. Als er aufzustehen versuchte, durchzuckte ihn ein Schmerzstakkato, das ihn schreiend zurückwarf. Kanto eilte herbei, legte beruhigend die Hand auf seine Brust und zwang ihn, liegen zu bleiben. So verbrachte Eric noch einige Tage im Bett, während Kanto ihn über ihre dramatische Situation auf dem Laufenden hielt. Nach einer strapaziösen zweiwöchigen Odyssee, die sie durch verschiedene Stationen führte, erreichten sie schließlich die Hauptstadt, wo sie bei Bertrand Bouillier Unterschlupf fanden. Dieser Schritt erwies sich als unerlässlich, da sich Erics Zustand dramatisch verschlechtert hatte. Kanto fürchtete mehrmals, dass sein Freund unterwegs sterben könnte. Bouilliers Frau spielte eine entscheidende Rolle bei der Genesung. Dank ihrer Fähigkeiten erholte sich Eric allmählich. Er benötigte jedoch weiterhin Geduld und regelmäßige Bewegung, um seine Kräfte zurückzugewinnen. Aufgrund seines jungen Alters regenerierte er sich erstaunlich schnell und seine zahlreichen Wunden heilten gut. Mit der körperlichen Genesung kehrten jedoch auch die Erinnerungen an die Katastrophe auf dem Land der Gabriels zurück. Sie stürzten Eric in ein psychisches Chaos, das ihn beinahe verzweifeln ließ. Es bedurfte weiterer Tage der inneren Heilung, bevor Bouillier entschied, dass es an der Zeit war, zusammenzukommen und die Zukunft zu besprechen. Als es schließlich so weit war, begleiteten Eric und Kanto Bouillier in sein Büro. Eric war gespannt darauf, was sie erwartete. Auf dem Weg dorthin musste er feststellen, dass einige Straßen verwüstet und Häuser ausgebrannt waren. Er blickte verwundert zu Kanto.

„Die Rebellen waren auch hier, leider!", erklärte Kanto.

Eric ahnte Schlimmes. Bertrand Bouillier begann das Gespräch, nachdem er diverse Papiere, Ordner und Mappen auf seinem Pult zurechtgelegt hatte. „Nun, Eric, ich muss zugeben, dass unser Gespräch nicht einfach sein wird", begann er.

Eric zuckte mit den Schultern und sagte mit tränenerstickter Stimme: „Ich denke, dass es nicht mehr schlimmer kommen kann, Monsieur Bouillier. Was ich gesehen habe, will ich keinem Menschen zumuten. Also bitte, bringen wir es hinter uns, solange wir noch können. Wer weiß, wann die Aufständischen wieder aus ihren Löchern herauskriechen und weiteren Schaden anrichten."

Kanto reichte seinem Freund stillschweigend ein Taschentuch.

„Nun, Kanto hat dich ausführlich über eure Flucht informiert", fuhr Bouillier fort. „Meiner Frau zufolge hattest du Glück, dass ihr noch rechtzeitig bei uns angekommen seid. Andernfalls säßest du jetzt nicht hier. Kanto und ich sind darüber sehr froh und dankbar. Soweit ich von ihm weiß, hat er dich auch über die Situation des Hotels der Cléments informiert. Was wir sicher wissen, ist, dass beim Überfall durch die Rebellen die Eltern umgebracht wurden. Ihre Leichen fand man in den restlichen Trümmern. Sophie überlebte und entschied sich für eine sofortige Rückreise nach Europa. Sie erreichte gerade noch das Schiff, das vorletzte Woche in See stach. Es tut mir leid, Eric." Bouillier machte eine Pause.

Eric ließ sich schwer in seinen Stuhl sinken, seine Schultern gesenkt, während er einen unterdrückten Schluchzer verbarg und eine weitere Träne von seiner Wange wischte.

„Was jetzt folgt, Eric, ist von entscheidender Bedeutung", begann Bouillier, seine Worte von einer schwerwiegenden Dringlichkeit, die die Luft im Raum zu verdichten schien. „Es geht darum, was ich dir und Kanto enthüllen muss. Bleibst du hier in Madagaskar oder zieht es dich zurück nach Europa?"

Eric blickte verwirrt erst zu Bouillier, dann zu Kanto und fragte zögernd: „Muss ich jetzt eine endgültige Entscheidung treffen?"

„Ja, genau", antwortete Bouillier ernst. „Dein Vater Rémy Gabriel hat zu Lebzeiten ein Testament hinterlassen, als mein Vater noch am Leben war. Darin bestimmte er, dass das Land der Gabriels dem Überlebenden oder den Überlebenden allein gehören sollte. Da alle anderen, deine Mutter und deine Schwester eingeschlossen, verstorben sind, bist du der alleinige Erbe. Gabriel-Land gehört dir, aber unter der Bedingung, dass du hierbleibst und das Erbe annimmst. Solltest du dich entscheiden, zurückzukehren, verfällt dein Erbe und ich werde den Zusatz aktivieren müssen, den dein Vater für diesen Fall vorgesehen hat. Ich erinnere mich noch genau an die Tage, an denen dein Vater uns alles diktierte. Es geschah vor eurer Ankunft. Ich musste alle Dokumente vorbereiten, damit er sie am Tag nach eurer Ankunft unterzeichnen konnte." Er reichte Eric das Testament, damit er die Bedingungen selbst lesen konnte.

Alles war genauso, wie Bouillier es beschrieben hatte, nur der Zusatz war nicht aufgeführt.

„Habe ich das richtig verstanden, Monsieur Bouillier, dass ich wählen muss, ob ich das Erbe antrete oder nicht? Und warum die Frage nach meiner Rückkehr nach Europa? Ich glaube, ich sehe nicht klar. Oder irre ich mich?", fragte Eric.

„Nun, Eric, es ist komplexer, als es erscheint", erklärte Bouillier bedächtig. „Deine Antwort darauf, ob du bleibst oder zurückkehrst, ist von entscheidender Bedeutung. Wenn du dich zur Rückkehr entscheidest, bedeutet das, dass du auf das Erbe verzichtest, und der Zusatz tritt in Kraft. Dein Vater wollte sicherstellen, dass das Land der Gabriels nach seinem Tod in guten Händen bleibt und in seinem Sinne weitergeführt wird, dass es weiterlebt. Er war ein weiser Mann und hat dieses Testament genau aus diesem Grund verfasst. Vielleicht hat er schon damals geahnt, dass Gabriel-Land eines Tages umkämpft sein könnte. Deshalb ist deine Entscheidung so bedeutsam. Bleibst du hier und führst das Land der Gabriels weiter oder kehrst du nach Europa zurück und verzichtest darauf? Das liegt ganz bei dir, Eric."

Er fühlte sich überrumpelt, als stünde er unter Zwang, gefangen in einem undurchsichtigen Netz aus Familiengeheimnissen. Sein Herz klopfte heftig, während er versuchte, die Bedeutung hinter den Worten von Bouillier zu entschlüsseln. Was hatte sein Vater dabei bloß im Sinn gehabt? Seine Augen huschten zwischen Kanto und Bouillier hin und her, auf der Suche nach Antworten in ihren Gesichtern.

„Könnte es sein, dass ihr beide mehr wisst, als ich?", fragte Eric schließlich, seine Stimme mit einem Hauch von Dringlichkeit gefärbt.

„Ja und nein", antwortete Bouillier mit einem geheimnisvollen Unterton. „Ich kenne den Inhalt des Zusatzes, Kanto weiß genauso viel wie du. Aber letztlich geht es hier um deine Zukunft, Eric."

Plötzlich durchdrang eine Erkenntnis wie ein Sonnenstrahl den Nebel der Verwirrung, der sich um Erics Gedanken gelegt hatte. Er spürte eine Welle der Befreiung über sich kommen und erkannte klar, was er zu tun hatte.

„Nun, Monsieur Bouillier, meine Entscheidung ist für mich eindeutig und klar", erklärte Eric mit fester Stimme. „Ich kam mit nichts nach Madagaskar, wurde hierher genötigt, zwischenzeitlich reich beschenkt und habe jetzt doch alles verloren: meine Eltern, meine Schwester, beinahe mein eigenes Leben. Jetzt kehre ich zurück, bereichert durch unvergessliche Erinnerungen und Erfahrungen und mit einer Freundschaft, die ich am meisten vermissen werde." Er wandte sich kurz zu Kanto, bevor er fortfuhr: „Und da meine kostbarste Entdeckung, meine Liebe Sophie, sich auf dem Weg nach Europa befindet, wähle ich denselben Weg. Wo soll ich unterschreiben?"

Bouillier reichte die Dokumente und Eric unterzeichnete sie, ohne zu zögern. Kanto, unsicher und mit einem Hauch von Enttäuschung in der Stimme, fragte: „Eric, ich verstehe deine Entscheidung, aber bist du dir sicher? Wir könnten doch Gabriel-Land zusammen weiterführen."

„Nein, Kanto, es tut mir leid", antwortete Eric bestimmt. „Ich habe mit Madagaskar und den Plantagen abgeschlossen. Ich möchte mein Leben mit Sophie verbringen. Nächste Woche nehme ich das Schiff und kehre zurück. Meine Entscheidung steht fest. Ich hoffe nur, dass ich Sophie finde."

„Danke, Eric. Damit ist dein Verzicht amtlich bestätigt", erklärte Bouillier. „Kommen wir nun zu dem Zusatz, der für diesen Moment vorgesehen ist. Ich erkläre euch beide zu Zeugen, dass ich dieses Papier erst jetzt in eurer Anwesenheit öffne. Gleichzeitig werden alle Dokumente, die bei einer anderen Entscheidung von dir, Eric, zur Anwendung gekommen wären, hier und jetzt vernichtet. Würdet ihr bitte hier unterzeichnen, um diese Vorgänge amtlich zu bestätigen?"

Beide unterzeichneten die Dokumente als Zeugen und Bouillier sorgte dafür, dass sie ordnungsgemäß archiviert wurden. Dann legte er mehrere versiegelte Schriftstücke in einen Metallbehälter neben dem Schreibtisch und zündete sie an. Eric war irritiert, weil Kanto ebenfalls unterschreiben musste und als Zeuge fungierte, doch er entschied sich, nicht weiter darüber nachzudenken, denn seine Gedanken waren bereits auf die bevorstehende Rückkehr nach Europa und das Wiedersehen mit Sophie gerichtet. Nun griff Bouillier nach einem weiteren Dokument, vermutlich dem Zusatzpapier. Er brach das Siegel, entfaltete das Schriftstück und begann zu lesen.

Eric und Kanto saßen reglos da, ihre Augen weit, während die Worte des Briefs wie ein Donnerschlag in ihren Gedanken hallten. Sie tauschten verstörte Blicke, unfähig, die Tragweite dessen zu erfassen, was sie hörten.

Es war ein kurzer Brief, doch jede Zeile wog schwer: „Mein lieber Sohn Kanto, ich trage ein schweres Geheimnis, das ich viel zu lange in mir trug. Es tut mir leid, dass ich es dir nicht früher offenbart habe. Bitte vergib mir. Ich holte deine Mutter zu mir, damit ich jeden Tag miterleben konnte, wie du aufwächst. Das war mir eine große Freude. Ich hoffte insgeheim, dass du und Eric einander nahe wärt und eure enge Bindung erfüllte mein Herz mit Freude. Deshalb vermache ich dir, mein Sohn Kanto, Gabriel-Land und alles, was dazugehört. Ich vertraue darauf, dass du es in meinem Sinne weiterführen wirst. Gezeichnet, Rémy Gabriel."

Eric brauchte einen Moment, um zu begreifen, was gerade geschehen war. Eine Lawine von Emotionen durchströmte ihn und er schaute ungläubig zu seinem Halbbruder. Dann, Sekunden später, umarmten sie sich, Tränen der Überraschung und des Glücks in den Augen. Auch Bouillier konnte seine Rührung nicht verbergen und griff nach einem Taschentuch. Er reichte Kanto die Papiere zur Unterschrift, bevor er zu einem Tresor in der Ecke ging und drei dicke Umschläge herausholte. Diese legte er vor Eric. „Dein Vater hat bestimmt, dass du, falls du auf dein Erbe verzichtest, dreihunderttausend Franc erhältst. Bitte unterzeichne hier."

Eric unterschrieb und reichte die Dokumente zurück. Bouillier sammelte alles ein und verschloss den Tresor wieder. Abschließend dankte er ihnen für ihre Geduld und ihr Verständnis, umarmte sie innig und die beiden Brüder verabschiedeten sich.

Eine Woche später stand Eric, noch immer von der Schusswunde im Oberschenkel beeinträchtigt, auf dem Deck des Ozeandampfers, der nach Marseille fuhr. Die letzten Tage vor seiner Abreise verbrachten die Freunde, die sich immer wie Brüder fühlten, in inniger Verbundenheit und in Erinnerungen schwelgend. Am Tag der Abreise wollte Eric allein zum Hafen, aber Kanto ließ ihn nicht ohne Weiteres gehen und begleitete ihn bis zum Fallreep. Die Verabschiedung war herzzerreißend, als Eric einen letzten Blick zurückwarf, bevor er im Inneren des Schiffs verschwand. Während es langsam die Küste von Madagaskar hinter sich ließ, quälten Eric Zweifel und Sorgen. Er durchlebte eine Zwickmühle, ohne zu ahnen, dass sein Großvater vor 60 Jahren ähnliche Gefühle auf einer Handelsfregatte empfunden hatte, die in entgegengesetzter Richtung gesegelt war.

Eine Frage beherrschte seine Gedanken und ließ ihn in den Nächten wach liegen: Würde er seine geliebte Sophie jemals wiedersehen? Die Antwort lag in der Zukunft und Eric konnte nur hoffen, dass das Schicksal ihn zu ihr führen würde.

Epilog

Eric und Sophie saßen dicht beieinander auf einer Bank am Ufer des Pfäffikersees, ihre Hände ineinander verschränkt, während sie die Stille und den majestätischen Ausblick auf die schneebedeckten Glarner Alpen genossen. Es war ein Anblick, den sie nicht missen wollten, der ihre Seelen erfüllte und sie in eine Welt der Verbundenheit entführte, weit weg von der Hektik des Alltags. Für sie waren das Meer und das Rauschen der Palmenblätter zu einer fernen Vergangenheit geworden, zurückgelassen in einem längst vergangenen Jahrhundert.

Nach seiner Flucht aus Madagaskar hatte Eric die ersten Monate in Marseille verbracht und verzweifelt nach Sophie gesucht. Doch jede Spur schien im Sand zu verlaufen, bis er schließlich resignierte und die Suche aufgab. In Marseille fand er keinen Frieden, denn die Spuren des Kriegs waren allgegenwärtig und der Wiederaufbau erfolgte nur schleppend. Er erinnerte sich an Sophies Beschreibungen und beschloss, in die Schweiz zu ziehen. Zuerst blieb er in der Westschweiz, bevor er aus beruflichen Gründen in das deutschsprachige Gebiet wechselte und sich im Großraum Zürich niederließ. Dort erfuhr er von einem Vortrag über Madagaskar, der im Zoo Zürich stattfand, und beschloss, daran teilzunehmen. Als er den überfüllten Saal betrat und vergeblich nach einem Platz in den hinteren Reihen suchte, ertönte plötzlich ein schriller Schrei. Eine Frauenstimme rief seinen Namen: „Mon Dieu, Eric, bist du es?“

Eric drehte sich um und sah sie in einer der mittleren Reihen: Sophie!

Von da an ging alles sehr schnell.

Sie heirateten, bekamen ihren ersten Sohn, dann den zweiten, zogen in ein eigenes Haus und erfreuten sich an ihrem dritten und ihrem vierten Sohn, der mit etwas zeitlichem Abstand geboren wurde. Im Laufe der Jahre kamen immer wieder Fragen auf, die ihre gemeinsame Vergangenheit betrafen. Eric und Sophie vermieden es jedoch beharrlich, sich mit den traumatischen Erinnerungen auseinanderzusetzen. Rückblickend war für sie klar, dass sie nicht zurückkehren wollten, doch gleichzeitig hegte Eric über lange Zeit eine verborgene Sehnsucht nach Kanto und dem Wunsch, zu erfahren, wie es ihm ergangen war. Etwas hielt ihn stets zurück, während die Jahre unaufhaltsam verstrichen.

Ihr Leben war reichhaltig und erfüllt, gesegnet mit wunderbaren Söhnen und zahlreichen Enkelkindern. Eine tiefe Dankbarkeit erfüllte sie und sie waren stolz auf das, was sie erreicht hatten.

Ein Highlight waren Sophies Kochkünste, die sie jedes Jahr zur Gourmet-Messe in Zürich führten. Dort hatten sie einen Schweizer Importeur kennengelernt, der erlesene Produkte aus aller Welt anbot. Bei einem erneuten Besuch vor ein paar Jahren im Kongresshaus entwickelte sich ein lebhaftes Gespräch. Als der Freund erwähnte, dass er nun edle Vanille aus Madagaskar importiere, war Erics Interesse geweckt. Er erkundigte sich nach dem Hersteller und den Produkten. Der Freund schmunzelte und sagte verschwörerisch, dass es sich um den besten und bekanntesten einheimischen Vanilleproduzenten handeln würde. Und das Interessanteste an diesem Produzenten sei die Tatsache, dass er denselben Familiennamen, wie sie hätte: Gabriel. Nachdem der Freund dann eine Vanilleschote mit einem großen G darauf präsentiert hatte, wurde Eric schlagartig schwindelig. Er rang nach Luft und musste sich am Tisch festhalten, während Sophie besorgt um einen Stuhl bat. Nach einer kurzen Erholungszeit ging es ihm wieder besser und zum Erstaunen ihres Freundes kauften sie die Schote zu einem exorbitanten Preis.

Das war die einzige tiefgreifende Konfrontation mit ihrer Vergangenheit, doch sie bereuten nichts. Ihr gemeinsames Leben war erfüllend und sie fühlten sich glücklich und privilegiert.

Sanft drückte Eric Sophies Hand und fragte nach der Uhrzeit, denn sie wollten auf keinen Fall zu spät zum Familientreffen kommen. Zufrieden mit dem Verlauf ihres Lebens erhoben sie sich. Ein letzter Blick über den See, ein liebevoller Austausch von Blicken. Sie waren sich sicher, dass ihr Weg von Gott gelenkt worden war, der alles so wollte, wie sie es erlebt hatten.

Anmerkung des Verfassers

Der Sohn des Vanillebarons ist ein Unterhaltungsroman und sollte dementsprechend als solcher gelesen werden. Die in diesem Roman vorkommenden Namen, Personen, Orte und Ereignisse habe ich frei erfunden oder fiktionalisiert. Die Idee zum Roman hatte ich vor fast dreißig Jahren, als ich Fragmente der Geschichte der Eltern eines Freundes mitbekommen hatte. Das Gehörte faszinierte mich so stark, dass sich in meinem Kopf, langsam aber stetig, ein Plot formte, der mich schließlich zum Buchschreiben bewogen hatte. Ursprünglich plante ich, zusätzliche Informationen dieses Ehepaars zu erhalten, verwarf dann aber, nach reiflicher Überlegung, diese Absicht wieder. Ich wollte ‚meine' Geschichte erzählen und nicht die Biografie anderer Leute. Künstlerische Freiheit zu haben, stand für mich bei diesem Entscheid an vorderster Stelle und war ausschlaggebend.

Zum Abschluss meiner zweijährigen Belletristik-Ausbildung (2007-2009) schrieb ich zum ersten Mal einen Plot, ein Exposé und startete das Manuskript. Das Feedback meiner damaligen Lektorin motivierte mich, an der Geschichte dranzubleiben, und war der finale Anstoß, mich für das Buchprojekt zu entschließen. Damals ahnte ich höchstens, dass sich die Vollendung hinziehen könnte, denn als dreifacher Familienvater mit einem hundertprozentigen Arbeitspensum und einer Hobby-Weinfirma war, Zeit zum Schreiben zu haben, schlicht und ergreifend Mangelware. So zog sich die Untätigkeit in Sachen Schreiben über Jahrzehnte hin. So musste ich schlussendlich frühpensioniert werden, um meinen Roman endlich fertigstellen zu können.

Dem Tipp eines Autorenkollegen folgend, ich solle mich doch komplett an einen inspirierenden Ort zurückziehen, um Zeit, Lust und Muße zum Schreiben zu bekommen, motivierte mich im Jahr 2021 den ganzen September in einem gemieteten Haus (Monte Argentario/Italien) zu verbringen. Zusammen mit Ursula, die um mein Wohl besorgt war, konnte ich endlich starten. Am

Schluss des Monats hatte ich die Hälfte auf Papier, für den Rest sollte es nochmals etwas andauern, auch wegen meines Mandats in Israel. Ein erneuter Tipp und Hinweis eines Freundes, ich müsse mir zu Hause einen ‚Kreativ-Raum' zum Schreiben erschaffen, ermöglichte mir nach Israel, im Jahr 2023 und zu meinem 60-Jahr-Jubiläum das Fertigstellen meines Romans. Diverse Zeitslots übers Jahr verteilt, ließen mich Kapitel um Kapitel schreiben. Immer wieder unterbrochen durch Arbeiten im Garten und Neuerstellen des Gartenhauses, das für Abwechslung und Motivation sorgte, kam ich der Vollendung immer näher.

Am 23.12.23 gegen 21 Uhr war es dann soweit, die letzte Zeile war geschrieben und ich fühlte mich großartig und äußerst dankbar. Geschafft!

Während der gesamten Schreibzeit erging es mir wie Karl May. Ich schrieb über ein Land, das ich nie selbst gesehen oder bereist hatte. So musste ich viel lesen, recherchieren, nochmals lesen und genauestens nachprüfen. Ich war und bin kein Vanille-Fachmann, dennoch faszinierte es mich, fast alles darüber in Erfahrung zu bringen. Madagaskar ist nach wie vor der Hauptproduzent der weltweit hergestellten Vanille. Die bevorzugten Zonen sind die in meinem Roman gewählten Gebiete. Diverse Probleme, eine gedeihliche Plantage zu unterhalten, existieren tatsächlich und sind nicht meiner Fantasie entsprungen. Die wetterbedingten Probleme, wie Verwüstung durch Tropenstürme und Bodenerosion, sind ein ständiger Begleiter, ebenso der Vanillediebstahl. Die Rebellenaufstände sind natürlich seit der Gründung Madagaskars zu einer Republik kein Thema mehr. Doch bis es soweit war und die Unabhängigkeit im Jahr 1958 von Frankreich erlangt werden konnte, war es ein langer und blutiger Weg. Der Bezug zur Piraterie und zum blutigen Sklavenhandel ist geschichtlich nachgewiesen, ebenso die Existenz des berüchtigten Madagaskar-Plans der Nazis. Auch der angebliche Gründungsmythos ist dokumentiert und zu den beiden tatsächlichen Protagonisten, habe ich Großvater Louis Gabriel angefügt, um so meine Erzählung lancieren zu können. Der im Epilog beschriebene Schluss ist eine Mischung aus Tatsachen des Eingangs erwähnten Ehepaars und meiner Idee, den Roman auf diese Art und Weise abzuschließen. Hoffentlich hat dir das Lesen des Romans gleichviel Freude bereitet wie mir das Schreiben meines ersten Buches.

Danksagung

Über alles dankbar bin ich meiner Frau Ursula, die mich über die gesamte Zeitdauer immer unterstützt hat. Sie hat mir den Rücken freigehalten, damit ich mich uneingeschränkt dem Schreiben widmen konnte – ohne sie hätte ich es nicht geschafft. Ich liebe dich!

Im Gedenken an meinen Deutschlehrer, Herr Gafner (1980), bedanke ich mich für das Entfachen meiner schlummernden Leidenschaft. Ohne ihn hätte ich meine Lust am Schreiben vielleicht nie entdeckt.

Dann sind da meine zwei Autorenfreunde, die mich inspirierten und motivierten. Ich danke dir, Mathias, für deine Tipps und immerwährende Unterstützung. Dir, Vladi, danke ich für den initialen Tipp, der mir den Start ermöglichte und dir, lieber Didier, danke ich für die initiale Geschichte deiner Eltern und die Ermutigung, mir in unserem großen Haus einen kreativen Raum zu erschaffen, der das Schreiben förderte und ermöglichte. Mein Dank gilt Martin Fischer für die motivierenden Hinweise über Techniken des Schreibens und den finalen Hinweis, der mich zu meiner Lektorin geführt hat. So bedanke ich mich herzlich bei der Lektorin Frau Eva Schürmann, die in kürzester Zeit mein Manuskript nicht nur korrigierte, sondern inhaltlich reduzierte, sodass der Lesefluss gewinnbringend beeinflusst werden konnte.

Der Autor

Adrian F. Grando wurde 1963 in Pfäffikon ZH in der Schweiz geboren. Nach seiner schulischen Ausbildung schloss er die Luftverkehrslehre (Schweizer Fluggesellschaft) ab, absolvierte in einem zweiten Lehrgang die Ausbildung zum Fluglotsen und war schließlich 29 Jahre lang als Flugverkehrsleiter im Kontrollturm Zürich tätig. Bereits in jüngeren Jahren machte er erste Versuche im Schreiben von Kurzgeschichten und Gedichten, fasste sie in einem kleinen Heft zusammen, um sie im Familien- und Freundeskreis zu verschenken. 2009 schloss er den zweijährigen Belletristik-Lehrgang an der „Schule des Schreibens" erfolgreich ab. „Der Sohn des Vanillebarons" ist sein erstes Buchprojekt. Adrian F. Grando ist verheiratet, hat drei erwachsene Töchter und bezeichnet sich selbst als „Familienmensch". Er ist passionierter Weinliebhaber und zählt außerdem Hochseesegeln, Kochen, Lesen und den Austausch mit Freunden zu seinen Leidenschaften.